威廉·福克纳评论集

Critical Essays on William Faulkner

〔美〕罗伯特·W. 韩布林(Robert W. Hamblin) 著

白 晶 张玉凤 等 译

哈尔滨工程大学出版社
Harbin Engineering University Press

黑版贸登字 08-2024-047 号

Published by agreement with University Press of Mississippi

3825 Ridgewood Road, Jackson, MS 39211. Website：www. upress. state. ms. us

Copyright © 2022 by University Press of Mississippi

图书在版编目（CIP）数据

威廉·福克纳评论集 ／（美）罗伯特·W.韩布林
(Robert W. Hamblin) 著；白晶等译. -- 哈尔滨：哈
尔滨工程大学出版社，2025. 1. -- ISBN 978-7-5661
-4632-8

Ⅰ. I712.074-53

中国国家版本馆 CIP 数据核字第 2025DK3366 号

威廉·福克纳评论集
WEILIAN · FUKENA PINGLUNJI

选题策划　刘凯元
责任编辑　章　蕾
封面设计　李海波

出版发行　哈尔滨工程大学出版社
社　　址　哈尔滨市南岗区南通大街 145 号
邮政编码　150001
发行电话　0451-82519328
传　　真　0451-82519699
经　　销　新华书店
印　　刷　哈尔滨午阳印刷有限公司
开　　本　787 mm×1 092 mm　1/16
印　　张　16. 25
字　　数　352 千字
版　　次　2025 年 1 月第 1 版
印　　次　2025 年 1 月第 1 次印刷
书　　号　ISBN 978-7-5661-4632-8
定　　价　88. 00 元
http：//www. hrbeupress. com
E-mail：heupress@ hrbeu. edu. cn

本书由"中央高校基本科研业务费专项资金"部分资助

Preface[①]

I am delighted and greatly honored by a Chinese translation of my book of Faulkner essays. I am deeply grateful to Harbin Engineering University Press and the several translators for making this possible.

One of the singular privileges of serving as the Director of the Center for Faulkner Studies has been to welcome international scholars to the Center and to assist them with their research and study. The benefits are reciprocal: I help them in reading Faulkner within the context of American and Southern culture; they help me understand Faulkner from an international perspective.

Literature knows no boundaries. Novels and stories and poems reach beyond provinces, states, and borders, speaking a universal language and bringing people of varying nationalities and cultures together in their human relatedness. A common interest in an individual writer may initiate the exchange, but the sharing of ideas and customs extends beyond that one writer. I introduce Chinese visitors to Faulkner and other American writers; they introduce me to Mo Yan and other great Chinese authors. I travel with them to Oxford, Faulkner's hometown; they host my visits to China. In the process, as readers, we become friends, even family.

My hope for this book is that it will make that family even larger.

谨以此书献给

凯·史密斯·韩布林（Kaye Smith Hamblin，1938—2020）

路易斯·丹尼尔·布罗德斯基（Louis Daniel Brodsky，1941—2014）

约翰·皮尔金顿（John Pilkington，1918—2012）

序　言

　　我首次接触威廉·福克纳(William Faulkner)的作品《我弥留之际》(*As I Lay Dying*)，是在 1959 年三角洲州立大学托马斯·丹尼尔·杨(Thomas Daniel Young)教授的南方文学课上。随后作为密西西比大学的研究生，我在约翰·皮尔金顿(John Pilkington)博士主持的研讨会上继续深入研究福克纳，不久后他出版了关于福克纳的杰出研究——《约克纳帕塔法之心》(*The Heart of Yoknapatawpha*)。之后，我在皮尔金顿博士的指导下完成了硕士论文和博士论文，都是关于福克纳的研究。

　　在早期的执教生涯中，无论在高中还是在东南密苏里州立大学，我几乎总是将福克纳的小说和故事纳入教学大纲。随后于 1978 年，我有幸结识了圣路易斯人士路易斯·丹尼尔·布罗德斯基(Louis Daniel Brodsky)，彼时他正着手收集福克纳的著作、手稿、信函、文件、照片及其他纪念性物品，旨在构建全球最优秀的福克纳收藏系列之一。在接下来的十年间，我们基于对布罗德斯基私藏的深入研究，共同策划出版书籍、撰写文章、举办讲座及公开展览。1988 年，通过一个赠予/购买协议，布罗德斯基将其福克纳藏品放置在了东南密苏里州立大学，该大学成立了"福克纳研究中心"(Center for Faulkner Studies)，在之后的二十五年中，一直由我担任主任职务。布罗德斯基一直积极参与福克纳研究中心的活动，继续收集藏品，与我合作开展各种计划和项目，并帮助从美国或者其他国家来到福克纳研究中心开展研究的访问学者，直至他逝世(2014 年)。

　　与布罗德斯基的合作和在福克纳研究中心的工作为我提供了许多参与福克纳研究的机会。我独自撰写或合作撰写了 21 部福克纳相关著作，包括《我和我的世界：威廉·福克纳自传》(*Myself and the World：A Biography of William Faulkner*)、《福克纳：布罗德斯基收藏理解指南》(*A Comprehensive Guide to the Brodsky Collection*)、《威廉·福克纳百科全书》(*A William Faulkner Encyclopedia*)、《福克纳教学：途径与方法》(*Teaching Faulkner: Approaches and Methods*)和《我与福克纳和布罗德斯基的生活》(*My Life with Faulkner and Brodsky*)。我曾在密西西比大学的"福克纳和约克纳帕塔法会议"项目组任职，主持由美国人文学科基金会及密苏里州人文委员会主办的福克纳研讨大会，并在美国各地，以及英国、荷兰、罗马尼亚、日本和中国就福克纳问题发表过演说。正如在《八月之光》(*Light in August*)中，福克纳笔下的莉娜·格罗夫(Lena Grove)说的那样："哎呀呀，人可真能走动呢。"福克纳带着莉娜·格罗夫从亚拉巴马州走到了密西西比州和田纳西州，而他则带着我走得更远，更远……

本书中的论文发表于1980—2020年。除了对性别中立和种族敏感性问题的少量修改，更新尾注和引用的时间范围，并尽量减少冗余外，我抵制住了修改早期论文的诱惑。后来的学者证实或者反驳了我的一些观点和结论。但是所有的批评，就像所有的文学一样，都属于特定的时间和地点，而且（除了上面提到的改动外）我决定让这些论文保持原样。像我这样年纪的学者最烦恼的事情之一就是读到或听到一个解释或结论，却不把它归功于在几十年前就已经提出这个观点的学者。也许收录我早期的论文的一个好处是，能够认可和承认一些开拓性的学者，他们为许多福克纳研究者铺平了道路。

读者不久便会发现，对福克纳的探索引领着我踏入了众多领域，涉及的内容有别于其他学界专家。例如，尽管我承认福克纳在诸多方面均具有典型的南方作家特质，但同时我亦致力于将其作品置于更为广阔的美国乃至国际视野中进行审视。除了深入剖析福克纳的创作技艺及其深远影响外，我还探究了他艺术起源及其形式的部分心理根源。我探讨了福克纳的小说与其他作家作品间的相互关联。最为关键的是，我坚信福克纳在好莱坞的电影作品远胜于多数学者所认可的水平，其价值更为重大。[在此方面，我欣慰地注意到卡尔·罗利森（Carl Rollyson）近期出版的有关福克纳传记方面的书籍在弥补这一忽视方面取得了显著成果。]

近几十年，人们对福克纳的研究主要集中于种族、阶级与性别等特定领域。这类研究无疑具有重要的价值和意义，然而，我的研究方法一直更为广泛、更具人性化，乃至具有普遍性。举例来说，我探讨了福克纳运用神话元素的方式，以及对他所有作品总的主题与时间和随之而来的变化有关的看法。福克纳的约克纳帕塔法县的历史从19世纪初白人移民抵达密西西比边境开始，一直延续到20世纪40年代民权运动的兴起。在此期间，故事涉及了被奴隶制度支持的美国内战前的种植园世界、美国内战和黑奴解放、战后重建、"吉姆·克劳"（Jim Crow，是美国历史上对种族歧视、种族隔离政策的代称。这一术语源于19世纪中叶，当时美国南方各州通过一系列法律和习俗来隔离黑人与白人，使黑人在公共设施、教育、就业等方面受到不公平对待——译者注）、旧贵族的衰落和中下层农民的崛起、第一次世界大战、第二次世界大战、经济大萧条以及工业化侵入农业经济等。

福克纳笔下的人物（连同读者）始终被困于这个瞬息万变且处处充满不定和心理矛盾的世界中，他们必须在旧有的传统与眼下及未来的需求间进行权衡。福克纳笔下的悲剧式人物——昆丁·康普生（Quentin Compson）、盖尔·海托华（Gail Hightower）、爱米丽·格里尔生（Emily Grangerford）、托马斯·萨德本（Thomas Sutpen）、谭波儿·德雷克（Temple Drake）、艾克·麦卡斯林[Ike McCaslin，艾克是艾萨克（Issac）的昵称——译者注]——他们无法摆脱过去的束缚，也无法接受适应新世界所需的改变；或者如同乔·克里斯默斯（Joe Christmas）和凯蒂·康普生（Caddy Compson）那样，被那些无法接受改变的人们所伤害。其他角色在我看来表现出色，如迪尔西·吉卜生（Dilsey Gibson）、莉娜·格罗夫、拜伦·邦奇（Byron Bunch）、V. K. 拉特利夫（V. K. Ratliff）、萨蒂·斯诺普斯（Sarty Snopes）、契克·莫里逊（Chick Mallison）、琳达·斯诺普斯（Linda Snopes）和卢修斯·普利斯特（Lucius Priest），他们皆展示出自己的意愿和能力，能够驾驭由过去与现在、传统与进步之间的冲突所引发的时而动荡的局面。

在福克纳的文学作品中，他试图以坦诚且忠实的方式探讨每个人与社会之间存在的矛盾以及微妙关联。尽管福克纳深知特定的议题及问题会因代际间的差异或文化差异发生演变，但他坚信有一些准则普遍适用于各种情境。最重要的原则是，必须在真正关注伦理、道德价值的背景下加以考虑福克纳称为"古老的普遍真理"的所有问题，具体来说就是"爱、荣誉、怜悯、骄傲、同情和牺牲"。因此，仅仅拥有如同杰生·康普生（Jason Compson）和弗莱姆·斯诺普斯（Flem Snopes）那样应对变幻莫测的世界的能力是远远不够的。在适应世界的过程中，我们必须审慎对待，以免放弃自我的灵魂。一味地执着于这些所谓的"真理"，可能会导致我们的社会忠诚度覆盖了我们对社会问题及缺陷的洞察。与此同时，我们绝不能被那些丑陋的传统习惯所诱惑，去背叛我们个人和文化历史中的积极、有益的元素。正如福克纳的小说内容与形式所揭示的，只有个体才能决定文化中哪些部分值得保留。我们每个人都应竭尽全力，在脑海中以及经历中所浮现的众多声音中，寻找并确立自己的声音，甚至将其推向主流。正如福克纳所承认的，这个发现和成长的过程充满挑战，有时甚至是痛苦的，然而，如果我们选择参与这种探索，那么我们就要深知发掘人性本质的重要性。

如同我们自福克纳的诸多传记中所了解到的，其中包含卡尔·罗利森最新的一部卓越作品，福克纳历经了许多身体、情感以及心理方面的磨难。在如此难熬的困境之下，他仍能够创作出众多光彩照人的小说及故事，堪称非凡。在接受诺贝尔文学奖时的演说词中，他谈到了艺术创作中"人类精神的痛苦与汗水"，对于他而言，这种挣扎尤为激烈。福克纳一生中大部分时光都处于贫困之中，备受忽视，长期忍受着抑郁症和过度饮酒的困扰，个人生活并不如意，他克服了巨大的困难才得以成功。他的小说和故事的核心主题之一便是忍耐，有关他的传记充分展现了这一品质。如同他笔下最令人敬仰的角色一样，福克纳无论是作为个体还是艺术家，都展现出了忍耐的品质，并最终获得了胜利。他的作品和他的人生都鼓舞着他人去追求同样的目标。

致　　谢

以下为本书中所收录文章首次刊载的相关信息，同时感谢相关出版机构对我在本书中重新出版这些文章的许可。

"*As I Lay Dying*: The Oprah Book Club Lectures, "*Teaching Faulkner*, no. 26 (Fall 2008).

"Beyond the Edge of the Map: Faulkner, Turner, and the Frontier Line, " in *Faulkner in the Twenty-First Century: Faulkner and Yoknapatawpha*, 2000, ed. Robert W. Hamblin and Ann J. Abadie (Jackson: University Press of Mississippi, 2003).

"Carcassonne in Mississippi: Faulkner's Geography of the Imagination, " in *Faulkner and the Craft of Fiction*, ed. Doreen Fowler and Ann J. Abadie (Jackson: University Press of Mississippi, 1989).

"'A Casebook on Mankind': Faulkner's Use of Shakespeare, " *Teaching Faulkner*, no. 15 (Fall 1999).

"The Curious Case of Faulkner's 'The De Gaulle Story, '" *Faulkner Journal* 16 (Fall 2000/Spring 2001).

"Faulkner and Hollywood: A Call for Reassessment, " in *Faulkner and Film*, ed. Peter Lurie and Ann J. Abadie (Jackson: University Press of Mississippi, 2014).

"Faulkner's Hucks and Jims, " in Robert W. Hamblin and Melanie Speight, eds. , *Faulkner and Twain* (Cape Girardeau: Southeast Missouri State University Press, 2009).

"'A Fine Loud Grabble and Snatch of AAA and WPA': Faulkner, Government, and the Individual, " *Arkansas Review* 31 (April 2000).

"Homo Agonistes, or, William Faulkner as Sportswriter, " *Aethlon: The Journal of Sport Literature* 13 (Spring 1996).

"The International Faulkner, " in *East-West Cultural Passage*, Lucian Blaga University, Sibiu, Romania, 13 (July 2013).

"'Like a Big Soft Fading Wheel': The Triumph of Faulkner's Art, " in *Faulkner at 100: Retrospect and Prospect*, ed. Donald M. Kartiganer and Ann J. Abadie (Jackson: University Press of Mississippi, 2000).

"'Longer than Anything': Faulkner's 'Grand Design' in Absalom, Absalom! " in *Faulkner and the Artist*, ed. Donald M. Kartiganer and Ann J. Abadie (Jackson: University Press of Mississippi, 1996).

"No Such Thing as Was": William Faulkner and Southern History. Cape Girardeau, MO: Center for Faulkner Studies, 1994.

"'Saying No to Death': Toward William Faulkner's Theory of Fiction," in *"A Cosmos of My Own": Faulkner and Yoknapatawpha 1980*, ed. Doreen Fowler and Ann J. Abadie (Jackson: University Press of Mississippi, 1981).

"The World Is like an Enormous Spider Web: The Contrasting Legacies of Thomas Sutpen and Cass Mastern," in Christopher Rieger and Robert W. Hamblin, eds., *Faulkner and Warren* (Cape Girardeau: Southeast Missouri State University Press, 2015).

2002 年,《福克纳与斯坦贝克》(Faulkner and Steinbeck)在加利福尼亚州萨利纳斯国家斯坦贝克中心举办的纪念斯坦贝克先生诞辰百年的庆典仪式中受邀宣读。2007 年,《〈喧哗与骚动〉的艺术设计》(The Artistic Design of *The Sound and the Fury*)在俄勒冈州塞勒姆的威拉米特大学的学术会议上受邀宣读。2008 年,《〈喧哗与骚动〉的语境解读》(Contextual Readings of *The Sound and the Fury*)在中国台湾的台湾大学的学术研讨会上受邀宣读。2013 年,《国际福克纳》(The International Faulkner)在罗马尼亚锡比乌的卢奇安·布拉加大学举办的"国际福克纳"大会上受邀宣读。我对国家斯坦贝克中心、迈克尔·斯特罗(Michael Strelow)、何文敬以及迪迪·伊内尔·森乌瑟(Didi Ionel Cenuser)的邀请表示荣幸。

鉴于本人参与福克纳研究的岁月已跨越半个世纪之久,因此无法一一表达对所有鼎力相助之人的感激之情,然而,有必要在此列举部分人的名字。我首先要向我的妻子凯·史密斯·韩布林(Kaye Smith Hamblin)、我的挚友兼合作伙伴路易斯·丹尼尔·布罗德斯基及我的恩师兼好友约翰·皮尔金顿致以深深的敬意。多年以来,我在"福克纳与约克纳帕塔法会议"的"福克纳教学"团队中与诸位同人的交流互动亦使我获益良多:吉姆·卡罗瑟斯(Jim Carothers)、查克·皮克(Chuck Peek)、阿莉·赫伦(Arlie Herron)、特雷尔·特贝茨(Terrell Tebbetts)、特雷莎·汤纳(Theresa Towner)及布莱恩·麦克唐纳(Brian McDonald)。我深切感谢安·阿巴迪(Ann Abadie)、杰拉尔德·沃尔顿(Gerald Walton)和杰伊·马丁(Jay Martin),他们不仅鼓励和支持我对福克纳的研究,还支持我的其他写作。我还由衷地感谢我任职的东南密苏里州立大学的历任行政管理人员对我的支持与认可:比尔·斯泰西(Bill Stacy)、莱斯·科克兰(Les Cochran)、罗伯特·福斯特(Robert Foster)、弗雷德·古德温(Fred Goodwin)、亨利·塞索姆斯(Henry Sessoms)、马丁·琼斯(Martin Jones)、简·斯蒂芬斯(Jane Stephens)、罗伯特·彭斯(Robert Burns)、卡罗尔·斯凯茨(Carol Scates)、凯拉·斯特鲁普(Kayla Stroup)、查尔斯·库普切拉(Charles Kupchella)、戴尔·尼茨克(Dale Nitzschke)、肯尼思·多宾斯(Kenneth Dobbins)和弗兰克·巴里奥斯(Frank Barrios)。

引文及其中文缩写

除特别注明外，引文均为威廉·福克纳著，Random House-Vintage Books 出版

《八月之光》(*Light in August*)　蓝仁哲译，上海：上海译文出版社，2015

《标塔》(*Pylon*)　Vintage International

《村子》(*The Hamlet*)　张月译，北京：北京燕山出版社，2015

《大理石牧神》(*The Marble Faun*)　New York：Random House，1965

《大宅》(*The Mansion*)

《短篇小说集》，即《威廉·福克纳短篇小说集》(*Collected Stories of William Faulkner*) 李文俊、陶洁等译，北京：北京燕山出版社，2020

《短篇小说集续编》(*Uncollected Stories*)

《坟墓的闯入者》(*Intruder in the Dust*)　陶洁译，上海：上海译文出版社，2004

《坟墓里的旗帜》(《沙多里斯》)(*Flags in the Dust/Sartoris*)　Vintage International

《福克纳读本》(*The Faulkner Reader*)　李文俊等译，北京：人民文学出版社，2013

《福克纳–考利档案》，即《福克纳–考利档案：信件与回忆，1944—1962》(*The Faulkner-Cowley File: Letters and Memories, 1944–1962*)　New York: Viking Press, 1966

《福克纳书信选》(*Selected Letters of William Faulkner*)

《福克纳随笔》(*William Faulkner: Essays, Speeches, and Public Letters*)　李文俊译，北京：北京燕山出版社，2017

《福克纳袖珍文集》(*The Portable Faulkner*)　Malcolm Cowley ed. , rev. ed. , New York: Penguin Books, 1967

《福克纳在大学》，即《福克纳在大学：在弗吉尼亚大学的课堂会议，1957—1958》(*Faulkner in the University: Class Conferences at the University of Virginia, 1957–1958*) Frederick L. Gwynn and Joseph L. Blotner eds. , Charlottesville: University of Virginia Press, 1959

《福克纳在西点》(*Faulkner at West Point*)　Joseph L. Fant Ⅲ and Robert Ashley eds. , New York: Random House, 1964

《福克纳传》(*Faulkner: A Biography*)　Joseph Blotner ed. , New York: Random House, 1974

《荒原：艾略特诗选》　T. S. 艾略特(T. S. Eliot)，赵萝蕤译，北京：人民文学出版

社,2016

《掠夺者》(*The Reivers*) 杨颖、王菁译,上海:上海译文出版社,2004

《麦克白》(*Macbeth*)(中英对照全译本) 威廉·莎士比亚(William Shakespeare),朱生豪译,上海:上海世界图书出版公司,2014

《没有被征服的》(*The Unvanquished*) 王义国译,北京:北京燕山出版社,2015

《去吧,摩西》(*Go Down, Moses*) 李文俊译,北京:中央编译出版社,2014

《让马》(*Knight's Gambit*)

《莎士比亚全集》(*The Complete Works by William Shakespeare*) 威廉·莎士比亚,朱生豪译,北京:人民文学出版社,2014

《圣殿》(*Sanctuary*) 陶洁译,上海:上海译文出版社,2004

《士兵的报酬》(*Soldiers' Pay*) 一熙译,桂林:漓江出版社,2017

《水泽女神之歌》,即《水泽女神之歌:福克纳早期散文、诗歌与插图》(*William Faulkner: Early Prose and Poetry*) 王冠、远洋译,桂林:漓江出版社,2017

《蚊群》(*Mosquitoes*) New York:Liveright,2011

《我弥留之际》(*As I Lay Dying*) 李文俊译,北京:中央编译出版社,2014

《小镇》(*The Town*)

《修女安魂曲》(*Requiem for a Nun*)

《喧哗与骚动》(*The Sound and the Fury*) 李文俊译,北京:中央编译出版社,2014

《押沙龙,押沙龙!》(*Absalom, Absalom!*) 李文俊译,北京:中央编译出版社,2014

《野棕榈》(《我若忘记你,耶路撒冷》)(*The Wild Palms/If I Forget Thee, Jerusalem*) 蓝仁哲译,北京:北京燕山出版社,2016

《寓言》(*A Fable*) 林斌译,北京:北京燕山出版社,2017

《园中之狮》,即《园中之狮:威廉·福克纳访谈录,1926—1962》(*Lion in the Garden: Interviews with William Faulkner, 1926 – 1962*) James B. Meriwether and Michael Millgate eds. , New York: Random House, 1968

Abbreviations

Unless otherwise noted, citations are to Random House Vintage Books editions.

AA	*Absalom, Absalom!* (Vintage International)
AILD	*As I Lay Dying* (Vintage International)
CS	*Collected Stories*
EPP	*William Faulkner: Early Prose and Poetry*, ed. Carvel Collins (Boston: Little, Brown, 1962)
ESPL	*William Faulkner: Essays, Speeches, and Public Letters*, ed. James B. Meriwether (New York: Random House, 1965)
F	*A Fable* (New York: Random House, 1954)
FB	*Faulkner: A Biography* by Joseph Blotner (New York: Random House, 1974)
FCF	*The Faulkner-Cowley File: Letters and Memories, 1944 – 1962* (New York: Viking Press, 1966)
FID	*Flags in the Dust/Sartoris* (Vintage International)
FIU	*Faulkner in the University: Class Conferences at the University of Virginia, 1957 – 1958*, ed. Frederick L. Gwynn and Joseph L. Blotner (Charlottesville: University of Virginia Press, 1959)
FR	*The Faulkner Reader* (New York: Random House, 1954)
FWP	*Faulkner at West Point*, ed. Joseph L. Fant III and Robert Ashley (New York: Random House, 1964)
GDM	*Go Down, Moses* (Vintage International)
H	*The Hamlet*
IID	*Intruder in the Dust*
KG	*Knight's Gambit*
LIA	*Light in August*
LIG	*Lion in the Garden: Interviews with William Faulkner, 1926 – 1962*, ed. James B. Meriwether and Michael Millgate (New York: Random House, 1968)
M	*The Mansion*
MF	*The Marble Faun* (New York: Random House, 1965)

Mos	*Mosquitoes*（New York: Liveright, 2011）
P	*Pylon*（Vintage International）
PF	*The Portable Faulkner*, ed. Malcolm Cowley, rev. ed.（New York: Penguin Books, 1967）
R	*The Reivers*
RFN	*Requiem for a Nun*
S	*Sanctuary*
SF	*The Sound and the Fury*（Vintage International）
SL	*Selected Letters of William Faulkner*
SP	*Soldiers' Pay*
T	*The Town*
U	*The Unvanquished*（Vintage International）
US	*Uncollected Stories*
WP	*The Wild Palms/If I Forget Thee, Jerusalem*（Vintage International）

注：上述缩写源自原书，由原著作者编写及应用——译者注。

目　　录

"对死亡说不"：福克纳小说理论研究

白晶 译

关于福克纳小说理论的争议，现今部分评论家持亨利·纳什·史密斯（Henry Nash Smith）在 1932 年发表的观点，认为福克纳"没有小说理论"（《园中之狮》32 页）。然而，我在浏览大量分析福克纳小说技巧的书籍和文章后，发现这位诺贝尔奖得主的小说理论不尽相同，甚至是互相矛盾。尽管福克纳曾多次明确表示他不属于"文人"，未受过正规的美学和批评教育，也未像亨利·詹姆斯（Henry James）或威廉·迪恩·豪威尔斯（William Dean Howells）那样对作家的目标与实践进行详细阐述，但福克纳的书信、散文、演说词、采访录和小说表明，他在整个职业生涯中，都对文学理论非常感兴趣。福克纳在其创作生涯的不同阶段呈现出多元化的写作风格，涵盖诗歌及散文体裁，接纳了现实主义、自然主义及浪漫主义的混合元素，他以 20 世纪 50 年代为其艺术创作确立潜在前提，自其创作生涯伊始，这一基本前提便贯穿其中，或许隐藏在潜意识之中。尽管可能被视作一种简化主义的研究方法，我依然坚定地认为，福克纳小说理论的关键在于他对于写作的阐述，即将之视为其"对死亡说不"[1]，此表述在 1951 年后常被提及，且在早期作品之中已有所暗示。这种冲动不仅揭示了福克纳艺术的起源，亦阐释了其艺术设计的重要特征。

作为我的论点的初步例证，《熊》（The Bear）的第五节是极其显著的一段论述，不仅透露出福克纳对生与死的深刻洞察，还暗示了他对艺术的见解。在这一节中，艾萨克·麦卡斯林最后一次随同山姆·法泽斯（Sam Fathers）去实习狩猎的大森林。

尽管艾萨克同意"毫无现实基础的凭空设想的计划"（《去吧，摩西》404 页）的观点，即德·斯班（De Spain）少校可能改变主意，取消将私产出售给孟菲斯木材公司的协议，但这个年轻人深知这片大森林终将消亡。老班（Old Ben）、"狮子"（Lion）和山姆的去世已经昭示了这个厄运，而霍克木材转运站上木材加工厂的建立无疑是这一命运的验证。当艾萨克搭乘小火车进入大森林后，他发现连他的衣物也散发出死亡的气息，"就像衣服能把病房或陈尸间里那种逐之不去的恶臭带到无边无际的流动着的新鲜空气里来"（《去吧，摩西》412 页）。

然而，在重返大森林后，艾萨克能够说服自己至少暂时坚信，没有发生任何改变，甚至未来也不会发生任何变化，大森林将永恒存在，"世上本来就没有死亡"（《去吧，摩西》421 页）。再次造访"狮子"和山姆的坟墓时，艾萨克留意到：

> 这儿并不是死者的葬身之地，因为世上本来就没有死亡，这儿没有"狮子"，也没有山姆；他们并没有被土地紧紧地围裹住，而是自由地待在土地里，不是栖身在土地里，而是本身就属于土地，生命虽有千千万万，但每一个都密切相关，不可分离，叶子、枝桠与微粒，空气、阳光、雨露与黑夜，橡实、橡树、叶子再又是橡树，天黑、天亮、天黑再天亮，周而复始，一成不变，形态虽有万千种，规律却只有一个：还有老班，老班也是这样；他们连脚爪也会还给它的，肯定会还的：然后是长期的对抗和长期的追逐，没有被逼迫、被激怒的心，没有被抓伤和流血的皮肉。（《去吧，摩西》421 页）

尽管这一永恒的向往在涉及个人永生时，显得有些理想主义和脱离现实，如同以下事例所展示。艾萨克在对田园牧歌景象的向往中被一条响尾蛇的闯入打断，"剧烈的惊恐涌进全身"（《去吧，摩西》421 页）。福克纳毫无异议地澄清了这个入侵者的身份及其含义："这老家伙，自古以来就受到诅咒，既能致人死命而又形单影只，现在他能够闻到它的气味了：一股淡淡的叫人恶心的气味，像腐烂的黄瓜，也像某种说不出是什么东西的气味，让人想起所有的知识、一种古老的倦怠、低贱的种姓和死亡。"（《去吧，摩西》422 页）"所有的知识"却等同于死亡，而非永生，当艾萨克将他从山姆处习得的表示尊敬的称号授予这条蛇时，这点得到了更进一步地强调："酋长……爷爷。"（《去吧，摩西》423 页）

倘若《熊》的结局戏剧般地描绘了艾萨克不得不开始面对易变性和死亡的悲剧现实，那么这部分同样揭示了艾萨克的不甘和拒绝接受这些现实。在他的双重敌手——时间和毁灭面前，艾萨克将记忆与想象的创造力融合在一起。艾萨克深入这片目前已注定消亡的大森林中心，而与此同时，有一段长达三页的倒序描绘。在这段倒序中，这个年轻人回顾了他初次猎杀雄鹿的经历，以及阿许（Ash）叔叔随后对公平权利的要求。尽管这个片段中的喜剧元素（以其幽默的语调使得福克纳避免了伤感，故值得称赞）并未削弱这一观点，即回顾过去为艾萨克提供了一种抵制时间和死亡的方法。同样的意图可以与之前引用的关于艾萨克的梦幻般的迂回情节相匹配，他在这个情节中预见了一个理想世界，老班将再次参与到追逐中。艾萨克在此部分的想象力跳跃，既向后又向外，似乎是明显（尽管可能是无意识的）地去尝试否认或至少补偿被死亡所支配的不充分的现实。这一在荒野中的启蒙被视为艾萨克所有后续经历的典范，这一点可以通过对他未来婚姻的推测来证明："有一天他本人会结婚，他们也将拥有一段短暂的、不实在的光辉时刻，正因为它本质上是无法持久的，所以才是光辉的；另外，他们也会，甚至可能把这样的记忆带到肉体不再与肉体对话的时刻里去，因为记忆至少还是能长期保存的。"(《去吧，摩西》418 页)艾萨克从荒野的经历中悟到了古老的真理，即幸福和欢乐具有短暂的、易逝的品质，"光辉时刻……无法持久"；但他对这种损失表示抗议，并通过记忆和想象的运用来表达他的反对。

福克纳能运用生动的笔触描绘出艾萨克·麦卡斯林在体验中成长的历程，这主要是因为艾萨克在面对无情且无法避免的死亡现实时所产生的领悟正是福克纳本人的理解。实际上，艾萨克在与死亡的残酷事实进行决战，在他绝不让步地拒绝接受这个严酷的事实，以及他运用记忆和想象力来否定死亡的过程中，我们可以发现一个几乎完全符合福克纳小说理论的对应关系。

如同艾萨克·麦卡斯林，福克纳对于死亡怀有极度的忧虑[2]。这种忧虑，甚至可以说是病态般的迷恋，很可能源于他的早年岁月，也可能来自他后来所回忆的"那些孩子遭受的孤独和无名的悲伤的魔咒"(《福克纳书信选》20 页)，或者是四岁时因猩红热而与死神擦肩而过的经历，或者是九岁时他深爱的祖母们接连离世的打击。无论他的焦虑源自何处，福克纳的童年无疑被对死亡的高度警觉所笼罩。我们可以有把握地认为，在 Sepulture South：Gaslight 中，那个四岁男孩对灵车的反应在某种程度上是他个人生活的写照：

> 我说："什么？死人？到底什么是死人啊?"他们告诉了我。以前我看到过死的东西，比如鸟、蟾蜍，还有那个被西蒙(他老婆叫萨拉)淹死在水槽里的小狗……我还看着他和萨拉把那些我现在知道是无害的蛇打得血肉模糊。但这种事，这种耻辱，竟然也会发生在人身上，我觉得上帝都不会允许、不会容忍。所以那辆灵车里的人肯定不是死了，肯定是像睡觉一样：那些邪恶势力和力量对人们玩的把戏，让萨拉和她老公不得不把无害的蛇打得血肉模糊或者淹死小狗——被骗进那种无助的昏迷状态，就为了一些可怕而神秘的笑话，直到泥土被压实，在没有空气的黑暗中挣扎、扭动、哭泣，永远无法逃脱。那天晚上我几乎要疯了，紧紧抓住萨拉的腿，喘息着："我不会死！我不会！永远不会！"[3](《短篇小说集续编》452 页)

这一孩童时期对死亡的恐惧在福克纳的成年时期似乎被相应的怀疑或至少是对不朽性的深度怀疑所增强。福克纳对此问题质疑的诸多证据，特别是他早期对斯温伯恩(Swinburne)和豪斯曼(Housman)诗歌的认同、《密西西比山：我的墓志铭》(Mississippi Hills：My Epitaph)和《艺术家》(The Artist)等学徒期文章中的"土归土"意象、短篇小说《界外》(Beyond)中的戏剧性情境、小说《寓言》中对基督(Christ，指耶稣基督——译者注)故事的处理，以及福克纳对"遗忘"一词的普遍偏好，来作为"死亡"的替代词。或许，在福克纳所有作品中对来世最明确的怀疑陈述是哈里·威尔伯恩（Harry Wilbourne）在《野棕榈》结尾拒绝自杀时的反思："在悲痛的存在与不存在之间，我选择悲痛的存在。"[4]（《野棕榈》251页）无论如何，似乎可以肯定地得出结论，福克纳所恐惧的不仅仅是死亡，还有死亡所代表的毁灭[5]。

福克纳对死亡及最终以死亡结束的时间维度世界的态度，对于理解他作为艺术家的自我认知尤为关键。当面对可能是全面毁灭的死亡，福克纳更愿意视艺术为人类反抗时间和死亡，进而至少获得某种程度上的不朽的主要手段。这种信念解释了福克纳在许多关于艺术的阐述中所显现的崇高甚至宗教性的语气。如福克纳对吉恩·斯太因（Jean Stein）所言："人活百岁终有一死，要永生只有留下不朽的东西——永远会活动，那就是不朽了。这是艺术家留下名声的办法，不然他总有一天会被世人遗忘，从此永远湮没无闻。"（《福克纳读本》430页）在阿尔贝·加缪（Albert Camus）去世后，福克纳写道："当那扇门在他身后关上时，他已经在门的这边写出了与他一起生活过、对死亡有着共同的预感与憎恨的每一个艺术家所希望做的事，即：我曾在世界上生活过。"（《福克纳随笔》98页）在给琼·威廉斯（Joan Williams）的信中，福克纳写道："这就是答案，所有一切的原因，地球上唯一能对死亡说不的方式，即最好、最强、最优、最持久的方式：去创造。"（《福克纳传》1461页）考虑到福克纳对艺术和时间的这些观点，我们很容易能够理解他为何对济慈（Keats）的《希腊古瓮颂》（Ode on a Grecian Urn）如此青睐，该诗作不仅颂扬了内容，同时也肯定了所有伟大艺术作品在不断地被接受过程中所展现的恒久力量[6]。

倘若福克纳对艺术的观察能够体现他对死亡的忧虑及对不朽的渴求，那么他的论述也同样如此，在他看来，艺术与记忆和想象力之间有着密切的联系。福克纳频繁地将小说的创作灵感归结为"观察、经验和想象"这三大要素[7]。其中前两者与我们熟知的记忆紧密相连。根据福克纳的阐述，每一位作家的所见、所闻、所读、所做的全部事情都会不知不觉地存储在他的记忆之中，以便他能随时提取所需的图像和细节。"记忆里积淀的必早于知晓的记忆"（《八月之光》84页），福克纳在《八月之光》中如是说。他曾对西点军校的学员们这样说道：

> 我认为，作者的每一次经历均会对其写作产生影响。他在潜意识中拥有一种类似于储藏室的空间，所有这些都被纳入其中，且从未有任何一个被遗忘。某一天，他可能需要某种他曾经体验过或看到过、观察过或阅读过的经验，因此他会将其挖掘出来并加以运用……所有发生在他身上的事情，他都会铭记在心。而这些都将成为他创作的灵感源泉。（《福克纳在西点》96页）

由于艺术的创作部分来源于记忆，对读者来说，它扮演着过去经历的记录者的角色。福克纳在接受诺贝尔文学奖时的演说词中强调，诗人的特权在于"帮助人坚持活下去，依靠鼓舞人心，依靠让他记住，勇气、尊严、希望、自豪、同情、怜悯和牺牲，这些是人类历史上的光荣"（《福克纳随笔》101－102页）。在日本，福克纳评论道："书籍比桥梁和摩天大楼更能持久，这是因为书籍是人类迄今为止发现的最好的记录工具，它记录了人类确实能够承受，即使在黑暗中也有盼望，他确实在行动，他并未放弃，这不仅是他过去的记录，展示了他在黑暗中仍然坚持和怀抱盼望，而且是对这种盼望的有效性的承诺。"在西点军校，福克纳观察到作家的目标是"通过展示人类心灵的经历记录，鼓舞人心"（《福克纳在西点》48页）。正如福克纳在《没有被征服的》中以机车比赛的描述所示，只要后裔继续"讲述它或者听人讲述它"，那么过去就"既没有不见，又没有消失"（《没有被征服的》74页）。

在福克纳强调他的艺术与个人及全人类过去回忆之间的关联时，他并未对自然主义（mimetic）小说理论表示赞同。尽管他经常被称为"现实主义者"或"自然主义者"，但他与豪威尔斯的摄影式写实主义或爱弥尔·左拉（Emile Zola）和西奥多·德莱塞（Theodore Dreiser）的科学文献记录方式并无太多共同之处。福克纳始终强调"想象"是他小说创作的主要元素。实际上，从福克纳在《押沙龙，押沙龙！》中对过去的处理方式可以看出，记忆在福克纳和他的角色中常常被富有想象力的重建，而非简单的回忆。福克纳曾指出："我并不太在意事实。"（《福克纳－考利档案》89页）他还批评约翰·斯坦贝克（John Steinbeck）（可能是错误的，我们可以补充）只是"一个记者，一个新闻工作者，并非真正的作家"（《园中之狮》91页）。在夏洛茨维尔，福克纳观察到，"艺术家的特权……在于为了陈述真理而强调、突出、放大和歪曲事实"（《福克纳在大学》282页）。正如福克纳告诉吉恩·斯太因的那样，约克纳帕塔法可能是从他"家乡的那块邮票般小小的地方"演变而来的，但它是通过"化实为虚"而产生的（《福克纳读本》431页）。福克纳在接受诺贝尔文学奖时的演说词中将艺术定义为不仅是"人的记录"，而且也是"某种过去未曾有过的东西"、"从人类精神的材料中创造出来"的东西（《福克纳随笔》100－102页）。换言之，根据福克纳的观点，艺术源于记忆和创新、事实和想象。

深度剖析福克纳的主张，可以总结出他的三个观点，即文学提供了作家表达对死亡说不、记录人类英勇斗争和运用创造力的途径。我们可以发现，这三个观点实际上是相互依存的。在福克纳看来，对死亡的否定，其实正是艺术的终点；而记忆与想象力则是实现这个终点的必要手段。如同艾萨克·麦卡斯林在"失去荒野的回应"中所述那样，重塑过去及想象一个理想的"另一个世界"都是对抗死亡的方式，是保留所爱之物的生命力的方法。最后，需要考察的就是这些观念如何影响福克纳的小说创作技巧，特别是他对于主题及风格的处理。

福克纳的小说与记忆的交织程度之深，无论怎样强调都不为过。如同诸如加里·库珀（Gary Cooper）、纳撒尼尔·霍桑（Nathaniel Hawthorne）、马克·吐温（Mark Twain）、舍伍德·安德森（Sherwood Anderson）、托马斯·沃尔夫（Thomas Wolfe），尤其是薇拉·凯瑟(Willa Cather)等众多美国作家,福克纳对怀旧的情感投入远超过了适度的范围。正如亨利·纳什·史密斯在1932年与福克纳的对话中所推断的那样,这位作者"热爱[奥克斯福镇(Oxford)]的方式,就像他童年时期那样,那时广告牌和霓虹灯尚未侵扰这片宁静,两层楼高的画廊依然环绕着广场"(《园中之狮》29页)。福克纳本人倾向于将他自己发现真正主题的过程,即约克纳帕塔法的人物、地点和事件,与记忆的保存行为联系起来。在创作了大量平庸的诗歌和两部失败的小说(这两部作品都明显地根植于当下而非过去)之后,福克纳写下了《坟墓里的旗帜》(《沙多里斯》),他自称"我的虚构作品就是从这里萌发的"(《福克纳在大学》285页)。在描绘这部作品的创作过程时,福克纳曾表示,他一直在"对时间与死亡进行无拘束地探索",并认为"我唯一能够做的就是运用全身心的力量,试图将我正在准备失去和懊悔的世界,在书籍的封面之间重现。我带着年轻人特有的忧郁,深感自己不仅处于衰老的边缘,而且在这个充满生机的世界中,变老将成为我独自面对的独特体验。我渴望,即使无法完全捕捉这个世界,以及对它的感受,就像你会保存种子或叶子来象征失去的森林,至少要保留这片枯叶以唤起记忆的框架"。福克纳担心这个世界,并进一步指出,他的世界"不应从人类的记忆中消失殆尽",同时也需要"在这个持续动荡且缺乏稳定性的实际世界中,再次确认并稳固自我意识的冲动"。因此,《沙多里斯》这部小说源自对时间和死亡的抗议及由此产生的打印逝去场景的强烈渴望。事实上,这种通过创造力对抗死亡的冲动十分强烈,以至于福克纳无法确定"我是否已经创造了我应该赋予生命的虚构世界,或者它是否已经创造了我,给了我一种伟大的错觉"[8]。

由《沙多里斯》的故事构成所透露出的信息可以看出,福克纳在创作约克纳帕塔法的生涯中发生了戏剧性的转变,可能主要原因在于他发现艺术既是一种呈现艺术家面对死亡时自我意识的手段,也是获取本土材料的途径。实际上,这两个发现几乎无法区分。然而,深入思考后我们发现,福克纳能以何种方式更好地描绘他自己的世界的消逝呢?答案无疑是通过将其与已经屈服于时间和死亡的前一代人进行对比。因此,我们可以推测,《坟墓里的旗帜》(《沙多里斯》)中的双重时间框架和主导主题就是这样演变而来的。这部作品的所有元素都汇聚在一起,形成了一个单一的主题:铭记死亡。故事情节涉及萨托里斯家族的两代人,一个是过去的,另一个是正在消逝的。主角,年轻的巴耶德·沙多里斯(Bayard Sartoris),似乎比他的实际年龄显老很多,因为他已经接受了死亡的严酷现实,并且无法像他的对手霍拉斯·班波(Horace Benbow)那样,通过想象中的漫游"月亮之外,天穹之巅,是被繁星镶嵌的牧场。在那里,独角兽在其上或呼啸疾驰,或是食草,或是安逸地卧在金色蹄爪间"(《坟墓里的旗帜》172页),来逃脱这个现实。剧情紧随着季节的无情变化而展开,从春天,到夏天,到秋天,再到冬天,最终在十二月的冰冷雨水中结束——"雨点一滴一滴地……消磨了夜晚,消磨了时间"(《坟墓里的旗帜》324页)。即使偶尔出现的幽默和对自然的欢乐描述,似乎也被设计成了强调，而非缓解这种忧郁。

恰如其分地，家族的姓氏沙多里斯与其悲剧主题息息相关："听起来好像死亡的声音，迷人的宿命，犹如日落时银色的旗帜迅速降下，或是通往隆塞斯瓦列斯的道路上，号角渐息的悲壮之歌。"（《坟墓里的旗帜》404 页）不足为奇的是，小说最后一个场景发生在墓地，在家族的墓碑群中，最引人注目的一块墓碑上刻着"在此停驻，悲伤之子；铭记死亡"（《坟墓里的旗帜》399 页）。

然而，正如萨托里斯家族悲惨命运所象征的，历史的进程仅仅是这部小说中的一方面，即负面的一面。而另一面，也就是正面的一面，则是艺术，这并不是书中的主题，而是指那部书本身。正如福克纳所说，他所写的只是为了能将他即将逝去的世界在书页之间捕捉并保存下来。许多评论家认为，福克纳的主要主题是时间；但更准确地说，他最关心的其实是抵抗时间。在《坟墓里的旗帜》（《沙多里斯》）中，这种积极甚至英雄般的重点意象被约翰·沙多里斯（John Sartoris）上校的大理石雕像所代表。

> 他站立于石质基座之上，身着礼服，未着帽子，一腿稍微向前伸展，一手轻轻地置于身旁的石质基柱上。他的头部稍稍抬起，那高贵自尊的姿态展现出了世代相传的宿命般的忠诚，背对着世界，他那雕刻的眼睛注视着铁路穿越山谷，还有远处那蓝色永恒的山峦，更远处，是无尽的墙垣。石质基座和雕像因雨季与阳光的洗礼而斑驳，还有雪松树枝滴落的痕迹，字母的大胆雕刻被霉菌模糊，但仍然清晰可辨。（《坟墓里的旗帜》399 页）

这座纪念碑，似乎无畏时间的磨砺，能够唤醒对于往昔的记忆，象征了福克纳所阐明的艺术与记忆之间的复杂关系。另一个揭示这一概念的纪念碑是约克纳帕塔法系列的其他小说和故事[9]。

约翰·沙多里斯的雕像仅是福克纳小说中众多备受关注、历经岁月洗礼而幸存下来的物品之一，这些物品有助于唤起人们对过去岁月中人物和事件的回忆[10]。这些"纪念物"或可被称为"艺术替代品"，其形式多种多样。例如，名叫法斯（Falls）的老者赠予日益年迈的巴耶德·沙多里斯的烟斗，唤醒了巴耶德·沙多里斯对父亲的记忆。实际上，法斯本身就是纪念物，他在作品中的唯一作用便是向巴耶德·沙多里斯和读者传达约翰·沙多里斯从"一个已逝的时期"中遗留下的"更有形的存在"（《坟墓里的旗帜》3 页）。另外，我们还能想到艾萨克·麦卡斯林多年来珍藏的狩猎号角，以及那双拖鞋和牧场，无论多么微弱，都在唤起班吉·康普生（Benjy Compson）封闭心灵中的过往记忆。有时，纪念物具有社区意义，而非个人，就如同《修女安魂曲》中杰弗生镇（Jefferson）的法院和监狱。偶尔，纪念物会以书面形式出现，如艾萨克·麦卡斯林在种植园小铺中所发现的家族的老账本，或者查尔斯·邦（Charles Bon）写给朱迪思·萨德本（Judith Sutpen）的信，经过三代人的保存和传递，最终交给了昆丁·康普生（Quentin Compson）。值得注意的是，康普生先生关于朱迪思为何将邦的信交给昆丁祖母的解释，与福克纳自己对艺术家和死亡的观察相呼应：

> 因为你这个人不惹人注意，你懂了吧。你让自己生下来……突然之间一切都完了，你留下的一切仅仅是一大块石头，上面有刮擦的痕迹……越陌生越好，要给他们一些东西——一张纸片啦——某些东西，任何东西……但至少它还会是某样东西因为它也算有过这么件事，能让人记得即使仅仅因为曾从一只手传到另一只手，从一个人的头脑传到另一个人的头脑，再说它至少是些刮擦出来的痕迹，某种。（《押沙龙，押沙龙!》177-178页）

根据康普生先生的描述，朱迪思似乎对于向他人传达自己的意愿过分执着。用他的话来说，这种强烈的欲望驱使她"留下那刮擦的痕迹，那在'湮没'的空白表面上不消褪的记号，而湮没恰恰是我们所有人都注定要得到的命运"（《押沙龙，押沙龙!》180页）。在这个例子中，如果不是其他情况，毫无疑问康普生先生是在代表他的创造者发言。

另一种"艺术替代品"是在《修女安魂曲》中塞西莉亚·法默（Cecilia Farmer）在狱房窗户上留下的签名。这一签名与福克纳对艺术和艺术家定义的勾勒相吻合，其力度之强甚至更胜一筹[11]。这一签名，"仅有寥寥几笔，似乎抵不过蜗牛爬行后留下的薄薄的干燥黏液的持久性，然而却历经百年洗礼依然坚毅不挠地存在着"（《修女安魂曲》218页），唤起20世纪的杰弗生镇中的陌生人对塞西莉亚的生活和时代的间接参与。当这个陌生人凝视着塞西莉亚的签名时，塞西莉亚的故事"活跃起来"，这与福克纳在《福克纳读本》的前言和其他地方对艺术的观察是相似的：

> ……突然之间……某事已然发生：你凝视的那片古老的劣质玻璃上的微弱、脆弱、难以辨认，甚至无从推断的划痕，在你的视线之下，已经移动，甚至当你凝视它时，就已经汇集，似乎实际上已经进入了视觉之外的另一种感官：一种气息，一种低语，填满了那间闷热而狭窄的陌生房间……这两者的结合——那片陈旧的乳白色的古老玻璃，以及其上的划痕；那个温柔而无主的过时的女孩名字，以及那个近一个世纪前在四月去世的旧日期——正在诉说、低语、回来、出去、跨越，来自一段如同薰衣草一样古老的时光，甚至比相册或幻灯机更为古老，与古老的银板照相法一样悠久。（《修女安魂曲》219页）

　　塞西莉亚的签名留存到未来的能力，以及激发陌生人的想象力和情感反应的影响力，使我们想起福克纳对吉恩·斯太因所说的："艺术家的宗旨，无非是要用艺术手段把活动——也就是生活——抓住，使之固定不动，而到一百年以后有陌生人来看时，照样又会活动——既然是生活，就会活动。"（《福克纳读本》430 页）评论家们已经对这句话的前半部分给予了相当多的关注，即艺术是被阻滞的运动的理念，然而，福克纳或许更专注于他的定义的后半部分。只有当艺术能够"照样又会活动"时，才真正意味着创造者成功地对死亡说了不，实现了不朽。

　　福克纳对"纪念物"与"艺术替代品"的热衷无疑与他对约克纳帕塔法虚构场景、事件和角色的反复提及形成了有趣且引人注目的对比。在《喧哗与骚动》的附录中康普生家族的重现，以及斯诺普斯叙事在三十年的时间跨度内的延续，实际上仅仅是福克纳诸多重新讲述并改造早期故事的典型例子中的两个。尽管这类重复和延伸的行为出于多种叙事目的——例如，紧张的剧情展开、更加丰富的人物塑造，以及多角度的观察——但我们有理由怀疑，福克纳在这方面的实践更多地受到心理需求的驱动，而非文学需求。考虑到福克纳对时间和死亡的焦虑，以及他对（最初）艺术接受度和（最终）艺术生存的关注，我们可以合理地推测，福克纳回归早期故事的行为至少部分地是由他对艺术生命力的需求所驱动的，尽管这种需求可能是无意识的。福克纳不愿重读已出版的作品，似乎也与此相关。对艺术家来说，完成的作品属于过去，（某种程度上）属于死亡，这是必须坚决抵制的。其中一种抵制方式就是依赖有同情心的读者来代替自己回应作品，从而使作品"照样又会活动"。另一种抵制方式就是让创作者通过增补附录和扩展章节来确保他的创作"照样又会活动"。不出所料，随着岁月流转，福克纳重新讲述旧故事的趋势也有所增强。大多数评论家坚持认为福克纳晚年时期的艺术创造力有所减弱，但另一种可能性是，随着福克纳年龄的增长，他越来越强烈地意识到自己的生命有限，他感到越来越被迫（再次下意识地）为早期创作注入新的活力。无论是何种情况，记忆在约克纳帕塔法县的范围内及约克纳帕塔法县与现实的关系中，都发挥着抵抗时间和对死亡说不的功能。

　　若这一推理无误，那么《掠夺者》在福克纳的小说序列中无疑是一部具有特殊意义的作品。实际上，作为那个视记忆为对抗死亡良药的艺术家在职业生涯尾声阶段可能创作的作品，最后这部小说似乎精准契合了这种定位。正如副标题所表明，《掠夺者》是对"往事的回忆"，这是由卢修斯·普利斯特（Lucius Priest）这个与威廉·福克纳有许多相似之处的祖父，对半个多世纪前发生的事件所做的怀旧式叙述。在创作这部小说时，福克纳不仅回溯了他自己幼年时期真实的马厩时光，而且更广泛地探索了约克纳帕塔法的虚构世界。伊丽莎白·克尔（Elizabeth Kerr）也许在指出《掠夺者》与福克纳曾预言他将有朝一日创作的"约克纳帕塔法县的末日记、宝鉴录"（《福克纳读本》432 页）存在关联方面有误解，但她明确指明这部小说在很大程度上借鉴了福克纳过去的作品这一点，无疑是正确的[12]。运用《圣殿》中的孟菲斯背景、对福克纳作品中普遍存在的启蒙主题的巧妙运用、对杰弗生镇和约克纳帕塔法县历史上重大事件的引用，以及对早期书籍中众多角色的提及——所有这些特征都表明，福克纳通过回忆在《掠夺者》这部告别之作中庆祝了约克纳帕塔法所取得的全面成就。

使用记忆作为对抗时间与死亡的手段，不仅影响了福克纳的主题选取，亦对其作品的风格产生了深远影响。正如罗伯特·佩恩·沃伦（Robert Penn Warren）所述："作家的风格代表了他对于经验的态度。"[13]因此，福克纳的风格应被视为代表着对死亡如何抵抗，并通过对过去的渴望来保存。人们可能会猜测，马塞尔·普鲁斯特（Marcel Proust）在这方面起到了重要的示范作用。"在我读完《追忆似水年华》（A la Recherche du Temps Perdu）之后，"福克纳曾经说过，"我说'这就是!'——我希望这是我自己写的。"（《园中之狮》72页）无论如何，我们可以在福克纳的意识流作品中发现同样的对过去的痴迷，以及以当前的角度来保存和重述它的强烈冲动[14]。许多评论家已经注意到福克纳的风格如何将过去和现在的时间结合起来。例如，艾尔弗雷德·卡津（Alfred Kazin）将福克纳的散文描述为"试图实现与我们所有的起源、我们的'祖先'的连续性……与我们所接触过的、了解过的、爱过的一切。这就是为什么他需要那些长长的连续的括号，以及括号内的括号。它们体现了人类继承的链条"[15]。福克纳自己也表达了类似的观点。他告诉马尔科姆·考利（Malcolm Cowley）："我的抱负是将一切都融入一句话中——不仅包括当前的情况，而且也包括对其依赖的整个过去，一秒接一秒地超过现在的过去。"（《福克纳-考利档案》112页）在弗吉尼亚大学，福克纳指出："对我来说，人并不是他自己，他是他过去的总和。实际上并没有真正的过去，因为过去已经存在。因此，一个人，无论是故事中的角色还是任何行动的时刻，都是他当时的自我，他是所有塑造他的一切，而长句则是试图将他的过去和可能的未来融入他正在做某事的瞬间。"（《福克纳在大学》84页）在给考利的信中，福克纳写道："我仍然在努力将全人类的历史融入一句话中。"（《福克纳-考利档案》17页）

读者们将在福克纳的意识流作品的几乎每一页中发现该原理的运用，以下摘自《押沙龙，押沙龙!》开篇的段落便是一个很好的例证。

> 看来这个恶魔——他姓萨德本——（萨德本上校）——萨德本上校。他不知从什么地方，没有预先警告便来到这里，带来一帮陌生的黑鬼建起了一座庄园——[狂暴地拉扯出一座庄园，按照罗沙·科德菲尔德（Rosa Coldfield）的说法]——狂暴地拉扯出。接着娶了她的姐姐埃伦产下一子一女，那是——（一点也不斯文地产下的，按照罗沙小姐的说法）——一点也不斯文。这些子女本该成为他引以为荣的宝贝和他老年时期的保障和安慰，可惜——（可惜他们毁了他或是诸如此类的事，或是他毁了他们或是诸如此类的

事。后来死了)——后来死了。毫不遗憾，罗沙·科德菲尔德小姐说——（除了是她觉得遗憾）是的，除了是她。（还有昆丁·康普生）是的。还有昆丁·康普生。（《押沙龙，押沙龙!》8 页）

在这段文本中，昆丁对半个世纪前托马斯·萨德本（Thomas Sutpen）公众传奇经历的认真思考与昆丁对罗沙小姐近期解读的回忆，以及他自身当前情感反应的描述交织在一起。福克纳运用括号内插和关键短语的重复来强调遥远的过去、近在咫尺的过去和现在时间之间的相互关系。《押沙龙，押沙龙!》的全书就是基于这个原则构建的，同样的原则也适用于班吉·康普生和昆丁·康普生的内心独白、艾迪·本德仑（Addie Bundren）临终前的反思，盖尔·海托华（Gail Hightower）对自己家庭历史的重建及艾萨克在《熊》里的思考也是根据这一原则构建的。在《修女安魂曲》中有三个序言，其中第三个仅仅由一句话组成并延伸到了五十页，这只是福克纳小说中常见做法的极端形式。

在特定情况下，可能大多数情况下，过去被视为负担而非乐趣，这并不重要。福克纳的形而上学观点中，存在问题很少的是关于痛苦与欢乐之间的选择。更确切地说，它是关于存在与不存在的问题。福克纳的英雄人物往往像艺术家一样对死亡说"不"，即使选择活着会带来相当程度的焦虑、内疚或痛苦[16]，但他们仍会如此选择。

尽管记忆对福克纳来说很重要，但基于一些明显的原因，它不能成为他诗学的唯一基础。仅仅回忆体验并以速记的方式记录下来，就意味着复制并接受这个被时间和死亡所破坏的堕落的世界。而福克纳反抗的正是这个堕落的世界。对死亡说"不"从根本上来说就是对生命说"不"，因为死亡是生命过程的终结。福克纳与现实的紧张关系体现在他对南方历史的感受、对父亲幻想的破灭、被埃斯特尔·奥尔德姆（Estelle Oldham）和后来的海伦·贝尔德（Helen Baird）拒绝，以及在第一次世界大战期间没成为飞行员的失望、作为初露头角的作家所做的努力，甚至他对身材矮小的疑虑[17]。然而，所有这些失望、这些"小小的死亡"，都仅仅是福克纳对早已接受生活所要求的终极"报酬"的热切愿望。不管福克纳的个性受到各种挫折的影响如何，很明显，正如《大理石牧神》《狂乱》（Nympholepsy）和《五朔节》（Mayday）所揭示的那样，福克纳很早就用幻灭的浪漫主义者的黄疸的眼睛来看待这个世界了。福克纳从未从他年轻时的失望中完全恢复过来。他对 20 世纪南方作家文艺复兴原因的评论经常被引用，仅在一定程度上揭示了他个人的观点："我个人倾向于认为，这是因为南方人生活的贫瘠，所以他不得不求助于自己的想象力，去创造他自己的卡尔卡松（Carcassonne，法国南部一古城——译者注）。"[18]（《福克纳在大学》136 页）同样，福克纳如此评论《熊》的起源："这是一个令人遗憾的、破旧的、不能完全令你满意的世界，所以你创造了一个自己的世界，所以你让'狮子'比你本来描述的更勇敢一点儿，你让熊比你本来描述的更像熊一点儿。"（《福克纳在大学》59 页）正如这些引言所述，福克纳与弗洛伊德（Freud）学派对艺术家的定义有着一定的联系，即把他的挫折和神经症升华成象征性的投射与幻想[19]。在这种观点下，艺术是生活不足的一种补偿形式，而想象力这个超越的手段则成为这种艺术的主要成分。

在此，探索福克纳的专家学者往往会发现一个令人颇为好奇的悖论。正是福克纳所谓的"异议"，也就是他对于死亡的否定，促使他热烈地赞美生命和经历，甚至包括那些悲剧性的人生经验，同时通过美学的记忆视角去追寻世界的持久保存。然而，一种更为强烈的冲动，源自对生命最终受制于死亡的深刻理解，福克纳对现实生活有所抵触，通过想象力的艺术手法来进行改造[20]。这种后来者，可以解释福克纳为何常常公开表示自己"超过了上帝"[21]。就如同他向夏洛茨维尔大学的学生们所言，"没有一个作家满足于上帝创造的人。作家相信自己能比上帝创造得更好"（《福克纳在大学》131–132 页）。此类评论表现出的并非傲慢自大、唯我独尊的艺术家的姿态，而是感受到需要用富有想象力的小说来粉饰"这个令人遗憾、破旧不堪的世界"的"贫瘠"。

福克纳在其一生中采用了众多方式塑造人物，在现实世界中他对塑造自己的形象极其执着。其中最为著名的例子无疑是福克纳在第一次世界大战后扮演的归国战争英雄角色。福克纳穿着军装，胸前佩戴着英国皇家空军双翼造型的徽章，在摄影师面前摆着姿势，他一瘸一拐地走在奥克斯福镇的大街小巷及附近的小镇上，展现出一个经验丰富且在战争中受伤的飞行员形象。他还扮演过以下角色：放荡不羁的诗人、小镇名流、朴素的农民、好莱坞怪人、浪漫情人和英国乡绅。尽管福克纳所扮演的多数形象带有一种无辜的嬉戏感[例如，他在接受采访时曾告诉过某个提问者："我是黑人奴隶和鳄鱼的后代，他们的名字都叫格拉迪斯·洛克（Gladys Rock）。"（《园中之狮》9页）]，但我们必须承认这种行为模式中所蕴含的某种神经质因素。在极少数情况下，对实际情况添油加醋的必要性演变为病态的妄想症。然而，在福克纳的例子中，这种倾向似乎仅仅表现为朱尔斯·德·戈特里（Jules de Gaultier）所称的"包法利夫人情结"的轻度形式，即"赋予人类以看到自己非真实面貌的能力"[22]。对于像福克纳这样的个体来说，这种情结并不令人意外，因为他不仅在言辞上，而且在对酒精的依赖上，都表达了对现实世界的深深厌恶。写作和饮酒，正如福克纳的角色扮演所展示的那样，并非"创造一个与人类所居住的破败世界略有不同的世界"（《福克纳在大学》43 页）的唯一方式。

福克纳对现实世界的冷淡也体现在他的非小说的作品中，如《密西西比》（Mississippi）这篇随笔似乎是一部自传式的回忆录，追踪了福克纳思想和艺术成长的影响因素。文章的第一句话明确了整篇随笔幻想与事实交织的特征："密西西比发源于田纳西州孟菲斯一家酒店的大堂，朝南伸展，直抵墨西哥湾。"（《福克纳随笔》10 页）文章接着概述了从古印第安人时期到 20 世纪中叶的密西西比河历史。如同他在"约克纳帕塔法世系"中的做法，福克纳将复杂的历史过程简单化，使其符合他自己对《失乐园》(*Paradise Lost*)的独特理解。因此,原始的荒野和众多的美洲原住民部落被归为一个前人类的、但注定要失败的时代,蓄奴的棉花种植园主和投机木材商人被描绘成伊甸园的毁灭者,20世纪的支持(蛊惑人心的)政客和加入三K党的乡巴佬被描绘成最终堕落的象征,审判和报应偶尔会降临这个堕落的世界,如19世纪的美国南北战争和20世纪的密西西比河洪水。然而,福克纳的叙述,就像弥尔顿(Milton)的伟大史诗一样,并非没有"幸福的缺憾"。悲剧,无论是人为的还是自然的,"仅仅是让人类再次得到一个机会去证明……人的身体能在多么大的程度上忍受、坚持与苦熬"(《福克纳随笔》23页)。

　　在这个经过高度描绘和构建的历史框架中,福克纳巧妙地融入了真实与虚构的人物。默雷尔(Murrell)、梅森(Mason)、黑尔(Hare)、哈珀(Harpe)两兄弟(这几个人是当时横行不法的歹徒——译者注),以及福雷斯特(Forrest)、比尔博(Bilbo)、瓦达曼(Vardaman)、卡罗琳·巴尔(Caroline Barr),还有沙多里斯、德·斯班、康普生一家、麦卡斯林一家、艾威尔(Ewell)一家、霍根贝克(Hogganbeck)一家,"偶尔也会有个把姓斯诺普斯的,因为到二十世纪初,斯诺普斯家的人已经是无处不在了"(《福克纳随笔》11页)。《密西西比》包含了事实和虚构,而事实又塑造了虚构。一位真实的百万富翁运动员保罗·雷尼(Paul Rainey),被转化为虚构的赛尔斯·韦尔斯(Sales Wells);而福克纳在这篇文章中的形象则"论资排辈当上了营地的头儿"(《福克纳随笔》11页),尽管真实的福克纳从未有过这样的经历。奥克斯福并未出现在故事中,但杰弗生却出现了。在其融合历史事实、记忆和想象力构建的过程中,《密西西比》成为福克纳艺术的缩影。它是约克纳帕塔法世界的缩影,是福克纳自己创造的宇宙,部分灵感来自现实,但通过将现实升华为虚构而创造出来。在这样的宇宙中,并非镜子般的世界,而是被创新的世界占据主导:在这个领域,富有想象力的艺术家,而非上帝,成为"唯一的业主与产业所有者"。

　　福克纳的创作技法,存在着几个与他的想象力美学之间紧密关联的特点,其中之一便是他对荒诞与神奇力量的热衷和追求。

　　读者很快就能发现福克纳笔下的角色,常常更倾向于变形为极为典型的人类形象,而非精心塑造出的完整、"现实主义"的人物。瓦尔特·J.斯洛塔夫(Walter J. Slatoff)描述的康普生一家——父亲是一个嗜酒成性的失败者,母亲则是个毫无希望的疑病症患者,子女则包括白痴、神经质的自杀者、淫荡的女人和冷酷无情的唯物主义者——被他形容为"完全的怪物"。他对《八月之光》中的凶手、自杀者、两个精神分裂症患者、偏执狂及疯子的描绘也得出了类似的结论[23]。在某些情况下,福克纳的怪诞手法甚至接近于讽刺画:加文·史蒂文斯(Gavin Stevens)的喋喋不休、路咯斯·博尚(Lucas Beauchamp)的固执己见、斯诺普斯的兽性、杰生·康普生(Jason Compson)的贪婪、尤拉·瓦尔纳(Eula Varner)的欲望。福克纳对尤拉的描述,即"她远远超过生活中的常人，这个世界无法满足她对人生的期许"(《福克纳在大学》31页)，也适用于福克纳的许多角色，甚至可以说，大部分角色。如同福克纳早期绘画中那些身体修长、面无表情的人物，福克纳笔下的角色更像是艺术家创造性视野中的怪诞形象，而非现实生活中的真实人物。显然，只有这样的角色才能为他们的创造者提供一种对时间和死亡的缺陷世界的控制感，甚至优越感[24]。

福克纳对事件和情节的处理方式明显倾向于奢华，甚至是夸张手法，这在他的作品中得到了显著体现。其中一些代表性的例子包括：本德仑家族旅程的阴森恐怖、谭波儿·德雷克(Temple Drake)的被强奸、托马斯·萨德本长期以来的偏执行为、艾克·斯诺普斯(Ike Snopes)对母牛的感情、《坟墓的闯入者》中的掘墓场景、爱米丽·格里尔生(Emily Grierson)的疯狂行为、南希·曼尼戈(Nancy Mannigoe)的谋杀行为，以及《野棕榈》中罪犯的冒险经历。福克纳笔下的喜剧事件，如帕特·斯坦帕(Pat Stamper)的换马闹剧，或是拜伦·斯诺普斯(Byron Snopes)拥有一半印第安血统的孩子的恶作剧，与"高谈阔论"的美国西南部的纺织工人等传统故事讲述者之间存在诸多共性。然而，这种夸张和故意扭曲的运用并不仅限于福克纳的喜剧。同样，它也不局限于个别场景。福克纳的整体情节设计，以暴力的时间顺序破坏、观点的激进转变和形式的惊人创新为特点(如《野棕榈》和《修女安魂曲》)，同样倾向于奢华和夸张。在这里，就像在福克纳的怪诞人物塑造和令人震惊的事件中一样，人们可以看到一种逃离平凡和常规的需求，进入自我创造的领域。

福克纳对时间和死亡的实际世界的否认同样体现在他对神话化倾向的坚持。托马斯·萨德本不仅仅是一个19世纪南方的种植者：他(根据不同的观点)是一位从混乱中创造秩序的神祇，"在混沌中创造出秩序的、神一般的创造者，创造出了萨德本百里地，要有萨德本百里地，就像古时候说要有光一样"，或者恶魔般的存在，"这个浮士德(Faustus)，这个恶魔，这个别西卜……把魔鬼的角和尾巴藏在人穿的服饰底下再盖上一顶海狸皮帽子"(《押沙龙，押沙龙!》252-253页)。或者，正如《押沙龙，押沙龙!》这个标题所暗示的那样，萨德本是一个被他的悲剧性缺陷所摧毁的大卫王。弗莱姆·斯诺普斯(Flem Snopes)不仅仅是个狡猾、道德败坏的商人，正如在《村子》中的主旨场景所揭示的，他是个能够取代地狱之王宝座的大恶魔。尤拉·瓦尔纳(可能是福克纳作品中唯一一个没有找到原型的角色)则交替成为海伦、莉莉丝(Lilith)、塞弥拉弥斯(Semiramis)、夏娃(Eve)、维纳斯(Venus)——简而言之，这位原始女性的"整个外形令人联想起某种源于古老的狄奥尼修斯时代的象征景象"(《村子》98页)。在《去吧，摩西》中，荒野被赋予了伊甸园的象征，新南方则代表着迦南，然而，艾萨克·麦卡斯林却被刻画成了为洗清自身种族的罪愆而赎罪的基督化身。至于理想主义者加文·史蒂文斯，他更像怀揣理想却遭现实世界的挫折与困惑所困扰的堂吉诃德(Don Quixote)。如此等等，贯穿于福克纳的小说中。事实上，几乎福克纳的每一个角色和事件都有一个在古代神话、英雄史诗或骑士传奇中相对应的形象[25]。虽然这样的相似之处把福克纳的创作提升到了地方和区域的范围之上，并赋予了作品一种普遍的特质，但神话元素也证明了福克纳用一种浪漫和伟大的光环来包装乏味、平凡的现实的愿望。通过这样的转换，福克纳赋予了"这个令人遗憾、破旧不堪的世界"以意义和重要性。

在其记忆之美的讨论中，福克纳的想象力美学在其独特风格下得到了明确的揭示。这一作用与众不同，旨在抗议并试图逃离时间和死亡的悲剧性世界。华莱士·史蒂文斯（Wallace Stevens）曾指出，人类"唯有依靠想象力，方能洞悉过去或未来"[26]。福克纳则将意识流技巧作为一种超越媒介进行充分利用。在一次谈话中，他强调自己对亨利·柏格森（Henri Bergson）的"时间流动性"观点的赞同，他观察到："实际上只有当前时刻，其中我既包含过去也包含未来，那便是永恒。"（《园中之狮》70 页）换言之，永生和"永恒"，等同于从现在这一刻跃进到时间的任何一个方向。相反地，若是被困在任一时间维度中——无法回归的过去、正在消逝的现在，抑或虚无的未来——都意味着被时间和死亡所击溃。在同一次访谈中，福克纳进一步阐述："艺术家可以对时间进行相当程度的塑造；毕竟，人类永远不会成为时间的奴隶。"（《园中之狮》70 页）福克纳当然知道，从物理角度来看，人类确实是时间的奴隶；但通过发挥其想象力，人类可以根据自身需求重塑时间。如此一来，他便超越了物质世界的局限，触及了"永恒"。

解析福克纳作品中的任何意识流片段，皆可追寻到对这项原则的深入运用。实例请参见本文开篇所引述的《熊》的一章末尾，艾萨克·麦卡斯林回归大森林时的内心独白。另一个极佳的实例是小说《坟墓的闯入者》中的七页情节描绘。时间设定在星期一夜晚，大概在十点钟过后，契克·莫里逊（Chick Mallison）和舅舅加文·史蒂文斯"站在监狱边上的小巷里县治安官的汽车旁边看着路喀斯和县治安官从监狱的边门走出来穿过黑暗的院子向他们走来"（《坟墓的闯入者》187–188 页）。当路喀斯和县治安官走向汽车的时候，契克转身走过一个短短的街区，来到城镇广场的边缘。在白天的狂喜过后，广场现在空无一人。契克感觉自己就像一个已经准备好的演员，在等待完成戏剧的最后一幕，他注意到"广场并不仅仅是死寂：它们是被人抛弃了"（《坟墓的闯入者》188 页），只有一家通宵咖啡馆和史蒂文斯律师事务所二楼的灯光将它照亮。当契克俯瞰"那到处都是黑暗的毫无生气的正方形"时（《坟墓的闯入者》188 页），他将这个星期一晚上与"其他的正常的星期一的晚上"做了对比，那时"没有热血与报仇，种族和家族团结那高声而愤怒的喧嚣从第四巡逻区……咆哮着传过来"（《坟墓的闯入者》189 页）。

这些其他的星期一夜晚以电影观众和牲畜买家的各类活动为主导。接下来，契克反思了在前一天晚上，即星期日，杰弗生镇的居民们在自家门后静静地等待路喀斯·布香被绞杀时广场上所展现出的场景。随着故事的深入发展，叙述的焦点逐渐回到了当前的场景，然后短暂地转向契克对未来一周的预期："明天一切都将过去，明天广场当然会苏醒过来、骚动起来，再过一天它就会摆脱那宿醉状态，再过一天它甚至会摆脱耻辱。"(《坟墓的闯入者》191 页)反思以两页斜体部分作为结尾，这部分重复了加文对契克说过的话——虽然可能已经表达多次，但最近的一次仅仅是半小时以前——对于南方黑人和白人的未来展望。回忆之后，契克离开广场，回到小巷再次观察"县治安官和路咯斯穿过院子"(《坟墓的闯入者》193 页)。

这篇长达七页的叙述在实际时间范围中仅占用了一两分钟或者可能只有几秒的时间。毫无疑问，福克纳在此处意在采用线性散文的慢动作过程捕捉急速且变幻无常的思维模式，这种模式或许只能通过电影胶片才能以令人信服的方式(如果在艺术中能够实现的话)呈现出来。然而，在这样的段落中，我们感受到的不仅仅是福克纳试图捕捉他曾经定义为"瞬间经验的整体微妙之处"(《园中之狮》107 页)的尝试。我们还看到一种紧迫感，甚至可以说是一种拼命的程度，以及通过想象的创造力来抵御时间限制的动力。福克纳所有独特的文体特征，包括他对串联一系列相关(通常是同义词)的执着，广泛应用长串的从属和括弧短语及子句，对类比、明喻和隐喻的普遍依赖，以及试图利用(有时误用)英语词汇的整个范围和广度——都源于这种同样的紧迫感。福克纳深知他在这方面的目的，即使他的部分读者未能理解。如同他在《园中之狮》所述：

> 我认为这种表达风格源于一种需求，一种必要性。这就是我所要阐述的观点，人类知道生命无法永恒，他仅有短暂的生活时间，在他内心深处，满腔表达某种普遍真理的渴望，他清楚自己仅有有限的时光来表达这样的真理。因此，对于我个人来说，这是把所有内容浓缩成一句话的强大驱动力，因为你可能没有足够的生命长度来分述两句。(《园中之狮》141 页)

因此，福克纳独特的创作风格不仅精确地展现了人类与时间之间的交互关系，而且真实地记录了对时间专横统治的反抗。

在深入剖析福克纳的创作风格如何用语境否认时间与死亡本质的过程中，人们应特别关注他写作中的一个显著特点，即大量运用比喻性语言。福克纳的读者无疑对他倾向于描述角色、行动及事物并非作为孤立或独立的实体，而是几乎每每都是与其他人物和事物相联系的做法深谙不已。实际上，人们也许会得出这样的结论：在福克纳的作品中，没有任何一部分具有本身的重要性，而只是在通过创造性想象的隐喻性转化后才有意义。这样的写作方式在《坟墓的闯入者》中得到了极好的呈现，这部作品是其比喻性语言运用最为明显的一部，它包含了三百多个修辞用语，包括明喻、暗喻、拟人及类比等丰富多样的表达方式[27]。仅仅将此作为福克纳的诗人习惯的残留来解释这种修辞媒介的极度使用似乎颇显草率。要理解福克纳的这种风格特性的终极含义，我们必须超越诸如"福克纳的诗歌散文"等肤浅的标签，并思考隐喻性语言的心理学基础。几乎所有的理论家都一致认为，当普通语言无法满足作家们的需求，他们希望通过暗示捕捉到无法通过直接处理传达的强烈情感或重大意义时，作家们会诉诸隐喻。在这方面，对隐喻的偏好无疑为福克纳的记忆美学提供了便利。如同雷内·韦勒克（Rene Wellek）和奥斯汀·沃伦（Austin Warren）所阐释的："我们借用隐喻来表达我们热爱的事物，欣赏并思考的事物，在不同角度和不同光影下观察，如同精心聚焦的事物全部反射出来。"[28]然而，隐喻不仅是增进物体作为客体的影响力的方式，它更是一种超越，一种试图转变性质的尝试。单词"trope"的基本含义是一个总称所有修辞方式的术语，意为"转向离去"，因此，隐喻性的语言本身就是一种试图超越平庸和传统的尝试。菲利普·惠尔赖特（Philip Wheelwright）坚持认为："隐喻中真正重要的因素是世界上的事物，无论是真实的还是想象的，都是通过想象力的冷静热度转化的心理深度。"[29]福克纳也是如此。就像他在人物和事件上使用神话般的对应关系一样，比喻性语言的运用证明了需要通过想象的创造力来超越"这个令人遗憾、破旧不堪的世界"。于是，在福克纳的创作方法中，隐喻成为表达"对死亡说不"的另一种手段。

我试图阐明，福克纳小说创作冲动与模式的驱动力源于对抗时间及死亡这一悲剧性的现实的渴望，尽管这种渴望并非总是显而易见的。我注意到，福克纳在主题和风格上鲜明展示的记忆与想象力的双重美学，乃是他"对死亡说不"的强烈冲动的逻辑演绎。在此，作为总结，我期望明确从这种方法研究福克纳作品中获得一个主要结论。

总的来说，质疑者对福克纳的小说能否提供积极或消极地对人类存在现状的描绘展开了深度讨论。部分读者在福克纳的作品中察觉到了过度的悲观主义情绪；有些读者则发现了强烈的人文价值观念的传达；也有些读者认为福克纳从一开始就怀着疑虑，然而最终却转向了希望。这些不同的观点解释了为何人们对福克纳接受诺贝尔文学奖时的演说词产生了截然不同的反应：一些读者将此演说词解读为毫无意义的华丽辞藻，而另一些读者则深信这是他真实信仰和承诺的表达。

对于福克纳对人性的独特诠释所引发的争论，毫无疑问，将得以持久地探讨下去。然而，即便是那些对福克纳对人类行为及潜能理解持有异议的人，亦必须承认，这位文学巨匠对艺术及其创作者情感的表述，展现出了极大的积极性。当我们审视斯诺普斯家族的珍视物质财富的心态，昆丁·康普生、艾迪·本德仑、乔·克里斯默斯（Joe Christmas）、托马斯·萨德本的悲惨命运，迪尔西·吉卜生（Dilsey Gibson）、艾萨克·麦卡斯林和法国下士高尚却时常带有诙谐、嘲讽意味的行径时，我们应铭记，我们是通过艺术的映射视角来观察这个纷繁复杂的世界的。福克纳所描绘的世界或许是一个充斥着悲剧与苦难的时期，然而，反映这一时期的艺术作品却是一个伟大的胜利，是一种美的呈现。尽管福克纳作为历史学家、政治家、心理学家、哲学家或神学学者，可能会陷入绝望，但作为艺术家，他对创作价值及艺术本质抱有坚定的信念。据推测，福克纳接受诺贝尔文学奖时的演说词只是对于人类及其命运所做出的次要陈述：首要且最为关键的，它是一份对诗歌创作实践的尊崇宣言。福克纳可能在将其艺术奋斗历程及其成就当作人类命运的象征这一观念上产生了误解（尽管人们期望并非如此）[30]，然而这种疑惑不应掩盖他在接受诺贝尔文学奖时的演说中及其他场合所描绘的诗人英勇形象。诗人因其全然投入技艺，无论困厄或成功皆不能让其分散于任务，从而展现出了英勇精神。诗人之所以为英雄，在于他勇于追求不可能，并拒绝接受毫无生气的失败，即便这种失败看似无法避免[31]。诗人是英雄，因为他凭借想象力展现"这个令人遗憾、破旧不堪的世界"。最为关键的是，诗人是英雄，因为通过他的创造力，他"对死亡说不"。以此种方式，艺术可被视为"人类的救赎"（《园中之狮》71 页），这并非仅因其内容或信息，更取决于其过程。"最重要之事，"福克纳曾言，"便是人类持续创造……只要他尚存，他便会在纸张、废纸、石板上不断书写。"（《园中之狮》73 页）显然，所有的个体皆以各自的方式竭力战胜时间与死亡，然而据福克纳的观点，艺术家是最为接近成功的存在。正如他在长野所言："（人）不能永生。他深知这一点。然而当他离去之际，总有人会知道他曾在这里度过了短暂的一生。他可以建造一座桥梁，或者塑造一个纪念碑，也许能在一两天内受到人们的敬仰，但图像、诗歌，这些都能长久流传，比任何事物都长久。"（《园中之狮》103 页）

注　释①

[1] 据考证，福克纳最早在《修女安魂曲》第 185 页中使用了此短语；然而，尚未完成的作品《艾尔墨》（Elmer）（未出版的手稿，现收藏于弗吉尼亚大学福克纳作品集中）第 60 页中存在着一个几乎等效的短语——"saying No to time"，这份手稿创作于 1925 年。

[2] 参见 Jerold Howard Stock，"Suggestions of Death-Anxiety in the Life of William Faulkner,"unpublished dissertation（West Virginia, 1977）。尽管斯托克的部分论证略显牵强，然而他的作品对福克纳的学术研究具有重要贡献。

[3] 参见《我弥留之际》中瓦达曼母亲棺材上的无聊的洞。

[4] 类似的陈述出现在《去吧，摩西》第 179 页和《寓言》第 399 页。

[5] 福克纳对来世的焦虑反映在他对弟弟杰克说的话中，当时他们的母亲正处于弥留之际："也许我们每个人都会变成某种无线电波。"Murry C. Falkner, *The Falkners of Mississippi: A Memoir*（Baton Rouge：Louisiana State University Press, 1967），189.

[6] 关于对济慈影响的精彩讨论，参见 Blanche H. Gelfant，"Faulkner and Keats：The Ideality of Art in 'The Bear,'"*Southern Literary Journal* 2（Fall 1969）：43-65.

[7] 参见《福克纳在大学》第 103，123，147，181 页。

---

① 注释中的英文同原著。注释中的页码均为原著作者引用的英文原版书页码。——译者注

[8] Joseph Blotner,"William Faulkner's Essay on the Composition of *Sartoris*," *Yale University Library Gazette* 47（January 1973）：122-123.

[9] 在非约克纳帕塔法作品里，记忆也发挥了重要作用。例如，《野棕榈》的创作部分是基于福克纳与海伦·贝尔德和米塔·卡彭特（Meta Carpenter）的恋情，最初的书名是《如果我忘记你，耶路撒冷》（*If I Forget Thee，O Jerusalem*）。见《福克纳传》第978，989-991页。

[10] 据福克纳的兄弟约翰所说，福克纳有"把东西藏起来"的倾向，包括玩具和其他物品。"我们所有的人都有存放自己物品的特殊地方。杰克和我存放的地方从来都不是很有趣。我们会弄坏玩具或者把它们忘掉。但是比尔存放东西的地方总是很整洁，似乎里面有他曾经拥有过的每一件东西。他一直到去世都是这样保存各种奇怪的纪念物。他的书房里堆满了各种东西，我们大多数人都不明白他为什么要保存它们。"John Faulkner,*My Brother Bill: An Affectionate Reminiscence*（New York：Trident Press，1963），76.

[11] 迈克尔·米尔盖（Michael Millgate）同样将塞西莉亚的遗产与福克纳对艺术的评论联系起来。参见 *The Achievement of William Faulkner*（New York：Random House，1966），225。

[12] 参见 Elizabeth M. Kerr,"*The Reivers*：The Golden Book of Yoknapatawpha County," *Modern Fiction Studies* 13（Spring 1967）：95-113。对于反驳，参见 James B. Meriwether,"The Novel Faulkner Never Wrote：His Golden Book or Doomsday Book," *American Literature* 42（March 1970）：93-96。

[13] Robert Penn Warren,"Why Do We Read Fiction?" *Saturday Evening Post* 235（October 20，1962）：84.

[14] 正如让-保罗·萨特（Jean-Paul Sartre）所写："普鲁斯特其实应该采用福克纳的技术，这是他形而上学的逻辑结果。""Time in Faulkner：*The Sound and the Fury*," in *William Faulkner: Three Decades of Criticism*，ed. Frederick J. Hoffman and Olga W. Vickery（New York：Harbinger Books，1963），229-230.

[15] Alfred Kazin,"Faulkner's Vision of Human Integrity," *Harvard Advocate* 135（November 1951）：33.

[16] 参见在《马丁诺医生》（*Dr. Martino*）中路易斯说的话（515页）："有一天他还告诉我，那时我已经懂事，他说这世上最要紧的就是活着，活得有生气，知道自己还有呼吸。害怕的好处，是让你知道自己还活着，而且要做令自己害怕的事，才能活着。他说如果没有畏惧，倒不如死去。"这并不是说福克纳为了生命不顾一切。正如卡斯·埃德蒙兹（Cass Edmonds）在《去吧，摩西》中所观察到的（237页）："只有一样东西比死还不如，那就是耻辱。"弗莱姆·斯诺普斯、杰生·康普生和

金鱼眼维泰利(Popeye Vitelli)是福克纳笔下选择可耻生活的角色，而尤拉·瓦尔纳·斯诺普斯(至少在查尔斯·马利森的看法里)证明了并非所有的自杀都是可耻的。关于最后一点，参见《小镇》第337页。

[17] 我们可以推断，福克纳对舍伍德·安德森(Sherwood Anderson)身高的评论(《福克纳在大学》259-260页)反映出福克纳自身的不安全感。另见默里·福克纳(Murry Falkner)在《密西西比的福克纳》(*Falkners of Mississippi*)中的观察，第191-192页。

[18] 福克纳在短篇小说《卡尔卡松》(*Carcassonne*)中戏剧化地表达了这一点，以及他关于艺术和艺术家的其他观点。参见我的文章"'Carcassonne': Faulkner's Allegory of Art and the Artist," *Southern Review* 15（Spring 1979）：355-365。

[19] 在福克纳的第二部长篇小说《蚊群》中，许多讨论都围绕着一种精神分析理论的文学视角。例如，道森·费尔柴尔德(Dawson Fairchild)的观点："艺术的价值就在于此：它是一种类似于密歇根州的巴特尔克里克(此地以康复治疗闻名)，对我们的精神有所裨益。"(《蚊群》337页)以及朱利叶斯(Julius)的反思："但丁(Dante)创造了贝雅特丽丝(Beatrice)，为自己打造了一位生活还未来得及塑造的贴身管家，并将人类历史中他无法实现的内心欲望的重负，一路扛在她柔弱而不屈服的肩膀上。"(《蚊群》358页)另外，巴耶德·沙多里斯(《没有被征服的》228页)和格拉格农(Gragnon)将军的助手(《寓言》44-45页)也都提供了关于文学创作的精神分析理论的解释。

[20] 严格地说，记忆可视为现实主义的体现，而想象力则与浪漫主义紧密相连。值得注意的是，福克纳创作出了既非复制生活亦非逃避现实之作的"鲜活的文学"，是借鉴了此二者的优点。参见福克纳的《大宅》序言。

[21] Blotner, "William Faulkner's Essay on the Composition of *Sartoris*," 123.

[22] Jules de Gaultier, *Bovarysm*, trans. Gerald M. Spring（New York：Philosophical Library，1970），4. 在这部作品中，作者强调人类生来便拥有自我陶醉幻想的能力，仅仅当这种能力被情感恶化时，才会引起破坏性的影响，恰如爱玛·包法利(Emma Bovavy)的遭遇。

[23] Walter J. Slatoff, *Quest for Failure*：*A Study of William Faulkner*（Ithaca：Cornell University Press，i960），80.

[24] 同样的观点或许可以用来阐述福克纳在处理不同小说之间的日期和其他细节时所持有的任意态度。正如福克纳在"夏洛茨维尔的解释"中提到的："一旦你煞费苦心去创造自己的私人领域，那么你就掌握了时间的主权。我认为，我有权利在任何听起来最合适的地方调整这些元素，我可以在时间轴上移动它们，如果有必要，甚至可以改变它们的名称。"(《福克纳在大学》29页)

[25] 关于这个问题更详细的分析，参见 Lynn Gartrell Levins, *Faulkner's Heroic Design*：

The Yoknapatawpha Novels（Athens：University of Georgia Press，1976）。

［26］Wallace Stevens，"Imagination as Value," in *The Necessary Angel: Essays on Reality and the Imagination*（New York：Alfred A. Knopf，1951），144.

［27］在《坟墓的闯入者》这部小说中，约有一半的角色是隐喻；而大约三分之一则为暗喻或拟人手法。然而令人费解的是，埃德温·R. 亨特（Edwin R. Hunter）［*William Faulkner: Narrative Practice and Prose Style*（Washington，DC：Windhover Press，1973），215］仅在这部小说中发现了二十八个隐喻及四个暗喻。

［28］Rene Wellek and Austin Warren，*Theory of Literature*，3rd ed.（New York：Harvest Hook，1963），197.

［29］Philip Wheelwright，*Metaphor and Reality*（Bloomington：Indiana University Press，1962），71.

［30］我赞成布洛特纳（Blotner）的主张，即"演讲之辞中可能隐藏着极其私人化的元素"（《福克纳传》1367 页）。

［31］参见《园中之狮》第 81，88，138，221，238 页。

"比任何事物都长久"：
福克纳在《押沙龙，押沙龙！》中的"宏伟规划"

白晶 译

> "（人）不能永生。他深知这一点。然而当他离去之际，总有人会知道他曾在这里度过了短暂的一生。他可以建造一座桥梁，或者塑造一个纪念碑，也许能在一两天内受到人们的敬仰，但图像、诗歌，这些都能长久流传，比任何事物都长久。"[1]
>
> ——福克纳，1955 年于日本长野

众多评论家在《押沙龙，押沙龙！》[2]中对托马斯·萨德本的"宏伟规划"进行了深入剖析。确实，其中最全面的研究之一，是由德克·库伊克二世（Dirk Kuyk Jr.）所著的长篇专著——《萨德本的规划》（*Sutpen's Design*）[3]。然而，对于书中的另一个与萨德本相对的"规划"，即提供了一种向上的、超越性的规划，与萨德本的悲剧性堕落形成鲜明对比的讨论却相对较少。第二种模式是福克纳的，也就是作者本人的。理解这个规划，我们就可以深入了解福克纳对艺术和艺术家的观点。

首先，我引用了一段鲜为人知的文字，这段文字不仅准确地概括了《押沙龙，押沙龙！》的小说类型，也充分展示了福克纳的作家风格。这段文字出现在第八章的开头，这是至关重要的一点，因为在小说中，作者通过全知叙述者进行的描述屈指可数。这段文字详细描述了昆丁和施里夫（Shreve）如何重构托马斯与亨利·萨德本（Henry Sutpen）在萨德本大宅的图书馆中于半个世纪前的对话。当昆丁和施里夫想象这个场景时，亨利，他在倾听父亲讲话的同时，透过窗户看到朱迪思和查尔斯·邦在花园中一起漫步，"妹妹的头低垂着是在倾听，情郎的头倾侧在妹妹脑袋上方，与此同时两个人慢慢地朝前走，以那种节奏、标志、控制其快慢与长短的不是眼睛而是心的跳动，他们慢慢地消失在一蓬灌木或某个小树丛的后面，树上星星点点地开着些白花——素馨、绣线菊、忍冬，也没准是数不清没有香味、无法采摘的切洛基玫瑰"（《押沙龙，押沙龙！》416 页）。

随后，在突兀的情况下，甚至没有分隔语句，全知叙述者通过指出亨利无法看到昆丁和施里夫认为他所见到的景象，因为当时正是冬天(特别是圣诞节前夕)的夜晚时分，这是事实，没有花朵和叶子可以见到。然后，同样突然，在快速连续的三次中，叙述者对显而易见的矛盾发表了看法，他观察到昆丁和施里夫的误解"无关紧要"，因为对于昆丁和施里夫来说(甚至对于福克纳而言)真正重要的是创造力、想象力的力量，它能够弥合现在与过去之间的鸿沟，从而使死者"这不朽、短暂、新近停止流动的血液"(《押沙龙，押沙龙!》417页)再次流动。

在《押沙龙，押沙龙!》的叙事策略中，没有任何一个章节能更好地展现人类想象力中神话叙述倾向的深度。对于昆丁和施里夫来说，亨利与父亲之间的情景描绘的是阳光、盛开的花朵、青春、理想主义以及爱——这都是生命和重生的象征。然而，对于作为现实主义者的叙述者而言，他的职责在于对神话进行去神话化或解构，因此，实际的场景则是冬季和黑暗——这是死亡的普遍象征。因此，福克纳这部伟大小说的两极性得以呈现——死亡与生命，历史与神话，现实与艺术，失去的、无法挽回的过去与通过诗歌虚构而复活和重新焕发生机的当下。

在福克纳的创作生涯中，他对艺术与生活之间的矛盾关系表现出浓厚的兴趣，甚至可以说达到了痴迷的程度。"艺术家的宗旨，"他曾经如是说，"无非是要用艺术手段把活动——也就是生活——抓住，使之固定不动，而到一百年以后有陌生人来看时，照样又会活动——既然是生活，就会活动。"(《福克纳读本》430页)在夏洛茨维尔的演讲中，他以类似的方式阐述了作家的目标："你要抓住人类生活的流动性，将其聚焦于一束光下，并让它停滞足够长的时间，以便人们能够清晰地看到它。"(《福克纳在大学》239页)这些言论承认了艺术是人造的产物，是文化遗产，是生命和运动的停滞，因此与人类状况所特有的流动和易变性相悖。从这个意义上讲，当然，所有的艺术最终都是与现实的分离。正如盖尔·海托华在《八月之光》中所观察到的："那博大精深的经典一旦运用于生活现实竟会变得如此虚假。"(《八月之光》344页)然而，福克纳的言论也强调，艺术家所能取得的任何成功都直接与其艺术作品和实际经验的关联程度成正比[4]。

福克纳的创作体系可被视为对于艺术与生活关系的持续辩证。在福克纳的作品中，他时而倾向现实主义者的艺术模态理论，这一观点主张艺术对生活的依赖，因此暗示了生活优于艺术；时而通过借鉴新浪漫主义者、象征主义者的实践，强调艺术的创造性，即诗性，从而主张艺术高于生活。尽管这两种立场在其作品中一直存在张力，但总体而言，福克纳在其学徒时期可能更倾向于生活优先于艺术的思想流派，而在他达到文学成熟期后则更倾向于艺术优先于生活的思想流派。

在福克纳于1922年发表的散文中，他以独特的笔触描绘了约瑟夫·赫格斯海默(Joseph Hergesheimer)从生活抽离艺术的作家形象。作者称赫格斯海默"对生活充满恐惧，对人类的悲惨命运感到忧虑"，并进一步指出，《琳达·康顿》(Linda Condon)

"不是一部小说"，而是"一个优美的拜占庭式墙沿雕饰：少数几个令人难忘的人物处于静谧而阻滞的动态中，永远超越时间的范畴，如音乐般拨动心弦"。福克纳还观察到："赫格斯海默将自己沉浸于《琳达·康顿》中，就像在安静的海湾里，岁月伤害不到他，全世界的流言蜚语于他也不过是远处星星点点的雨声。"（《水泽女神之歌》95-96 页）显然，福克纳将赫格斯海默的艺术视为逃避现实的方式，因此与实际经验的真实性相悖。

对艺术与生活间的矛盾张力的洞察，似乎在部分程度上解释了福克纳首部公开出版的著作——《大理石牧神》中对牧神的描绘[5]。在这一组田园诗篇中，大理石牧神雕像，既是罗马的普拉克西特利斯（Praxiteles）雕像的回响，也是霍桑根据该雕像创作的小说的再现，它面临着由季节更迭所带来的自然变化。自然界中可观察到的易变性与神像的"大理石束缚"的存在形成了鲜明的对比。人们可能期望这种对比能被运用，如同浪漫主义诗歌中的常见手法，以强调艺术对自然的优越性，然而事实却恰恰相反。

> 我为何沉郁悲痛？我？
> 我为何无法满足？天空
> 赋予我温暖却仍无法打破
> 大理石的桎梏。那迅速犀利的蛇
> 此刻自由自在，而我
> 则被梦境与叹息所束缚
> 对于已知然而无法洞悉的事物，
> 我在天穹之上与大地之下游走。
> 辽阔的土地召唤着我的脚步
> 那里有繁茂的果园等待采摘
> 河山相依，各种美妙风景；
> 夜幕降临，月下的沙滩可供休憩：
> 这整个世界都向我呼唤
> 我必须被大理石囚禁。（《大理石牧神》12 页）

尽管牧神生活的世界一成不变、永生不灭，然而，这个觉醒，就像荷马的《奥德赛》（Odyssey）中的卡吕普索（Calypso）的遭遇一样，并未带来任何欢愉。

> 而我们，这个树林中的大理石，
> 在树叶的荫庇下做梦。
> 都有些黯然神伤，因为我们深知
> 所有保全我们的事物终将消逝并坠落。（《大理石牧神》31 页）

在尾声部分，牧神仍在痛苦地哀叹其永远被排除在现实生活的狂喜与悲痛之外的事实：

> 啊，所有的一切都在呼唤我，
> 我注定永远要被大理石所束缚，
> 尽管岁月在不断地逆转。
> 我的内心已然饱满，但却并未流下眼泪
> 以冷却我那被雕刻的炽热目光，
> 他们转向那永恒不变的天空：
> 我宁愿随着变化的年华而哀伤，
> 然而，我只是一个悲伤的、被束缚的囚犯。
> 因为尽管四季交替着围绕着我，
> 我的心只知道冬季的白雪。(《大理石牧神》50-51 页)

相较于霍桑的多纳泰罗(Donatello)，福克纳笔下的牧神始终无法获得人性的提升，也无法以实际世界的经验来替代他的无知。自始至终他都被困在被人为塑造、大理石约束的生活中。

福克纳在其第二部小说《蚊群》中，对艺术与生活之间的矛盾关系进行了最为明确的论述。实际上，这部作品描述了福克纳笔下一群新奥尔良艺术家、准艺术家、知识分子及社交名流在一艘游艇上度过的四天旅程，这个旅程可以被视为一个学术讨论会，让作者有机会深入研究各种关于艺术和艺术家的理论。正如迈克尔·米尔盖特(Michael Millgate)在其开创性研究中所指出的，这部小说包含了"艺术原则和信仰的陈述，这些似乎最充分地体现了福克纳自己的立场——几乎就像这本书，通过对许多不同观点的探索和阐述，成了他解决自身困惑并最终形成更清晰的艺术家角色观念的工具"[6]。尽管书中讨论了许多不同的话题(并非全部是文学性的)，但主要的关注点，如同在《大理石牧神》中一样，似乎仍然是生活与艺术之间的关系，而角色们也可以根据他们对这个核心问题的看法进行分组。

在极端的情况下，有类似帕特里夏(Patricia)、大卫·韦斯特(David West)、詹妮(Jenny)和彼得(Pete)的年轻群体，他们深陷生活的旋涡而对艺术毫无兴趣。正如犹太人朱利叶斯所观察到的："看看我们的书籍，我们的舞台、电影。谁在支持它们？并非年轻人。他们更愿意四处走动或仅仅坐下，手牵手。"(《蚊群》239 页)另一方面，有像欧内斯特·塔利亚费罗(Ernest Talliaferro)和莫里尔(Maurier)夫人这样的艺术爱好者，以及像马克·弗罗斯特(Mark Frost)、伊娃·怀斯曼(Eva Wiseman)和詹姆森(Jameson)小姐这样的伪艺术家。如 J. 阿尔弗雷德·普鲁弗洛克(J. Alfred Prufrock)，塔利亚费罗与之形成了鲜明的对比，这两位人物皆对生活充满恐惧（与普鲁弗洛克一样，关于性的隐喻在此体现），更偏爱言辞而非行动。他们冗长且乏味的对话，适当地被描述为"交谈，交谈，再交谈：字词的极度与悲哀的愚昧"（《蚊群》194 页）。讽刺的是，莫里尔夫人误将此类言语所象征的对生活的疏离视为艺术创作的必要条件："生活于自我之内，独立于自我之外……度过人生，保持自己不被卷入其中，为你的工作积累灵感——啊，戈登（Gordon）先生，你作为创造者是多么幸运。"（《蚊群》157-158 页）

雕塑家戈登堪称唯一能在某种程度上调和这两种极端对立，并成功弥合生活与艺术之间鸿沟的人物。戈登不仅在艺术家团队中展现出最敏锐和创新的才华（他在塑造莫里尔夫人的陶雕中，精准捕捉到她个性的精髓；相比之下，始终与这位女士保持联系的道森·费尔柴尔德却发现自己对她几乎一无所知），而且也是最沉默寡言的一位。

此外，戈登与帕特里夏的交往，尽管并非完全满意，却揭示了他对生活的接纳程度，这也是大多数审美主义者以及伪艺术家所无法比拟的。戈登与妓女的相遇，象征着他不愿以其他艺术家的方式从生活中抽离出来。"戈登走近她，在他们的视线再次被门阻隔之前，看到他在一个狭窄的通道里将一名女子从阴影中抱起，将她托举在疯狂旋转的星辰面前，用他高大的亲吻覆盖住她的尖叫。"这种对生活的参与行为，立即与戈登创造的年轻处女雕像的形象形成对比："然后，声音和声响、阴影和回声改变形态，旋转，变成一个女孩无头、无臂、无腿的躯干，在阴影和回声消失之前，她静止而纯洁，充满激情地永恒存在。"（《蚊群》358 页）这个观点似乎很明确：只有那些有勇气和热情去真诚直接地参与生活的艺术家，才有可能将这种体验转化为真正的艺术。

福克纳为《琳达·康顿》《大理石牧神》和《蚊群》撰写书评期间，正值其人生中将艺术视为对错失现实冒险之苍白补偿的阶段。如同早期揭示诸多关于创作者最真实一面的《卡尔卡松》中那位充满挫折的诗人，福克纳渴望"进行一些大胆、悲怆而又严峻的事情"（《短篇小说集》797 页）。他最近在军事服务和爱情方面的挫败无疑加剧了他的不满感，但他并未丢失他年轻时的理想主义。尽管福克纳经历了这样的失望，他仍然倾向于认同《蚊群》中的道森·费尔柴尔德的观点，即"更愿意选择一个活生生的诗人而非任何一个人的作品"（《蚊群》258 页）。事实上，正如他在 1924 年的文章《诗韵，古老的和新生的：一次朝圣》（Verse Old and Nascent：A Pilgrimage）中所坦诚的那样，诗歌主要是"为了持续发展几段风流韵事"；然而，他继续说道，只有当他发现自己的"好色日渐衰退"后，他才转向了"诗韵"（《水泽女神之歌》111 页）。从这些声明中可以看出，对于年轻的福克纳来说，生活，而非艺术，才是寻找幸福的神奇领域。

然而，福克纳在完成《押沙龙，押沙龙！》这部作品之际，他对生活的态度已经变得极度悲观且愤世嫉俗——与此形成鲜明对比的是，如我将在后面详细阐述的，他对艺术的看法却变得更加积极。这种转变，我们可以推测，部分源于这部小说创作的时代背景。20 世纪 30 年代中期，美国正处于大萧条的困境之中。而福克纳，与他同时代的玛格丽特·米切尔（Margaret Mitchell）不同，并未从这个局面中找到任何鼓舞人心的因素。尽管米切尔的小说《飘》（*Gone with the Wind*）（巧合的是，该书与《押沙龙，押沙龙！》同年出版）强调了人类精神从失败和困苦中振作起来的快速恢复能力这一普遍主题，但福克纳的政治不正确的小说并未提供这样充满希望的愿景。相反，福克纳的观点更接近于他在好莱坞的狩猎伙伴纳撒尼尔·韦斯特（Nathanael West）的观点，后者在其作品《寂寞芳心小姐》（*Miss Lonelyhearts*，1933 年）中描绘了一个被混乱、暴力、疏离和绝望所淹没的美国。

除去这部小说的大萧条时代背景之外，正如福克纳传记作者们的研究所揭示的那样，在福克纳图景中，对生活的极度悲观主义观点亦有其个人色彩[7]。步入中年期、无法实现自己渴望和感觉应当获得的文学与经济成就、对身陷不幸婚姻的困惑加深、慢性酗酒等因素，均加剧了福克纳的不满和不适。此外，福克纳的弟弟迪恩（Dean）在一次飞机事故中去世了，而那架飞机正是福克纳提供的，这无疑是雪上加霜。考虑到这些情况，福克纳在这个时期开始以他在《押沙龙，押沙龙！》结尾处描述萨德本梦想破灭的方式，审视人类历史，这并不令人感到意外。他用"此时一切都结束了，再没剩下什么，此刻那里已一无所有除了那个小白痴潜伏在那堆灰烬和四根空荡荡的烟囱周围并且还嚎叫"（《押沙龙，押沙龙！》530 页）来描述这一切。福克纳从《麦克白》著名的引文中借用的标题《喧哗与骚动》的回声，清晰可辨，且极可能是有意为之。

即便是福克纳收到的信件也让他深刻意识到生命和历史往往毫无意义。据约瑟夫·布洛特纳（Joseph Blotner）所记录，在福克纳开始创作《押沙龙，押沙龙！》之际，他收到了哈尔·史密斯（Hal Smith）寄来的安德烈·马尔罗（André Malraux）的著作《人的命运》（*Man's Fate*）（《福克纳传》827 页）。这部小说描绘了人类理想主义在冷酷且荒谬的宇宙中持续却显得悲壮的奋斗。福克纳的这部长篇小说将深入探讨类似主题——但却未遵循马尔罗赋予"重新开始"的救赎结局。

从历史的角度来看，托马斯·萨德本的故事显得极为悲惨，他的命运在某种程度上是极度确定的。众所周知，在福克纳的诸多著作，特别是《喧哗与骚动》《熊》及《寓言》中，福克纳对历史的最终看法无疑是悲观的。实际上，这可以被称为斯彭格勒派（Spenglerian）的历史决定论[8]。个体的生命会逐渐衰老并死亡，文化的兴衰更是不可避免，梦想和理想总是不断地受到挫折与阻碍，只能以希望和记忆的形式存在。正如哈里·威尔伯恩，一个与托马斯·萨德本颇为相似的角色，逐渐理解到的那样，人类所经历的普遍命运就是"悲痛的存在"，而昆丁·康普生已经发现，唯一的替代选择是"不存在"（《野棕榈》251 页）。

我认为，福克纳通过强调悲伤和失去的必然性，来解释了萨德本未能以决定论的方式实现其规划的原因。每位读者都会逐渐认识到，萨德本的挫败与其种族问题紧密相连。萨德本无疑且毫不掩饰地表现出"种族歧视"倾向，但深入研究使他如此的影响因素，将具有重要的启示意义。

福克纳将萨德本与黑人的首次邂逅描述得相当随意，甚至可以说是附带提及。然而，这段经历却具有深远的影响，预示着萨德本日后的职业生涯的发展走向。这段邂逅发生在萨德本还是个十岁男孩的时候，他和家人从西弗吉尼亚州的山区迁移到东部的泰特沃德种植园地区。当萨德本向康普生将军回忆起这段旅程时，他表示绝大多数时间都是坐在酒馆外的私家马车中，静候酗酒的父亲结束他的豪饮之举。父亲经常会喝得烂醉如泥，以至于不得不被人从酒馆里抬出来，然后装进马车。有一次，他是"被一个巨硕公牛般的黑鬼，那是他们所见到的第一个黑人，头一个奴隶，他把老头儿像袋杂合面似的搭在肩膀上走出小店，他的——那黑鬼的——嘴笑得格格响露出满口墓碑似的牙齿"（《押沙龙，押沙龙！》317—318 页）。

萨德本的黑人恐惧症源于这一幕场景。读者不应低估一个年幼男孩目睹他父亲被一个身材魁梧、充满力量的陌生黑人粗鲁对待并肆意嘲笑所带来的震撼和深远影响。具有重要意义的是，对这一幕场景的描述传达出两种象征萨德本将在他构建家族王朝的过程中面临的巨大挑战的恐惧：对人格尊严丧失的恐惧（萨德本的父亲被视为"像袋杂合面"）和濒临死亡的恐惧（这个黑人的牙齿看起来"像墓碑"）。

这段负面经历，对年幼的萨德本产生了极大的影响，以至于在超过四分之一世纪后的成年期，他仍然能够回忆并重述这段经历。接下来的经历同样具有创伤性和影响力。有一次，当他与妹妹沿着土路行走时，年轻的女孩差点儿被一辆由"戴了高顶绸礼帽的黑鬼大声"驾驶的马车撞倒（《押沙龙，押沙龙！》326 页）。另一次，他听着父亲以"那同样强烈的出了气报了仇的喜悦感情"（《押沙龙，押沙龙！》326 页），讲述了一群夜间出现的骑马歹人殴打一名黑人奴隶的事件。然后，当他大约十三或十四岁时，萨德本被父亲派去给"大宅"送信，结果却被一位"猿猴穿戴的黑鬼管家"从前门赶走，并被告知要去后门（《押沙龙，押沙龙！》326 页）。

所有的读者都达成共识，根据萨德本自我剖析的事件经过，门口遭到拒绝是他童年时核心的经历。不过，我认为大多数读者过于急切地追随萨德本指出这次羞辱的责任所在。尽管萨德本明确声称，他的愤怒及复仇之欲主要指向种植园主，而非黑人管家，但我们很难相信他的潜意识已经完全将黑人管家的罪责排除在外[9]。事实上，萨德本反复强调"不是那个黑鬼"的过错，这似乎显得过分，可能是一个不确定的人试图说服自己接受一个他并未完全确信的事实的徒劳努力。没有任何一位读者会轻易相信昆丁的抗议："我不！我不恨它！我不恨它！"（《押沙龙，押沙龙！》533 页）我们也不应盲目地相信萨德本所说的每一句话。正如心理学家所认识到的，个体至少在潜意识层面上会发现将信息与其传递者分离极其困难，这是非常普遍的现象。他使用贬低性的短语"猿猴穿戴的黑鬼"无疑表明萨德本未能做到这一点。

海地骇人听闻的生死攸关体验进一步加剧了萨德本早已形成的对黑人的偏见。实际上，海地事件仅仅是在更广泛、从成年人层面上重复了这个少年在泰特沃德种植园经历的悲剧性的开始。正如康普生将军所指出的，海地是"暴力、不义、流血和所有人类贪婪、残忍的恶魔欲望的演出场所"，位于"弱肉强食的林莽与我们说它是文明这二者的交叉点"（《押沙龙，押沙龙！》353页）。康普生将萨德本前往该岛的旅程视为"大地自身的心跳"（《押沙龙，押沙龙！》354页）的探寻，这一短语让人想起另一个角色——库尔茨（Kurtz），这是福克纳最喜欢的书籍之一，是约瑟夫·康拉德（Joseph Conrad）《黑暗的心》（*Heart of Darkness*）中的角色。尽管福克纳选择以暗示和隐含的方式间接呈现萨德本的海地恐怖经历［就像他在《献给爱米丽的一朵玫瑰花》（*A Rose for Emily*）和《干旱的九月》（*Dry September*）中处理恐怖元素一样］，但他对巫毒仪式、八天围困、被攻击者的极度恐惧及萨德本的致命伤的提及，使大多数读者相信，当萨德本将这段经历描述为"找到一副血肉之躯去承受超出血肉之躯理应能承受的东西"（《押沙龙，押沙龙！》357页）时，他并未夸大其词。

与库尔茨不同，萨德本在堕入地狱之旅中幸存下来；然而，他并非完好无损地逃脱出来：他在那里所见所经历的恐怖事件对他未来的生活和事业产生了灾难性的影响。实际上，由于他将那些可怕的日子与烧蔗糖的气味紧密联系在一起，以至于"自打那时起他再也吃不得糖了"（《押沙龙，押沙龙！》351页）。毫无疑问，如同库尔茨一样［以及如同福克纳可能熟悉的另一个恐怖故事中的主人公——梅尔维尔（Melville）的《贝尼托·塞莱诺》（*Benito Cereno*）中的船长德拉诺（Delano）一样］，萨德本也开始把这些暴行与黑人联系起来。

萨德本之后力图创建萨德本百里地庄园并在约克纳帕塔法县建立家族王朝，展现出其英勇而终究精神错乱地试图掌控他已经与黑暗性质（可能是无意识地）相关联的残忍化、退化和死亡因素。为了证明他超越了这种情况，并掌握了其控制权，他强迫那些像人类的"像半驯化得能跟人一样直立行走的野兽"（《押沙龙，押沙龙！》7页）建造他的大宅。出于同样的原因，他与这些"像野兽"的生物进行了近身肉搏。至少在这一点上，罗沙·科德菲尔德的观点是正确的，她将萨德本进行无限制战斗的动机视为"压根儿就是事先安排好为了保持霸权，主宰别人"（《押沙龙，押沙龙！》36页）。萨德本站在被击败的黑人遗体上的胜利形象，是他目睹其父亲遭一名身形魁梧的奴隶暴力推搡，或者被一个"猿猴穿戴的黑鬼"从泰特沃德种植园大宅中赶走，或者在海地奴隶起义期间被困数天，几乎丧命的倒影。对种植园大宅和家族王朝的极度渴望仅仅是他向自己与世界证明他永远不会受到此类威胁的进一步延伸[10]。

讽刺的是，他为了证明自己的无敌，摆脱对无能和非人化的恐惧，他压迫并滥用了小说中与他最初有许多共同点的群体，即黑人，其中三人分别为他的妻子、儿子和女儿。尽管萨德本对待尤拉莉亚·邦（Eulalia Bon）、查尔斯·邦，甚至克莱蒂（Clytie）的行为令人悲痛，但鉴于他的过往经历，这完全符合逻辑且具有可预测性。对阻止邦与朱迪思成婚的亨利的巧妙操纵，不仅与萨德本的性格相一致，而且是不可避免的。考虑到萨德本的个人历史，他最不能容忍的就是他的"规划"受到任何黑人血统的污染。种族主义者的逻辑在他人看来可能混乱且不合理，但对种族主义者来说，它具有数学方程式般的精确性和必然性。

我深知，我为萨德本的行为所做的解释并不符合他自己对其动机的理解。他确信——而且部分正确——是那个大宅的拥有者，而非黑人管家，是导致他年轻时受辱并因此负责触发他那份"规划"的肇事者。他同样真诚地认为，在追求这份规划的两个关键时刻，他在做出决定的过程中均展现了自由意志：首次是在海地，当他决定摒弃他的原配妻子和孩子时，因为他们与他的生活目标不相容；再一次是在数年后的密西西比州，当他第二次拒绝他的混血儿子时。

然而，我相信萨德本在这两方面至少有部分误解。从最终的分析来看，萨德本成年之后的行为似乎同样像昆丁·康普生、乔·克里斯默斯或金鱼眼维泰利那样严格预定。当他命中注定的决定性时刻以查尔斯·邦的面貌出现在他的门前时，萨德本认为自己做出了选择；但实际上，这个选择早已在很久以前就被确定了。如果他更加自我意识，他可能会像乔·克里斯默斯那样说："可我从未走出这个圈子。我从未突破这个圈，我自己造就的永远无法改变的圈。"（《八月之光》243 页）

我已经重点强调了福克纳对于托马斯·萨德本命运处理的决定论特性，旨在揭示《押沙龙，押沙龙!》中所表达出的历史观的彻底悲剧性和悲观主义态度。萨德本之死及其宅邸的被毁，都体现了这种悲观主义，而萨德本的血液传承仅能在"（黑人）白痴"吉姆·邦德（《押沙龙，押沙龙!》529 页）中幸存，更是这种悲观主义的鲜明例证。然而，萨德本之败落与其所关联的环境、地理位置及起因于人类本质中无法克服的缺陷所产生的影响程度息息相关。因此，萨德本所谓的"纯真与无辜"部分源于他的信仰，即历史可以且必然会成为任何形式——而非其原本已然、不可逆转的模样。

然而，历史仅仅是这部伟大小说的一个层面，亦即负面的部分；艺术则是另一维度，且体现着引人救赎之力。相比于萨德本的历史规划犹如坠入失败与死亡的悬崖，福克纳的艺术规划——此规划远超萨德本所能——朝着更高、更广阔的方向不断发展，通过艺术的不朽和神话的普世性战胜时间与空间的阻挠。由于福克纳对生活的信心日益减弱，也未能在相信来世的信仰中得到解脱，因此他如同许多前人象征主义者一样，将艺术升华至宗教的高度，并将艺术家誉为大祭司。数年后，他将艺术简单表述为"人类的救赎"及"人类不朽的证明"（《园中之狮》71 页、103 页）。他最早也最有力地描述这种崇高艺术观的作品就是《押沙龙，押沙龙!》。

《押沙龙，押沙龙!》这部鸿篇巨作既定位于历史探讨，又沉迷于艺术探究。福克纳的作品中对此深有体现。譬如，朱迪思·萨德本向康普生夫人传递的信件便是例证之一。如同约翰·沙多里斯上校雕像在《沙多里斯》中的象征意义，抑或《熊》中的麦卡斯林家族账本，或是《修女安魂曲》中塞西莉亚·法默在玻璃上留下的签名，邦写给朱迪思的信件作为艺术替代品，象征着艺术作品能够抵御时间无情的侵蚀。福克纳曾多次表示，艺术家的驱动力在于"对死亡说不"，他常引用其最喜爱的诗歌——济慈的《希腊古瓮颂》，以此表达并实现这一愿望[11]。

朱迪思关于她为何希望将邦的信交予他人之手，亦即那些在她身后仍会生存的人们手中的解释，与福克纳对于艺术家尝试战胜时间之信念的阐述，几乎达到了惊人的相似。

> "因为你这个人不惹人注意（朱迪思说）……可是接下去突然之间一切都完了，你留下的一切仅仅是一大块石头，上面有刮擦的痕迹……因此说不定假如你有谁可以去看望，越陌生越好，要给他们一些东西——一张纸片啦——某些东西，任何东西……但至少它还会是某样东西，因为它也算有过这么件事，能让人记得即使仅仅因为曾从一只手传到另一只手，从一个人的头脑传到另一个人的头脑，再说它至少是些刮擦出来的痕迹，某种，某种能在什么东西上留下记号的东西，这东西曾经存在的理由是某一天可以死去，而那块大石头却不能现在存在，因为它永远也不能成为曾经存在，因为它永远也不可能死去或是灭亡……"（《押沙龙，押沙龙!》177–179页）

朱迪思可能不明确将信交给康普生太太的动机，然而福克纳并不是。他深知她试图"留下那刮擦的痕迹，那在'湮没'的空白表面上不消褪的记号，而湮没恰恰是我们所有人都注定要得到的命运"（《押沙龙，押沙龙!》180页），这与艺术家对死亡的否定有着相似之处。福克纳曾告诉一位采访者："人活百岁终有一死，要永生只有留下不朽的东西——永远会活动。那就是不朽了。这是艺术家留下名声的办法，不然他总有一天会被世人遗忘，从此永远湮没无闻。"（《福克纳读本》430页）

福克纳同样将托马斯·萨德本的"规划"与艺术家追求不朽的探索联系在一起[12]。在拓荒的荒野中雕刻出萨德本的庄园，这与华莱士·史蒂文斯所谓的艺术家的"神圣的对于秩序的狂热追求"不谋而合[13]。值得注意的是，萨德本在此被形塑为《创世纪》（Genesis）神话中"从虚无中创造"（ex nihilo）的神性造物主："接着在长长的毫不惊异的状态中，昆丁仿佛在看他们突然占领了那一百平方英里平静、惊讶的土地，并且狂暴地从那一无声息的'虚无'中拉扯出房宅与那些整齐的花园，用那只一动不动、专横的手心朝上的手掌把这些建筑像桌上搭起的纸牌那样啪的击倒，他们创造了萨德本百里地，说要有萨德本百里地，就像古时候说要有光一样。"[14]（《押沙龙，押沙龙!》7页）更具启示性的是，萨德本与艺术家对时间和死亡的抵抗及卡尔卡松——福克纳艺术创作的象征——之间存在密切的关联[15]。意识到"一种迫切感""脚底下飞逝的时间"(《押沙龙，押沙龙!》42页)，萨德本在关键的段落中被描述为"这疯子就在自己棺材的板壁内营构他那神话般的无与伦比的卡默洛特与卡尔卡松"(卡默洛特为英国亚瑟王传奇中的亚瑟王宫廷所在地；卡尔卡松为法国西南部奥德省省会，该处保存有欧洲最好的中世纪城防工事遗迹。还有13世纪的古教堂。——原译注，《押沙龙，押沙龙!》226页)。当然，在这段话中使用"疯子"这个词并不一定会产生负面影响。就像莎士比亚在创作《李尔王》(King Lear)或梅尔维尔在塑造亚哈(Ahab)船长(这些角色与萨德本有很多共同点)时，福克纳偶尔会将疯狂与异常的知识或洞察力联系在一起[16]。

即使在实现其梦想的过程中表现出了冷酷无情，萨德本也可被视为福克纳对于艺术家理念的一种写照。"他们也没有把爱情与萨德本联在一起考虑过"，读者被这样告知。"他们想到的是冷酷无情而不是正义，是恐惧而不是尊敬，反正没有想到怜悯或爱情。"(《押沙龙，押沙龙!》55页)有人回忆道，福克纳曾发表过关于艺术的类似观点："作家只对他的艺术负有责任。他如果是个好作家的话，那就会是完全冷酷无情的……如果一位作家必须抢劫他母亲的话，他是不会犹豫的；《希腊古瓮颂》在价值上不低于任何数目的老太太。"(《福克纳读本》416页)同样，萨德本深信，一个王朝亦是如此。这种类比在萨德本不断被描述为"恶魔"这一事实中得到了进一步的强调——福克纳有时会用这个词来形容人内心的艺术冲动(《福克纳在大学》19页、159页)。

然而，正如一开始所指出的，在《押沙龙，押沙龙!》这部小说中，关于艺术的最重要阐述是由昆丁和施里夫在哈佛大学的宿舍内，以想象力重构萨德本家族的故事。在小说的前五章中，人物们的主要任务是寻找历史事实，而在剩余的四章中，他们(在福克纳的观点中，这是必要的)放弃了对事实的关注，转而追求直觉和想象力的创造。在这最后的章节中，历史被虚构所取代，现实被艺术所超越。通过重复古老的讲故事形式，在共享的叙述和倾听行为中，在严寒的冬季，一个关于半个世纪前发生的事件的故事被讲述出来，昆丁和施里夫展示了艺术战胜时间与死亡的力量。在福克纳接下来的小说《没有被征服的》中，他将再次重复这个象征意义。就像德鲁西拉(Drusilla)的故事对巴耶德和林戈(Ringo)的南方联盟成员来说，他们通过沿着据称是北方佬控制的轨道驾驶火车来挑战他们的征服者一样，斯诺普斯家族的故事将永远不会"不见""消失"，"只要有被打败者或者被打败者的后裔讲述它或者听人讲述它"(《没有被征服的》74页)。罗沙·科德菲尔德与同样的信仰联系在一起，即讲故事的复活力量，当她告诉昆丁："因此没准你会登上文坛，就像眼下有那么许多南方绅士也包括淑女在干这营生那样，而且也许有一天你会想到这件事打算写它。"(《押沙龙，押沙龙!》8页)"那是因为他想把它说出来，"昆丁想，"他想这样一来那些她永远见不着并且他们的名字她永远不知道的人还有那些从未听说过她名字或是见过她脸的人，就会读到这故事。"(《押沙龙，押沙龙!》10页)

理解福克纳的杰作《押沙龙，押沙龙!》中艺术对生命的超越，需要关注他精心绘制并巧妙融入小说后部的约克纳帕塔法县地图。尽管这一观点往往被读者和评论家所忽视，然而《押沙龙，押沙龙！》的结局并非昆丁痛苦而热烈地宣称他并不憎恶南方，也非附录中列出的萨德本"年表"和"家谱"。《押沙龙，押沙龙！》的结局是福克纳的地图[17]。我希望能够证明，这张地图的功能与标题相似，即通过将小说的领域从区域扩展到普遍，将历史的"事实"转化为神话的"真理"。实际上，标题和地图作为匹配的书签，或者更准确地说，是包含托马斯·萨德本悲剧历史的象征性括号。两者结合在一起，构成了小说的开头和结尾，都表达了福克纳对艺术战胜历史的不可避免的螺旋式下滑的信念。

大部分评论家都将福克纳的书名解读为对萨德本家族历史的讽刺性审视。约翰·哈戈皮安（John Hagopian）已经指出，萨德本家族的故事与《圣经》中的大卫和押沙龙重大事件在强调"叛乱、乱伦和兄弟相残"方面有相似之处，但它的独特之处在于福克纳笔下的大卫与《圣经》中的角色不同，他无法对其反叛的儿子产生爱和同情。哈戈皮安将这一关键差异视为"萨德本故事的主要观点"[18]。

在他对两则故事进行逐字逐句的比较时，哈戈皮安无疑拥有正确的观点，然而，他却忽略了福克纳关于《圣经》寓意更广泛的含义。福克纳对大卫和押沙龙故事的兴趣，如同他对希腊和中世纪传说所持有的态度，根植于其神话层面——它在复述过程中捕捉并重申了人类普遍状况的重要方面。福克纳对《圣经》的看法在此具有重要意义。正如他明确指出的那样，他对《圣经》的解读始终是文学性的、神话性的，而非宗教性的。如同艾萨克·麦卡斯林，福克纳将《圣经》神话的作者视为"人"，他们"当时试图透过心灵的冲动的复杂性来写出心灵的真理，为了所有那些会在他们死后搏动的复杂、困惑的心"（《去吧，摩西》330 页）。福克纳对大卫和押沙龙的主要印象是，这是一个经过几个世纪的读者世代传承下来的故事。这种传承与故事的宗教意义或历史准确性无关——事实上，如果不是在《圣经》中被记录下来，大卫王在一个微不足道的王国中的故事可能会被迅速遗忘。叙事的真正英雄既不是大卫也不是押沙龙，而是那个匿名的吟游诗人/抄写员，他讲述/撰写了一个超越作者、主题和产生它的历史时代的故事——简而言之，就像昆丁和施里夫对萨德本神话的重新演绎，它已经征服了时间和死亡，作为艺术永存。

正如书名中的《圣经》典故将萨德本的故事从地方性扩展到普遍性、神话性和永恒性，小说的结尾同样如此。就像书名一样，地图也具有三种不同的功能：现实的、讽刺的和象征的。

朱勒·扎格内尔（Jules Zanger）解释说，文学地图最明显的用途之一就是增加与之配套的故事的明晰度及真实性[19]。福克纳当然熟知以这种方式使用的诸多地图，例如，描绘犹太人迁徙的《圣经》地图或描绘保罗（Paul）的传教之旅的地图、希腊和罗马神话背景及尤利西斯漫游的布尔芬奇（Bulfinch）的地图、托马斯·莫尔（Thomas More）的乌托邦(Utopia)地图、乔纳森·斯威夫特(Jonathan Swift)的莱缪尔·格列佛(Lemuel Gulliver)的地图、托马斯·哈代(Thomas Hardy)的威塞克斯(Wessex)地图、舍伍德·安德森的温斯堡(Winesburg)地图。就如同霍桑在塞勒姆(Salem)海关"发现"红字A及乔纳森·皮乌斯(Jonathan Pue)的文件,或者是亨利·麦肯齐(Henry Mackenzie)《多愁善感的男人》(*The Man of Feeling*)中的"遗失"部分,文学地图让读者能够暂停怀疑,暂时接受虚构的世界为真实的世界。将萨德本百里地庄园在地图上直观呈现,有助于我们更为清晰地审视托马斯·萨德本作为历史人物在现实世界中的存在。

在这一层面上,福克纳的地图重申并扩展了萨德本的故事已经传达出的对生活和历史的悲剧性看法。通过福克纳手绘,约克纳帕塔法县的风景主要被描绘成悲伤、罪恶和死亡的背景。最上面是"打鱼窝棚,沃许·琼斯(Wash Jones)在那里杀了萨德本";最下面是"金鱼眼在那里杀了汤米(Tommy)"的地方。中间标记了其他人物死亡的地点——巴耶德·沙多里斯、约翰·沙多里斯、艾迪·本德仑、乔·克里斯默斯、乔安娜·伯顿(Joanna Burden)、李·古德温(Lee Goodwin)。

墓园及监狱被着重呈现,同时也展示了弗莱姆·斯诺普斯和杰生·康普生的不道德行径。然而,在福克纳另一处表述中,被定位在镇中心的法院,"其庞大之阴影的覆盖范围一直延伸至地平线的最边缘"(《修女安魂曲》35页),其理想状态应是秩序、稳定与正义的象征,却反而与谭波儿·德雷克的伪证和班吉·康普生可悲的命运联系在一起。如同托马斯·萨德本故事的描绘,福克纳的约克纳帕塔法地图,以文字的形式,将历史诠释为一个绝对的终点,或用后来福克纳对马尔科姆·考利所述的词语,即"无意义的编年史""无处不在的疯狂追求虚无"(《福克纳–考利档案》7页、15页)。

然而,地图不仅仅是地点的描绘,它同时也是一份指南,为旅行者从一点到达另一点提供帮助。我们在地铁或博物馆看到的"您所在的位置",能引导我们标记出预定的目的地,我们信任地图,希望它能够引领我们走向正确的道路,使我们避免迷路。在这方面,地图与探索和启蒙小说形成了理想的对应关系。《押沙龙,押沙龙!》无疑就是这样一部小说,充满了各种旅行的参考和旅程:托马斯·萨德本从山区到泰特沃德种植园,然后再前往海地和密西西比州的旅程;查尔斯·邦从海地到新奥尔良,再到奥克斯福,最后到萨德本百里地庄园的迁移;亨利·萨德本前往奥克斯福、新奥尔良,经历战争,去得克萨斯和回到密西西比州的旅程;角色们在萨德本百里地庄园和杰弗生镇之间反复的旅行;昆丁·康普生前往哈佛大学的旅程。所有这些旅程都代表了心理上的探索:萨德本试图通过创造一个安全和保障的"规划"来逃避他的危险过去,邦寻找父亲,亨利寻找个人和文化身份,昆丁绝望地希望理解自己和南方。

然而,在此问题上,福克纳的地图以及他的标题皆具有反讽意义。在《押沙龙,押沙龙!》中,所有的个人追求最终都以无望和失败告终。邦死了,未得到父亲的承认;萨德本死了,他的规划受挫;亨利死了,被排斥并被定罪;昆丁也将很快死去,带着对生命真谛的困扰和迷茫。福克纳的地图，正如该小说的情节，既是对历史和人类状况的描绘，又是对未竟理想的记录，并指向了死亡之路。倘若福克纳为他的地图选择了题名，很有可能是来自之前提到的那段莎士比亚的名言，这句话同样被他用来作为他第二杰出的小说的标题：

> 明天，明天，再一个明天，一天接着一天地蹑步前进，直到最后一秒钟的时间；我们所有的昨天，不过替傻子们照亮了到死亡的土壤中去的路。熄灭了吧，熄灭了吧，短促的烛光！人生不过是一个行走的影子，一个在舞台上指手划脚的拙劣的伶人，登场片刻，就在无声无息中悄然退下；它是一个愚人所讲的故事，充满着喧哗和骚动，却找不到一点意义。（《麦克白》第五幕第五场，223 页）

任何地图，无论其如何展现，正如福克纳深知和赞赏的那样，其作用远远超过了对实际地理位置的形象化描绘及为旅客提供实用指南。它同时也是一种象征，尽管其看似逼真，但犹如众所周知的墨卡托投影，任何地图都是失真的现实，是真实的替换方案，也是对秩序和谐的呼唤，最终只存在于制图者的思维和想象之中。因而，制图学不仅仅是一门学科，同时也是一门艺术。

此外，即使我们可以从比喻意义上认为地图是"真实"的，而非"实际"的，这种真实性也始终是暂时且片面的。因此，地图必须定期重新绘制，就如同中世纪的地图随着新大陆的发现而失去了其价值、天文图表则随着望远镜的出现而发生了变化。因此，地图必须始终与更大的整体相关联地进行理解。地图在其边缘处终止，但真实性和含义则并不如此。县融入州，州又融入国家，国家再融入大洲，洲再融入半球和世界，以此类推，向外扩展至宇宙。

所有这类观察都揭示了福克纳为《押沙龙，押沙龙！》所描绘的约克纳帕塔法县地图作为故事的结局为何如此合适。就像这张地图融合了"事实性"信息和隐喻，这部小说将现实与艺术完美地结合在一起。正如地图上的道路、河流以及铁路最终引领到边缘地带，并朝着孟菲斯（Memphis）和莫特斯敦（Mottstown）以及福克纳在《小镇》中所称的"从杰弗生到全世界"（《小镇》315 页）的方向延伸，它暗示了超出约克纳帕塔法县范围的地理状况；而小说则将当地的历史与可追溯至永恒的神话紧密地联系在一起。福克纳的这幅地图，如同所有地图一样，必然会随着时间的推移进行修订和重新绘制[20]。这部小说以局部和相对的事实呈现，随着新信息的添加及视角的不断转换而变化。

福克纳绘制的约克纳帕塔法县地图，其艺术性犹如历史上的萨德本百里地庄园。两者都是其创作者竭力尝试对混乱的世界进行秩序化和意义化的宏伟"规划"的产物。然而，尽管萨德本百里地作为福克纳所认为的人类历史中致命缺陷的一部分，注定会失败，但福克纳的作品，因其被提升至伟大艺术的高度，因此具有永恒的价值。在福克纳虚构的"历史"地图上，萨德本百里地是一个微小而有限的圆圈，在它的起点夏然而止。然而，在福克纳真实的地图上——描绘了神话般的"杰弗生镇、约克纳帕塔法县、密西西比州"——萨德本百里地得以幸存并持续存在，成为艺术救赎力量的持久象征。如同小说本身及其标题，福克纳的地图既展示了艺术家通过创作一部将持续"很长的时间，极其漫长的时间，比任何事物都长久"（《园中之狮》103页）的艺术作品来战胜时间和死亡的能力，也对此进行了赞美。

注　　释

[1]《园中之狮》103页。

[2] 我借用了 Elizabeth M. Kerr, *Yoknapatawpha: Faulkner's "Little Postage Stamp of Native Soil"* [（New York：Fordham University Press，1969），7] 中的术语。可惜的是，许多批评家，如马尔科姆·考利、梅尔文·巴克曼（Melvin Backman）、伊尔莎·杜斯欧瑞（Ilse Dusoir Lind）、埃里克·森德奎斯特（Eric Sundquist）和弗雷德里克·卡尔（Frederick Karl）也同样将萨德本的梦想描述为一个"宏伟"或"伟大"的规划。这些形容词是由批评家们提供的；在福克纳的文本中，他仅仅使用了"规划"这个术语。我的目标，正如我希望标题所传达的，是将萨德本的"规划"与福克纳的"宏伟规划"进行对比。

[3] Dirk Kuyk, Jr., *Sutpen's Design: Interpreting Faulkner's "Absalom, Absalom!"* (Charlottesville：University Press of Virginia，1990).

[4] 在福克纳为《大宅》（1959）撰写序言的时候，他已经洞察到一个奇妙的矛盾概念来表达其所认为的生活与艺术之间理想的关联互动。在此，他将自己一生苦心孤诣的工作描述为创造"活生生的文学"的一种努力。接下来他进一步解释说："因为所谓'活生生的'，即动荡的，而动荡又暗示着改变、变异，所以动荡的唯一对立面就是静止、停滞、死亡。因此，在这个特定的编年史的三十四年进程中，我们会发现一些不一致和矛盾。"这一声明不应仅仅被视为对斯诺普斯三部曲中连续卷册的时间错误的辩解，如阿布纳·斯诺普斯（Abner Snopes）的年龄问题，更应被理解为福克纳坚信伟大的文学作品胜过实际生活，并与实际生活过程紧密相连的另一种表达。福克纳表示，斯诺普斯叙事中的不一致性是"由于作者相信，他对人性及其困境的理解比三十四年前更加深入；并且他深信，经过如此长时间的生活体验，他对这部编年史中的人物的了解超过了当时"。换句话说，斯诺普斯传奇中的复杂性和矛盾源于福克纳试图忠实于他不断发展的对人类状况的定义。然而，正如福克纳坦诚的那样，无论其逼真程度如何，最终艺术仍然是艺术，而非生活。因此，

"活生生的文学"是一种寻求既尊重生活文本又尊重艺术文本的自相矛盾的文学。

［5］关于此理念的深度论述，参见 Robert W. Hamblin，"The Marble Faun：Chapter One of Faulkner's Continuing Dialectic on Life and Art," *Publications of the Missouri Philological Association* 3（1978）：80-90。

［6］Michael Millgate，*The Achievement of William Faulkner*（New York：Random House，1966），74.

［7］Elisabeth Muhlenfeld, in "Introduction," *William Faulkner's "Absalom, Absalom!": A Critical Casebook*（New York：Garland，1984）. 穆伦菲尔德从福克纳个人状况的角度对这部小说进行了深层次的分析和阐述。她总结道："对这一时期的简要回顾或许表明，《押沙龙，押沙龙!》的复杂性、力度和持续的紧张感，以及相对缺乏幽默感和压倒性的悲剧视角，可能部分归因于福克纳在创作这部小说期间所必须面对、承受并最终控制的生活元素，至少在他作为艺术家的角色中没有被束缚或击败的程度上。"（xii-xiii）另见 Frederick Karl，*William Faulkner: American Writer*（New York：Weidenfeld and Nicolson，1989），549，573n。

［8］奥斯瓦尔德·斯宾格勒（Oswald Spengler）名为《西方的没落》（*The Decline of the West*）的历史哲学论著在 20 世纪时影响极其深远。它自 1918—1923 年以德文形式出版，随后于 1926—1928 年推出英文版本。斯宾格勒的思想观念对诸多美国作家产生了深远影响，其中包括托马斯·斯特恩格·艾略特（Thomas Stearns Eliot）、欧内斯特·海明威（Ernest Hemingway）、斯科特·菲茨杰拉德（Scott Fitzgerald）及福克纳。

［9］在这方面，福克纳创作的"男孩在大宅门口的场景"原型——这一情节出现在他早期未出版的作品《大人物》（*The Big Shot*）中——明确表明了对仆人及主人的敌意。福克纳在这里的描绘详尽阐述了白人和黑人之间的文化冲突，这种冲突在《押沙龙，押沙龙!》中的相关段落中仅隐含着。"店里的黑人奴隶在老板身后走进门，他的眼球在昏暗的光线下显得苍白。尽管马丁（Martin）这些黑人从未见过共和党人和天主教徒，但可能会对这两者产生某种神秘的恐惧，就像 15 世纪欧洲农民被教导要对民主党人和新教徒产生的那种恐惧。这种对黑人的反感是一种直接而明确的情感，它既源于《圣经》，又涉及政治和经济：这三个因素——在反复出现的专制和神经质的宗教狂热的间歇中，被无情地划分为稀疏交替的土地——塑造并纠正了他们悲惨的生活。你知道吧，这是一种有必要对某个地方、对某人感到优越的神秘解释。"（《短篇小说集续编》508 页）

［10］萨德本深切渴望权力和拥有控制力，参见 James Guetti，*The Limits of Metaphor: A Study of Melville, Conrad, and Faulkner*（Ithaca：Cornell University Press，1967），88-91；Panthea Reid Broughton，*William Faulkner: The Abstract and the Actual*（Baton

Rouge：Louisiana State University Press，1974），85-86，105。

［11］关于这一概念在福克纳艺术观中的核心地位的详细讨论，参见罗伯特·W. 韩布林的《"对死亡说不"：福克纳小说理论研究》，该文已收入本书。

［12］针对此议题的深度探究，参见 Ruth M. Vande Kieft，"Faulkner's Defeat of Time in *Absalom, Absalom!*，" *Southern Review* 6（1970）：1100-1109。作者认为作为一位艺术家，福克纳的这部长篇小说体现了他"与时间的全面象征性关联"，"它既映照出福克纳对时间的痴迷，同时也反映出他对所有人类成就可能面临的遗忘威胁的坚决抵抗"。

［13］Wallace Stevens，"The Idea of Order at Key West，" *The Collected Poems of Wallace Stevens*（New York：Alfred A. Knopf，1955），130.

［14］对这个类比的深入分析，参见 William D. Lindsey，"Order as Disorder：*Absalom, Absalom*'s Inversion of the Judaeo-Christian Creation Myth，" in *Faulkner and Religion: Faulkner and Yoknapatawpha, 1989*，ed. Doreen Fowler and Ann J. Abadie（Jackson：University Press of Mississippi，1991），85-102。

［15］我曾在"'Carcassonne'：Faulkner's Allegory of Art and the Artist"［*Southern Review* 15（Spring 1979）：355-365］，以及本书所收录的《密西西比州的卡尔卡松：福克纳想象的地理空间》两篇论文中探讨了卡尔卡松对福克纳的影响。

［16］最为杰出的示例自然莫过于《我弥留之际》中的达尔·本德仑（Darl Bundren）。

［17］对福克纳的约克纳帕塔法县地图详尽分析的文章首推伊丽莎白·杜维尔（Elizabeth Duvert）的"Faulkner's Map of Time"［*Faulkner Journal* 2（Fall 1986）：14-28］。杜维尔的这篇文章对这幅地图在福克纳的整个"约克纳帕塔法世系"小说系列中的作用进行了深入而卓越的讨论，然而并未提及其在《押沙龙，押沙龙!》中的实际应用。据我所知，帕梅拉·达尔齐尔（Pamela Dalziel）的"*Absalom, Absalom!*：The Extension of Dialogic Form"［*Mississippi Quarterly* 45（Summer 1992）：277-294］是唯一将地图与《押沙龙，押沙龙!》文本联系起来的评论家。她将福克纳的绘制视为该小说的"最终叙事"，并认为这幅地图对塑造小说整体的不一致性和模糊性模式起到了推动作用。

［18］John Hagopian，"The Biblical Background of Faulkner's *Absalom, Absalom!*，" *CEA Critic* 36（January 1974）：22-24；转载于 *William Faulkner's "Absalom, Absalom!"：A Critical Casebook*，ed. Muhlenfeld，131-134。也可参见 Ralph Behrens，"Collapse of Dynasty：The Thematic Center of *Absalom, Absalom!*" *PMLA* 89（1974）：24-33。

［19］Jules Zanger，"'Harbours like Sonnets'：Literary Maps and Cartographic Symbols，" *Georgia Review* 36（1982）：773-790.

［20］福克纳于 1945 年为考利版的《福克纳袖珍文集》重新规划了地图，该版于 1946 年

发行。此份地图的变体作为 *Faulkner: A Comprehensive Guide to the Brodsky Collection*，ed. Louis Daniel Brodsky and Robert W. Hamblin（Jackson：University Press of Mississippi，1982）第一卷的衬页。

密西西比州的卡尔卡松：
福克纳想象的地理空间

张玉凤，房琳琳 译

庄严的法院大楼矗立在奥克斯福镇广场之上，"犹如云端之巅，坚如磐石，主宰着一切"（《修女安魂曲》35 页）；那里的南方联盟纪念碑的朝向，正如福克纳小说里所描述的那样，并不是面向北方和敌人，而是朝向南方，如果有的话，更像是面向自己的后方（《修女安魂曲》206 页）；在奥克斯福，即便是最热衷于形式主义或神话创作的评论家也能轻松地参与到"迪尔西的小屋""班吉的院子"或"加文·史蒂文斯的律师事务所"的讨论中，人们无法忽视或否认当地的习俗对福克纳作品的影响。然而，众所周知，人们很容易过分强调福克纳作品的区域性和模仿性。在这篇文章中，我将探讨福克纳艺术的另一面——这一面不是以密西西比州拉斐特县奥克斯福镇为代表，而是以传说中的法国城市卡尔卡松为代表。

在弗吉尼亚大学的一次访谈中，福克纳明确表示，卡尔卡松与创造性想象力联系在一起。当被问及如何解释南方作家在 20 世纪的复兴时，福克纳说："我个人倾向于认为，这是由于南方人生活的简朴，他不得不求助于自己的想象力，以创造他自己的卡尔卡松。"（《福克纳在大学》136 页）在《押沙龙，押沙龙！》中，卡尔卡松也被用作创造性发明的象征，托马斯·萨德本［一位艺术家型人物，他的宏伟"规划"（《押沙龙，押沙龙！》340 页）与福克纳创造的"一个（他）自己的宇宙"（《园中之狮》255 页）的梦想并无太大不同］被描述为"这疯子就在自己棺材的板壁内营构他那神话般的无与伦比的卡默洛特与卡尔卡松"（《押沙龙，押沙龙！》226 页）。在这两个引述中，卡尔卡松并没有与现实世界联系起来，而是与一种私人的、内在的愿景联系在一起，这种愿景分别反对和否定南方人生活的贫瘠和萨德本正在消逝的梦想。换句话说，艺术——至少是卡尔卡松所象征的艺术——在这里被呈现为主观的、补偿的和逃避现实的，甚至是超凡脱俗的。这种对卡尔卡松的看法与福克纳在接受诺贝尔文学奖时的演说词中对艺术家的定义是一致的，即努力"从人类精神的材料中创造出某种过去未曾有过的东西"（《福克纳随笔》100 页）。

福克纳为什么将卡尔卡松视为艺术想象力的化身，这令学者们感到好奇，但至今仍是一个谜团。约瑟夫·布洛特纳和卡维尔·柯林斯(Carvel Collins),这两位早期研究福克纳生平细节的权威人物,都不相信福克纳在 1925 年或之后的任何时间曾到过卡尔卡松[1]。克林斯·布鲁克斯(Cleanth Brooks)认为福克纳对卡尔卡松的兴趣与 19 世纪法国诗人占斯塔夫·纳多德(Gustave Nadaud)广受欢迎的歌曲有关——根据布鲁克斯的说法,福克纳年轻时,这首歌在南方很流行[2]。纳多德的诗歌《卡尔卡松》(Carcassonne),记录了一位法国农民的悲伤哀叹,六十岁的他"因年龄增长而驼背",非常失望的是他快死了还没能实现他年轻时想看"美丽可爱"的卡尔卡松的梦想。这首诗歌明确揭示了卡尔卡松乃是一完美象征,承载了人类尚未实现的憧憬和梦想,与此同时,又与福克纳身为艺术家所具有的"璀璨中的挫败"(《福克纳在大学》61 页)之象征意义紧密呼应。然而,诗歌本身并没给出任何答案,为何福克纳选择卡尔卡松而非卡默洛特、香巴拉或拜占庭来代表他的艺术理想。为了解决这个问题,我们或许需要努力分析,以挖掘气势磅礴、真实存在的卡尔卡松的外在形象及其富有传奇色彩的历史背景。

卡尔卡松位于法国西南部,距离图卢兹东南约六十英里处,以欧洲中世纪防御工事最完好遗迹而闻名于世。实际上,这里有两个卡尔卡松:一个是包含城市商业区的下城;另一个是位于欧德河对岸孤立山丘顶峰的古老防御工事拉塞。毫无疑问,正是这个风景如画的城堡,被福克纳视为创作理想的象征。卡尔卡松这座军事战略要塞可追溯到公元前 5 世纪,在它漫长而又传奇的过去,曾相继被罗马人、西哥特人、撒拉逊人、法兰克人、封建领主、总管和法国国王统治,因此,它在这些国家的历史中起着重要作用。卡尔卡松最美丽且独有的特征是由五十座上升塔楼点缀的巨大城墙,以及这些城墙内的宏伟城堡和大教堂,这赋予了它一种迷人和虚幻的气息。一位旅行记者曾经记录了这种印象:"当你从河对岸的下城走近这座城市,抬起头来,看到那座巨型城墙及由众多塔楼和尖顶构成的云状城堡,你会很难相信自己看到的不是一座虚幻的都市,而是某个艺术家的想象之作。"[3]

即使福克纳从未去过卡尔卡松,但他也可能在明信片上,或在报纸上看过这座城市的著名天际线的照片。他也可能在诸如上面引用的文章中读到过这座城市,或者在贝德克尔(Baedeker)为游客准备的年度旅行指南中读到过。1919—1920 年,福克纳在密西西比大学跟凯文·布朗(Calvin Brown)教授上法语课时,也可能听说过卡尔卡松。福克纳甚至可能知道公众中一直存在的争议:19 世纪,维奥莱·勒·杜克(Viollet-le-Duc)对旧城防卫工事的修复,是建立在真正的历史上还是建筑师主观和虚构的愿望上[4]。不论福克纳是从什么途径知道卡尔卡松的,对这个城市了解多少,这个城市都成为他艺术上的替身,其持久存在和浪漫历史中的重要特征与福克纳对自己小说创作特点的描述相吻合。例如,这个城市在几个世纪的战争和领土扩张中幸存下来,体现了福克纳所认同的所有伟大艺术都具有"对死亡说不"的能力(《福克纳读本》385 页)。此外,这座城市与城堡和下城的对比反映了浪漫的过去及不太浪漫的现在并存的状态,这一对立是福克纳几部主要作品的重点。然而，与现在的论述更相关的是，福克纳认为卡尔卡松具有创造性想象力的力量，能够重塑并超越它所处的狭隘世界。在这方面，可以肯定地说，福克纳不会对维奥莱·勒·杜克在修复工作中可能并非完全忠实于历史事实的说法感到困扰。

此类关联性可以在一定程度上归功于福克纳，因为刚刚列举的这些特征恰好是福克纳在他那篇引人入胜且具有启示性的短篇小说《卡尔卡松》中赋予这座法国城市的[5]。这篇作品大概创作于 20 世纪 20 年代中后期，它没有故事情节，因此被称为"散文诗"[6]或"浪漫主义散文"[7]，而非短篇小说。在他为数不多的对该小说的评论中，福克纳表达了对它的特别喜爱，称其为"幻想"而非"简单的现实主义"，并将其主题定义为"一个年轻人与他所处的环境的冲突"(《福克纳在大学》22 页)。这个小说以意识流的形式呈现了一个有抱负的诗人的思想。主人公生活在海港小城林孔，贫穷且受尽屈辱。他住在一个由富有的女恩人威德林顿(Widdrington)太太提供的狭小阁楼里，睡在一条油毡纸下面，听着黑暗中老鼠匆匆跑动的声音。

然而，尽管这位主人公是一位失败的诗人，物质条件也很有限，但实际上，正是为了反衬这些情况，他狂热地梦想着摆脱自己的无能和绝望，"进行一些大胆、悲怆而又严峻的事情"(《短篇小说集》797 页)。这种雄心勃勃的欲望在诗人的意识中与第一次十字军东征期间诺曼骑士和战马的大胆事迹融合在一起，与诗人对自己英勇的看法融为一体，"我骑在一匹灰黄色的小马驹上，它的眼睛像蓝色的电流，鬃毛像纷乱的火焰。它载着我正疾驰在一座山丘上，马不停蹄地朝这世上高高的天堂奔去"(《短篇小说集》793 页)。

《卡尔卡松》的主要内容是诗人与骷髅的对话。这个对话会让人联想到中世纪关于肉体和灵魂的辩论，诗人想象的、主观的、超越的和无限的奇幻与骷髅那物质的、僵死的、沉于尘世的价值观形成对比。在文学层面上，骷髅代表现实主义，诗人的意识代表浪漫或神话。骷髅被赋予了"自他出生以来就一直蕴藏在他体内的腐烂"，"一动不动"地置于"黑乎乎"之中，在一个"以快要坍塌的倾斜度，倒向低矮的屋檐"的天花板之下，理解到"生命的终结形态是静静地躺着"(《短篇小说集》794 页、796 页)。然而，想象力超越现实世界，因此"除去忍受虫子和高温……的那部分之外"，他"骑着不知终点的小马驹不知疲倦地奔驰……他的全部身体正沿着一座云雾缭绕的银色山峰，向高不可及的蓝色峭壁攀爬，山峰处听不见马蹄的回声，也看不见马蹄的蹄印"(《短篇小说集》793 页)。整个叙述过程中，骷髅总是与静止、禁锢和濒临死亡的形象联系在一起，而想象力则与飞马和骑士这一核心象征联系在一起，暗示着活力、逃逸和复活。虽然骷髅通过"提供给他……琐碎的信息"为诗人服务(《短篇小说集》796 页)，也就是提供事实(如马头甲这个词)，但福克纳认为，事实并不能等同于真理，因此这些信息的作用有限。因此，尽管有这些经验知识，骷髅"对世界几近无知"(《短篇小说集》796 页)。

虽然故事没有解决诗人与骷髅之间的口头争辩，但想象力将它的意志强加给严酷的现实背景，并取得了象征性的胜利，这代表了福克纳对创造力的必要性和力量的最强有力的宣言之一。这一胜利虽具有讽刺意味，但在故事中反复出现的、引人联想的散文段落中得到了表达。值得注意的是，这段文字以平淡无奇的事实开头（"我骑在一匹灰黄色的小马驹上"），接下来，通过使用两个明喻（"眼睛像蓝色的电流，鬃毛像纷乱的火焰"）和一个暗喻（"这世上高高的天堂"），将这段文字逐渐转向了诗意和神秘。在《修女安魂曲》中，福克纳将想象力定义为那种"如此广阔、如此无限的能力……可以消散和烧掉事实与可能性的瓦砾残渣，只留下真理和梦想"（《修女安魂曲》225 页）。《卡尔卡松》恰好展示了这样一个转变过程。

《卡尔卡松》中对于想象力的超然和可变力量的颂扬，与福克纳关于作家素材来源的言论形成了鲜明对比。福克纳一再将这些来源确定为"观察、经验和想象"（《福克纳在大学》123 页）。福克纳将这三种影响以不同的重点顺序列出，他指出有时每种影响都可以独立于其他影响。他说："一个作家需要三样东西：经验、观察和想象力，有时其中任何两种，或者其中任何一种，就可以弥补其他方面的不足。"（《园中之狮》248 页）福克纳经常指出，几乎不可能区分作家对不同素材的使用。正如他在西点军校观察到的那样，"很难说出一个故事中具体哪些部分来自想象力，哪些部分来自经验，哪些部分来自观察。这就像有三个带有收集器的油箱，你不知道有多少来自哪个油箱。你所知道的是当你打开阀门时，来自三个油箱——观察、经验和想象力——的水流从阀门流出"（《福克纳在西点》96-97 页）。

尽管福克纳在最后引用的文本中描述，经常承认艺术起源的复杂性与神秘性，但从他总体的评述中不难发现，他对想象力创造的偏爱尤为显著。这一偏爱解释了他对"事实"及对现实的简单"报道"所经常表现出的敌意。在《蚊群》中出现的有趣的自画像中，福克纳认为自己是"以撒谎为职业"（《蚊群》149 页）。他告诉一群学生："我不太依赖事实，任何作家都是天生的撒谎者，否则他不会写作。"（《福克纳传》6 页）福克纳经常指出作家倾向于甚至强迫自己去美化现实。"作家不会讲真话，"他说，"他无法将一个真实的人物完整地搬上纸张，同时又坚持保持真实性。他必须进行相应的调整和润色加工。"（《福克纳在西点》120 页）福克纳微笑着对弗吉尼亚大学的学生们表示，他或许能在自己创作的小说中借用他们，但是他也强调道："你们会被塑造成不一样的角色。"（《福克纳在大学》123 页）由于这种对创造性才能的坚持，福克纳倾向于批评那些把写作仅仅看作报道的人。"斯坦贝克，"福克纳曾经说过，"只是一个记者，一个新闻记者，不是一个真正的作家。"（《园中之狮》91 页）福克纳坚持认为，作家不依赖研究，"我认为如果他那么做，他不是一个真正的小说家"（《福克纳在大学》116 页）。福克纳在谈到人物刻画时说："我认为任何一个作家只要称得上是作家，都会相信他所创造的人物比上帝创造得更为完美。"（《福克纳在大学》118 页）他曾对西点军校的学生们说：

"当然，我认为作家绝对不会写下他亲眼看到或亲耳听到的东西，因为作家天生就不可能如实讲述任何事情。他必须改变它，他必须撒谎。这就是为什么人们把它称为小说，明白吗？"(《福克纳在西点》116 页)福克纳的文学创作显然是一种由事实与幻想、历史与神话、生活与艺术熔铸成的复杂综合体，用他的话来说，"就是经验、观察和想象"。但同样明显的是，福克纳认为这种综合体的主要成分是艺术家的创造性想象。

福克纳关于生命和艺术的关系的观点在研究其部分来源后变得更加清晰：威拉得·亨廷顿·怀特(Willard Huntington Wright)的《创造性意志：美学哲学和语法研究》(The Creative Will: Studies in the Philosophy and the Syntax of Aesthetics)[8]。怀特，更为人所知的是侦探小说家 S. S. 范·达因(S. S. Van Dine)这个笔名，他创作了几部关于文学和绘画的作品。刚刚提到的那本书给菲尔·斯通(Phil Stone)留下了深刻的印象，他与他的年轻门徒比利·福克纳(Billy Falkner，福克纳随后自主决定在其姓氏中插入一个字母"u"，改为 Faulkner——译者注)讨论了书中的内容。关于《创造性的意志：美学哲学和语法研究》对福克纳的影响，斯通写道："那本书中提出的审美理论，经过我自己的思考，构成了影响比尔整个文学生涯最重要的因素之一。如果读他作品的人能简单地读一读怀特的书，他们就会从文学的角度看到他想要表达什么。"[9]虽然斯通对福克纳及其作品的判断并不都可信，但这个判断似乎是正确的。事实上，怀特对艺术和艺术家的许多看法最终都被福克纳所接受。

尤为有趣的是怀特对生活和艺术关系的看法。怀特将巴尔扎克(Balzac)与左拉和其他"大自然的记录者"(《创造性意志：美学哲学和语法研究》23 页)进行对比，他认为巴尔扎克是文学大师，而左拉和其他"大自然的记录者"认为艺术只是对现实的单纯记录。"没有人相信时钟的照片能报时，"怀特争辩说，"然而却有人断言，对自然的模仿是艺术的生命！"(《创造性意志：美学哲学和语法研究》202 页)这并不是说艺术家对大自然没有用处。怀特坚持认为"不可能有伟大的禁欲主义者艺术家"(《创造性意志：美学哲学和语法研究》181 页)；艺术家的创造力部分来自与客观世界的接触。怀特认为，艺术家把他所有的经历都储存在他头脑中的"微型档案柜"里(《创造性意志：美学哲学和语法研究》23 页)，并且"通过不断更新组合，从大量资料中开发出一个微观世界"(《创造性意志：美学哲学和语法研究》23-24 页)。怀特把这一认知过程描述如下：

> 艺术家的思维过程就像算术级数。他从与外部自然的接触中产生了一个微不足道的想法。这个微不足道的想法中的某种东西，经过一段时间的分析之后，又产生了另一个想法，这个想法又通过意志的联想发展成为一组想法。对于他来说，这组想法成为建设性思维的基础，取代了原先的客观性基础。从对这些不再直接受到自然启发的想法的隔离和排列中，产生了伟大的思想。(《创造性意志：美学哲学和语法研究》83 页)

因此，怀特宣称，真正的艺术来自"理解并体验了生活的想象力"（《创造性意志：美学哲学和语法研究》23页）；真正的艺术家"提取了他特有的世界中的声音、色彩或者记录的精华，创造出了它们所构成的新的世界"（《创造性意志：美学哲学和语法研究》24页）。在这种尝试中，艺术家牺牲甚至扭曲了"事实"，因为他追求的是"比准确性更深刻的真理"（《创造性意志：美学哲学和语法研究》12页）。"艺术，"怀特宣称，"与'真实性'或'准确性'意义上的'真理'没有任何关系。"（《创造性意志：美学哲学和语法研究》28页）怀特总结说："在所有伟大而深刻的美学创作中，艺术家都是一个无所不能的神，他塑造并决定了新世界的命运，引领它走向一个不可避免的终点。在那里，它可以独立自主地存在，不受任何外在的帮助或影响。在这个宇宙的创造过程中，创造者找到了他的崇高。"（《创造性意志：美学哲学和语法研究》221–222页）当然，最后一个陈述，听起来与福克纳关于他如神般创造一个独立且自我生成的宇宙的评论非常相似，"我所创造的那个天地在整个宇宙中等于是一块拱顶石"（《福克纳读本》432页）。对于福克纳和怀特来说，这种艺术形成的主要成分是艺术家的创造性想象力。

福克纳对虚构文学的偏爱远胜于写实文学，这一点在电影剧本《戴高乐故事》（*The De Gaulle Story*）的工作记录中得到了明显且有趣的表达。该剧本是他为华纳兄弟影业公司（Warner Bros. Pictures）所写，于1942年拍摄[10]，但并未被制作。在这一年的7—11月，福克纳迅速、连续地写出了故事提纲、电影脚本、修订稿、完整的电影剧本和修订后的电影剧本，戏剧性地表现了夏尔·戴高乐（Charles de Gaulle）将军和"自由法国"（Free French）地下抵抗组织反抗纳粹占领法国的斗争。这部电影本来是被作为一部宣传片来提高戴高乐在美国公众心目中的形象的，因此，追溯福克纳在这个项目中取得的进展，其实就是关注一场纪录片和虚构电影制作技术中固有的基本冲突的争论，简而言之，是关于事实与虚构的争论。为福克纳提供传记和历史细节方面帮助的是：阿德里安·蒂克斯（Adrien Tixier）、"自由法国"驻华盛顿代表，以及戴高乐私人代理；还有法国电影导演和制片人亨利·迪亚芒-贝尔热（Henri Diamant-Berger），他是好莱坞主要的戴高乐主义者发言人。随着项目的持续深入开展，福克纳与这些"自由法国"顾问之间的不同意见很快浮出水面，并最终成为制片公司决定取消这部拟制作的电影的关键因素。

在福克纳开始创作《戴高乐故事》之初，他大量依赖"自由法国"顾问提供的文件和信息。然而，福克纳很快就展示出他一贯轻视事实的态度，开始运用他丰富的想象力，用虚构的事件和人物代替历史细节。法国人的反应是迅速的。当蒂克斯阅读福克纳的电影脚本时，他列出了一长串"不准确细节的观察"，质疑福克纳的准确性和逼真性[11]。迪亚芒-贝尔热对福克纳完成的剧本的评价也响应了蒂克斯对更严格遵循历史记录的要求[12]。

有一段时间，福克纳曾试图通过采纳法国顾问所提出的许多剧本修订建议，以安抚他们的情绪。事实上，有一次福克纳表现得跟其他人一样，非常注重准确的细节。当有人反对福克纳剧本中一个人物提到他"种植玉米"的任务时——理由是(附在剧本上的说明中)"法国人不吃玉米，库普泰(Coupe-Tête)应该种土豆"——福克纳在页边空白处插入了他的反对意见："五月份种土豆？马吃什么？"然而，这种标注显然更多的是出于抵触或愤怒的情绪，而非调侃。因为不久之后，福克纳因"自由法国"人那种顽固的直率性格及认识到僵局已经变得无法克服而感到愤怒，他请求制片人罗伯特·巴克纳(Robert Buckner)自由安排剧本的结构。在 1942 年 11 月 19 日的一份办公室备忘录中，福克纳向巴克纳建议："我们不要把戴高乐将军作为故事中的一个角色。"福克纳所陈述的问题是，法国人想要制作"一份文献"，而不是"一个故事"。因此，他们会"坚持绝对遵守时间和事实，无论事件多么微不足道，虚构的角色多么不真实，也不管戏剧价值和结构的牺牲，以及诗歌的内涵和弦外之音"。事情还因为戴高乐是真实的人物而变得更加复杂。福克纳认为，任何历史英雄"只有在死去多年之后才会变得丰富多彩，具有戏剧价值，因为只有这样，剧作家才能将其戏剧化而不受那些认识他本人、坚持实事求是的人的质疑"[13]。

另一个表现出福克纳对事实和文献的轻视的作品是其在 1933 年发表的短篇小说《艺术之家》(Artist at Home)。这个故事主要是一部讽刺作品，针对的是大众对艺术家及其行为的看法，其中包含一个有趣的细节，与事实和想象力作为作家的素材来源的问题有关。当成就有限的小说家罗杰·豪斯(Roger Howes)面对妻子安妮(Anne)和他的诗人朋友约翰·布莱尔(John Blair)之间的爱情纠葛时，豪斯立刻转向他的打字机："注意，下面是重头戏。罗杰回到书房，给打字机装了纸，开始写作。刚开始时，他写得不快，不过到天亮时，屋里满是打字的声音，就像四十只母鸡在铁皮做的玉米仓里啄米不停，桌上的纸堆得老高老高。"(《短篇小说集》566 页)接下来的几天和几周里，只有安妮出去见布莱尔和她回来后的讨论打断了豪斯的疯狂打字。安妮婚外情的每一个新进展都促进了"打字事业的牛市"(《短篇小说集》567 页)。在故事的结尾，读者被告知豪斯一直在疯狂地写什么："那么他到底写了些什么？就是他自己，还有安娜，还有诗人布莱尔，他们之间的事。有时候他不知道接下来会发生什么，但是其他所有已经发生的，都记录下来，一字不易。当然，完全实录，是不可能的，故事里总要有些微修改，因为真实的生活，读者并不买账。人们爱看的，是小道消息，是流言蜚语，人们爱看，因为这些大多都不是真事。"(《短篇小说集》572 页)考虑到这个故事的喜剧色彩，人们倾向于以幽默的态度看待豪斯对创伤经历的依赖来复活他微弱的艺术。《艺术之家》提供了一个对传统文学情结的讽刺性反转：在这里，读者阅读下一个虚构情节的渴望被转移到了一个作家身上，他必须看到真实情况下所发生的事情，才能知道在下一个场景写什么。福克纳的意图似乎不只是要讽刺弗洛伊德的观点(顺便说一句，福克纳其实基本上同意)，即所有艺术都源自苦难。在豪斯的狂热而徒劳的努力中，想要记录下他经历中迅速发展的事件，人们可以看出任何现实主义者在试图反映不断变化的生活进程时所面临的困境。福克纳似乎暗示说，这种真实的反映不仅不可能，而且也不值得追求。因此，豪斯无法避免地对"几个方面进行适当的调整"，并将实际情况加以虚构。福克纳暗指，即使是最坚定的现实主义者也无法完全排除创造性的发挥；此外，流言比事实更有卖点。在这种方式下，《艺术之家》对艺术仅仅被视为简单的复制行为的观点进行了嘲讽，同时强调了福克纳对虚构过程中想象力的必要性的重视。

罗杰·豪斯那种现实的、"一字不易"的处理方式与昆丁·康普生在《押沙龙，押沙龙！》中对于经验富有想象力的处理方式完全不同。迈克尔·米尔盖特和其他人已经从昆丁与他所讲的故事的关系中看出了作者权限问题的戏剧化[14]。对这种观点的支持可以在罗沙小姐的话语中找到，她认为昆丁有一天可能会把萨德本的故事当作素材运用到小说中："因此没准你会登上文坛，就像眼下有那么许多南方绅士也包括淑女在干这营生那样，而且也许有一天你会想到这件事打算写它。我寻思那时候你已经结了婚，没准你太太需要一袭新长裙，或者家里要添一把新椅子，那你就可以把它写下来投寄给杂志。"（《押沙龙，押沙龙！》8-9页）《押沙龙，押沙龙！》的整体结构进一步支持了昆丁作为作者的替身这一观点。前五章讲述了昆丁直接或主要通过第二手、第三手渠道参与萨德本的故事，但是剩下的四章则呈现了昆丁和他的哈佛大学室友施里夫·麦坎农（Shreve McCannon）对故事富有想象力的再创造。这种从倾听到讲述、从吸收到创造的转变，不仅体现了所涉及时间和地点的美学距离的创造，而且也反映了想象力对经验的主导作用。

在这个富有想象力的领域里，想象力与事实相互渗透、相互转化，真实的人物和事件变得虚幻、虚构："他们两人，在他们之间，从早年间故事和流言的陈谷子烂芝麻里，创造出了人物，这些人说不定在任何地方都从未存在过，他们是影子，并非存活过然后死去的血肉之躯的影子，而是原来就是阴影的东西（至少是对两个人之中的一个，对施里夫）的影子很安静，如同他们哈出的水汽里可以看出的耳语。"（《押沙龙，押沙龙！》428页）任何试图确定《押沙龙，押沙龙！》中哪些人物知道何事、何时的读者，都会意识到这部小说在推测和歧义的基础上达到了何种程度。然而，这种对事件和行动的扭曲并不是损失，而是收获。

> 昆丁仿佛真的能看到他们：那些衣衫褴褛、忍饥挨饿的士兵，脚上没有鞋子，炮火熏黑的瘦脸从军服破烂的肩头扭过来朝后看，眼光灼亮，那里燃烧着一种不屈不挠死不认输的火焰……昆丁原也可以看到这块石头的；他甚至可以到过那里。接着他想不。如果我到过那里我不可能看得那么清楚。（《押沙龙，押沙龙！》268-269页）

如果读者从这种萨德本叙述的假想再创造中读出了一种否定的强调，即认为人类无法认识和理解过去，那么他们肯定没有注意到福克纳所偏爱的创作方式，甚至没有注意到他所偏爱的"谎言"，即虚构的"真实"胜过实际的"事实"。

在这方面，昆丁对萨德本的处理可与福克纳关于他的传奇祖父 W. C. 福克纳上校的看法进行有意义的比较：

> 人们在瑞普莱谈起他，仿佛他仍然活着，住在山上的某个地方，随时可能回来。这是一件奇怪的事情；有很多人很了解他，但没有两个人以同样的方式记住他或描述他。有人会说，他像我，另一个人会发誓他身高六英尺。老地方什么也没有留下，房子没有了，种植园的边界也没有了，除了雕像，他的工作什么也没有留下。但他像一股活生生的力量一样穿越了那个国家。我更喜欢那样[15]。

福克纳"更倾向于那种方式"，可能是因为这种歧义和不确定性为创造过程提供了自由想象的空间。过度依赖事实会扼杀独创性。因此，应该避免对小说进行"研究"和类似"纪录片"式的处理。想象力在艺术创作中起着至关重要的作用。

对于一位坚信想象力创造的作家来说，福克纳的作品中充斥着纯粹的或接近纯粹的幻想结构，这一点并不奇怪。他小说的这一方面从未受到过批评家们的青睐，他们坚持认为福克纳是一位现实主义作家。然而，这对于理解他的艺术创作来说至关重要。最极端的例子是福克纳在他《短篇小说集》的《远方》(Beyond) 部分所收录的四个故事。其中一个故事，《卡尔卡松》前面已经讨论过，它的名字被用于我当前讨论的重点。另一个是这个部分的标题故事，讲述了一个老年联邦法官(或实际，或预期)的死亡及他随后进入来世之旅。在这个来世之旅的飞行中，他遇到了一个过去的熟人，一个名叫马若谢德(Mothershed) 的无神论者，以及他的偶像——不可知论者罗伯特·英格索尔(Robert Ingersoll)。法官还把基督看作一个婴儿，但他的手上和脚上都有钉死在十字架上的伤疤。有相当多的对话讨论上帝和永生的问题，之后法官有机会与他在近三十年前死于一次骑马事故的十岁儿子团聚。然而，法官拒绝了，不愿牺牲他长期持有的不可知论和人文主义信仰。为了与其异国情调的性质相一致，福克纳将《远方》称为"秘术的壮举"(《福克纳传》809 页)。

另一个故事《黑色音乐》(Black Music) 的主题同样离奇。它讲述的是威尔弗雷德·米杰莱斯顿(Wilfred Midgleston) 的超自然经历(同样，也没有讲明是真实的还是虚幻的)。一天，米杰莱斯顿变成了一个半人半羊的农牧神，因而他"要做凡人没想过也不会做的事儿"(《短篇小说集》726 页)。米杰莱斯顿以前是一个建筑师的绘图员，"一个矮小、讨厌、难以形容的人……不会有任何男人或女人回头瞧他第二眼"(《短篇小说集》707页）。他认为自己被潘神利用，去吓跑那些威胁要改变田园般山区胜地的家住派克大街的富人朋友。报纸上把那件事情说成一个赤身露体的疯子在卡尔顿·范·代明（Carleton Van Dyming）太太的花园里袭击了她，但是米杰莱斯顿相信报纸的叙述是错误的。二十五年后的现在，他独自流亡在国外，虽然贫穷，但是他对自己是"命运的宠儿，神之选民"（《短篇小说集》707页）深信不疑。

《腿》（The Leg）是一个以转世内容为题材的鬼故事[16]。故事一开始就闪回至1914年，讲述者是来自美国的年轻人戴维（Davy），他正在牛津大学学习，他的英国朋友向一位名叫艾弗碧·科林蒂亚（Everbe Corinthia）的年轻女子求爱。然后场景转换到1915年的法国战场，乔治（George）阵亡，戴维失去了一条腿。在医院里，乔治的鬼魂出现在戴维面前，戴维担心他被截掉的腿没有死。"我能感觉到，"他说，"它在嘲笑我。"（《短篇小说集》734页）乔治承诺要找到这条腿并确保它已经死亡。后来，戴维恢复得很好，可以继续飞行；鬼魂不再出现，但戴维仍然被那条腿的模糊恐怖所困扰。故事接着向前推进，艾弗碧·科林蒂亚因一段不幸福的爱情而死去，她的父亲在她死亡一周后追随她而去，她的哥哥约坦（Jotham）发誓要报复她的情人，也试图谋杀戴维。戴维对所有这些事态的发展感到惊讶，无法理解约坦对他的仇恨。约坦也死了，但在他的遗物中找到了最近题字的一张照片，照片中显示的是艾弗碧和她的情人。当戴维看到这张照片时，他惊讶地发现照片中的人正是他自己，但在拍摄这张照片的时候，他正躺在医院里和乔治的鬼魂交谈。这意味着他失去的腿已经发挥了它的可怕作用。"我让他去找腿，找到后把他杀死，"戴维得出结论，"我跟他说过了。跟他说过了。"（《短篇小说集》743页）

尽管诸如《卡尔卡松》《界外》《黑色音乐》和《腿》这样的幻想作品在福克纳的经典之作中并不多见［还可以加上早期的剧本《木偶剧》（Marionettes）、《大理石牧神》中的某些诗歌及儿童故事《许愿树》（The Wishing Tree）］，但这些作品足以表明福克纳将创造与虚构联系到何种程度。这些叙述还鼓励读者重新回到福克纳更具"现实主义"的小说中，并更加意识到福克纳对虚构艺术而非写实艺术的偏爱。在这种语境下，像《我弥留之际》中使用洞察力、《喧哗与骚动》中假设性探索一个严重智力迟钝的人的意识、《圣殿》中超现实主义的描述，以及《寓言》中对《圣经》神话的惊人改编等实验性叙述手法具有更加重要的意义。福克纳丰富而又富于创造性的独创还有许多例子可以列举；但我只举三个例子，第一个涉及福克纳对事件的叙述，第二个涉及风格和人物刻画，第三个涉及整体结构。

最初的例子是《去吧，摩西》中，对艾萨克·麦卡斯林第一次看到大熊老班时的描述。

　　　　这时候他见到了那只熊。它并非从哪里冒出来的，就此出现了：它就在那儿，一动不动，镶嵌在绿色、无风的正午的炎热的斑驳阴影中，倒不像他梦中见到的那么大，但是和他预料的一般大，甚至还要大一些，在闪烁着光点的阴影中像是没有边际似的，正对着他看。接着，它移动了。它不慌不忙地穿过空地，有短短的一刹那，走进明晃晃的阳光中，然后就走出去，再次停住脚步，扭过头来看了他一眼。然后就消失了。它不是走进树林的。它就那么消失了，一动不动地重新隐没到荒野中，就像他见过的一条鱼，一条硕大的老鲈鱼，连鳍都不摇一摇就悄然没入池塘幽暗的深处。（《去吧，摩西》262-263页）

在小说中，这段描述最能体现出马尔科姆·考利所说的《熊》具备的"神话故事"的特质[17]。福克纳在这里所描述的并不是一只实际的熊客观、具体的动作，而是一种主观的梦境，给读者留下了精神的幻象。这只熊并不是"冒出来的""就此出现了"；它"就在那儿"，突然间，不知从哪里冒出来，如同神秘主义者所看见的神。值得注意的是，这只熊"像是没有边际似的"，当它消失的时候，正如它出现时一样突然、神秘，它并不是"走"回树林，而是"就那么消失了，**一动不动地重新隐没到荒野中**"（强调部分为作者所加——译者注）。很明显，福克纳的兴趣并不在于逼真的、具有代表性的细节，而在于主人公艾萨克的意识状态。其艺术意图并不是要表现一只"真实的"熊，而是要传达存在于艾萨克（以及福克纳）想象中的熊的概念，而且只有通过福克纳神奇的、引人遐想的文字才能在读者的想象中被再创造。为了领会这一技巧的成功之处，人们只需要将电影版的《熊》与福克纳精彩的散文进行比较。在电影中，我们看到的是一只真正的熊，但它不是老班。福克纳的熊比真实生活中的更伟大、英勇、不真实、神秘。福克纳清楚地认识到他的叙述的梦幻特质，并将其故事与他的整体艺术观念联系起来。"有一个例子，"他说，"这个令人遗憾、破旧不堪的世界并不能使你完全满意，因此你创造了一个自己的世界，因此……你使熊比你所看见的更像熊。"（《福克纳在大学》59页）再一次，现实世界被创造性的想象力所注入和改变。

接下来的示例成为福克纳全部作品中最易被误解且得到最少欣赏的篇章之一：描述《村子》中的白痴艾克·斯诺普斯对母牛的感情。许多读者无疑同意菲尔·斯通的判断，即这个插曲"破坏了"整部小说，是"福克纳经常表现出的完全缺乏审美趣味"的典型[18]。有些比较有同情心的评论家能够承受住这个故事的惊世骇俗，但他们仍然倾向于认为这个插曲本身重要性不大，只是对拉波夫（Labove）和麦克卡隆（McCarron）的欲望及弗莱姆的自私物质主义的讽刺性对比。然而，根据福克纳对语言作为想象力在经验上发挥作用的关注点来看，这一章节无疑成为这部小说中的核心部分。我们可以审视以下的篇章内容：

他会听到她的脚步声，她走下来，来到晨雾笼罩的小河旁。那不会是一小时，两小时，三小时之后的事；黎明时分的黑暗将会散去，那个时刻和她将不在那儿的时间里，他会去聆听她的声音，他会躺在潮湿的绿草里，浑身湿漉漉的，从容安详，独自一人，沉浸在无尽的欢乐中，倾听着她走近的声音。他能够闻到她的味道；薄雾之中全都充满了她的气味儿；同样的薄雾也在用它伸展出去的手，掠过他俯卧着的、湿漉漉的身躯，触摸着她镶满水珠的木桶，并即刻在某个地方把它们拢在一起，让它们结为一体。他不想动地方。他想在充满微小生命的大地从沉睡中苏醒过来的时刻躺在那里，被雾水压弯了的蕨类草叶低垂在薄雾之中，一动不动，在他的脸前呈现为黑色的、固定不变的弧形。在每一片弧形的草叶上，露珠在交界处聚集，以其微小的晶莹表面，映照放大黎明玫瑰色的微型形象，浓重的、缓缓飘来、温热的牲口棚味、牛奶味可以闻得到，甚至可以品尝得到，飘移着的、太古时代的女人，倾听着缓缓的耕种声，倾听着有意分开、抛撒着土的脚趾踩在泥里的吧唧吧唧的声音，依然带着唱诗班的歌手，高唱着婚礼之歌，隐身在薄雾之中。（《村子》169-170 页）

毫无疑问，这是对语言的极限运用。正如梅尔文·巴克曼在几十年前所意识到的那样："这种济慈诗歌式的语言唤起了另一个世界，在那里，现实被悬置，诗人的想象力统治一切：白痴和母牛可能是来自一个传说故事里的情侣，它们与自然融为一体，彼此不分，共同分享着时间不复存在的宁静而不可言传的时刻。"[19] 正如小说其他部分已经明确说明的，在现实主义层面，从字面上来说，白痴的故事具有"投机倒把"的功能，为法国人湾那些庸俗而不近人情的居民提供了卑劣的娱乐。然而，这一片段虽然很短，但通过神话想象的力量，却变成了一个欢乐而感人的故事，讲述了一个忠诚的恋人勇敢地与大火和野兽斗争去营救他的爱人的故事。尽管它是滑稽可笑的，但在福克纳的小说中没有比这更好的例子了，即富于想象力的文字游戏能够将"这个令人遗憾、破旧不堪的世界"变成一个充满英勇和美丽的地方。并非巧合的是，V. K. 拉特利夫（V. K. Ratliff），福克纳的伟大寓言家之一（因而对真实与虚构的对立敏感）为艾萨克辩护，拒绝对他的行为进行道德评判。

福克纳众多创新成果中最为显著的个例，并不在于他对事件叙述、文风流派、人物塑造的幻觉式处理，而在于对形式的独特理解和敢于尝试的实验精神上。他的诸多小说都可以作为这些观点的实例来证明：在《喧哗与骚动》中，中心情节的四个重叠视角和情节与意义的逐渐展开；在《八月之光》中，上升和下降的故事情节与频繁的年代顺序颠倒；在《押沙龙，押沙龙!》中，多重视角、过去与现在的艺术交织及神话式的类比；在《野棕榈》（《我若忘记你，耶路撒冷》）中，两个截然不同但主题相关的故事的(惊人的)原创性对比;《修女安魂曲》的散文叙述与戏剧形式的融合。为了强调这一点,我选择的小说是《我弥留之际》,这主要是因为其简单的情节(福克纳主要小说中最简单的)使小说富有想象力的结构更为突出。在《我弥留之际》中发生的事情可以用一句话来概括:本德仑一家从法国人湾下面的家中出发,送艾迪——妻子和母亲——的遗体去杰弗生镇安葬。但是,福克纳选择叙述这个基本故事情节的方式使他成为现代实验小说作家中的最前沿。即使在它出版了将近一个世纪后的今天,这部小说的技巧仍然给人留下非常新鲜和创新的印象。这十五位叙述者的视角如同万花筒般不断变换,时而合作、时而矛盾的视角,使小说中的外部行为和内部的思想及动机都得以逐渐地展现出来。此外,艾迪的独白在小说中后三分之一部分的出现,其启示之光既照亮了前面,也照亮了后面,进一步增强了小说的悬念规划。没有哪部小说能更好地展示福克纳所期望的、所有渴望伟大的作家必须承担的风险,也没有哪部小说能更好地展示即使像克利夫顿·费迪曼(Clifton Fadiman)和艾尔弗雷德·卡津这样的负面评论家也不得不承认福克纳所拥有的精湛技术[20]。"从技术上讲,"卡津在 1942 年写道,"(福克纳)很快证明自己在形式上几乎过分地巧妙和雄心勃勃,他是美国现代小说家中唯一一位对形式的忠诚已为他在现代诗歌的实验主义者中赢得了一席之地。"[21]在奥克斯福镇(或任何实际的地方),人们可能会问,福克纳是在哪里找到这种形式上的激进实验的模型的呢?答案是来自福克纳自己的话。有一次,当被问及他在小说中使用特定历史原型的原因时,他回答说:"我认为,每当我的想象力和这种模式的界限发生冲突时,都是这种模式膨胀……给了我们启示。"(《福克纳在大学》51-52 页)因此,在形式方面,就像在事件叙述、文风流派、人物塑造等方面一样,福克纳求助于"自己的想象,构建出他自己的卡尔卡松"。

我投入了大量的时间去剖析福克纳对事实、对现实的"这个令人遗憾、破旧不堪的世界"的抵触及他对创造性想象力的相应的推崇,因为这些观点对于精准理解福克纳是何种类型的小说家至关重要。在福克纳批评界一个已达成共识的观点是,他作为一位杰出作家的崛起与他听从了舍伍德·安德森的建议,去发掘他的家乡环境中所包含的虚构元素有密切的关系。正如他后来告诉吉恩·斯太因的:"打从写《沙多里斯》开始,我发现我家乡的那块邮票般小小的地方倒也值得一写,只怕我一辈子也写不完它,我只要化实为虚,就可以放手充分发挥我那点小小的才华。"(《福克纳读本》431 页)对这一论述仔细研究可以发现,福克纳对家乡材料的再发现只是他作为艺术家走向成熟的第一步。更为关键的是他对这些材料的处理方式,他认识到只有"化实为虚",才能"充分发挥"他的才华。那些把福克纳视为现实主义作家,或者更糟的是把他视为纯粹的地方主义作家的读者,过分强调了福克纳对斯太因所说的话的前一半,但是通常会忽略后一半。当然,福克纳把重点放在它应该被放置的地方。"家乡的那块邮票般小小的地方",奥克斯福镇及其周围地区,也许为他提供了他所需要的原材料,但是,是想象力，卡尔卡松，产生了伟大的艺术。

　　在研究福克纳的小说时，人们很快意识到他的艺术与威廉·迪恩·豪威尔斯所倡导的写实的现实主义，或弗兰克·诺里斯（Frank Norris）和其他自然主义者所做的科学记录大不相同。福克纳艺术观念最具可比性的对象是纳撒尼尔·霍桑，其《红字》（*The Scarlet Letter*）深入探讨了"真实世界与幻想之间的'中间地带'，在那里实际与想象得以交融"[22]。另一个可比的对象则是亨利·詹姆斯，他洞察了艺术模仿理论的局限，以其卓越短篇小说《真东西》（*The Real Thing*），赞扬了想象创作战胜单纯复制的"艺术炼金术"[23]。若将福克纳与后辈对比，而非与其前辈做比较，他似乎更加接近如约翰·巴思（John Barth）及罗伯特·库弗（Robert Coover）而非约翰·厄普代克（John Updike）或诺曼·梅勒（Norman Mailer）等作家。真实的奥克斯福镇对福克纳而言仅仅是使他有"一个地方作为起点"（《福克纳随笔》7页）。如同与他有诸多共同点的超现实主义画家们，福克纳致力于捕捉一种新的现实主义——亦即超现实主义——它糅合了日常生活、外在世界和艺术家的创造力视野的内在世界。在他想象的奇异地理空间中，奥克斯福镇和卡尔卡松都是约克纳帕塔法土地上的一部分。而这个神奇土地的唯一地图是由艺术家自己绘制的——由"威廉·福克纳，唯一的业主与产业所有者"[24]签名的地图。

注　释

[1] 关于布洛特纳对福克纳于 1925 年访问欧洲的论述，参见《福克纳传》444-483 页。柯林斯的看法在他于 1982 年 8 月 15 日给我的信中表达了出来。

[2] Cleanth Brooks, *William Faulkner: Toward Yoknapatawpha and Beyond* (New Haven: Yale University Press, 1978), 61.

[3] T. Graydon Montague, "Citadels of the Centuries," *Travel* 39 (May 1922): 6.

[4] 当 1923 年和 1927 年进行新的考古挖掘时，这些论点又出现了。

[5] 尽管福克纳的《这十三篇》（*These 13*）（New York: Cape and Smith, 1931）和《短篇小说集》均以《卡尔卡松》作为结尾，但多年来，这个故事并没有得到评论界的较多关注。最近的评价包括 Richard A. Milum, "Faulkner's 'Carcassonne': The Dream and the Reality," *Studies in Short Fiction* 15 (Spring 1978): 133–138; Robert W. Hamblin, "'Carcassonne': Faulkner's Allegory of Art and the Artist," *Southern Review* (Spring 1979): 355–365; M. E. Bradford, "The Knight and the Artist: Tasso and Faulkner's 'Carcassonne'," *South Central Bulletin* 41 (Winter 1981): 88-90; Noel Polk, "William Faulkner's 'Carcassonne'," *Studies in American Fiction* 12 (Spring 1984): 29-43; and James B. Carothers, *William Faulkner's Short Stories* (Ann Arbor: UMI Research Press, 1985), 81-83。

［6］Dorothy Tuck, *Apollo Handbook of Faulkner* (New York: Thomas Y. Crowell, 1964), 163.

［7］Brooks, *William Faulkner*, 60.

［8］Willard Huntington Wright, *The Creative Will: Studies in the Philosophy and the Syntax of Aesthetics* (New York: John Lane, 1916).

［9］参见 James W. Webb and A. Wigfall Green, eds., *William Faulkner of Oxford* (Baton Rouge: Louisiana State University Press, 1965), 228。

［10］福克纳在这个项目上工作的详细历史记录在 Louis Daniel Brodsky and Robert W. Hamblin, eds., *Faulkner: A Comprehensive Guide to the Brodsky Collection, Volume Ⅲ: The De Gaulle Story* (Jackson: University Press of Mississippi, 1984)。

［11］参见 Brodsky and Hamblin, eds., *De Gaulle Story*, 354－359。

［12］参见 Brodsky and Hamblin, eds., *De Gaulle Story*, 376－395。

［13］Brodsky and Hamblin, eds., *De Gaulle Story*, 395－396, 398.

［14］参见 Michael Millgate, *The Achievement of William Faulkner* (New York: Random House, 1966), 154－155。

［15］引自 Robert Cantwell, "The Faulkners: Recollections of a Gifted Family," in *William Faulkner: Three Decades of Criticism*, ed. Frederick J. Hoffman and Olga W. Vickery (New York: Harcourt, Brace and World, 1963), 56。

［16］我采用了通常对该故事的解释。有关福克纳对事件的描述极具歧义，且或许可以从心理现实主义角度来解释令人印象深刻的论点，参见 James B. Carothers, "Faulkner's Short Stories: 'And Now What's to Do'," in *New Directions in Faulkner Studies: Faulkner and Yoknapatawpha, 1983*, ed. Doreen Fowler and Ann J. Abadie (Jackson: University Press of Mississippi, 1984), 219－223。

［17］A. I. Bezzerides, *William Faulkner: A Life on Paper*, ed. Ann Abadie (Jackson: University Press of Mississippi, 1980), 97.

［18］Louis Daniel Brodsky and Robert W. Hamblin, eds., *Faulkner: A Comprehensive Guide to the Brodsky Collection, Volume Ⅱ: The Letters* (Jackson: University Press of Mississippi, 1984), 29.

［19］Melvin Backman, *Faulkner: The Major Years* (Bloomington: Indiana University Press, 1966), 151－152.

［20］例如，费迪曼对《押沙龙，押沙龙！》的评论 "Faulkner, Extra-Special, Double-Distilled," *New Yorker*, October 31, 1936, 62－64。尽管费迪曼对福克纳的艺术风格和作品内容持有批评态度，然而他也承认"作为技术专家，福克纳展现出了乔伊斯和普鲁斯特般醉人的笔触"。

［21］Alfred Kazin, *On Native Grounds: An Interpretation of Modern American Prose*

Literature (New York: Harcourt, Brace, 1942), 457.

[22] Nathaniel Hawthorne, *The Scarlet Letter* (New York: W. W. Norton, 1978), 31.

[23] Henry James, *The Real Thing and Other Tales* (New York: Macmillan, 1893), 17.

[24] 这幅地图作为插图出现在《押沙龙，押沙龙!》的后面。

超越地图的边缘：
福克纳、特纳与边界线

白晶 译

詹姆斯·考恩(James Cowan)扣人心弦的小说《地图师之梦》(*A Mapmaker's Dream*)，副标题是《威尼斯修士笔记》(*The Meditations of Fra Mauro, Cartographer to the Court of Venice*)[1]，记载了一位 16 世纪修士为绘制一幅精确且全面的世界地图所付出的毕生努力。在岛屿修道院的回廊里，弗拉·毛罗(Fra Mauro)进行了一系列的访谈，与来自遥远国家的探险家、商人和游客进行交流；阅读了众多世界旅行者的信件和书籍；并仔细研究了其他制图师所创作的地图。在他进行研究和绘制地图的过程中，弗拉·毛罗逐渐理解并接受了已知与未知、文明与野蛮、文化与自然、科学与神话、现实与理想、经验与艺术之间的矛盾和神秘关系。最终，他毕生心血的结晶——地图，成为他记录生活、自然和自我的文本。

与考恩不同的是，关于地图制作者寻求理解与追求秩序的哲学性小说，威廉·福克纳并未创作过。然而，他也可以被视为一位类似的地图制作者(无论是字面意义还是象征意义)，因为他深入探索了地理与文化的交汇点。福克纳所绘制的虚构的约克纳帕塔法县的地图[2]、在《修女安魂曲》和《密西西比》中对该县历史的研究，以及他在 20 世纪 50 年代创作的有关政治和历史的论文与演讲，都充分展示了福克纳热衷于描绘地图边缘的生活和体验，那是文化演进中的边疆线——在那里荒野和定居点交会，自然和景观在互动中被驯化。确实，"约克纳帕塔法世系"的故事是一部关于文明进步的漫长编年史，福克纳在《密西西比》中所表达的那种重复的周期，即"那个过时的人，明天他还要遭到已经过时的人的剥夺"(《福克纳随笔》12 页)：首先是美国原始印第安人(Mound Builders)，然后是美国土著居民(Native Americans)，然后是发现杰弗生镇并建立政府所在地的白人猎人和定居者，然后是像托马斯·萨德本这样带来奴隶并开发种植园的人，然后，在南北战争和重建期间，北方士兵、废奴主义者和流亡者，最后是在福克纳自己的时代，"把残余的原始森林更深、更深地朝南边挤压，一直挤到大河与丘陵的 V 字形地带"(《福克纳随笔》22 页)的木材商、银行家和工业家。到 1945 年福克纳绘制约克纳帕塔法县第二张地图时，原始荒野仅剩下一小部分，位于密西西比河三角洲西南部约两百英里处。

三角洲(Delta,亦称密西西比河出海口三角洲——译者注)由奥克斯福镇和拉斐特县(Lafayette County)的西部延伸至东部地带,对于威廉·福克纳的生活与创作而言,三角洲是一个关键性的角色。其终身挚友兼曾经的文学经纪人、编辑本·沃森(Ben Wasson)出生于格林斯维尔(Greenville),福克纳频繁地前往此地探访他。另一位来自格林斯维尔的编辑哈丁·卡特(Hodding Carter),也是《三角洲民主时报》(*Delta Democrat-Times*)的创办者,他对福克纳的种族观念和地方立场产生了深远的影响[3]。威廉·福克纳的另一位朋友菲尔·斯通,是奥克斯福镇的一名律师,他们在早年经常结伴前往克拉克斯代尔市(Clarksdale),参观20世纪20年代广受欢迎的夜总会和赌场"雷诺之家"(Reno's Place)。1952年,福克纳在克利夫兰市的三角洲州立大学发表了三角洲年度会议的主题演讲。福克纳最杰出且最具影响力的两部叙事作品《去吧,摩西》和《野棕榈》(《我若忘记你,耶路撒冷》)的部分章节背景均设定在三角洲地区。

在福克纳的个人生活和艺术创作中,密西西比河出海口三角洲作为一种独特的社会环境,无论是从地理特征还是从心理层面来考量,它都显著地脱离了奥克斯福镇和杰弗生镇那些拘束性的社会秩序。这个区域是一个寻求个人自由、摆脱家人与邻居的挑剔和论断的理想之地,也是一个回归原始荒野环境的场所。在这里,熊、鹿及松鼠的数量远远超过人类,这片土地早在种植园、木材公司及铁路出现之前,大量的森林和动物资源就已经被消耗与破坏;此外,这也是个人可以检验自身能力、个人价值和社会地位基于诚信、个人技能、勇气、努力而非权威命令或贵族特权的所在。值得强调的是,福克纳的三角洲起点位于最西部边缘,并且持续超越他所描绘的约克纳帕塔法县地图的边界,因此它代表了未被纳入的空间,未开发的处女地,尚未定居、未开化、未受污染的土地。在这一点上,我将随后进行详细阐述,福克纳的三角洲作为一个微观世界,反映了弗雷德里克·杰克逊·特纳(Frederick Jackson Turner)在其具有深远影响的著作《美国历史上的边疆》(*The Frontier in American History*)和《边疆在美国历史中的重要性》(*The Significance of Sections in American History*)中所提出的,不断扩张的边疆是美国人的性格、价值观和美国制度发展的最关键因素[4]。

福克纳笔下的三角洲,它作为荒野的本质描绘,无疑是以《熊》为代表的。通过讲述艾萨克·麦卡斯林在山姆·法泽斯指导下成为猎人的成长历程,将隐藏在荒野深处的"荒野、大森林的事,它们之大,之古老,是不见诸任何文件契约的"(《去吧,摩西》239页)艺术地呈现给读者。这里充满的是"同样的孤寂,同样的荒凉,在脆弱、胆怯的人匆匆穿过之后没有引起任何变动,没有留下痕迹与印记,它准是和山姆·法泽斯的第一个契卡索族(Chickasaw)老祖宗匍匐进入时一模一样,当时,这个印第安人手里拿着木棒、石斧或兽骨箭,四下张望,随时准备战斗"(《去吧,摩西》254页)。如果说山姆·法泽斯是引导艾萨克修士在实习期间学习荒野生活方式的导师,那么法泽斯所侍奉的上帝便是老班，这片森林的统治者和熊的象征。显然，这一形象部分借鉴了弗雷泽（Frazer）的《金枝》（*The Golden Bough*）中的圣熊（Sacred Bear）[5]。老班（及森林中的其他生物）是图腾之神，他以自身为祭物，为人类的生存与复兴而付出。福克纳笔下的猎人与弗雷泽笔下的原始人有相似之处，但他们用玉米威士忌替代了原始人宗教仪式中使用的动物血，猎人"心、脑、勇气、计谋与速度的最紧张、最美好的一瞬间，都集中、凝聚在这棕色的液体里，那是不让妇女、孩子与娃娃喝而只有猎人能喝的，他们喝的并非他们打死的野兽的血液，而是某种从狂野的不朽精神里提炼出来的浓缩物，他们有节制地甚至是毕恭毕敬地喝着，并不怀着异教徒饮酒时的那种卑劣的、毫无根据的希望：一杯酒下肚便能在计谋、膂力、速度上胜人一筹，而倒是通过干杯向这些本领表示敬意"（《去吧，摩西》240-241页）。

艾萨克投身于此次灵性修行的过程起始于他步入十一岁的那段岁月。初次目睹那只体型巨大的熊，这一幕巧妙地组合了原始的启蒙仪式及基督教神秘主义者在追寻上帝异象过程中所展现的仪式行为。首先，艾萨克必须摆脱所有物质文化的束缚——枪械、指南针和手表。接着，经过净化，摒弃自我，全心全意投入荒野之灵的怀抱中，他面对了属于自己的愿景。那位被称为老班的巨熊并非寻常的野兽，而是神话般的存在，甚至具备神圣的特质，这一点通过其对突然出现和消失的幽灵般、近乎超自然的描述中得到了暗示。

> 这时候他见到了那只熊。它并非从哪里冒出来的，就此出现了：它就在那儿，一动不动，镶嵌在绿色、无风的正午的炎热的斑驳阴影中，倒不像他梦中见到的那么大，但是和他预料的一般大，甚至还要大一些，在闪烁着光点的阴影中像是没有边际似的，正对着他看。接着，它移动了。它不慌不忙地穿过空地，有短短的一刹那，走进明晃晃的阳光中，然后就走出去，再次停住脚步，扭过头来看了他一眼。然后就消失了。它不是走进树林的。它就那么消失了，一动不动地重新隐没到荒野中。（《去吧，摩西》262-263页）

艾萨克的实习阶段已经顺利结束，他已然获得准许，加入了一个神圣且超凡入圣的理想世界。

为彰显荒野所蕴含的理想及超凡脱俗之品质，福克纳将广袤的原始森林比作《圣经》中所描述的伊甸园。为此，艾萨克将三角洲荒野的存在与起初的创世故事紧密结合：

> 因为**他**（指上帝。下文中黑体的"他"也都指上帝——原译注）在《圣经》里说到怎样创造这世界，造好之后对着它看了看说还不错，便接着再创造人。

他先创造世界，让不会说话的生物居住在上面，然后创造人，让人当他在这个世界上的管理者，以他的名义对世界和世界上的动物享有宗主权，可不是让人和他的后裔一代又一代地对一块块长方形、正方形的土地拥有不可侵犯的权利，而是在谁也不用个人名义的兄弟友爱气氛下，共同完整地经营这个世界。（《去吧，摩西》325 页）

在诗意盎然的荒野之中，所有权的观念已不复存在。社会阶层与种族亦未被列入考量范围。在南方广袤的森林之中，贵族、平民、黑人和土著居民共同缔造了深厚的友谊与兄弟情谊，一个人的价值由其自身的优秀品质所决定，而非社会所可能施加的人为标准来决定。在这片森林之中，所有的男人——无论白皮肤、黑皮肤还是红色皮肤——字面含义上和象征意义上都称得上是兄弟。

在《熊》的第四部分，艾萨克在与表外甥卡斯的对谈中类比了由老班和山姆·法泽斯所主导的理想荒野及美国文明的起源。艾萨克指出，美洲大陆的建立是基于理想主义和盼望，这是一个可以让人们摆脱"旧世界一钱不值的黄昏"的地方，创造出"一个新世界，在那里，一个人民的国家可以在谦卑、怜悯、宽容和彼此感到骄傲的精神中建立起来"（《去吧，摩西》327 页）。在这个勇敢的新世界里，人类将扔掉过去的枷锁，重新开始构建一个理想的共同体，它将摒弃以往文明的罪恶和错误。移居者在这片新土地上发现的广阔开放的荒野为完美的愿景做出了贡献："在这片土地上……他为南方做了那么多的事，提供树林使猎物得以繁衍，提供河流让鱼儿得以生长，提供深厚、肥沃的土地让种子藏身，还提供青翠的春天让种子发芽，漫长的夏天使作物成熟，宁静的秋天让庄稼丰收，还提供短促、温和的冬天让人类和动物可以生存。"（《去吧，摩西》361 页）正因如此，孕育出了美国梦，这是一种观念，即"一整片充满希望的大陆，那是划出来专门作为避开……旧世界的毫无生气的黄昏的自由与解放的避难所与圣殿的"（《去吧，摩西》361 页）。

然而，这个美好愿景并未成真，或许在艾萨克·麦卡斯林对南方历史与全国历史的深入研究中，我们能找到部分答案。首先，不容忽视的是白人如何夺取了土著居民的土地；其次，白人奴隶制度的诅咒也是因素之一。美国这一秉持自由精神建立的国家，其发展并非完全基于勇敢、勤劳和牺牲等高尚品质：它同样建立在人类对同类的残忍行为之上，这种残忍行为不仅存在于新英格兰的奴隶主和制造商身上，也存在于南方的种植者身上。此举违反了美国梦的原有精神，引发了失望和痛苦，使他们从伊甸园中被放逐。最终证明美国并非欧洲的避难所，而是重演了旧世界的错误和暴行："不仅是那个他从那里把他们拯救出来的老世界而且包括这个新世界——他把这个圣殿和避难所显示给他们看，还引导他们来到这里 ——也都变成了在最后一个血红的黄昏中冷却下去的同样没有价值、没有浪潮的礁石。"（《去吧，摩西》362 页）对于艾萨克来说，战争及其可怕的后果是这种失败的象征，也是对任何以贪婪、残忍和不公代替人类兄弟情谊的社会的审判。南北战争和重建时期的悲剧，都是兄弟之间和种族之间的冲突，被解读为对诅咒的执行，这种诅咒不仅影响了南方的白人，实际上所有的美国人都因为他们的罪行而继承了它。

显然，从其最宽泛的寓言应用层面来看，《熊》成了评论人类历史普遍性的注脚。艾萨克·麦卡斯林将所有历史视为帝国的持续兴衰过程，每个帝国的建立都基于对永恒性和完美性的理想化，但最终每一个帝国却因人类的愚蠢和脆弱而陨落。人们对美国梦所说的话，在这里被延伸到包括所有人类经验中。这种应用解释了《熊》中的许多历史性和《圣经》典故，这些典故不仅涵盖了美洲的发现和南北战争前南方的崩溃，还包括诺亚(Noah)所处的世界因洪水而毁灭、罗马帝国的兴衰、犹太人对迦南的追求，以及如前所述，最重要的是伊甸园失落的叙事。"被逐出伊甸园"(《去吧，摩西》326页)——这一主题反复出现，作为连接所有典故的共同线索。《熊》所暗示的人类历史，是对伊甸园失落和在未来某个"应许之地"重新获得花园体验的周期性重演。因此，人类在失去的伊甸园和存在梦想中却永远无法拥有的迦南之间、在社区和边疆之间，处于一种矛盾的静止与运动、成就与失败、得与失、记忆与欲望的状态。

然而，读者必须审慎对待福克纳(或是艾萨克·麦卡斯林)在《熊》中所描绘的荒野形象。正如彼得·弗罗利希(Peter Froehlich)深入理解的那样，《熊》揭示了对自然极度浪漫化且人性化的描绘，这个描绘仍旧非常接近于文明世界，这是一个人为友好的宇宙，由一个富有同情心、体恤人类需求和关切的上帝所统治[6]。该描绘颇具华兹华斯诗境，这种自然通过"一切圣贤的教导/它能指引你识别善恶/点拨你做人之道"[7]。然而，福克纳深知还有另一种类型的自然。身为后达尔文主义的倡导者，以及深受西奥多·德莱塞等文学自然主义者的熏陶，他深知自然界对文明的冷漠，甚至敌意："以牙还牙，以爪还爪"[8]的自然法则，被自然选择和偶然性所支配，适者生存。这种自然位于地图边缘；它是终极边界，超越已知世界，未经探索且充满恐惧，是陆地和海洋的尽头转变成混乱与黑暗的地方。在福克纳创作《熊》之前，他已经在《野棕榈》(《我若忘记你，耶路撒冷》)的《老人河》(Old Man)部分中呈现了这种令人恐惧的自然观。

《老人河》的故事设定于1927年密西西比河洪水肆虐之时。当这场危机最严重的时候，帕奇曼(Parchman)州劳教所的囚犯被迫执行了一项任务——协助加固河流沿岸的堤坝，并寻找和营救那些已经失去家园的难民。两个囚犯，在故事中仅被称为"高个子犯人"和"矮胖犯人"，被给予一艘小船和一支桨，并被指派去营救一名紧紧抓住一个残存的柏树桩的妇女和一个坐在一座棉花仓房的屋梁上的男人。几乎立即，这项任务就变成了一场充满恐怖的生存斗争，脆弱而孤独的人类与"老人河"的恶意和破坏性力量进行着殊死搏斗。在汹涌的洪流中，这位高个子犯人被失控地抛向了缺乏历史记忆的旅程之中，穿越时空，重回到了似乎整个宇宙都是未曾踏足过的前文明时代的边疆。

如同在《熊》中一样，福克纳在这里运用了《圣经》中的《创世纪》神话，但在这个例子中，它不是人类可以与上帝直接交流的伊甸园的原型，而是诺亚洪水的意象，洪水威胁要摧毁人类及其所有努力，将自然重新转化为混乱。

《老人河》包含了福克纳作品中最具视觉形象描述的语言，这段文字的简单示例就足以展示了高个子犯人正在面对的困境。这位高个子犯人突然与同伴分开，孤身一人，毫无防备地面对困境。正如矮胖犯人后来对事件的详细回忆：

> 可一瞬间，小船突然旋了个圈儿，接着又飞快地朝后转，像是钩在一列火车上似的，于是又旋转了一圈；恰巧这时我抬头看，一根树枝正好在我头上方，我忽的一把抓住了它，而小船却从我身下被拽走了，仿佛是谁拉下你一只袜子那样。小船翻了，我又看见那船一次，那个说自己精通划船的家伙正一只手抓住船边，另一只手还握着桨。（《野棕榈》58-59页）

矮胖犯人在成功调整船只并重新回到船上后，无意识间，发现了那位已怀胎八月的孕妇。这位犯人继续寻找被困在一座棉花仓房的屋梁上的男人，然而由于水流太过湍急，已然将小舟持续地卷入下游。

> 在接下去的三四个小时里，小船在电闪雷鸣逞威之后快速漂荡在湿淋淋、黑压压的一片波涛汹涌的广阔水域，虽然他并未看见，那显然是无边无际的。在这万顷波涛之间，小船仿佛消失不见了，被波浪上下起伏地折腾，浪尖上漂浮着粼粼闪烁的肮脏泡沫，船底及其四周尽是残骸杂物——莫名的一大团一大团看不清的五花八门的东西，跌跌撞撞地鞭策着小船疾速前进。（《野棕榈》121页）

现在，福克纳不仅将矮胖犯人描绘成诺亚，更塑造成尤利西斯，在辽阔的海洋中迷失自我，寻觅返家之路。当女人询问他是否知晓他们所在的位置时，他答道："我连先前是在哪儿都不明白。就算我知道哪个方向是北面，也不知道那是不是我要去的地方。"紧接着她询问："你决定朝哪儿去？"他回答道："问问这只船吧，我从早饭后就待在船上，可是从来不知道我要去哪儿，也一直不明白自己在往哪儿划。"（《野棕榈》116页）

犯人未能成功将女人运送至河岸，更不能向当局投降。当局误以为他企图逃离，于是开枪射击。最后，在不得已的情况下，犯人担当了助产士的角色。接着，犯人带着婴儿和女人重新上路，他到了文明与安全的边缘，这个地方实际上已经远远超越了地图上标注的边界。很久之后，当高个子犯人试图向无法理解英语的路易斯安那卡津人解释自己的经历时，却发现他们"不是美国人"，矮胖犯人惊讶地回应道："不是美国人？那你是出了美国不成？"（《野棕榈》183页）在象征意义上，犯人现在进入的区域是早期制图员所居住的地方，其中充满了怪物和恶魔，它们等待着吞噬任何冒失地走得太远并跌入世界边缘的人。

此处的妖魔鬼怪是蛇与鳄鱼，前者仅凭破烂的船桨进行对抗，后者则以一把小刀应战。正是在鳄鱼狩猎的近身肉搏中，福克纳描绘了人类与自然最极端、最基本形式的斗争，生动地描述了边疆最远端生活的真实面貌：

> （犯人）扑过去叉开腿骑在那东西身上，抓住就近的一条前腿，刹那之间同时下手又猛的一刀下去；而在这时，那东西甩起尾巴在他背上狠狠一击。可是，那一刀已经刺中，他知道这点，甚至当他背部陷进淤泥、那甩打他的怪兽的全身重量压在他身上的时候，他不顾怪兽山岭般的背脊扣住他的肚子，伸手死死抱紧怪兽的喉咙，逼得它嘶嘶喘气，脑袋直摇，尾巴甩来甩去；这时他用另一只手握刀直探致命要害，探着了，于是热乎乎的鲜血喷涌[9]。（《野棕榈》199页）

尽管在《老人河》中，犯人与自然力量进行斗争的画面显得如此恐怖和疲惫不堪，但矛盾的是，这恰恰也是他发现并发挥自身性格优点的过程：勇气、正直、荣誉、诚实、忠诚["不带上我的小船我不走"（《野棕榈》209页）]、坚定的意志，以及最终的承受、忍耐和胜过的能力。福克纳写道："这期间他从来没有完全脱离过水域；他扑进水里仿佛是要表明他衰竭的身躯不惜一切代价，甚至不惜淹死，也要实现他愤愤不平、决心与那个拖累割断干系的意志。"（《野棕榈》135页）这场危机也在他身上产生了一种奇怪但却满足的自由感："那儿曾容许他工作和挣钱，他认为那权利和特许是他自己赢得的，没有求助于别人，没有求过任何人的恩赐，他要求的只是别管他，让他凭自己的意志和力气去跟这块土地上的爬虫之王搏斗，而这地区也不是他请求进入的。"（《野棕榈》207-208页）初始阶段，这个犯人仅仅是个未有名字的陌生人，身份隐秘；随后他转变成诺亚寻找避难所，类似于那艘载满生存希望的方舟；最后，他成为寻找归途的尤利西斯，这个角色最后演变为希腊传说中的英雄，在重重困难和挑战之下创造了奇迹："喂，赫拉克勒斯。你不用愁吃的，"卡津人喊道，"捉鳄鱼去吧。我会煮好饭送来的。"[《野棕榈》202页，赫拉克勒斯（Hercules），希腊神话中的大力士，力大无比，据说还是婴儿时就捏死过两条蛇——原译注]我将在接下来的部分中详细阐述，他也逐渐成为弗雷德里克·杰克逊·特纳笔下美国拓荒者和边疆居民的典型代表，不断推动着边界线的延伸，同时也展现出他无畏的勇气、自立的精神及负责任的态度。读者现在明白，"高个子"一词在描述犯人时，不仅仅是指他的身高，更是对他英勇性格的赞誉。

读者应不必诧异，这个高个子犯人尽管已在自我发现与对抗自然环境的胜利中获得了成长，却轻易地放弃在地图边缘之外的生活，返回他所熟悉的世界寻求安全保障。福克纳极其敏锐地洞察到（正如他后来在《寓言》中所戏剧化展现得那样触动人心），人类社会大都是追随者，而非先驱者和开拓者，他们对于完全自由和责任所带来的压力与不安如此之大，以至于大多数人会选择熟悉和舒适的环境，甚至在极端情况下，选择成为官僚主义国家的附属品，或者生活在专制统治之下。因此，从最终的分析来看，这个犯人并非一个拓荒者，尽管他最初的形象可能给人这样的印象。最终，他将不会向西行进[就像夏洛特·里顿迈耶（Charlotte Rittenmeyer）和哈里·威尔伯恩在《老人河》的对位故事中所做的那样]，而是向东返回，再次跨越海洋（在这种情况下，是一条河流），并欣然放弃他新获得的自由，以重新获得土地、家庭、传统和社区的稳定。然而，在东部地区，重新跨越汪洋（在该案例中，为一条河流），心怀憧憬地舍弃他所获取的崭新自由，以重新回归土地、家园和陈规旧制，以及稳定的社区支点。但是，即使对这样的说法稍作默认，我们仍须承认福克纳深谙开拓英雄的价值所在，需要保持拓荒者精神的生生不息，拥有保持荒野心态的意愿，通过将边疆线推向更远的未知领域，来扩大经验地图的范围。（这正是他在艺术生涯中所做的，当然，他探索了新的叙事和人物塑造的形式，凭借自己的天才和意志力作为唯一的伙伴，没有任何指导、导师、机构或政府的援助，他勇敢地踏入了那个未经探索的领域。）正如我现在要努力证明的那样，他在这方面的观点与弗雷德里克·杰克逊·特纳的观点惊人的相似。

威斯康星州的学者特纳（1861—1932年）在美国历史研究领域被誉为最杰出的理论家和历史学家。1889—1910年特纳在威斯康星大学任教，并于1910—1924年在哈佛大学任职。1893年7月，他在芝加哥举行的美国历史学会年度会议上发表了一篇名为《边疆在美国历史中的重要性》的论文，该论文于次年出版。随后的几年里，特纳将其"边疆学说"的应用范围扩大到美国历史的各个地区和阶段，最终在1920年出版了他最具影响力和重要性的著作《美国历史上的边疆》。因此，特纳的思想在威廉·福克纳的成长时期逐渐崛起，可以肯定福克纳已经阅读过或听说过特纳的论点。

特纳在历史研究领域所专注的，恰如马克·吐温在文学领域所完成的任务，即证实美国边疆并非一片荒芜的蛮荒之地，相较于更尖端且受教育程度更高的东方，实际上是美国，甚至全球文化与思想体系中至关重要且充满活力的一环。特纳既反对18世纪历史学家的论点，他们的研究焦点主要集中于原始殖民地作为欧洲（主要是英国）历史与文化的延展，又反对19世纪历史学家的观念，他们将美国历史解读为主要由于北方/南方在奴隶制议题上的分歧所引发的后果。为了真正理解美国实验性做法的独特性，特纳主张，我们必须审视东部建立者与不断扩展的西部和西南部边疆之间持续的辩证关系。"西方"，特纳认为，"是一个迁移的区域，一个社会的舞台，而非一个固定的地点"，为个人和国家提供了"在其向荒野推进的过程中，在外缘重新开始"的机会[10]。

特纳的基本观点可归纳如下。他认为"自由土地区域的存在、其持续的缩减及美国定居点的向西推进，解释了美国的发展历程"[11]。这一发展过程，被特纳视为近乎达尔文式的进化过程，源于向前进化的边疆在周期性的回归原始状态时，孕育出野蛮与文明、地方主义与联邦主义、增长与静止、自由与约束、机会与封闭、东西两方间的不断抗争。他写道："西部，为那些渴望摆脱既定阶级统治、摆脱青年对老年的从属地位、摆脱既定和受人尊敬的机构控制的人们提供了避难所。"[12]特纳视为美国特质的重要特征包括：强烈的个人主义在反抗中央集权政府中凸显；接受来自不同种族背景（不仅仅是盎格鲁-撒克逊）移民的平等主义精神；偏好农业经济超出工业经济；源于所有人在边疆重新开始和寻求财富机会的物质主义；源于身体上每日与敌人和自然挑战抗争的实用主义；源于克服困难并成功地向外拓展普遍的乐观主义——这些都源于在整个美国国家发展历程中地理边疆的存在。

显然，特纳在当时美国边疆的实际存在逐渐消亡之际提出了这些观点。他援引了1890年人口普查主管的报告，该报告显示："直至1880年，我国仍设有一处边疆定居点，然而当前尚未开发的区域已被孤立的定居点分割得如此零散，以至于几乎无法再被视为一条边境线。因此，在讨论其范围、向西推进等议题时，它在人口普查报告中已不再占据一席之地。"[13]特纳预测，如同边疆的存在对美国特性产生了深远影响一样，如今其消失亦将产生同等影响。尽管他从未对未来发展的理论进行深入阐述，但他的深层寓意却相当明确且符合逻辑。边疆的丧失将会逆转其存在所带来的影响：在20世纪的美国，个人自由与个性将逐渐被侵蚀；墨守成规与集体主义思维将有所增长；联邦主义、都市化与社会主义思想将有所增强；农业生活方式将被工业化所取代；全国一致性逐渐取代区域独特性将成为普遍趋势。正如特纳早在1907年所述：

目前，国有化趋势日益明显。在国家层面运营且掌握多数股权的大型公司或财团已经大幅度地将大型产业的控制权握于手中。银行业和交通运输系统同样呈扩展之势。城市发展的速度未能与总人口增长保持同步，城市数量的增加仅仅能在一定程度上表达其对国家政策和经济状况的影响力。虽然存在竞争，但这些城市的商业环境往往发挥着全国性的影响，进一步推动了国家的同质化进程。劳工组织在其覆盖范围和目标设定上具有全国性特征。报纸、电报、邮局等所有的信息传播和思想形成机构都趋向于国家的统一性与民族认同感。由国家机构提供的新闻合作出版，以及报纸连锁的共同所有权和编辑管理的存在，都有助于塑造全国性的公众舆论。总体而言，文明的力量正朝着统一的方向发展[14]。

特纳指出，从地理和心理层面封闭边疆的清晰迹象，可以在边疆地带进行观察。原先为了推动"旧式个人主义原则与自由放任的政府观念"而实施的无偿土地政策，现已由联邦灌溉署所取代，由政府全面接管了土地资源的所有权及治理权（《边疆在美国历史中的重要性》310 页）。

福克纳的作品与边疆消失的后果具有高度相关性，福克纳写作的时代，恰是特纳所警示的变迁已然发生并深植国家议程的时期。

特纳的思想在福克纳的作品中得到了充分体现，但最为明显的莫过于福克纳于 1952 年在密西西比州克利夫兰市的三角洲州立大学发表的政论文章和演讲。彼时，福克纳作为享誉全球的人物来到三角洲州立大学，他接受邀请，向三角洲协会（Delta Council）发表演讲，该组织由农业种植者、农民和商业人士构成。在此次克利夫兰市的演讲中，福克纳被要求阐述他对诸多议题的观点，涵盖了写作艺术，同时也涉及种族关系、政治、宗教、心理学及国际关系。值得指出的是，福克纳选择以普通公民的身份前往克利夫兰市，而非以世界知名人士的身份。约瑟夫·布洛特纳讲述了一段关于福克纳此次活动着装的趣闻。当鲍勃（Bob）和爱丽丝·法利（Alice Farley）抵达"山楸橡树"（Rowan Oak，福克纳在密西西比州奥克斯福的住处——译者注），准备驾车送福克纳前往克利夫兰市时，他们发现他身着皱巴巴的棉质海滨裤、领口磨损严重的衬衫、一件对他而言过于紧身的带腰带的旧夹克，以及一顶法利认为可追溯至 1915 年的毡帽。〔福克纳先生的着装对于格林斯维尔的摄影师伯恩·基廷（Bern Keating）而言，无疑是极其幸运之事，他注定在这一日拍摄到福克纳最具影响力的照片之一。〕布洛特纳继续讲述这段故事："你准备好去克利夫兰市了吗？"法利问。"哦，今天就是这个日子吗？"福克纳回答，他的眼睛闪烁着光芒。"确实如此。""我能这样去吗？""如果你愿意，你当然可以。""我们走吧。"（《福克纳传》1415 页）这段故事颇具趣味性，然而难以置信的是，即便是一位健忘的作家，也不会忘记应邀于一个重要会议，面对包括州长和其他重要贵宾在内的众多听众，就一个重大议题发表重要演讲的预定日期。更为可能的情况是，福克纳有意选择了着装，以与演讲主题——勤勉工作、自力更生的美国人——产生共鸣。

福克纳在 1952 年 5 月 15 日于惠特菲尔德体育馆发表的演讲，阐述了他对个人与政府之间恰当关系的看法。他援引了自己从 20 世纪 30 年代到 40 年代初的小说中所论述的理论[15]，以及在拜访克利夫兰市时正在完成的著作《寓言》中的观点，观众起立为他鼓掌。福克纳对联邦福利制度进行了猛烈抨击，他认为，这种制度贬低了挑战和主动性，从而助长了个人的懒惰和不负责任。他声称，当代美国人已经忘记了"人的权利为前提"（《福克纳随笔》106 页）所包含的意思是要有意愿"为自己行为的后果负责，要结清自己的账目，不欠任何人任何东西"（《福克纳随笔》108 页）。福克纳回顾了"那些旧时的坚忍、毫不妥协的那些人"（《福克纳随笔》109 页）的历史成就，他们"离开了（他们)的家园、土地、(他们)的祖坟以及所有熟悉的东西"(《福克纳随笔》107页),以确保他们从旧世界中独立出来,然后逐步征服从大西洋海岸到太平洋海岸的荒野,在此过程中创造了"一个充满机会的国度,在这里一个人所需要做的就是移动双脚到新的地方去,用双手紧紧捏住,把握住,好积累起够自己后半生使用的物质财富,而且,谁知道呢?甚至还有多余的,可以供养他和妻子生养的孩子呢"(《福克纳随笔》108页)。福克纳用弗雷德里克·杰克逊·特纳写过的文字来庆祝这些英勇的行动:

> 即使我们当时仍然在用一只手与荒野搏斗,用另一只手抵挡与打走那股力量,它甚至想跟踪我们进入为我们所征服的荒野,逼迫与强制我们回到老路上去。但是我们成功了。我们建立起一个国家,我们使这个国家里不仅仅有自由、独立与负责任的权利,而且还有义务,人类能得到自由、独立与责任的不可剥夺的义务。(《福克纳随笔》107页)

接着,福克纳继续说道,在世纪之交,正如特纳曾经预言的那样,"我们这里发生了一些事情"(《福克纳随笔》108页)。他认为,美国人已经抛弃并忘记了这样一个道理,即"权利"这个词也意味着义务和责任,结果,为了"我们自己能够在某个公共救济名册或是某个官僚、政治或是任何机构的施汤槽跟前能有一席之地"(《福克纳随笔》109页),他们放弃了自由。福克纳声称,更可悲、更令人痛心的是,美国自由的主要敌人已不再是横跨大洋的外国势力,而是

> 现在,他面对我们,在我们装饰着栖鹰的各级议会的圆屋顶下面,以及在经济或工业集团的福利或别的部门的喷上号码的门的背后,穿的也不是有金光闪闪的铜饰的军服,而是敌人自己教导我们说是和平与进步的服饰,他的文明与富裕也是我们无法攀比的,更不用说胜过了;他的武器是一种贬值的、不受重视的货币,他用金钱,通过剥夺它所知道的用来衡量独立的唯一国际标准的活力,来阉割掉独立的活力。(《福克纳随笔》110-111页)

这个敌人的诱惑之力如此强大,足以将其对象转变为"不是靠劳动挣得报酬的权利,而是被施舍的权利,直到最后,用简单的复合习惯用语来说,我们使这'权利'变得很体面,甚至提高成为一个全国性的制度,而正是我们坚强的祖辈会加以嘲笑与谴责的,那'权利'即是:接受施舍"(《福克纳随笔》110页)。

然而,并非福克纳向三角洲协会发表的所有言论都在发出悲观的哀悼。实际上,他以一抹盼望之光结束了演说。他反复引用自己接受诺贝尔文学奖时的演说词中的名言,强调他"拒绝相信"美国人民无力重新学习和恢复自我依赖、负责任的自由原则。

美国人民只要有足够的勇气、忠诚和决心，就可以再次发现基于悠久的边疆价值观的社会秩序，"愿意靠自己的力量站起来的人可以站起来，而不愿站起来的那些，说不定就必须帮他们一把了"(《福克纳随笔》111-112 页)。福克纳总结道，只有到那时，社会福利才能够在共和国找到应有的位置，"绝对不是国家发现金来奖励偷懒与无能，而是福利、救济与补偿按照祖辈们同意与赞成的原则起作用：去帮助那些仍然站不起来的人，让他们也进入不但能够而且愿意自己站起来的人的队伍中去，除了生病的与年老者之外，绝对不让他们之中的最后一个掉队"(《福克纳随笔》112 页)。

福克纳在三角洲州立大学的亮相、他为此精心设计的衣着，以及他在那里发表的演讲共同构成了福克纳对地理和文化观点的象征性表达。他已经超越了自己所绘的约克纳帕塔法县地图的边缘，抵达仍然保留着旧日荒野残余的地区，以此表达他对一个正日益标准化和集体主义化的国家中边疆价值观的持续信念。正如读者所知，他曾游历至自己在《三角洲之秋》(Delta Autumn)中所描绘的地区。

《三角洲之秋》乃《去吧，摩西》之中紧接《熊》的倒数第二个故事。而《熊》中以现在时态展现的情节发生在 19 世纪 80 年代，正是全国人口普查主管宣布美国边疆已经关闭的历史时刻。因此，从福克纳的时间线来看，19 世纪 80 年代中期出现的老班、"狮子"及山姆·法泽斯的相继离世可视为这一重大事件的象征性表达。此外，故事的第五部分则描绘了德·斯班少校关闭狩猎营地，但允许艾萨克最后一次探访该地的情景，象征着不仅是约克纳帕塔法县，更是全美范围内荒野时代的终结[16]。

显而易见，对希特勒与战争的暗示表明，《三角洲之秋》的故事背景设定于 20 世纪 40 年代初期。它以过去和现在的对比作为开篇，对比了多年前和现今每年的狩猎活动。艾萨克·麦卡斯林，如今在约纳帕塔法县被尊称为"艾萨克大叔"，已经接近八旬高龄。在那个时期，他们通常会乘坐马车进入森林；然而现在，他们则会驾车前往。在那个时候，国家中到处都是熊、鹿和野生火鸡的身影；然而现在，只剩下数量严重缩水的鹿群。曾经，在野外人们可以听到黑豹的尖叫声；不过如今，人们只能听到火车长鸣的汽笛声。那个时候，从杰弗生镇到发现猎物只需行驶大约三十英里；然而现在却需要驱车两百英里[在我精确计算后，可粗略估计的是抵达现今坐落于维克斯堡(Vicksburg)北侧的沙基三角洲国家森林(Sharkey Delta National Forest)的实际距离]才能找到足够的剩余森林来作为鹿的栖息地。福克纳在书中指出：

今天，土地敞着怀，从东面环抱的小山峦直到西面冲积堤形成的壁垒，全都长满了骑在马背上的人那么高的棉树，够全世界的纺织厂忙一气儿的——那是肥沃的黑土，无从丈量，浩渺无边，全都肥得出油，一直延伸到耕种土地的黑人的家门口和拥有土地的白人的家门口；它一年就能让一条猎狗累得趴下，五年能让一条干活的骡子累死，二十年能让一个小伙子变老——在这片土地上，无数小镇上的霓虹灯眨着眼，无数锃亮的当年出厂的小汽车风驰电掣地在铅垂线般直的宽阔公路上掠过他们身旁。（《去吧，摩西》432页）

福克纳进一步指出，旧时的风貌已无迹可寻，然而，"如今旧时代遗留下来的仅仅是给小镇起的那些印第安名字，它们通常也是河、溪的名字——阿卢司恰司库纳啦、梯拉托巴啦、霍摩其托啦、雅佐啦"（《去吧，摩西》433页）。

相应的转变已经在猎人的品性和行为中发生。与特纳对关闭边疆将引发变化的预见相呼应，福克纳呈现了老猎人后裔在道德上和身体上的微妙之处，仿佛他们正侵入巨人曾经的领地[17]。实际上，对于福克纳笔下的一位猎手，即艾萨克的表外甥洛斯·爱德蒙兹（Roth Edmonds），读者可以发现他并非主要出于狩猎的目的而进入森林，而是受到个人感情因素的支配（因此故事中所有关于狩猎的玩笑实际上都是隐喻）。这次他返回森林的决定，就是为了终结一段令人困扰的关系。在福克纳对洛斯的描绘中，我们很快就会明白，山姆·法泽斯教给年轻的艾萨克·麦卡斯林的森林法则——勇气、荣誉和责任——并未被洛斯所理解和接受。这位猎人不分青红皂白地开枪，如同射杀鹿一样随意，他不是用步枪而是用猎枪射击，他不肯亲自与情人面对面相见，而是留下钱和"不"这个词让艾萨克转交给她。"你答应过她什么啦？怎么连见她一面的勇气都没有就反悔啦？"（《去吧，摩西》452-453页）

当这个女人出现在营地时，艾萨克大叔发现她带着洛斯的孩子，更为重要的是，她竟然是一位混血黑人，他与洛斯是表亲关系，是老路喀斯·昆图斯·卡洛瑟斯·麦卡斯林（Lucius Quintus Carothers McCaslin）的混血后代之一，谭尼的吉姆（Tennie's Jim）的孙女。此刻，竟然是艾萨克大叔表示坚决反对。"他喊出声来，不很响，而是用惊讶、哀怜和愤怒的声音说：'你是个黑鬼！'"（《去吧，摩西》459页）令人悲哀的是，在晚年，艾萨克大叔似乎已经忘记了他在山姆·法泽斯的教诲中所学到的普世兄弟情谊的道理，山姆·法泽斯的血液中流淌着三个种族的血液。"回北方去吧，"艾萨克大叔建议这女人，"去嫁人：嫁一个与你同种族的男人。这是你唯一的出路——一个时期之内是如此，说不定很长时间之内还是这样。我们必须等待。去嫁给一个黑人吧。"（《去吧，摩西》462页）早些时候，他曾设想："在美国，也许在一千或是两千年之后，他想。可是现在不行！现在不行！"（《去吧，摩西》459页）艾萨克大叔随后赠予这女人的儿子一个狩猎号角，在福克纳的作品中，这个男孩儿是老路喀斯·昆图斯·卡洛瑟斯·麦卡斯林谱系中最后已知的后裔，号角的赠送似乎仅仅是一种空洞的姿态。在这种情况下，弱者可能继承了，如果不是土地，至少是家庭权利的象征，但遗产似乎仅仅是为了安抚一位老人的内疚感而提供的慰藉。

依据我时常引用的地图及其西部边疆象征，《三角洲之秋》隐喻现代美国在古老的西方/西南地域独特的个人主义精神面前已沦丧到何种境地。显而易见，在后边疆时期的美国，那些曾经以坚定信念摒弃荒芜，为信仰坚守的开拓者们，如今都变得脆弱且顺从于胆怯大众的意志。《三角洲之秋》的背景设定在福克纳的约克纳帕塔法县之西，其西部甚至超越了《老人河》一文中描绘的高个子犯人在其中的痛苦历程。然而，尽管《老人河》中仍然保留了旧边疆的部分特征，但《三角洲之秋》中的边疆却是一个被削弱、驯服的存在，无论是在森林还是在其中活动的人们方面。正如特纳所预见，随着真实西部边疆的关闭，西方已经被纳入东方的模式，两者现在都以统一的姿态和力量维护现状。

我致力于强调福克纳对约克纳帕塔法县西部边疆的描绘与弗雷德里克·杰克逊·特纳对更为广阔的美国西部边疆的深刻描绘之间存在显著的相似之处，然而，为了完成对这两种分析方法的评估，我愿意着重强调这两种分析方法的一些关键差异。

特纳关于美国边疆的存在及其现已消失所带来的潜在影响的理论，以及他对于地理在塑造民族意识方面所起的全局性重要作用的重申，从根本上来说具有极高的决定论色彩。特纳在达尔文进化论日益深远的影响下，尤其是在英国哲学家及社会学家赫伯特·斯宾塞(Herbert Spencer)对达尔文思想的过滤和再应用下，在文明发展及其价值观的铸造过程中，为他的人类自由意志和选择留下了极少的空间。他的隐喻和观点主要源于科学领域，特别是地理学和地质学，而非传统的人文科学，更非《圣经》。人类，连同其政府、机构和价值观，主要是环境条件的产物。逻辑上和可预测性地，当这些条件发生变化时，个体、政府、机构和价值观也将不可避免地随之改变。虽然特纳偶尔承认人类事务中除了气候和景观之外还有其他力量的存在，但总体而言，他继续主张地理决定论是文明发展和衰落的主要因素。最终，尽管在构思、规划和应用方面表现出卓越的才华，然而，正如许多后来的历史学家和文化理论家所争论的那样，这仍然是一种对人类历史的极度简化和还原主义的方法[18]。

在我的理解中，福克纳对历史、文明及政府的观点，相较于特纳来说，不仅突显了更为强烈的道德价值取向，同时也具备更为复杂的结构体系。同样，福克纳在创作过程中深深受到决定论思潮的熏陶，舍伍德·安德森及西奥多·德莱塞均为对其早期影响深远的作家。然而，福克纳并未完全接受对生活的全面决定论观点。在他的小说世界里，无论是斯诺普斯家族、康普生家族、萨托里斯家族还是麦卡斯林家族，他们都是特定时代和地域的产物，以及可辨识且具有影响力的经济和社会环境的产物，但他们同时也拥有高度的自由意志和选择权。在福克纳的视野中，人类历史和命运的问题始终是"心灵的冲动的复杂性"(《去吧，摩西》330 页)，是"人心与它自身相冲突"(《福克纳随笔》101 页)的问题。人类并非主要由生物或环境力量所塑造，而是自由的道德代理人，他们可以做出善恶的抉择。因此，《圣经》，以其对产生救赎或诅咒的道德代理人的坚守，自始至终都是影响福克纳作品的主导因素。

　　然而，尽管他们的作品存在差异，但将福克纳和特纳的作品并列比较仍具有启示性的意义。他们共同对土地、居住在土地上的男女，以及自由和个性具有深厚的热爱与尊重，也都对现代世界中日益增长的标准化和同质化趋势持批判态度。审视这两位作家的著作，至少在一定程度上有助于将福克纳置入美国文学与历史的核心舞台，而非南方地域主义或欧洲现代主义的边缘化位置。多年来，福克纳作品的研究领域广泛地涉及美国南部独具特色的历史和文化背景，以及以乔伊斯与艾略特为代表的现代主义文学价值观和方法论。正如特纳与那些将美国历史完全用欧洲或南北元素解读的学者观点相左，如今或许正是超越类似的国际和地域亲缘关系，将福克纳更深层次地定位在美国文学传统核心的时机——作为一位比普遍认知更为关注国家政策和重大议题的作家[19]。

注　　释

[1] James Cowan, *A Mapmaker's Dream: The Meditations of Fra Mauro, Cartographer to the Court of Venice* (Boston: Shambhala, 1996)。

[2] 福克纳的第一幅首次公开发表的约克纳帕塔法县地图于 1936 年在他所著的《押沙龙，押沙龙!》作品的结尾处刊印。1945 年，他对地图进行了局部修订，并最终纳入了马尔科姆·考利的著作《福克纳袖珍文集》。

[3] 参见 Robert W. Hamblin "*Teaching Intruder in the Dust* through Its Political and Historical Context"。

[4] Trederick Jackson Turner, *The Frontier in American History* (New York: Henry Holt, 1950); Frederick Jackson Turner, *The Significance of Sections in American History* (New York: Henry Holt, 1932).

[5] 参见 James George Frazer, "Killing the Sacred Bear," in *The Golden Bough: A Study in Magic and Religion*, abbr. ed. (New York: Macmillan, 1963), 585-600。

[6] 参见 Peter Froehlich, "Teaching 'The Bear' as an Artifact of Frontier Mythology," in *Teaching Faulkner: Approaches and Methods*, ed. Stephen Hahn and Robert W. Hamblin (Westport, CT: Greenwood Press, 2000), 137-149。弗罗利希在文章中精辟地指出："实质性的边疆体验，即定居杰弗生镇的经历，于艾萨克的祖父辈时代显现。"因此，《熊》的主体情节并未涉及这个至关重要的边疆体验，而是专注于一个后期的年轻人如何处理他与神话的关系，他竭力去接纳这个边疆的遗产，并将神话调整为一种对他的生活具有实际和道德上的裨益的事物"。

[7] William Wordsworth, "The Tables Turned," in *Selected Poems* (New York: Gramercy Books, 1993), 77-78.

［8］这句演讲词广为人知，被广泛解读为达尔文对自然的理解。实际上，它源于丁尼生(Tennyson)的《悼念集》(*In Memoriam*)。参见 Alfred Lord Tennyson, *In Memoriam*, ed. Susan Shatto and Marion Shaw (Oxford: Clarendon Press, 1982), section 56。

［9］将此事件的元素之野蛮，与《去吧，摩西》中的布恩·霍根贝克(Boon Hogganbeck)狩猎熊的场面，以及《押沙龙，押沙龙!》中托马斯·萨德本与奴隶进行的近身搏斗相比较。

［10］Turner, *Sections*, 23.

［11］Turner, *Frontier*, 1.

［12］Turner, *Sections*, 25.

［13］Turner, *Frontier*, 1.

［14］Turner, *Sections*, 311−312.

［15］以《瞧!》(*Lo!*) 及《高大的人》(*The Tall Men*)表达的反联邦主义观点为例，两篇短篇小说均收录于《短篇小说集》。

［16］弗罗利希将《熊》中的环境设定描绘为"麦卡斯林-德·斯班-康普生狩猎俱乐部"，并声称这个环境在福克纳的想象中起着类似于特迪·罗斯福(Teddy Roosevelt)所希望的国家公园所具有的作用：作为一个场所，让现代、工业化、高度繁荣的文明社会中的居民能够接触到只有在与野外自然环境互动中才可能获得的道德及文化启示。

［17］Richard Hofstadter, *The Progressive Historians: Turner, Beard, Parrington* (New York: Alfred A. Knopf, 1968), 118−164. 其运用了同样的主题。

［18］有关对特纳视角的正反两面的深入评析，参见 Richard Hofstadter, *The Progressive Historians: Turner, Beard, Parrington* (New York: Alfred A. Knopf, 1968), 118−164。

［19］根据弗雷德里克·卡尔的传记题目所示，《威廉·福克纳：美国作家》(*William Faulkner: American Writer*)，其尝试践行我在此呼吁的行为。然而，迄今为止，这一领域的批评家中仍鲜有人能效仿他的这种做法。

"'过去'从未过去"：
福克纳与南方历史

张玉凤，房琳琳 译

20世纪美国文学的主导主旨是，在一个瞬息万变且常令人感到困惑的世界中寻求有意义的价值观。现代诗人、剧作家和小说家们纷纷描绘了个体在看似缺乏目的和意义的社会与宇宙中探寻目标及意义的艰巨任务。事实上，这个社会与宇宙看起来很神秘、无序，甚至荒谬。在这样一个"蛋头先生"（Humpty Dumpty）（或《第二十二条军规》）的世界中，我们听到许多声音在呼唤我们的关注和忠诚。我们必须仔细权衡所有这些声音的主张，以形成我们自己的信仰和价值观。尽管寻找生活的真理并非易事，但这是至关重要的。正如我们伟大的现代诗人华莱士·史蒂文斯所观察到的那样，人类被一种"对秩序的神圣愤怒"所驱动；而当世界变得更加混乱和分裂时，那种"对秩序的愤怒"就变得更加关键且执着[1]。

与美国其他地域作家相仿，南方作家也将现代世界看作变革、易变、丧失、困惑与不确定性的代名词，而且他们同样渴望秩序、目的和意义。然而，正如历史学家C. 范恩·伍德沃德（C. Vann Woodward）在他的经典著作《南方历史的负担》（*The Burden of Southern History*）中所指出的那样，南方作家和大多数其他美国现代作家之间有一个关键的区别，这一区别可以通过"历史意识"这一术语来总结。伍德沃德指出："德莱塞、安德森和刘易斯（Lewis）的小说人物突然出现在舞台上，没有历史的阴影，与过去没有联系。"伍德沃德接着说："海明威笔下的英雄人物不可能有祖父。"而约翰·多斯·帕索斯（John Dos Passos）笔下的人物"没有历史的阴影困扰"[2]。相比之下，南方作家一直关注甚至痴迷于过去如何延续至现在。因此，南方人（无论是读者还是作家）均承受着其他美国民众所听闻的各种声音，以及历史的声音。与当前的声音相似，这些来自过去的声音既有积极的一面，也有消极的一面。

没有哪位美国作家能超越威廉·福克纳将过去与现在的声音纷繁复杂地表现于现代意识中。没有哪位美国作家能够比福克纳更出色地描绘出个体在现代众多纷繁的声音中寻求秩序和价值观的追求。而且，在所有作家中，福克纳最能清楚地认识到，这种寻求必须得到圆满解决。

对个人和自力更生的真正尊重是福克纳最为坚定的信念之一。福克纳认为，当代社会最令人惊悚的现象之一便是极权制度、官僚主义及墨守成规的国家的崛起，这些国家会剥夺人们的独特性。福克纳警告说，人们普遍认为，"个人已经不存在了"，认为"人类自身倘想继续生存，只有放弃与排斥自己的个性，参加到他的那个专制小宗派里去"（《福克纳随笔》134 页）。但福克纳坚持认为，能够拯救人类的不是群体或组织，而是一个个男男女女。正如他对女儿所在的松堡初级学院（Pine Manor Junior College）的毕业班所说的那样："必须得由我们年轻人，不是作为集体与阶级，而是作为个体的年轻人，作为自由个体的普普通通的男男女女，有能力使用自由权利与做出决定的人，干脆、痛快、永远地确定，决不像羊群似的被带进和平与安全。"（《福克纳随笔》115-116 页）

福克纳众多传奇的特性——独特的生活方式、反传统的服装搭配、极度的隐私保护欲、对人群和大城市的戒备心——源自其个人主义的准则。同样地，他对作家和写作的观点也遵循了这一原则。福克纳坚信，作家，至少是优秀的作家，必须具备自我独立性，有足够的自由和勇气去尝试，甚至不惜犯错误和冒失败的风险。福克纳曾经说过："只有个人主义者才能成为一流的作家。"（《福克纳在大学》33 页）他经常批评海明威一遍又一遍地做同样的事情而不是"不断尝试进行实验"（《福克纳在大学》206 页）。福克纳认为，好的作家也不应该过分关注导师、评论家和审查员。正如他对一位采访者所说的："年轻的作家会因为追随一个理论而成为傻瓜。通过自己的错误来教育自己；人们只从错误中学习。好的艺术家认为没有人能够好到给自己建议。"（《园中之狮》244 页）当然，福克纳在他的职业生涯中从各种各样的合作伙伴那里得到了建议，其中包括菲尔·斯通、舍伍德·安德森、本·沃森和萨克斯·康明斯（Saxe Commins）；但他从来没有让自己变得盲目地依赖其中任何一个人。他总是坚持按自己的节奏前进。毫无疑问，正是这种强烈的个人主义倾向限制了福克纳成为好莱坞的编剧。根据福克纳的说法，写剧本是一个"太妥协的事情了，与演员、导演，主要是与出资人的妥协"（《福克纳在大学》149 页）。在制作电影时，福克纳说："个人没有机会按照他认为应该的制作方式去制作它……它是由太多的人、太多的力量所制作的。"（《园中之狮》153 页）

尽管福克纳在生活方式和艺术原则上都极力颂扬个人主义，但是他从未提倡过那种独立于社会意识和社会责任之外、毫无约束的个人主义。福克纳坚持认为，每个人都是历史传统的产物，每个人都必须在传统中界定自身。正如他在弗吉尼亚大学的一场讲座中所说的那样："对我而言，没有一个人是自己，他都是他的历史的总和。过去之所以是过去，是因为它存在于现在。它存在于每一个男人、每一个女人、每一个时刻之中。"既然现在始终是过去的延续，福克纳接着说："一个故事中的人物在任何时刻都不仅仅是当时的他自身，而是造就了他的所有因素。"（《福克纳在大学》84 页）

正如个体无法脱离其历史和传统，同样，他们也无法孤立于他人。福克纳经常提到"人类的大家庭"（《园中之狮》200 页）或者"人类的家庭"（《福克纳在大学》80 页，《园中之狮》202 页），并且他强调人永远是"负责的，非常负责的"（《园中之狮》70 页）。福克纳告诫说，自由永远不能与残忍和放纵混为一谈，一个人"必须在一种负责任的模式之中才能自由"（《园中之狮》206 页）。正如福克纳在接受诺贝尔文学奖时的演说词中所指出的那样，作家的一个特权就是通过"依靠让他记住，勇气、尊严、希望、自豪、同情、怜悯和牺牲，这些是人类历史上的光荣"来促进人类的团结（《福克纳随笔》101-102 页）。当然，福克纳十分明白，并且也诚实地告诉人们，不是每个人都能拥有道德良知。一些人，比如他笔下的弗莱姆·斯诺普斯和杰生·康普生，是自私自利、残忍的唯物主义者；而另外一些人，比如金鱼眼维泰利，是不讲道德的虚无主义者。但是，福克纳笔下的坏蛋总是与道德和正直的标准联系起来。

福克纳认为，个体和社会都是历史的产物，而这两者正是他创作的两个基本点。我想以福克纳最被低估的小说《没有被征服的》为例，来分析这两个基本点之间的相互关系。然而，在对此进行解读之前，我需要再次强调福克纳深入且敏锐的历史洞察力，正如他在很多作品中清楚展示的那样，社会从来都不是静止不变的，而总是处于不断变化之中。因此，福克纳的主题不仅仅是人性，就像他曾经说过的那样，人性"作为鲜活的文学的一部分，'鲜活的'意味着运动，'运动'意味着变化"[3]。读福克纳的书，就是沉浸在一个经历了并继续经历着巨大变化的世界中。在这方面，约克纳帕塔法县的历史轮廓与美国南部的历史相吻合：美洲土著部落的流离失所、种植园贵族阶级的建立和奴隶制的引进、内战的破坏和重建、黑人奴隶的解放及其后的崛起、中下阶级的乡绅农民取代贵族、工业化和重商主义对农业文化的侵蚀、种族隔离和民权运动带来的冲突与变革。福克纳认为，这些都是导致历史成为一个不断演变、发展的过程的主要因素。除了以上所说的地区性的混乱之外，福克纳的南方还经历了全国性和世界性的大危机：两次世界大战、大萧条、冷战，等等。考虑到人类对稳定和秩序的明显偏好遭受到如此令人不安的冲击，人们可以很好地理解为什么福克纳会以《野棕榈》（《我若忘记你，耶路撒冷》)中的"高个子犯人"的形象，把人性比喻成在一场巨大的洪水掀起的狂暴洪流中，一次次失去控制，飘荡在一条狭窄而脆弱的独木舟上。正如犯人所清楚意识到的那样，问题在于恢复秩序，或至少在稳定的基础上重新建立立足点，等待肆虐的风暴过去再做打算。

这种在不确定性和混沌威胁之中迫切需要建立秩序的渴望，在福克纳的文学技巧中体现得最为明显。不同于 19 世纪典型的制作精良的小说——以时间顺序排列，有明显的开始、中间和结束，还有全知的作者频繁的注释，帮助读者跟随和理解故事(顺便提一下，这种小说形式清晰地展示了产生它的时代的自信和绝对主义)——福克纳的作品使用了对标准年表的彻底破坏、许多情节的交叉、多个叙述者以及无数的歧义和未解决的情况与主题。福克纳的小说就像巴勃罗·毕加索(Pablo Picasso)的立体派绘画一样,展现了一个零散的、支离破碎的世界。显然,在这样的世界里,很难期待参与者用同一种声音说话。无论是短期的危机还是像福克纳所描述的那样持续一百多年的危机,都会导致人们失去信心、目标混乱、价值观冲突,以及众多声音提出(有时是大声疾呼)的解决方案。因此,我们可以看到福克纳所特有的运用多重叙述者的手法,每一个叙述者都以独特的视角或偏见来看待一个中心情节。例如,在《喧哗与骚动》中,四个叙述者(如果算上附录中的,是五个)讲述的虽然都是同一个故事,但在不同叙述者的叙述中都存在读者所期望的不完整性和矛盾性。在《我弥留之际》这部惊人的技术杰作中,有十五个不同的叙述者在讲述故事,读者必须像法庭陪审员一样,通过各种不同的证词,尽其所能地整理和理解故事。在《押沙龙,押沙龙!》这部福克纳最复杂的小说中,昆丁·康普生试图通过"从早年间故事和流言的陈谷子烂芝麻里"(《押沙龙,押龙沙!》428 页)来重构托马斯·萨德本家族历史中的主要事件,这些事件发生在大约五十年前。由于昆丁的资料来源中没有一个人知道萨德本的全部故事,而且由于每一个叙述者都表现出特定的态度或偏见,昆丁(和读者)必须从多元和矛盾的叙述中推断出实际的故事。其结果是出现了一种"套盒式"的叙述结构,在这种结构中,小说的某一页上看起来真实的东西在另一页上却遭到了否定或反驳。这种技巧既使《押沙龙,押沙龙!》成为最伟大的英语侦探小说之一,也使它成为一个巨大的隐喻,表明了人们吸收和理解过去及现在经历的曲折而又多变的方式。福克纳把《押沙龙,押沙龙!》的方法描述为"看一只黑鸟的十三种方法"。福克纳接着说:"但真相出来了,当读者读了这十三种不同的看待黑鸟的方法之后,读者有了他自己的第十四种看待黑鸟的方式,我想这是真理。"(《福克纳在大学》273-274 页)。除《我弥留之际》之外,福克纳实际上并未向读者展示多达十三种不同的主题视角,但他总是把互相矛盾的观点并列起来,或者"对位"起来,通常不解决问题,从而让每个读者得出他们对真相的近似理解。

迄今为止,我试图表明的是福克纳对个人及其社会关系的持久兴趣,以及个人在探索自己与社会的必然关系时所遇到的困境。我也提到福克纳意识到社会总是处于不确定和不断变化的状态,这一事实进一步增加了个人定义价值观的难度,正如一个移动的目标比静止的目标更难击中。现在,说了这么多,我建议把我刚刚阐述的主题与《没有被征服的》联系起来。并非偶然的是,福克纳于 1938 年近乎在这个被许多作家和思想家视作美国文明即将崩溃的十年结束之际发表了这部作品。

《没有被征服的》是以《哈克贝利·费恩历险记》(Huckleberry Finn)为模式的连载小说,叙述了约克纳帕塔法县的一位传奇英雄,即约翰·沙多里斯上校的儿子巴耶德·沙多里斯的成长过程。这部小说的核心和最精彩的部分是最后一章"美人樱的香气"(An Odor of Verbena)。这一章经常被单独作为一部短篇小说来出版,因此经常被从小说中割裂开来。"美人樱的香气"的故事发生在 1875 年,描写了 24 岁的法律系学生巴耶德内心中的矛盾。他思考着如何面对父亲被前合伙人雷德蒙（Redmond）谋杀的真相。巴耶德明白，养育他的文化传统要求他为父报仇。事实上，巴耶德自己也曾参与过一次复仇——为被谋杀的米拉德（Millard）外婆复仇，杀死了格鲁比（Grumby）。然而，他的另一种传统观念基于《圣经》中的"不可杀人"和"凡动刀的，必死在刀下"的说法，反对复仇。巴耶德在决定服从哪种传统、听从哪种声音时，他不仅必须审视自己的内心和动机，而且必须审视他父亲的品格。

为了充分体验巴耶德道德困境的冲击，读者必须回顾《没有被征服的》前几部分中巴耶德与父亲之间的关系。小说开篇，巴耶德回忆了自己十二岁时父亲离家去打仗的情景。巴耶德描述了这样一个场景：他和黑人伙伴林戈站在屋前，看着父亲从战场归来：

> 他身材并不高大；他之所以在我们心目中身材高大，只不过是由于他的所作所为，是由于据我们所知他在弗吉尼亚和田纳西一直所做的事情的缘故……他在她（外婆）下面两级台阶处停了下来，光着头，伸出前额，让她的嘴唇去触及。外婆不得不稍微弯一下腰，不过，这个事实并没有使他起码为我们所呈现出的有关身高的体态的错觉减少一毫一分。（《没有被征服的》7-8 页）

从巴耶德作为成年人的角度出发，他意识到，这种对父亲超乎常人的看法是一种"错觉"。但是，正如他在这部小说的这一部分中经常提醒读者的那样："我那时刚十二岁。"（《没有被征服的》4 页）

巴耶德对他父亲的浪漫化看法得到了其他人观点的强化。一次，在杰弗生镇，巴耶德被布克·麦卡斯林（Buck McCaslin）叔叔注意到。"凭着上帝起誓，他在那儿！那是约翰·沙多里斯的儿子！"当一位南方联盟的队长在附近露营时提到他听说过沙多里斯上校时，布克叔叔反驳道："听说过他？……在这个国家里，谁没有听说过他？以后让北佬告诉你们他的事吧。凭着上帝起誓，在密西西比他第一个用自己的钱募集了那个该死的团，带到了弗吉尼亚，把北佬结结实实揍了一顿。"布克叔叔意识到巴耶德、外婆和林戈（Ringo）正在前往孟菲斯的路上，以躲避北上的北方联军，他祝福道："我不会说上帝在路上照顾你和你外婆，孩子，因为凭着上帝起誓，你并不需要上帝或任何别人的帮助；你所要说的只是'我是约翰·沙多里斯的孩子，兔崽子们，到芦苇丛里去打猎去'，完了就看蓝肚子的兔崽子们怎样四下逃窜吧。"（《没有被征服的》38-39 页）在巴耶德天真无邪的眼中，沙多里斯上校英勇无畏的形象——他几乎单枪匹马伏击，并俘获一队北方大兵时——进一步得到了确认。然而随着小说《没有被征服的》的逐步展开，巴耶德慢慢长大，他看到了一个不太英勇的沙多里斯上校。

在题为"沙多里斯的小冲突"（Skirmish at Sartoris）的章节中，这种人物刻画上的转变非常明显。这一部分故事发生在重建时期，沙多里斯上校与威胁着南方社会旧秩序的非洲裔美国人以及投机分子处于对立地位。他的手段极为专横，但在巴耶德所谓的"奇怪的岁月"（《没有被征服的》146页、148页）中，这并不奇怪。在杰弗生镇举行的一次选举中，一个获得自由的奴隶卡西乌斯·Q. 班波（Cassius Q. Benbow）成为警察局局长候选人。沙多里斯上校射杀了两个正在组织黑人投票的密苏里人，没收了投票箱，并在他自己的家中举行了选举。巴耶德回忆道：

> 他们把票箱放在路维尼亚洗衣服用的那块锯下的木头上，林戈找来商陆汁和一张旧窗口遮阳篷，他们把它切成选票。"想选可敬的卡修斯·Q. 班波任杰弗生警察局局长的，在选票上写上是，反对的，写上否。"爸爸说道。
>
> "我来写，再省点时间。"乔治·怀亚特（George Wyatt）说道，于是他拿了一堆选票，扶在马鞍上迅速写着，他一边写，大伙一边接过来投进票箱里……并没有用了多少时间。"你用不着费事点票了，"乔治说道，"他们都投的反对票。"（《没有被征服的》157页）

沙多里斯上校的暴力和独裁行为几乎没有因为他的如下言论而有所缓和，他让投机分子先开枪，并且坚持在杀人之后张贴债券。"难道你看不出我们是通过法律和秩序来致力于和平吗？"他说道（《没有被征服的》155页）。也许不明白这句话的讽刺意义，但是大部分读者是明白的。也许这番阐述的反讽之处令沙多里斯上校忽视了，然而众多读者却能洞察其中。

巴耶德十五岁时回想起的他父亲在竞选那天的所作所为，直到小说的下一章，和最后一章"美人樱的香气"才被透露出来。九年的时间已经过去了，巴耶德现在是密西西比大学的一名法律系学生，已得知他父亲被雷德蒙所杀。正如前面所提到的那样，对于父亲被杀，巴耶德所采取的行动会迫使他审视他所在的传统中的矛盾冲动。

巴耶德的继母德鲁西拉（Drusilla）成为主张复仇法则的主要声音。巴耶德骑马四十英里来到杰弗生镇，预见到德鲁西拉正在等他，她戴着一小枝美人樱，这是她勇气的象征，她伸出双手，递给他两把手枪。在巴耶德看来，她"酷似从事一种简明而又讲求形式的暴力的希腊双耳酒罐女祭司"（《没有被征服的》183页）。然而，读者很快就会明白，巴耶德已经决定拒绝这些武器。尽管复仇法则以及他自身的正直品性要求他去面对父亲的敌人，但他决定不带武器。巴耶德做出这个惊人的决定主要有以下两个原因。

首先，二十四岁的巴耶德，早就超越了年轻时对父亲的盲目崇拜。福克纳用几个细节来表明巴耶德对父亲的看法自童年时代以来已经发生了显著的变化。例如，巴耶德对他父亲枪杀三个人的看法。德鲁西拉争辩说，开枪是上校受重建和统一南方的梦想所驱使的。"他想的是这整个国家，"德鲁西拉说，"他正竭力使这个国家凭自己的力量出人头地。"(《没有被征服的》169页)德鲁西拉暗示说，为了达到目的，可以不择手段，因为所有人——黑人和白人、富人和穷人——最终都将从上校的行动中受益。巴耶德不以为然，他回答说：

> "但是如果他们——在他……之后，他们又怎能从他想替他们做的事情中得到好处呢？"
>
> "在他杀了他们的人之后？我想你是把他为了举行那第一次选举而不得不杀死的那两个冒险家也包括在内了，是不是？"
>
> "他们是人，是生灵。"(《没有被征服的》169页)

德鲁西拉接着说，所有的梦想都是危险的，并且通常会伤害某个人。

> "但如果是个好梦，那就值得。世界上并没有多少梦，但却有许多人的生命，而且一条人命或两打——"
>
> "毫无价值吗？"
>
> "是的，毫无价值。"(《没有被征服的》170页)

即使巴耶德能像德鲁西拉那样，成功地将杀害那些投机经营的北方人的行为合理化，他仍然无法回避他父亲杀死第三个人的事实。巴耶德回忆起后一件事："死者几乎是个邻居，他是个山民，当年第一步兵团把爸爸选下台时他正在该团；到底是那个人实际上打算抢劫爸爸，还是爸爸枪开得太快了。"(《没有被征服的》168页)巴耶德意识到这个死者是投票罢免沙多里斯上校的那个团的成员。"爸爸枪开得太快了"，这明显地表明，导致那个山民死亡的原因可能是父亲为了个人报复，而不是为了拯救南方的某种理想主义计划。除了这三起杀人事件的烦扰之外，巴耶德还知道，父亲经常冷酷地嘲笑雷德蒙，最终杀死了他，原因是他没有参加战争、失去了对铁路的控制，以及徒劳无益地反对上校当选州议员。巴耶德承认父亲这样做是错误的，而且相信父亲也认识到了自己的错误，但是，"就像一个酒鬼想戒酒时却又为时已晚那样"(《没有被征服的》170页)，他已经不能停止对雷德蒙的嘲笑了。

但这并不仅仅是对他父亲的过失客观与诚信的评估，这促使巴耶德抵制复仇的法则。也许更重要的是，他的心里还回响着除德鲁西拉以外的声音，这些声音倡导非暴力的原则。其中一个声音是广义的新约传统告诫他要以德报怨。另一个是他的姑妈詹妮·杜普雷(Jenny Du Pre)反传统的声音，她的告诫是"没有血污的月亮，巴耶德"(《没有被征服的》185页)。还有一个建议非暴力的声音，出人意料且讽刺的是，正是巴耶德回忆起的在他父亲去世前两个月，他们最后一次见面时父亲的声音。在那个谈话中，沙多里斯上校说这是他在生活中"做一点道德上的大扫除"的时候了。"我已厌倦了杀人，"上校说，"不管是出自什么必要和什么目的。明天，我进城去见本·雷德蒙时，将不带武器。"（《没有被征服的》175 页）

像福克纳的众多情节一样，"美人樱的香气"的结局也建立在一系列的悖论之上。例如，我们认识到巴耶德对他父亲的矛盾感情。尽管巴耶德承认他父亲的性格有悲剧性的缺陷，但他仍然深爱他的父亲，这从他在灵柩旁的行为中清晰可见。我们也意识到巴耶德面对手无寸铁的雷德蒙，他虽然拒绝复仇信条中的暴力行为，却保留并实践了同一信条中强调个人勇气和家族荣誉的部分。此外，巴耶德虽然主张非暴力，却接受了一位曾"毫无必要的流血"的人的建议（《没有被征服的》179 页）。

此类悖论对于强调福克纳所观察到的个人与其继承的传统之间的复杂关系具有重要意义。巴耶德不能，实际上是不愿与这个传统脱离关系；相反，他沉浸其中，对其进行审视，并把传统中那些最符合他个人准则的部分作为自身的价值观。

巴耶德·沙多里斯的成长故事在福克纳的小说和故事中反复出现。昆丁·康普生、艾萨克·麦卡斯林、契克·莫里逊、谭波儿·德雷克、霍拉斯·班波、盖尔·海托华、托马斯·萨德本、哈里·威尔伯恩、琳达·斯诺普斯和卢修斯·普利斯特等福克纳的角色都是社会传统习俗背景下的个人斗争的典型。其中一些角色非常快乐地解决了自己的问题，其他一些角色则经历了痛苦和悲剧才得以解决，然而，所有角色都是在与自身和世界的艰难抉择中奋斗的个体。他小说中占主导地位的成长主题有助于解释福克纳在给马尔科姆·考利的信中所写的话："我在反复讲述同一个故事，那就是我自己和我的世界。"（《福克纳-考利档案》14 页）福克纳在弗吉尼亚大学发表评论时，对其中一个第一人称叙述者做了如下解释："每当小说中的任何角色，无论多么不重要，进入一本书时，他实际上正在讲述自己的传记，这就是所有人所做的一切，他以一千种不同的术语讲述自己的传记，讲述自己，但都是他自己。"（《福克纳在大学》275 页）熟悉福克纳传记的人可以找出许多福克纳和他笔下的诸多人物一样被迫审视社会主流价值观、评判这些价值观并得出自己独立结论的例子。其中一个例子是福克纳在物质文化中致力于艺术的高标准，另一个例子是他反对以"进步"的名义剥削自然和农业的理想。我将在结束语中提到的一个例子是福克纳参与种族隔离冲突的经历。

福克纳成长于信奉白人优越论的南方，致力于地区性而非全国性的事务。年轻的比利·福克纳没有完全逃脱这个传统的偏见，这不足为奇。例如，在一幅 1913 年福克纳被推荐为一本高中年鉴所画的漫画中，福克纳的历史老师埃拉·莱特（Ella Wright）小姐正准备用"记过机"对一个站在她旁边的凶猛、胡须浓密的人进行严厉惩罚。罪犯被认定为亚伯拉罕·林肯（Abraham Lincoln）。在林肯的脚下，一个持刀恐吓者高举联邦旗（显然这得到了林肯的认可），正在攻击一个手无寸铁、高举南方联盟旗帜的小个子。

标题是福克纳青少年时期的笔迹，上面写着："这就是我的观点。"[4]虽然标题无疑是对莱特小姐教授美国历史的评论，从南方联盟的角度来看，很可能标题也表达了福克纳自己的个人偏见。

福克纳的另一幅画是为1920—1921年密西西比大学年鉴《老密西》(Ole Miss)而作，画中一对优雅的白人夫妇在爵士乐队前跳舞，乐队可能是W. C.韩迪(W. C. Handy)的。画中的黑人被描绘为极为丑陋且滑稽的形象，其中一位乐手的侧面头部造型甚至具有明显的猿猴特征。即使在他1929年出版的第一部约克纳帕塔法小说《沙多里斯》中，福克纳也鲜有将黑人视为高于喜剧小丑、诡计多端、无所事事的仆人——他们密谋欺骗白人"上司"。尽管把福克纳一生中任何阶段的观点都归结为"种族主义"态度和信仰是严重歪曲事实，但毫无疑问的是，在他的早期作品中，他被那个时代许多白人对黑人所持的错误和刻板印象所左右。

幸运的是，这一切都改变了。1929年，福克纳在他所著的《喧哗与骚动》中刻画迪尔西时，他表现出他能够以令人赞叹的钦佩和敏感性来处理黑人角色。在整个20世纪30年代，福克纳在《干旱的九月》《八月之光》《押沙龙，押沙龙！》和《没有被征服的》等作品中，加深了他对非洲裔美国人的同情，成功地演绎了白人至上主义者对他们的剥削乃至谋杀行为，又生动地刻画了黑人群体对尊严和平等的强烈需求。在1942年的《去吧，摩西》和1948年的《坟墓的闯入者》中，福克纳超越了对种族问题的戏剧化处理，提供了广泛的社会改革原则。(实际上，在《坟墓的闯入者》中，他在最高法院对"布朗诉教育委员会案"做出历史性裁决的六年前就预测到了学校会取消种族隔离。)在1950年荣获诺贝尔奖后，福克纳充分利用了自身享誉全球的知名度所带来的公众关注度，公开反对那些不公正且陈旧的种族观念，并大力倡导种族融合的理念。在他最强烈的公开声明之一中，他强烈谴责了1955年密西西比州格林伍德附近对十四岁的黑人孩子埃米特·提尔(Emmett Till)的私刑谋杀，并得出结论："如果我们美国文化已经到了如此绝望的程度，到了我们必须杀掉孩子的地步，无论是什么原因，不管是什么肤色，我们都不值得继续生存下去，并且很可能不会生存下去。"(《福克纳传》1571页)除了公开发表的言论外，福克纳还在私下里与密西西比州的改革倡导者詹姆斯·W.西尔弗(James W. Silver)和P. D.伊斯特(P. D. East)进行了密切合作，来揭露种族隔离主义者的行径，并致力于改变社会的态度和法律体系。正是在这个时期，一位对民权问题深感兴趣的黑人作家梅尔文·B.托尔森(Melvin B. Tolson)寄给福克纳一本他自己写的诗集，上面的题词为："献给威廉·福克纳——疲乏之地的磐石。"[5]

值得高度重视的是，尽管福克纳对密西西比州虐待黑人公民的行为持高度批评态度，但他从未停止对自己家乡的热爱。这种爱的最好证据之一就是福克纳，不同于那个时期的其他南方人，从未产生过任何自我放逐的想法。尽管福克纳游历各地，并在美国其他地方短暂生活和工作过，但他始终称奥克斯福为家，从未长时间离开那里[6]。

此外，福克纳热情地分享了南方人对外部势力干预南方事务的怀疑态度。他由衷地相信，南方传统的积极方面为有意义的变革和进步提供了比联邦政府或任何其他外部机构可能带来的任何力量更大的希望。后一种信念导致了对福克纳的地位相当大的误解。福克纳似乎有时在他的书和公开声明中，在他对祖国的爱和对消除可恶的社会条件的真正渴望之间摇摆不定，在为南方辩护的同时，又谴责它。因此，福克纳在一次不明智的声明中说："我会继续说南方人错了，他们的立场站不住脚，但如果我必须做出和罗伯特·E. 李（Robert E. Lee）一样的选择，那我会这么做的。"（《园中之狮》262 页）福克纳真正喜欢的是中间道路，尽管如前所述，这种立场导致了来自自由派和保守派阵营极端分子的攻击。但福克纳坚持自己的立场，对当时"要么爱它要么离开它"的态度所表达的替代方案没有表示同情。相反，他选择通过留在家乡并寻求改善它来表达对它的爱。他的选择基于他对爱的意义的理解。正如他在题为《密西西比》的半自传体散文中所解释的那样："你不是因为什么而爱的；你是无法不爱；不是因为那里有美好的东西，而是因为尽管有不美好的东西你也无法不爱。"（《福克纳随笔》38 页）

我试图证明，威廉·福克纳无论是在他的著作中，还是在他的个人生活中，都力图忠实而坦诚地探索存在于每个个体和社会之间的复杂微妙的关系。尽管福克纳认识到具体的问题和疑问会随着一代人或文化的变迁而变化，但他相信，有一些通用的基本原则适用于所有情境。最重要的原则是，所有这些问题都必须放在真正关心伦理道德价值观的背景下考虑，也就是他所谓的"远古以来就存在关于心灵的普遍真实与真理"，具体来说，"关爱、荣誉、怜悯、尊严、同情和牺牲，这些就是普遍的真理"（《福克纳随笔》101 页）。为了忠实于这些真实情况，个体绝不能因为效忠社会而看不到社会的缺点和不足。同时，对个体所属社会中令人鄙视的事物所怀有的憎恨，绝不能诱使个体背叛个人和文化历史中积极美好的因素。正如福克纳小说的内容和形式所暗示的那样，只有个体才能够决定一种传统中哪些方面值得保留；每个人都要尽自己最大的努力去发现、去塑造属于自己的声音，这种声音是由经过思想和经历的诸多声音中形成的。正如福克纳所认识到的那样，这个发现和成长的过程是艰难的，有时甚至是痛苦的，然而，参与这样的探索就是实现了作为人类的真正意义。

注　释

[1] Wallace Stevens, "The Idea of Order at Key West," *The Collected Poems of Wallace Stevens* (New York: Alfred A. Knopf, 1955), 130.

[2] C. Vann Woodward, *The Burden of Southern History*, 3rd ed. (Baton Rouge: Louisiana State University Press, 1993), 30–32.

[3] 见《大宅》的序言。

［4］林肯漫画是东南密苏里州立大学"福克纳研究中心"布罗德斯基收藏品的一部分。该漫画翻印于 Robert W. Hamblin and Louis Daniel Brodsky, *Selections from the William Faulkner Collection of Louis Daniel Brodsky: A Descriptive Catalogue* (Charlottesville: University Press of Virginia, 1979), 19。

［5］托尔森的 *Rendezvous with America* 这本书在布罗德斯基收藏品中。

［6］这个规则唯一的例外是在他生命的最后时期，由于公开支持种族隔离，他遭受了严厉的批评，甚至受到了人身威胁，他考虑永久搬到弗吉尼亚州。在搬到那里之前，他就去世了。

《喧哗与骚动》的艺术设计

张玉凤，张静雯 译

　　威廉·福克纳在其卓越的职业生涯中创作出了许多杰出的小说，这些作品如今广受赞誉，被列入 20 世纪最杰出的文学作品之中。这些小说如此卓越，以至于批评家对于哪部作品应被视为福克纳的杰作这一问题莫衷一是。有些读者，包括我本人，可能会倾向于选择《押沙龙，押沙龙！》作为最爱；而其他人可能更加钟爱《喧哗与骚动》《我弥留之际》或者《八月之光》；还有一些读者，尽管人数较少，可能会选择《村子》《去吧，摩西》或是《圣殿》。福克纳自己也难以确定他的最佳作品。他曾经向好莱坞的编剧同行透露，他认为《押沙龙，押沙龙！》是"至今为止美国人所创作的最佳小说"（《福克纳传》927 页），而且在长达十年的创作过程中，他始终将《寓言》尊誉为自己的"大书"[1]。然而，尽管福克纳和他的崇拜者们无法确定哪部作品是他的最佳杰作，但他对自己最喜爱的作品却从未有过疑问。自他将已完成的手稿提交给他的好友兼文学经纪人本·沃森并评价道"请阅读此文，我的朋友。这真是一部前所未有的杰作"（《福克纳传》590 页），直至他晚年在弗吉尼亚大学的课堂上，始终坚称，他的至爱之作是《喧哗与骚动》。

　　福克纳在 1933 年夏为再版小说撰写的导言中（这篇导论在他去世后才发表），阐述了《喧哗与骚动》在他作品中占据卓越地位的一些原因。首先，福克纳解释道，在他的写作生涯中，第一次也是唯一一次，他在创作《喧哗与骚动》时体验到了接近浪漫主义诗人深信且赞美的那种灵感，福克纳用精辟的话语表达了这一点，即"那无法被清楚描述的情绪，那种明确且具体的，却又模糊的情感：那狂喜，那种热切和欢乐的信心和期待惊喜的情感，我手中尚未沾染的纸张坚如磐石，保存完好无缺，等待着释放"。这种兴奋，如果我理解得没错，源于形式和主题、艺术设计和现实内容之间的近乎完美的平衡，以及艺术作为艺术和生活的融合。为了阐释这个观点，福克纳举出了亨利克·显克维奇（Henryk Sienkiewicz）的知名历史小说《你往何处去》（*Quo Vadis*，1895 年）中的一幕场景：一位年迈的罗马人床头摆放着一个惹人喜爱的蒂尔西尼花瓶，因为他不断地亲吻花瓶的边缘，使得花瓶边缘逐渐磨损。福克纳进一步比喻说："我为自己制作了一个花瓶，但我想我一直都知道自己不能永远住在里面。对于艺术家来说，'更好的选择'是离开花瓶的围墙，去思考这样一个现实而悲惨的故事，就像那个在四月盛开梨花的梨树下爬树的小女孩透过窗户看葬礼。"[2]换句话说，福克纳似乎在说，虽然对于任何艺术家来说，逃避生活的现实并"永远住在花瓶里"总是诱人的选择，但"更好的选择"是离开花瓶的外壳，去思考一个像"受厄运折磨的小女孩"这样真实而悲惨的故事。从这段评论中，我们可以推断出福克纳的信念，即理想的艺术作品应该同时具备花瓶的艺术品质和实际经历的现实品质。

本人遵循福克纳关于如何深度阅读他最欣赏的——或许也是最杰出的——小说《喧哗与骚动》的建议，打算探讨该作品艺术设计在支持和强化其现实目标方面的三种方式。我将剖析的三个技术方面包括：视角的体现、艺术风格在人物刻画上的呈现，以及对位法的运用。

视角的体现

福克纳在 1933 年为《喧哗与骚动》撰写的导言，大部分内容都致力于阐述小说中不断变化的视角在叙事技巧中的核心地位。福克纳在其职业生涯中多次被问及此问题。他在 1955 年接受采访时给出的回答堪称典型：

> 我尝试通过懵懂孩童的视角叙述这则故事，因我深感让一位仅知事件实情，却不解其原委者来叙述故事，方能更具感染力。彼时，我意识到，我尚未真正解读出这故事。于是，我再次尝试从另一个兄弟的角度重新诠释此故事。然而，那依然并非我想要表达的故事。之后，我再次尝试从第三个兄弟的视角第三次表述此故事。然而，那依然非我所要传达的故事。为了将这些碎片凑成整体，我试图以自我为发声者，填补其中的空白。直至书籍出版十五年后，我借助附录的形式，在另一本著作中完成了这个故事的表述，以此挣脱负荷，给自己争取到些许宁静。(《园中之狮》245 页)

福克纳在 1957 年出版的《小镇》中，通过对三位独立讲述者的评述，更加深刻地诠释了这种叙事技巧。

> 我有意识地运用此种技能，从三个不同的角度剖析该对象。正如你在审视某座纪念碑时，你会围着它环顾，而非仅仅专注于其一侧。此外，这也是为了从三种不同的思考方式来看待它……据我所见，如果我们能够从三个维度观察这些特定事件，就能更为全面地洞察它们发生的全过程。(《福克纳在大学》139-140 页)

　　这些陈述强调了福克纳运用多元视角时有周密考量并具明确目的，与之对应的引文中，也明显暗示了这一艺术手法的宗旨所在。首先，从多个角度解读同一主题被视为美妙的艺术享受：从多元化视角审视同一件物品，能使人产生更为"满足"的感受。其次，福克纳以及亨利·詹姆斯均认为，使用多重叙述者能揭示真相：这种处理方式能提供更为完整的人物或事件描述。因此，福克纳是从美学和认识论层面进行选择的，将美与真完美融合。

　　福克纳将视角与其美学策略紧密联系在一起，这在其对凯蒂性格特征的观察中得以验证。当问及为何不让凯蒂（他视为"心爱之人"的角色）（《福克纳在大学》6 页）讲述她自己的故事，以便为她兄弟所述的故事增添更加丰富的内涵时，福克纳回应道："因为我眼中的凯蒂仍旧如此美丽、动人，以至于我无法让她讲述眼前发生的事件，通过他人的视角去观察她可能会更加富有情感。"（《福克纳在大学》1 页）然而，这需要进一步澄清。究竟为何间接描述凯蒂会比自我描述"更具情感"？福克纳在被要求描述他理想女性时的回答提供了部分答案：

　　　　我无法用头发的色彩，或是眼眸的光泽去描绘她，因为一旦给她定型，她仿佛就无法掩藏其神秘。在每个男人心中理想的女性形象，往往由她的言语、手腕，乃至手的轮廓引发。犹如对于任何美景的描绘，最精炼的表达……恰恰是点到为止。请务必牢记，列夫·托尔斯泰对安娜·卡列尼娜的赞誉皆源自其出众的美貌，她的眼神在黑暗中犹如猫科动物般敏锐……每个人对美的诠释各有不同。而最佳的策略，乃采用姿态，如树枝的投影，让心灵去创造那棵树。（《园中之狮》127-128 页）

　　在此，福克纳展现出与读者共同参与审美体验的愿望。作者借助低调且含蓄的手法，邀请读者为其营构主题。在这方面，福克纳无疑可与 19 世纪后期的印象派画家相比肩，而除此之外，福克纳也可与大部分当代艺术家（绘画、雕塑、音乐及诗歌领域的创作者，以及小说家）产生共鸣。现代艺术中，艺术家进行创作、启发；回应者则参与、诠释和运用。这一点在福克纳的小说中与莫奈（Monet）或毕加索的画作中同样适用。福克纳的叙事技艺允许——实际上是敦促——读者成为创作过程中的伙伴。福克纳的论点诠释了这一理念，即"最好是采取姿态、树影，让思维创造树木"，这不仅解释了福克纳偏爱低调且隐晦（如在《干旱的九月》或《押沙龙，押沙龙!》的情节构思以及《献给爱米丽的一朵玫瑰花》中恐怖因素的处理上）的特质，同时也揭示了他以多元化视角审视核心角色或事件的习惯。面对各异甚至相互矛盾的叙述，福克纳的读者必须自主组装、整合并解读故事。尽管这一使命富有挑战性，但的确是一种美妙的审美体验，这一观点从福克纳的众多追随者那里便可得到印证。

然而，有学者指出，福克纳在其作品中对于多重叙述者的运用既符合真实性，又契合美学境界。正如福克纳对完美女性的洞察时所言："每位男士对于何为美都持有独特视角。"这种对于真实性的多元体验贯穿于福克纳的小说创作，实际上，这极有可能成为其作品最为鲜明的特点之一。短篇小说《黑色音乐》中的叙述者则言："因为人不一样，眼中看到的东西就不一样。哪怕是同一个人，看的角度不同，看到的东西也不一样。"（《短篇小说集》720页）

在《大宅》一书中，琳达·斯诺普斯敏锐地洞察到"海明威的巴黎和斯科特·菲茨杰拉德的巴黎并非同一座城市；他们只是借用了同一处空间"（《短篇小说集》209页）。福克纳的《我弥留之际》堪称现代小说中最富视角纵横的佳作，他巧妙地运用了至少十五位独特的叙述者，每个人都怀揣着各自的事实、偏见以及欲望，共同编织出本德仑全家人前往杰克逊安葬艾迪的故事。在福克纳对真理与感知之间关系的阐述里，可能最为知名的便是他对小说《押沙龙，押沙龙！》中多个叙事者的如下表述：

> 在我看来，无人能洞悉真理，真理往往令人困惑迷惘。你注视它时，只能瞥见其面向之一。而旁观者观测它，他所见的则略有差异。然而将两者结合来看，其实质仍是他们所看到的情形，即使无人能洞悉全部真相……如同您所言，这便是对黑鸟的十三种理解方式。然而我认为，当读者历经这十三种迥异的视角后，读者心中便有了属于他自身的第十四种对于黑鸟的形象，这应是我所认同的真理。（《福克纳在大学》273-274页）

《喧哗与骚动》生动、鲜明地展示了上述原则。小说由四个部分构成（若包含附录，则为五个部分），各部分由不同视角的叙述者演绎。前三个部分分别由曾经显赫但已衰败的康普生家族的三位成员述说：智力如孩童的三十三岁的班吉、自杀的大学生昆丁、自私又冷酷的享乐主义者杰生。这三个部分运用了乔伊斯式的内心独白技巧，然而每一部分均具有独特的风格及叙事手法，这取决于各叙述者的智力水平、态度观念及情绪状况。在小说的第四部分中，福克纳放弃了个人倾向和主观观点，采用客观的第三方叙述方式描述了这个故事。然而即便在该节段中，视角仍然具有限制性，因为作者鲜少介入来解释或解读情节。

在这段连续而紧密的叙述过程中，如何以一种视角，解读一个多样且模糊的事实，在凯蒂的隐喻描绘中显露无遗。对于班吉（或者说，通过班吉的镜头跟踪记录，读者必须进行推理）来说，凯蒂是唯一珍惜他的家庭成员。她关注班吉的身体健康，慰藉他心中的烦恼和痛苦，并常常通过陪伴他入睡的方式来安抚他。在一段关键的段落中，凯蒂展现了她的同情和关切，班吉和凯蒂一同坐在壁炉旁，当康普生太太召唤班吉到她面前时，凯蒂恳求母亲等到班吉看完火再走，但母亲坚持己见，凯蒂无可奈何地将班吉抱到母亲身边。此刻，考虑到班吉的哭泣，凯蒂希望母亲抱起他，但母亲拒绝："都五岁了。不，不。别放在我膝上。让他站直了。"当凯蒂试图以他最喜欢的抱枕安慰班吉时，母亲下令拿走它："他必须学会要听大人的话。"几分钟后，班吉的持续哭喊令母亲大为光火，以至于她不得不退缩到床上，此时，凯蒂带班吉回到壁炉边，那里有他喜欢的"明亮、滑溜的形体"（《喧哗与骚动》89—91 页）。

确实，班吉的章节暗示了凯蒂截然不同的形象。随着凯蒂逐渐步入青春期，她开始使用香水并与男孩约会。随后（正如昆丁叙事中揭示的那样），她与达尔顿·艾密司（Dalton Ames）产生了恋情，有了身孕，为了赋予孩子的合法权益而与赫伯特·海德（Herbert Head）结为夫妇。在此期间，尽管班吉强烈反对，但她对他的关注度逐渐降低；最终她将班吉托付给接踵而至的监护人照料。截至当前剧情所处的 1928 年，凯蒂仅以高尔夫选手召唤"球僮"的声音和班吉对昆丁小姐模糊的回忆存在于班吉的世界里，昆丁小姐很可能与母亲有明显的外貌相似性。敏锐的读者很难不注意到，凯蒂对待班吉的冷淡态度及随后的缺席与她曾经表现出的对兄弟的关爱和承诺永不离弃他之间，以及班吉遭受勒斯特（Luster）虐待的情景形成了强烈反差。然而，从班吉的立场来看，凯蒂几乎成为他对舒适和安全感的唯一寄托。

凯蒂象征的康普生家族昔日引以为豪的荣耀如今已然消逝无踪。昆丁对妹妹深厚的情感，因其对妹妹性行为的放纵所表现出的看法而变得错综复杂，因此，昆丁的感情显得既矛盾又充满冲突。与班吉一样，昆丁渴望坚守童年时期田园牧歌般的纯真，这种纯真以手足之情为象征，然而他也意识到，在后失乐园的世界里，时间与变化并存，这是不可能的。据罗伯特·斯莱伯伊（Robert Slabey）所述："昆丁始终怀有一种摩尼教式的对身体、性、有限与时间的排斥，对人世直接现实的浪漫主义的抵触，以及对无限与永恒的渴望。"[3] 在昆丁的观念中，纯真的遗失与凯蒂放纵式的交往及性行为紧密相关。如同康普生先生解释的："伤害你的是自然而不是凯蒂。"（《喧哗与骚动》164 页）然而，昆丁却未能或不愿做出如此明确的区分。

由于他对理想、纯真与童真的近乎执着的追求[海德称其为迦拉赫（Galahad，英国亚述王传说中的骑士，心地高贵、正直——原译注，《喧哗与骚动》156 页）]，昆丁将凯蒂视作罪恶与邪恶的象征。他经常把她和"骚娘们"（《喧哗与骚动》110 页）、"婊子"（《喧哗与骚动》124 页）这样的词语联系在一起，有一次还叫她"妓女"（《喧哗与骚动》191 页）。他严厉批评她在青春期与男孩所玩的亲吻游戏，以及与达尔顿·艾密司的交往："你干吗不把他带到家里来呢，凯蒂？你干吗非得像个黑女人那样在草地里在土沟里在丛林里躲在黑黝黝的树丛里犯贱呢。"（《喧哗与骚动》130 页）然而据班吉的阐述显示，凯蒂更多地与大树这一象征紧密结合在了一起（尽管偶尔也会涉及香料），在这里，她与玫瑰建立了联系——"不是像山茱萸和马利筋那种贞洁的花木"（《喧哗与骚动》109 页），与金银花以及雪松相联系，使人们联想到了凯蒂在秋千上与情人的约会。

其他象征性的关联也以类似的方式呈现：在班吉的叙述中，牧场、火焰以及睡眠象征了和平与安全；在昆丁的部分，牧场（如前引所示）象征了凯蒂与情人秘密幽会的地点，火焰则代表了昆丁试图将凯蒂和他自我隔离的恐怖炼狱，而睡眠则象征着日益逼近的死亡。这种频繁出现的象征性意义的转换，反映了小说中的真实在某一程度上是多角度的，随视角的转换而改变。

在杰生章节中，凯蒂再度成为聚光灯下的焦点所在。然则，她的形象随着视角的转变而发生改变。对于班吉而言，凯蒂是一位赋予他深深同情与暖意的孩子；对昆丁来说，凯蒂是一个玷污了康普生家族名誉的任性青年；对于杰生来说，凯蒂是一个欺骗他失去银行任职机会并将其孩子交给家人抚养的女子。"天生是贱坏就永远是贱坏"（《喧哗与骚动》357页），杰生在其叙述之开端便感慨万分地说道。他的言语不仅仅是针对凯蒂，更是对侄女的谴责。实际上，和班吉一样，杰生几乎未能区分这两位女性：昆丁小姐，作为闹得凯蒂失去丈夫和杰生失去银行工作之耻辱的实体化身，最终成为替罪羊，承受了杰生对凯蒂的蔑视与虐待。

然而，与其他兄弟的叙述相似，杰生版本的凯蒂实际上呈现出两种截然不同的刻画：一种由人物叙述者生动勾勒，另一种则源于读者从福克纳巧妙安排的事件和刻薄嘲讽之中推断得出。倘若凯蒂并非如班吉有限的智力所猜想的那般"完美无瑕"，那么她亦非杰生所塑造的恶贯满盈。杰生的故事描述了凯蒂悄然寄钱给她的女儿，同时回到杰弗生镇料理她父亲的丧事并探视孩子。这些细节让读者对凯蒂产生了深深的同情，以微妙的方式反驳了杰生对他妹妹的刻薄评断，并为读者在对凯蒂那种复杂且矛盾的观念理解基础上，提供了另一个视角。

在小说的结尾部分，福克纳放弃了个人观点，客观地呈现了故事内容。在我之前引用的1933年的《喧哗与骚动》的导言中，福克纳指出，他在完成小说的前三个部分之后遇到了一个瓶颈，需要对人物和事件进行更客观的描述。

> 我发现自己只是在浪费时间：我应果断地将这本书束之高阁。我其实早已意识到自己会得到某种程度的安慰，因为我至少还能最后一次深深地转动螺旋，从这堆书籍中汲取一些精华。然而，我却花费了整整一个多月的时间，才开始落笔去描绘那个场景——"这一天在萧瑟与寒冷中破晓了"。（《喧哗与骚动》358页）

毫无疑问，此项终极策略的最终展现便是迪尔西部分，这是首次以局外人视角审视康普生一家，这种处理方式不受第一人称叙述者的局限与偏颇的影响。在此，班吉并未借助意识流印象来呈现事件，而是以客观外界的眼光展示：

一个大个子，这人身上的分子好像不愿或是不能黏聚在一起，也不愿或是不能与支撑身体的骨架黏聚似的。他的皮肤是死灰色的，光溜溜的不长胡子；他还有点浮肿，走起路来趴手趴脚，像一只受过训练的熊。他的头发很细软，颜色很淡。头发平滑地从前额上披下，像早年的银版照片里小孩梳的童花头。他的眼睛很亮，是矢车菊那种讨人喜欢的浅蓝色。他的厚嘴唇张开着，稍稍有点淌口水。（《喧哗与骚动》370 页）

同样，杰生的描述客观而精确："这一个冷酷、精明，压得扁扁的棕发在前额的左右各自弯成一个难以驯服的发卷，模样就像漫画里的酒保，榛子色的眼珠配有镶黑边的虹膜，活像两颗弹子。"（《喧哗与骚动》376–377 页）在这一章节中，我们还注意到"方方正正的，已经好久没有上漆粉刷，有柱廊的门面摇摇欲坠"的摄影描绘（《喧哗与骚动》401 页）。同样值得强调的是，康普生兄弟的目光短浅、自私自利的观点，现在已被迪尔西无私奉献、与人为善的态度和行动所取代。因此，无论是从观点还是人物塑造来看，在景物描写和角色塑造上，迪尔西篇章的主观描述都已转变为客观呈现。

引人注目的是，凯蒂作为其他叙述的核心人物，在最后一章中却鲜有出场，仅在她女儿昆丁的经历中重现。这种缺失构成了整部作品中最为显著的讽刺。每个叙述者对于为之痴迷的单个角色，在家庭历史的终极篇章中，并未展现出任何影响力（福克纳在随后的附录中调整了原小说的设计构想）。福克纳似乎利用凯蒂的缺席，质疑了康普生兄弟的自我中心主义，并在对比中将他们的家族故事放置于整个世界的大背景之下。如奥尔加·维克里（Olga Vickery）所指出的："在这个更为宏伟的背景之中，家庭的喧哗与愤怒几乎微不足道，甚至毫无意义。"[4] 不论此论点是否真实可信，可以确定的是，此次对康普生家族故事与其外部世界关系的考量，迫使读者转变视角，重新审视已呈现的全部内容。若有人在这个过程中找到真相，那也是在意识到主观与客观现实的互动作用及其追求过程中难度不断提升之后，才做出的判断。

艺术风格在人物刻画上的呈现

福克纳不仅仅用多元视角揭示了真理的相对性及其复杂性，还巧妙地运用了独特的风格作为其个性化的表达手法。然而，这并不是福克纳作品的全部特征。举例而言，在诸如《我弥留之际》《押沙龙，押沙龙!》或者斯诺普斯三部曲等作品中虽然广泛运用了多元视角，但是不同的叙述者采用的句法、词汇或是意象之间并无显著差异。因此，所有的角色，不论他们的年龄、性别、社会地位或种族，都使用了一种被广为接受的"福克纳式"言辞技巧。这种言语方式很容易在福克纳模仿秀节目中发现。然而，在《喧哗与骚动》这部作品中，福克纳成功地将叙述风格与每个角色的特性紧密结合起来。让我通过简要介绍小说中每个部分的开篇来证明这个观点。

福克纳在首段通过极简的文字及基本的句式，精准描绘出智力受损的班吉的意识世界。开篇段落确立了全书的基调。

> 透过栅栏，穿过攀绕的花枝的空当，我看见他们在打球。他们朝插着小旗的地方走过来，我顺着栅栏朝前走。勒斯特在那棵开花的树旁草地里找东西。他们把小旗拔出来，打球了。接着他们又把小旗插回去，来到高地上，这人打了一下，另外那人也打了一下。他们接着朝前走，我也顺着栅栏朝前走。勒斯特离开了那棵开花的树，我们沿着栅栏一起走，这时候他们站住了，我们也站住了。我透过栅栏张望，勒斯特在草丛里找东西。（《喧哗与骚动》9 页）

这七句话仅包含两个附属从句。相较之下，连词"and"出现了十次，将简短的并列子句相续衔接。此外，在总共十七个独立组成部分中，仅有三个包含有十个以上的单词，另有十一个构成部分则只包含五个以下的单词。每个独立单元的平均单词数量为五点七个。这一段落简洁性的另一面体现为名词与动词的主导地位：若将冠词忽略不计，并将"flower spaces"与"flower tree"视为复合名词，那么全篇段落内仅有一个形容词（curling）彰显于众。词汇范围受限，仅限于如"fence"（篱笆）、"flag"（旗帜）、"flower"（花朵）以及"tree"（树木）等具体术语［最为抽象的词汇仅为"hunting"（狩猎）］，这为避免文章的复杂化提供了另一种途径。值得注意的是，鉴于福克纳对隐喻语言的钟爱，在这段中竟然不见一个明喻或隐喻。（从技术层面上，难以界定如桌子、花树这样的词语是否为隐喻的表达方式——但这对于读者而言，实则无足轻重；然而对班吉来说，这种表达方式，包括常被引用的"凯蒂闻起来就像树"，代表着文字间的直接联系和替换，而非隐喻思维的抽象比较。）上述所有要素都有助于引导读者轻易地相信这一段落是对班吉有限思维流程的精确记载。昆丁的部分所采用的叙事风格体现出了极大的差异。如同班吉部分的叙事风格竭尽全力模仿智力有限者的思维过程，昆丁的部分亦旨在暗喻一位聪颖、敏锐却深陷困扰的大学生的意识脉络。昆丁的独白展示了丰富的词汇选择、更多的从属关系及抽象运用，而非局限于较狭窄的词汇范围以及简易化的语句架构。再次，开篇之句为整个章节设定了模式。

> 窗框的影子显现在窗帘上，时间是七点到八点之间，我又回到时间里来了，听见表在嘀嗒嘀嗒地响。这表是爷爷留下来的，父亲给我的时候，他说，昆丁，这只表是一切希望与欲望的陵墓，我现在把它交给你；你靠了它，很容易掌握证明所有人类经验都是谬误的，这些人类的所有经验对你祖父或曾

祖父不见得有用，对你个人也未必有用。我把表给你，不是要让你记住时间，而是让你可以偶尔忘掉时间，不把心力全部用在征服时间上面。因为时间反正是征服不了的，他说。甚至根本没有人跟时间较量过。这个战场不过向人显示了他自己的愚蠢与失望，而胜利，也仅仅是哲人与傻子的一种幻想而已。

　　表是支靠在放硬领的纸盒上的，我躺在床上倾听它的嘀嗒声。实际上应该说是表的声音传进我的耳朵里来。我想不见得有谁有意去听钟表的嘀嗒声的。没有这样做的必要。你可以很久很久都不察觉嘀嗒声，随着在下一秒钟里你又听到了那声音，使你感到虽然你方才没有听见，时间却在不间断地、永恒地、越来越有气无力地行进。就像父亲所说的那样：在长长的、孤独的光线里，你可以看见耶稣在彳亍地前进，很像。还有那位好圣徒弗兰西斯，他称死亡为他的"小妹妹"，其实他并没有妹妹。（《喧哗与骚动》107-108页）

该片段开篇便以一个复杂句式展开，深入剖析了一个关于阴影位置与一日时光相互关联的精密推论——这是班吉有限的智力所无法企及的。大量的抽象词汇（如希望、欲望、愚蠢、绝望、胜利）、比喻手法的巧妙运用（如"所有希望和欲望的陵墓""时间的长河持续削减的游行队伍"），以及圣法兰西斯与耶稣的隐喻，都使得这一风格的思维深度达到极致，这正适宜于聪慧、内省且内心受到困扰的昆丁所展示出的独特风格。

杰生章节则展现了另一类人物的性格和截然不同的写作风格。他的部分开篇如下：

　　我总是说，天生是贱坯就永远都是贱坯。我也总是说，要是您操心的光是她逃学的问题，那您还算是有福气的呢。我说，她这会儿应该下楼到厨房里去，而不应该待在楼上的卧室里，往脸上乱抹胭脂，让六个黑鬼来伺候她吃早饭。这些黑鬼若不是肚子里早已塞满了面包与肉，连从椅子上挪一下屁股都懒得挪呢。（《喧哗与骚动》247页）

这段文字在词汇运用和句子结构方面既非简单直接如班吉的部分，亦非精细繁复如昆丁章节那般。这些词汇更趋向于传统，尽管颇为通俗易懂，却也仅达到那个满怀不满、具有现实主义倾向的杰生式的粗俗程度。然而，杰生章节独特的风格和对角色的完美显现，源于其在整个叙述中充满了反讽和讥讽的语气：堪称语言讽刺和嘲讽的艺术杰作。例如，以下的摘录：

　　"那么，"我说，"依我看，比起我来，你的良心是个更得力的伙计啰；它到了中午不用回家去吃饭。不过，可别让你的良心来败坏我的胃口。"我说，因为我的天哪，我怎能把事情办好呢，有那么一个家，有那么一个母亲，她一点不管束凯蒂也不管束任何人，就像那回她恰巧撞见有个小伙子在吻凯蒂，第二天一整天她穿了丧服戴了面纱在屋子里转来转去，连父亲也没法让她说出一句话，她仅仅是一面哭一面说她的小女儿死了，而凯蒂当时还只有十五岁，照这样下去，要不了三年我妈就得穿上苦行僧的粗毛编成的内衣，说不定还是用沙皮纸糊的呢。我说，瞅着她跟每一个新到镇上来的推销员在大街上兜过来逛过去，你们以为我受得了吗？他们走了，还要跟路上碰到的推销员说，到了杰弗生，可以上哪儿去找一个热辣辣的小姐。我并不是个死要面子活受罪的人，我不能白白养活满厨房的黑鬼，也不想把州立精神病院的一年级优秀生硬留在家里。血统高贵，我说，祖上出过好几位州长和将军呢。幸亏咱们祖上没出过国王与总统，否则的话，咱们全家都要到杰克逊去扑蝴蝶了呢。(《喧哗与骚动》312-313页)

这段文字展现出了杰生卓越的才智，然而这种才智未能减轻对他人的根深蒂固的偏见乃至仇恨。杰生的家族首当其冲，成为他吐槽的重点。正如他在另一处所述："这家人一个是傻子，另一个投河自尽了，姑娘又被自己的丈夫给甩了，这么看说这一家子别的人也全都是疯子，岂不是顺理成章的吗。"(《喧哗与骚动》316-317页)杰生的价值观念已经因为他的偏执和复仇的欲望而发生了严重扭曲，他的幽默讥讽进一步演变为一种冷酷无情的批判工具。尽管如此，这仍然是福克纳最优秀的作品之一，正如克林斯·布鲁克斯所述："福克纳在这八十页的篇幅内，对这个贫困地区的小商人对生活的体验进行了深刻的探究，这比辛克莱·刘易斯在这一主题的一系列小说中所展现得更为丰富。"[5]

如前所述，在小说的最后一章中，福克纳舍弃了前几节的第一人称叙述方式，而是采用中立方的全知视角来讲述故事。其风格亦随之转变，这种转变显现在首段：

这一天在萧瑟与寒冷中破晓了，一堵灰黯的光线组成的移动的墙从东北方向挨近过来，它没有稀释成为潮气，却像是分解成为尘埃似的细微、有毒的颗粒，当迪尔西打开小屋的门走出来时，这些颗粒像针似的横斜地射向她的皮肉，然后又往下沉淀，不像潮气倒像是某种稀薄的、不太肯凝聚的油星。迪尔西缠了头巾，还戴了一顶硬僵僵的黑草帽，穿了一条紫酱色的丝长裙，又披上一条褐红色的丝绒肩巾，这肩巾还有一条肮里肮脏说不出什么种类的毛皮镶边。迪尔西在门口站了一会儿，对着阴雨的天空仰起她那张被皱纹划分成无数个小块的瘪陷的脸，又伸出一只掌心柔软有如鱼肚的枯槁的手，接着她把肩巾撩开，细细审视她的长裙的前襟。(《喧哗与骚动》358页)

尽管小说的风格在此处再度发生了根本性转变，然而这一部分的作用与前几章节并无二致，主要还是为了塑造出更为鲜明的人物形象。许多读者都已注意到，福克纳在此将迪尔西的形象树立得比虚弱且腐朽的康普生家族更加鲜明：她穿着端庄，举止高贵，仿佛不受自然变化的影响，与基督教中鱼的象征紧密相连，她被塑造成整个小说中唯一的英雄角色，是唯一应该被赞颂、效仿和尊重的人。有一些评论家对此提出疑问，为何福克纳未让迪尔西在此部分以自己的声音发言，甚至有人认为，鉴于他身为白人，他可能无法充分理解一名黑人女性的思想和情感。然而，我个人认为，福克纳在此采用的客观处理手法是非常必要的，这有助于提升迪尔西在小说中所扮演的崇高角色。迪尔西的善良以及凯蒂命运悲剧性的堕落同样地，在遥远的观察角度下显得最为明晰，其内涵及描绘应维持适当的间接性与距离，同时也将其神秘感予以充分保留。无论此评价是否准确，无可争议的事实是，福克纳在本次改写中又成功地转变了小说的风格与视角，这种转变似乎与前几章节的处理相似，与焦点人物的塑造紧密相连。

对位法的运用

对位法是现代主义作家借鉴音乐创作领域的一种叙事手法。在音乐中，该技巧主要是将两个乃至多首独立的旋律融合成一个单一的和声结构，使每首旋律都保留自身的线性特质。作家利用对位法，将诸多不同情节、画面、符号、音效或角色并排呈现，从而创造多元中的统一性。最著名的实例即福克纳极为推崇的奥尔德斯·赫胥黎（Aldous Huxley）所著的小说《旋律的配合》（Point Counter Point）。意识流散文学家发现此法效用甚佳，因其可于看似随机混乱的思维过程中植入秩序和统一。正如福克纳所言，对位法使作家得以把握"纷繁复杂的事物"（《园中之狮》56页），凭借精心的判断力和审美"将各类元素巧妙地布置在最佳位置，使之相互映衬"（《福克纳在大学》45页）。

福克纳常常采用"对位法""并置"等术语来描述他的叙事方式，此法也贯穿于《野棕榈》《修女安魂曲》《押沙龙，押沙龙!》和斯诺普斯三部曲以及《喧哗与骚动》等多部小说之中[6]。依笔者之见，福克纳在《喧哗与骚动》中的对位法运用乃是最为广泛且艺术化的。

在《喧哗与骚动》的架构中，福克纳已经明确阐述了他如何运用叙述角度的转换。然而，小说中的对位法的实际应用远超过了单纯的视角转换。事件、象征性主题以及各种主题交织在一起，以错综复杂的方式设计并置，实现了广泛的暗喻与重复。阅读过《喧哗与骚动》的读者，无疑能体会到福克纳在小说中对关键事件进行反复或平行再现的深度。如凯蒂的婚礼、昆丁的自杀、杰生的物质主义阴谋、班吉的啼哭、迪尔西的保护行为——这些都是小说中被高度关注的核心问题，它们以预见性的方式反复呈现。然而，这种重复和场景并置的手法也适用于许多较小的问题。实际上，在整部小说中几乎没有一个事件是孤立存在的。例如，昆丁的遭遇被安排成与她母亲的经历有几分相似，甚至还使用了相同的秋千作为幽会之所。凯蒂对昆丁讲过："我反正是个坏姑娘你拦也拦不住我了。"（《喧哗与骚动》218页）这是女儿在当时所表达出的观点："我很坏，我反正是要下地狱的，我不在乎。"（《喧哗与骚动》259页）班吉对年轻女学生的追求与昆丁与意大利小女孩的日常交流相对应：在各个例子中，年轻的女孩都被误认作是凯蒂，无辜的举动却往往被视作古怪行为。这些情境在杰生追寻昆丁小姐的过程中发生了讽刺性的逆转；另外，年轻的女孩成为凯蒂的替代品。这些令人啼笑皆非的场景在杰生跟踪昆丁小姐的途中屡屡出现，小姑娘再次充当了凯蒂的替身。在康普生先生的葬礼上，让昆丁哀伤的"姐姐"（《喧哗与骚动》147页）与毛莱（Maury）舅舅的"可怜的小姐姐"（《喧哗与骚动》270页）产生了共鸣。班吉的阉割事件与昆丁记忆中的用剃刀自残者的故事相互关联，并借助这个故事，昆丁表达出自我阉割的强烈意愿。凯蒂和昆丁对班吉的照顾承诺与卢斯特和杰生对智力不足者的虐待形成了鲜明的对比。凯蒂的婚礼因其显而易见的象征意义，被与大姆娣（Damuddy）的葬礼进行类比。班吉的生日与昆丁在哈佛大学所庆祝的"生日"遥相呼应。昆丁与达尔顿·艾密司的接触与他对抗杰拉尔德·布兰德（Gerald Bland）的冲突交织在一起。迪尔西在复活节清晨所表现出的朴实而真诚的崇拜与杰生在安息日的亵渎行为，以及对上帝的公开诅咒形成了鲜明对照。这些众多的重复和并置超越了意识流联想技巧的界限。它们从小说的各个部分穿透到其他部分，成为福克纳阐述作品核心讽刺和主导主题的主要手段。

除了对位具体事件外，福克纳还利用反复出现的象征性主题来统一小说的各个部分。正如梅尔文·巴克曼对这部作品的出色分析中所展示的那样：

> 一些主题——如爱情、时间以及对纯洁的摧毁——构成了每一部分的重要组成部分。也有一些符号——如金银花、水、污垢、树木、花卉、镜子、火和光——贯穿于整部小说，犹如轻音乐的主题；它们和谐交融、进一步加强、提升和丰富了小说的情感与内涵[7]。

也许在这些不同的主题中，最成功的是时间主题。小说的每一部分都戏剧化地描述了不同的时间概念。以班吉这位主角为例，他已完全失去了时间的概念，仿佛被时间禁锢，身处无法感知当前与过去的混沌之中。班吉生活在一个跨越事件因果关系的无空间顺序之中。昆丁渴望拥有如班吉的精神状态般永恒且不分时间先后的世界，然而他痛苦地认识到现实具有瞬息万变和短暂易逝的特质。昆丁为了逃避时间对其所造成的破坏而进行了各种象征性的尝试。他曾经将怀表扭断，但腕表仍然在滴答作响。他试图戏弄自己的影子，却发现无法阻止太阳的无情推进或逃离其投下的阴影。他思考着与死亡的约会，当那一刻来临之际，他开始倒计时："还有一刻钟。然后我就不在人世了。最最令人宽慰的词句。最最令人宽慰的词句。"（《喧哗与骚动》239页）杰生同样专注于时间管理，尽管其方式与昆丁截然不同。对杰生而言，时间（如同万事万物）就是货币。他在大钟楼的钟声悠扬之中施展各种金钱策略，他时常注视这个钟或查看他的怀表以确认精确的时刻。在他的自述中，杰生惯于迅速地从一个地方投身至另一个地方，而且总是像他追求昆丁女士以及前往西部联合电报公司办公室查询股票市场动态那样，他总是迟到。因此，在与时间的角逐中，杰生并不比昆丁更成功。

迪尔西象征着人类与时间理想的关联，这为我们权衡康普生兄弟的不足以及失败奠定了基调。按照佩林·洛瑞（Perrin Lowrey）所指出的：

迪尔西深刻地理解时间，并且以所谓的"恰当的方式"认知了时间。她既不似杰生和昆丁那般沉迷于时间，也非班吉那般对时间全无感知。杰生往往仅视时间为具体之物，是可供利用的资源；昆丁则更倾向于将时间视为抽象观念。然而，迪尔西对待时间的思维方式则涵盖了上述两种维度[8]。

迪尔西与时间的"正确"关系体现在她弥补厨房时钟不准确的能力上：

碗柜上面的墙上，有只挂钟在发出嘀嗒嘀嗒的声音，这只钟只有晚上灯光照着时才看得见，即使在那时，它也显出一种谜样的深沉，因为它只有一根指针。现在，在发出了几声像嗽嗓子似的前奏之后，它敲了五下。
"八点了。"迪尔西说。（《喧哗与骚动》369-370页）

迪尔西的年龄与阅历赋予她对时间的掌控力，这与传统希腊合唱团的组织方式相吻合。在这部视角千变万化的小说中，迪尔西是唯一不变且绝对的存在：随着时间流转，班吉的护卫队员发生了天翻地覆的改变，大姆娣、凯蒂以及昆丁和康普生先生相继在小说中谢幕，然而迪尔西始终熠熠生辉，贯穿始终。"我看见了初，也看见了终……我原先看见了开初，现在我看见了终结。"（《喧哗与骚动》401页）她的这句话不仅显示了她的长寿，更展现了她独一无二的洞察力。由于拥有优越视角，迪尔西在审视康普生家族的故事时，比起兄弟们肤浅与自私的处理方式，她更加明智且富有同情心。她认同在复活节的教堂礼拜仪式中所传达的简洁且亘古不变的真理，这与康普生家中的混乱与衰落形成鲜明对照。她具有耐心，对世界有着丰富的阅历，但理解并接纳时间与永恒之间的关联，无论康普生一家如何成为时间的牺牲品，她都未曾受此束缚。迪尔西是小说中唯一一位既能安然处世于时间之中，又能超越时间感触永恒的角色。基于此，福克纳运用对立乃至冲突的手法，将《喧哗与骚动》的众多元素融为一体，构成一个和谐的整体。

　　总体而言，在这些评论中，我旨在揭示《喧哗与骚动》所展示出的鲜明的技术水准及精湛技艺。倘若像《押沙龙，押沙龙！》《八月之光》或《去吧，摩西》等作品在处理那些影响整个社会的至关重要议题方面显得更为宏大壮丽，运用的笔触更为深远；又或者，《我弥留之际》在某些方面更具想象力和创新力；再或者，《村子》将悲剧与喜剧元素的融合操控得更加巧妙，福克纳的其他作品尽管也同样伟大，然而无一能在技术和内容的完美结合度上超越《喧哗与骚动》。本·瓦森(Ben Wasson)对福克纳这部作品的评价为"前所未有的杰作"，他的评价实在是名副其实。这无疑是他在创作出所有艺术家所追求的完美艺术品的道路上，最为接近成功的一次。

注　　释

［1］Louis Daniel Brodsky and Robert W. Hamblin, eds. , *Faulkner: A Comprehensive Guide to the Brodsky Collection, Volume Ⅱ: The Letters* (Jackson: University Press of Mississippi, 1984), 82ff.

［2］David Minter, ed. , *The Sound and the Fury: A Norton Critical Edition*, 2nd ed. (New York: W. W. Norton, 1994), 219, 224.

［3］Robert M. Slabey, "Quentin Compson's 'Lost Childhood,'" in *Twentieth Century Interpretations of The Sound and the Fury*, ed. Michael H. Cowan (Englewood Cliffs, NJ: Prentice-Hall, 1968), 81-82.

［4］Olga W. Vickery, *The Novels of William Faulkner*, rev. ed. (Baton Rouge: Louisiana State University Press, 1964), 46.

［5］Cleanth Brooks, *William Faulkner: The Yoknapatawpha Country* (New Haven: Yale University Press, 1963), 339.

［6］参见《福克纳在大学》第 8，122，171，176，178 页。

［7］Melvin Backman, *Faulkner: The Major Years: A Critical Study* (Bloomington: Indiana University Press, 1966), 14.

［8］Perrin Lowrey, "Concepts of Time in *The Sound and the Fury*," in *Twentieth Century Interpretations of The Sound and the Fury*, 9.

《喧哗与骚动》的语境解读

张玉凤，王抒飞 译

如同所有的文学佳作一样，《喧哗与骚动》引领并回馈了多元化的阅读路径。在其最直接的层次上，小说描绘了曾经荣耀且显赫的康普生家族的悲剧性的衰败过程。然而，小说亦包含了更为广泛的意义层面，这些意义可以通过对小说的各种背景进行深入思考而被揭示出来。我将对其中五个最为重要的背景环境进行探讨：个人、区域、国家、国际以及普世(或神话)的背景。

个 人 背 景

保罗·瓦雷里(Paul Valery)曾经说过，每一个创造性的作品或理论都是"一段精心准备的自传片段"[1]。而福克纳在评论昆丁·康普生在《押沙龙，押沙龙!》中对于萨德本故事来说是所谓的"作者身份"时说："他实际上是在讲述自己——这就是每个人都在做的事情，他以一千种不同的方式讲述自己，谈论自己，但始终是自己。"(《福克纳在大学》275 页)福克纳对隐私的执着堪称传奇，并且他精心地努力隐藏在各种公众角色背后(例如，流浪汉、伤兵、农民)，这往往使他的同时代读者难以发现其小说艺术性背后极其浓厚的自传性质。然而，随着约瑟夫·布洛特纳于 1974 年出版的福克纳一系列传记，以及卡尔·罗利森(Carl Rollyson)在 2020—2021 年出版的最新传记[2]，读者现在可以辨别出福克纳在创作《喧哗与骚动》时所借鉴的强烈的个人和家庭元素。

福克纳家族和康普生家族之间的表面相似之处显而易见。福克纳家族自 19 世纪 50 年代以来一直是密西西比州一个非常显赫的家族。他们的祖先威廉·C. 福克纳(William C. Falkner)作为一名律师、军人、地主、奴隶主和作家崭露头角，在美墨战争期间担任中尉，在内战期间担任南部联盟上校，后来成为里普(Ripley)铁路建设和运营的主要人物。里普铁路最初从密西西比州的里普通往田纳西州的米德尔顿(Middleton)，最终延伸到墨西哥湾沿岸。威廉·C. 福克纳还撰写了许多书籍，包括一部经常重印的小说《孟菲斯的白玫瑰》(*The White Rose of Memphis*)。1889 年，就在他当选成为密西西比州立法机构议员的那天，他在里普镇广场上被一名前生意伙伴暗杀。这位传奇人物，在他曾孙的小说和故事中成为约翰·萨托里斯上校，在福克纳的生活和小说中占据着重要地位，就像他的大理石雕像仍然高耸于里普墓地的其他纪念碑之上一样[3]。福克纳家族的后代中还出现了一位成功的银行家和一位有影响力的法官。

然而，像《喧哗与骚动》中的康普生家族一样，到福克纳出生的时代，其家族已经失去了大部分财富以及社会和政治地位。对于福克纳来说，这一衰落的象征性人物便是他的父亲默里。默里带领着全家从福克纳于1897年出生的新奥尔巴尼（New Albany）搬到了里普，然后又搬到了奥克斯福。在那里，默里最初经营了一家马车行（这与家族的铁路业务相去甚远），后来又经营了一家五金店（和《喧哗与骚动》中杰生工作的店铺非常相似），最后才在密西西比大学商业办公室找到了一份稳定但报酬不多的工作。与虚构的康普生一家不同，福克纳家族的族谱上没有出过州长级别的人物，但他们确实有一位传奇人物即威廉·C.福克纳上校，自他去世之后，这个家族经历了严重的经济和社会地位的衰退。

除了家庭历史的广泛相似性，福克纳还把从个人知识和经验中获得的其他细节融入了《喧哗与骚动》的文本中。小说背景是杰弗生镇，一个与福克纳的家乡奥克斯福非常相似的小镇，有镇广场、法院、联邦纪念碑和墓地。福克纳的祖父母家位于广场南部的"大宅子"，为康普生的家和庭院提供了原型，包括孩子们玩耍的地方。此外，福克纳有三个兄弟，虽然他没有姐妹，但他的第一个表姐萨莉·默里·威尔金斯（Sallie Murry Wilkins）在其父亲去世后与母亲一起搬至"大宅子"生活，成为福克纳兄弟的玩伴。邻居钱德勒家有一个智力障碍的儿子埃德温，成了福克纳的班吉·康普生。最后，小说中"大姆娣"死亡的情况是基于福克纳自己的"大姆娣"——他的外婆利娅·斯威夫特·巴特勒（Lelia Swift Butler）——的死亡情况写的，这发生在他十岁那年。

然而，比这些具体的相似之处更重要的是，福克纳在构思和创作《喧哗与骚动》时的心理与情绪状态。正如许多评论家所指出的，这部小说整体的情绪是悲观的，尤其是昆丁·康普生自杀式的绝望，似乎部分来源于福克纳因两个他深爱并试图娶回家的女人——埃斯特尔·奥尔德姆和海伦·贝尔德——先后离开他而带来的持续性痛苦。这两人都拒绝了他，并和别人结了婚。

比利·福克纳和埃斯特尔·奥尔德姆在十四五岁的时候就坠入了爱河。他们一起上学，一起玩耍，一起阅读，一起做梦。1913年，比利十六岁时，比他大几个月的埃斯特尔被父母送到弗吉尼亚州的一所女子学校——玛丽·鲍尔文学院（Mary Baldwin College）上学。接下来的分离让这对情侣更加坚定了彼此的爱意。因此，当埃斯特尔于1915年回奥克斯福到密西西比大学上学时，两人（以及社区中的许多人）都清楚并接受了他们最终会结婚的事实。当时的比利还是个初出茅庐的诗人，还不是小说家，他正在写关于农牧神追求仙女的故事，这些仙女被描绘成美丽、理想、空灵、神圣的形象。然而，实则埃斯特尔与诗中描绘的形象相比较，差距甚远。在大学时期，她得了风流成性的名声，以及放荡不羁的标签。她与众多追求者出席舞会与派对，甚至接受了不止一个男友的求婚。与此同时，她的父母对婚约对象比利·福克纳产生了质疑，他们认为福克纳是个缺乏责任心、前途黯淡的年轻人。他们更喜欢来自哥伦布市富有的康奈尔·富兰克林（Cornell Franklin）。康奈尔比埃斯特尔大七岁，已经从密西西比大学拿到了法学学位，比贫穷且前途未卜的比利·福克纳更适合做他们的女婿。

在奥尔德姆夫妇的大力游说下，埃斯特尔接受了康奈尔的求婚，但她马上开始对这段感情产生怀疑。她绝望地向福克纳求助，甚至提出要和他私奔。但福克纳勇敢地拒绝了，拒绝在未经她父母同意的情况下娶她。由于没有其他摆脱困境的办法，埃斯特尔于1918年4月18日与康奈尔结婚。此后不久，福克纳应征加入皇家飞行队，并开始在多伦多接受飞行训练。然而，到年底，战争在他完成训练之前就结束了，福克纳回到奥克斯福，打些零工，在大学注册了几门课程，并创作诗词以及为当地戏剧团体编写剧本，还因为某种强烈的需要，伪装成一位伤痕累累的老兵，让自己看起来有男子气概、英勇无畏。

埃斯特尔和康奈尔结婚后先是在檀香山（Honolulu）生活，然后去了上海，育有两个孩子。但是，这场婚姻似乎从一开始就注定要失败：它更多的是基于社会安排而不是爱情，因康奈尔的出轨而受到破坏，又因丈夫和妻子都酗酒而备受困扰。几年之内，埃斯特尔就频繁地回到奥克斯福的家中，传闻说她的婚姻岌岌可危。1921年，她回家探亲之后，带回了比利·福克纳送给她的一件礼物——一本手工制作的诗集，名为《春时幻景》（*Vision in Spring*），共有十四首诗。

在接下来的五年中，福克纳出版了他的首部作品——诗集《大理石牧神》（1924年）。在此期间，他曾经短暂地居住于新奥尔良（New Orleans），为《时代-皮卡尤恩报》（*Times-Picayune*）创作散文小品，并与舍伍德·安德森讨论写作的心得。此外，他还和一个艺术家朋友威廉·斯普拉特林（William Spratling）进行了欧洲徒步旅行，其间，他出版了第一部小说《士兵的报酬》（1926年）。他还与住在帕斯卡古拉（Pascagoula）的海伦·贝尔德浪漫地交往，海伦在新奥尔良度过了大部分时间。福克纳为她创作了一个童话故事，名为《五朔节》，还有一首十四行诗《致海伦：一次求爱》（*Helen: A Courtship*）；他还将他的第二部小说《蚊群》献给了她。多年后，他将她的个性和才华融入了《野棕榈》中夏洛特·里顿迈耶的人物刻画中。但海伦并没有像福克纳那样那么认真地对待他们的关系，当福克纳求婚时，她就像之前的埃斯特尔一样，选择拒绝了他，转而嫁给另一个男人。福克纳再次回到奥克斯福，以治愈他的精神创伤。

即使在追求海伦时，他仍然偶尔会探访埃斯特尔（当他们都恰巧回到奥克斯福时）。当埃斯特尔和她的两个孩子于1927年回到奥克斯福，等待离婚裁决并与她的父母住在一起时，福克纳重新开始了对这位青梅竹马的猛烈追求。埃斯特尔的离婚直到1929年4月29日才正式生效。但是，如果镇上的流言属实的话，到那时为止，两人已经成为情侣了。事实上，福克纳花了很多时间和埃斯特尔在一起，邻居们开玩笑地称他为"奥尔德姆家院子里的男孩";而且,据一位家庭人士透露,埃斯特尔的姐姐多萝西(Dorothy)非常难过,以至于她当面要求福克纳娶埃斯特尔,因为福克纳和埃斯特尔的关系已经成为当地的丑闻。

福克纳和埃斯特尔于1929年6月20日(在《喧哗与骚动》出版前四个月)喜结连理;但福克纳在结婚不到一个月前写给他的出版商哈里森·史密斯(Harrison Smith)的一封信中表示了他对这段婚姻的焦虑和矛盾心理。"我要结婚了,"他写道,"既因为想要,也因为必须,为了我的荣誉,也为了一个女人的理智——我相信是生活。"福克纳接着评论埃斯特尔的"精神状态,她神经质",并承认他对这个问题负有部分责任(也许是多萝西说服了福克纳,让他相信他正在使她的家人感到羞耻):"这是我造成并允许其发展到无法忍受的地步的情况,我厌倦了逃避自己造成的麻烦的生活。"[4]福克纳对婚姻的保留态度,尤其是对埃斯特尔心理健康状态的忧虑,在他们结婚后度蜜月时,得到了验证。埃斯特尔显然是在酒精的作用下,尝试在墨西哥湾溺水自尽。

尽管福克纳在1925年曾向巴黎的一位熟人透露,他正在写一部关于一个衰落的家族的小说,这个家族有三个兄弟,一个白痴,还有一个妹妹,这就是众所周知的《喧哗与骚动》。此书自1928年初开始创作,主要讲述了童年的纯真、童贞的丧失、滥交、乱伦的欲望、罪恶感、悔恨以及强烈的愤世嫉俗。这似乎并非偶然,因为正是在这个时期,福克纳因被海伦·贝尔德拒绝而深感失落,进而将他的情感转移到他童年时的至爱身上,这个至爱在其早期生活中几乎如同他的妹妹。然而,当福克纳接近三十岁时,他所寻求的女性并非是他在青少年时期认识并深爱的埃斯特尔·奥尔德姆,而是埃斯特尔·富兰克林——那个背叛了他的人,她的纯洁和天真受到了玷污,如今已经是一个带着两个孩子的离婚女人,是一个酒鬼,并且在感情和心理上都是一片狼藉。福克纳是否相信通过与埃斯特尔结婚,他们可以时光倒流,重温他们童年和青年时期的理想关系?或者他是出于个人荣誉感,因为他确实觉得他自己在某种程度上导致了她现在的危机?或者他是因为在1918年拒绝与埃斯特尔私奔而产生的深深的甚至无意识的内疚感而做出的回应,因为他在1918年拒绝了与埃斯特尔私奔,而正是这次拒绝让她在康奈尔面前蒙羞,失去尊严,并让她感到不幸福?他爱她,还是恨她,还是两者都有?无论这些复杂问题的答案是什么,似乎无可争辩的是,凯蒂·康普生童年时代的纯真与她成年之后的放浪形骸,以及昆丁的绝望情感和杰生的复仇情绪之间的差距,都可以被量化为福克纳所爱并理想化的埃斯特尔·奥尔德姆和他所娶的埃斯特尔·富兰克林之间的距离。十多年后,在福克纳于好莱坞所写的其中一个电影剧本中,他让一个角色说:"改变一个男人心中的女人的形象的最好方法,即把她的梦想变成噩梦,就是那个男人娶她。"[5]这也就不足为奇了,福克纳在一个小女孩的泥泞衬裤上投入了大量的情感和深意。

区 域 背 景

在《押沙龙，押沙龙!》中，来自加拿大的哈佛大学学生施里夫·麦坎农恳求昆丁·康普生："谈谈南方的事吧。"(《押沙龙，押沙龙!》247 页)《押沙龙，押沙龙!》代表了福克纳最持久地——也是最痛苦地——试图探索"南方"的含义(昆丁对施里夫说："你不会理解的。你得在那儿出生才行。"《押沙龙，押沙龙!》509 页)《喧哗与骚动》也借鉴了福克纳对自己家乡的矛盾感情。

鉴于福克纳被广大读者及评论家尊为重要的"南方"文学巨匠——事实上，他无疑是 20 世纪初期被誉为"南方文艺复兴"的文学兴起运动的杰出代表——那么，将《喧哗与骚动》解读为农业和贵族化的旧南方的崩溃，以及新南方(即工业化、商业化和城市化所象征的)的崛起的象征性描绘，便显得顺理成章。尽管公众普遍将这场戏剧性的变革与南北战争南方的失利联系在一起，但事实上，这样的转变过程是相当平和的，始于在阿波马托克斯(Appomattox)李(Lee)将军向格兰特(Grant)将军的投降，但贯穿了重建时期、"吉姆·克劳"种族歧视、种族隔离时期、商业资本主义的兴起以及大迁徙的初始阶段——并一直延续到大萧条时期的新南方、民权运动，以及 C. 范恩·伍德沃德所称的"推土机革命"所带来的景观变化[6]。正是这一漫长的南方历史全景激发了福克纳的创作灵感，也成为他所有小说的背景，包括《喧哗与骚动》。

对福克纳小说中无处不在的"南方性"(southernness)的深层理解，人们可以通过研究 1930 年出版的学术讨论会论文集《我会表明我的态度》(I'll Take My Stand)获取。这个论文集的标题及其表现出的反抗精神和几乎是激进的情绪，都源于(白人)南方国歌《迪克西》[Dixie，又称为《我希望我在迪克西》(I wish I was in Dixie)，这是美国内战期间南方联盟的非官方国歌。"Dixie"这个词原指美国南部诸州，其歌词流露出了对南方故土的深深思念，营造出一种轻松愉悦且充满活力的氛围——译者注]的歌词，它为我们展示了由约翰·克劳·兰塞姆(John Crowe Ransom)、唐纳德·戴维森(Donald Davidson)、艾伦·泰特(Allen Tate)、安德鲁·纳尔逊·利特尔(Andrew Nelson Lytle)、罗伯特·佩恩·沃伦和斯塔克·扬(Stark Young)等知名文学家组成的十二位南方杰出人士，对当时在历史和文化压力下现代南方所面临的挑战的回应[7]。

《我会表明我的态度》这部作品的总体宗旨在由兰塞姆撰写(可能也准确地归因于所有撰稿人)的"原则声明"中得到了明确的阐释。兰塞姆写到，这十二篇文章"倾向于支持一种南方的生活方式，反对可以称之为美国式或普遍的生活方式，而且都同意，描述这两种生活方式之区别的最佳措辞就是'农业对工业'"(《我会表明我的态度》ix 页)。序言还介绍说，美国或工业的生活方式的特点是，极度夸张地看好工业化、应用科学和机器所带来的益处。然而，正如人们普遍认为的那样，这些并没有代表进步，而是

"在某种程度上使我们的精力受到奴役，我们现在清楚地感觉到这是一种负担"（《我会表明我的态度》xi 页）。

兰塞姆认为，工业化的负面影响可以从南方经济、宗教和文化生活中追寻踪迹。机器文化错误地假定"劳动是一种罪恶，只有劳动的终结或物质产品才是好的"（《我会表明我的态度》xii 页），取代了"作为人类快乐生活之一的劳动行为"，导致了"过度生产、失业和财富分配不均等"（《我会表明我的态度》xiii 页）。为了解决这些问题，工业国家依赖广告和消费主义，但这并没有提供解决方案，只是使问题持久化和扩大化。宗教也受到工业主义的冲击，因为真正的宗教强调人在神秘而不可预测的宇宙中的创造角色，而工业主义则认为人优于自然并可以操控自然，人就是自己的神和统治者，而不是更高存在的管家。艺术和文化也无法在工业国家中蓬勃发展，因为它们都依赖于一定的闲暇。兰塞姆写道："除非以某些局部和不太可能的方式暂时停止工业驱动，否则在工业时代，艺术作品的创作和理解都是不可能的。"（《我会表明我的态度》xv 页）同样，"生活的舒适"被他列为"礼仪、交谈、好客、同情、家庭生活、浪漫爱情"（《我会表明我的态度》xv 页），在工业社会中被低估，因此大大减少。如果任其发展，所有这些负面影响只会越来越糟。兰塞姆指出："工业生活的节奏很快，但这不是最糟糕的，它正在加速"（《我会表明我的态度》xvi 页），导致"越来越多的不适应和不稳定"（《我会表明我的态度》xvii 页）。

尽管《我会表明我的态度》在为南方辩护时过于简单化，在攻击北方时过于激进，但如果考虑到它所产生的时代和地点，就完全可以理解了。这部作品的本意是作为对一些全国性评论家[如 H. L. 门肯（H. L. Mencken）等]的一种知识层面的回应。门肯的《波扎尔特的撒哈拉》（*Sahara of the Bozart*，1929 年）和其他一些文章，以极其讽刺的笔法将南方描述成一块未经开化、落后、野蛮的荒野。全国的媒体（包括门肯）在 1925 年田纳西州戴顿斯科普斯"猴子"案的报道中，也以贬损，往往是歇斯底里的方式对待南方，进一步助长了这种对南方的负面看法。

福克纳既同意又不同意农耕者和门肯的看法。他像前者一样，反感北方对南方生活的侵袭和影响；但他不像他们那样愿意忽视自己文化的消极方面。在"大萧条"开始之际攻击工业化，却无视南方传统中的邪恶方面——尤其是奴隶制和"吉姆·克劳"种族歧视、种族隔离政策——对福克纳来说，这不仅大错特错，而且非常愚蠢。同时，福克纳像门肯一样，敏锐地意识到南方的缺点和失败，但他对自己家乡的批评总是带有深深的爱和尊重。正是这些自相矛盾产生的紧张——乡村与城市、南与北、过去与现在——才促成了福克纳的一些最杰出的创作。在《喧哗与骚动》中，通过对比班吉和昆丁的章节与杰生的章节，可以追踪到这些对立面。

班吉的章节将康普生家孩子们的童年纯真与田园风光等同起来。他最喜欢玩的地方是牧场，经常与花、树和水联系在一起。就像他最终心爱的妹妹一样，这些自然元素象征着班吉失去的童年和纯真世界；但它们也暗示了南方农业的过去。班吉是旧贵族康普生家族中智力低下的后代，而勒斯特则是黑人奴隶的后代，现在班吉却由勒斯特来照顾，这种骇人的讽刺手法暗示了那个旧世界的命运。

如果通过自然意象将班吉的章节与旧南方的农业理想联系起来，那么昆丁的章节则可能与旧南方的另一方面相关联——对女性的理想化。所有的读者都会注意到昆丁对凯蒂纯洁性的痴迷，以及他为使她永远停留在童年时期的清白状态中而想要停滞时间的渴望。很多评论家都注意到了昆丁的态度和行为中的骑士精神。赫伯特·海德将他称为"不懂事的迦拉赫"（《喧哗与骚动》156 页），而昆丁自己说，像所有南方绅士一样，他和他的父亲"保护妇女"（《喧哗与骚动》137 页）。昆丁与达尔顿·艾密司的对峙相当于为了捍卫一个女人的荣誉而进行的一场现代版的旧南方决斗。

然而，在杰生的部分中，读者被置身于另一个世界。据约翰·马修斯（John Matthews）所述，历史学家 C. 范思·伍德沃德将旧南方秩序的瓦解和新南方的崛起确定为 1910 年——此年正值《喧哗与骚动》中昆丁·康普生自杀的时间[8]。而且，仿佛是为了突出这种相似性，福克纳将死亡日期设定为 6 月 2 日，南方邦联纪念日的前夕，也是杰弗逊·戴维斯（Jefferson Davis，美国军人、政治家，南北战争时的邦联"总统"——译者注）的生日。

福克纳和《飘》的作者玛格丽特·米切尔都认为，相较于班吉和昆丁对南方的观点，杰生可以被视为新南方的代表。事实上，杰生的性格特征就像兰塞姆在《我会表明我的态度》的序言中所列举的新南方的种种缺陷的连祷文。杰生不是一个种植园主，而是一个商人，他从工作中找不到乐趣，只是将工作视为赚钱的手段。除了钱，他生活中唯一的爱就是他的汽车，一个机器。他不尊重女人、家庭、邻居，也不尊重上帝。作为一名市民，当他到乡下去追逐侄女时，他显然与周围环境格格不入。

> 我一直在想，等我穿过这片土地，至少可以有平实的土地让我走了吧，不至于像现在这样每走一步都要晃上一晃。可是等我走进森林，发现遍地都是矮树丛，我得蹙来蹙去才能穿过去。接着我遇到了一条长满了荆棘的小沟……我身上全粘满了"叫化虱"、小树枝和别的脏东西，连衣服和鞋子里都有了，这时我回过头来看看，不料一只手偏偏搭在一束毒毛茛上。（《喧哗与骚动》326-327 页）

这段选文不仅仅代表了骗子被耍的老套把戏，它还表明主人公与自然界失去了和谐，用兰塞姆的话说，他"越来越不合时宜，越来越不稳定"（《我会表明我的态度》xvii 页）。简而言之，杰生是新南方最糟糕特点的体现。

然而，我要赶紧补充一点，在把《喧哗与骚动》当作旧南方/新南方态度和价值观的对比来研究时，我并不是想将福克纳与"失败主义"文学联系起来，把南方过去理想化、感伤化。在这方面，福克纳更属于埃伦·格拉斯哥(Ellen Glasgow)的阵营，而不是托马斯·纳尔逊·佩奇(Thomas Nelson Page)的阵营。像格拉斯哥一样，福克纳也看到了旧南方和新南方的缺陷。对他来说，真理总是复杂的，处于两极之间，是既是也是，不是非此即彼。虽然杰生是个恶棍，是福克纳笔下最坏的人物之一，但是读者一定不要忘记，班吉有智力障碍，昆丁是个无可救药的自杀者。读者在康普生家族中不会找到任何接近理想的东西，无论是过去还是现在。要想找到理想，就必须求助于迪尔西。她代表的不是旧南方和新南方，而是超越任何历史时代、南方或非南方的永恒领域。

国 家 背 景

虽然《喧哗与骚动》无疑是迄今为止最"南方"的小说之一，但将其仅仅视为南方小说则是严重的误解：它同时是伟大的美国小说之一。这一点可以通过将福克纳的小说与同时代人的作品放在一起对比，是最好的证明。

在第一次世界大战后的十年里，美国作家们创作了许多仍然跻身全国最佳的虚构作品。战争的结果对个人和国家，如 E. E. 卡明斯(E. E. Cummings)的《巨大的房间》(*The Enormous Room*，1922 年)、薇拉·凯瑟的《我们中的一员》(*One of Ours*，1922年)、约翰·多斯·帕索斯的《三个士兵》(*Three Soldiers*，1923 年)，以及欧内斯特·海明威的《我们的时代》(*In Our Time*，1924 年)、《太阳照常升起》(*The Sun Also Rises*，1926 年)、《永别了武器》(*A Farewell to Arms*，1929 年)，福克纳的《士兵的报酬》(1926年)提供了丰富的素材。詹姆斯·布朗奇·卡贝尔(James Branch Cabell)在其史诗系列鲍克泰斯米(Poictesme，作者虚构的王国)小说中使用了神话元素，最著名的是《朱根》(*Jurgen*)。凯瑟将过去与现在、传统与变革的对立戏剧化地应用在《我的安东妮亚》(*My Antonia*)、《迷途的女人》(*A Lost Lady*)、《教授之屋》(*Professor's House*)和《大主教之死》(*Death Comes for the Archbishop*)中。1925—1926 年，舍伍德·安德森成为福克纳在新奥尔良的导师，其在《小城畸人》(*Winesburg, Ohio*，1919 年)、《可怜的白人》(*Poor White*，1920 年)、《鸡蛋的胜利》(*The Triumph of the Egg*，1921 年)和《黑暗中的笑声》(*Dark Laughter*，1925 年)里将弗洛伊德心理学原理应用于对性格和行为的探索。辛克莱·刘易斯在《大街》(*Main Street*，1920 年)和《巴比特》(*Babbitt*，1922 年)中考察了小城镇的地方主义和商业价值观对美国生活的沉闷影响，正如托马斯·沃尔夫在其精湛和有影响力的《天使，望故乡》(*Look Homeward, Angel*，1929 年)中所做的。

1925 年对于美国文学来说确实是个奇迹般的年份。除了前面提到的凯瑟的《教授之屋》和安德森的《黑暗中的笑声》外，那一年还出版了斯科特·菲茨杰拉德的《了不起的盖茨比》(*The Great Gatsby*)、西奥多·德莱塞的《美国悲剧》(*An American Tragedy*)以及埃伦·格拉斯哥的《不毛之地》(*Barren Ground*)。

所有这些20世纪20年代的著作都与《喧哗与骚动》一样，透露出悲天悯人的人文关怀，表达了理想主义和希望破灭后产生的怀疑和困惑。要理解《喧哗与骚动》在这一模式中的位置，只需将其与这一时期最著名、最具代表性的小说——菲茨杰拉德的《了不起的盖茨比》——进行对比即可。《喧哗与骚动》和《了不起的盖茨比》在人物性格、主题、语气，甚至技巧方面都非常相似。

例如，两部小说均分别塑造了一位失意的女性角色：黛西·布坎南(Daisy Buchanan)和凯蒂·康普生。虽然对凯蒂明显的性描绘比黛西更为突出，但这两个女性都被描绘成多个男性角色的欲望对象。此外，这两位女性都像20世纪20年代的社会解放后的女性一样，任性、活泼、独立，对舆论漠不关心，而且，她们都令迷恋她们的男性大失所望。

杰伊·盖茨比(Jay Gatsby)和昆丁·康普生，即是那些男性角色的代表性人物。虽然盖茨比对黛西的痴迷具有浪漫主义色彩，而昆丁对凯蒂的痴迷是兄弟般的(甚至带有乱伦色彩)，但两个男人都把他们的至爱提升到了纯洁、优雅和美丽的境界，变得超凡脱俗、缥缈虚幻。当现实强行进入他们的梦幻世界时，他们都否认现实，并试图回到他们被迫流放的伊甸园式的田园牧歌生活中。"你不能重温旧梦。"尼克·卡拉威(Nick Carraway)对盖茨比说。他回答说："哪儿的话，我当然能够，"并补充说，"我要把一切都安排得跟过去一模一样。"[9]在昆丁·康普生的思想和行为中读者也可以看到类似地试图重温过去和"安排""一切"的尝试，例如，他与那个迷失的意大利小女孩建立友谊并保护她[他称她为"小妹妹"(《喧哗与骚动》184页)，从而把她和他的妹妹凯蒂等同起来]，以及他试图说服他的父亲，说不是别人而是他自己才是凯蒂的情人。昆丁和盖茨比的痴迷与幻想的破灭使他们走向死亡：昆丁死于自杀，而盖茨比则死于看似几乎是有意为之的死亡，因为他没有对草坪上向他走来的人做出任何抵抗。

杰伊·盖茨比和昆丁·康普生被视为不切实际、不合时宜的浪漫恋人，因为他们在由庸俗的物质主义者汤姆·布坎南(Tom Buchanan)和杰生·康普生所统治的世界中，按照骑士制度的理想而生活。布坎南和杰生在贪婪地追求金钱与财产、对女性的侮辱方面，以及对生活和经历的愤世嫉俗的看法方面是相似的。"'文明快完蛋了，'汤姆突然开腔了，'我近来对一切事情都十分悲观。'"(《了不起的盖茨比》17页)杰生说："血统高贵……几位州长和将军呢。幸亏咱们祖上没出过国王与总统，否则的话，咱们全家都要到杰克逊去扑蝴蝶了呢。"(《喧哗与骚动》313页)菲茨杰拉德对布坎南的描绘缺乏像杰生一样的讽刺幽默，但这两个角色的总体观点和行为颇为相似。

虽然菲茨杰拉德的小说缺乏《喧哗与骚动》中的多重意识流独白，但《了不起的盖茨比》确实采用了《喧哗与骚动》中以及其他现代主义小说中的非标准时间顺序。菲茨杰拉德的小说从结尾开始，并在叙述过程中使用倒叙。尼克·卡拉威的第一人称叙述为盖茨比和黛西的故事创造了一种审美距离，这与福克纳小说第四部分，即所谓的迪尔西部分中，对康普生一家的旁观者视角相似。虽然《了不起的盖茨比》没有《喧哗与骚动》那么具有实验性，但它仍然是一个巧妙地处理情节和视角的故事。即使是两本小说的著名结局也有很强的相似性。菲茨杰拉德的小说《了不起的盖茨比》以一艘小船逆流而上的情景结束；福克纳的小说《喧哗与骚动》以一辆马车在街头缓缓驶过的情景结束。然而，在两种情况下，进步的感觉都是虚幻的。菲茨杰拉德的船实际上是在倒退，"不停地被水浪冲退，回到了过去"（《了不起的盖茨比》152页），而福克纳的场景在最后一句话"每样东西又都是井井有条的了"（《喧哗与骚动》432页）中达到了顶峰，这一场景被邪恶的杰生严重地破坏了。因此，这两部小说，如同当代的诸多小说一样，最终以讽刺和悲剧收场。

国 际 背 景

从更宽泛的视角审视，《喧哗与骚动》毫无疑问可以被划归为一类对后世产生深远影响的文学经典之列，这部作品与第一次世界大战后诞生的"迷惘的一代"紧密相连。这一称谓源于格特鲁德·斯坦因（Gertrude Stein）于1925年在巴黎对欧内斯特·海明威所说的那句经典名言："你们都是迷惘的一代。"（被海明威的《太阳照样升起》作为题词而流芳百世）这个词用以描述那些因为第一次世界大战的浩劫而感到失落、对传统价值观念及20世纪日益严重的社会问题感到困惑的知识分子、作家和艺术家。虽然现代战争的恐怖——战壕战、飞机和坦克等机械化武器、化学制剂、难以置信的伤亡人数——象征着幻灭，然而这一代人与过去的疏离和隔阂实际上源于早在战争爆发之前就已经无法阻挡的文化力量的冲击。正如这代人的首席历史学家马尔科姆·考利指出的那样：

> 它之所以失落，首先是因为它被连根拔起，被学校教育赶走，几乎被强行从对任何地区或传统的依赖中夺走。它失落，是因为它的训练使它适应了战后不存在的另一个世界（并且因为战争使它只能旅行和兴奋）。它失落，是因为它试图生活在流放之中。它失落，是因为它不接受任何年长的指导者，因为它对作家在社会中的地位形成了错误的看法。这一代人属于从已经固定的价值向必须创造的价值过渡的时期[10]。

尽管是美国的斯坦因命名了这一流派，又是另一位美国作家海明威写就了该流派的典范之作，但"迷惘的一代"实际上是一种国际现象。威廉·巴特勒·叶芝（William Butler Yeats）、威尔弗雷德·欧文（Wilfred Owen）、西格夫里·萨松（Siegfried Sassoon）、埃兹拉·庞德（Ezra Pound）、托马斯·斯特恩斯·艾略特、福特·马多克斯·福特（Ford Madox Ford）、欧内斯特·海明威、薇拉·凯瑟、弗吉尼亚·伍尔夫（Virginia Woolf）、约翰·多斯·帕索斯、E. E. 卡明斯、埃里希·玛利亚·雷马克（Erich Maria Remarque）和威廉·福克纳等风格各异的作家都在一定程度上表现出"迷惘的一代"所特有的玩世不恭与幻想破灭的个性。而为这一群体的态度提供哲学和历史论据的，是一位德国哲学家奥斯瓦尔德·斯宾格勒。

斯宾格勒的《西方的没落》分为两卷，分别于 1918 年和 1923 年出版（修订后的第一卷于 1922 年出版了英文译本），其质疑了 19 世纪盛行的历史观，即历史是一个不断向前发展、不断迈向更高、更完善的知识、文化与文明阶段的过程。相反，斯宾格勒认为，历史的特点是文明注定会经历兴起和衰落——所有文明都模仿自然生命周期——出生、青年、成熟、衰落和死亡，以及四季的周期性运动——春、夏、秋、冬。根据斯宾格勒的计算，西方文明的顶点，或者说夏天，是文艺复兴时期：自那时以来，西方一直在衰落，其最终消亡只是时间问题。斯宾格勒在诸如民主、社会主义、和平主义和自由主义的兴起，以及血统和本能意义的丧失等发展变化中发现了这种衰退与即将死亡的证据。受斯宾格勒思想强烈影响的现代主义作家，与其说被他的具体主张所说服，不如说被他的总体断言所说服，即西方文明已经过了顶点，注定要不可避免地衰退和消亡。

在主要作家和作品中，艾略特的《荒原》（*The Waste Land*，1922 年）或许是与斯宾格勒的衰落观念最接近的文学作品。艾略特借助受伤的渔王和他那块贫瘠的、死去的土地的传说（正如海明威后来在《太阳照常升起》中所做的那样），戏剧化地表现了一个病态和腐朽的现代文化。在这块贫瘠的荒原上，春天没有带来重生，过去的丰富遗产已经被稀释或丢失，人们在迷失和困惑中徘徊，生活单调而机械，爱已经让位于欲望，英雄或救世主不存在，怀疑主义和怀疑论超过了希望与信念。"伦敦桥塌下来了塌下来了塌下来了"（《荒原：艾略特诗选》97 页）：这句诗象征着普遍的崩溃，而且似乎没有扭转这种螺旋式的下降。

福克纳很可能从来没有读过斯宾格勒的书，但他深受艾略特的影响，尤其是《J. 阿尔弗雷德·普鲁弗洛克的情歌》（*The Love Song of J. Alfred Prufrock*）和《荒原》。福克纳早期的诗歌和小说中都提到了这两部作品，这些作品的悲剧基调与斯宾格勒和"迷惘的一代"文学代表的作品是一致的。

《喧哗与骚动》最为清晰地展现了"迷惘的一代"所体现的悲观和愤世嫉俗的情绪的人物无疑是康普生先生。他告诉昆丁："因为时间反正是征服不了的，他说。甚至根本没有人跟时间较量过。这个战场不过向人显示了他自己的愚蠢与失望，而胜利，也仅仅是哲人与傻子的一种幻想而已。"（《喧哗与骚动》107 页）他在另一个场合说："你以为有朝一日不幸会感到厌倦。"（《喧哗与骚动》147–148 页）他说，人类是"不义之财总要令人嫌恶地引导到人财两空上去：一边是欲火如炽，一边是万念俱灰，双方僵持不下"（《喧哗与骚动》174 页），"无非就是一只只玩偶罢了他们肚子里塞满了锯木屑这些锯木屑是从以前所扔掉的玩偶……里流出来归拢来的"（《喧哗与骚动》241 页）。他把女性定义为"两次月圆之间恰好有一次周期性的污物排泄保持着微妙的平衡"（《喧哗与骚动》180-181 页），并声称她们的"罪恶自有一种亲和力"（《喧哗与骚动》137 页）。他甚至对哈佛大学冷嘲热讽："最精彩的思想像是牢牢地攀在旧砖墙上的枯爬藤。"（《喧哗与骚动》135 页）

所有引用的康普生先生的言论都出自小说中的昆丁部分，这些观点和态度对昆丁的绝望与最终的自杀起到了显著作用。大多数评论家将昆丁自杀的动机归结于他对妹妹凯蒂的痴迷和幻灭。然而，可以辩称，是他父亲的影响将昆丁推向了绝望的边缘。在该章节中，"父亲说"这句话出现了大约二十次，这表明昆丁对父亲的观点有多么依赖。值得注意的是，他生命中最后一次反思是他试图说服父亲认可自己与凯蒂乱伦行为的对话，他内心充满了悲伤，我认为他可能感到震惊的是，他的父亲竟然将整件事——凯蒂的行为、昆丁对她的痴迷以及昆丁的自杀意图——看得如此微不足道。昆丁在整个对话中的立场是，纯洁、荣誉和正直等事情非常重要，而他的父亲基本上认为没有什么真正重要的。康普生先生说："你不禁要以为有一天它再也不会像现在那样地伤害你。"（《喧哗与骚动》243 页）康普生先生的所有悲观沉思都集中在对"虚无"（无）的信仰上，这个短语因海明威而出名，但代表了 20 世纪 20 年代广泛的艺术和哲学态度。那么造成昆丁从查尔斯河（Charles River）大桥跃下的原因不仅仅在于他父亲的虚无，也与他妹妹的放纵及耻辱脱不了干系。

在一篇著名的文章中，马克·斯皮尔卡（Mark Spilka）认为海明威的《太阳照样升起》的主题——海明威的"虚无"的原始资料——是浪漫爱情的死亡[11]。但是这并不是这一时期海明威唯一一本这种主题的书。几年后，在《野棕榈》中，福克纳让哈里·威尔伯恩说："今天的世界没有爱情的地位……我们已经把爱情窒息了。这花费了我们很长时间，可是人们发明创造的智慧是无限的；于是我们最后摆脱了爱情，就像我们已经摆脱掉基督一样。"（《野棕榈》104 页）但是福克纳已经在《喧哗与骚动》中通过康普生一家人的生活证明了这一点。正是这种失落感和由此产生的悲伤，使福克纳的伟大小说牢牢地置于"迷惘的一代"文学的主流之中。

普 世 背 景

从广义的角度来看，《喧哗与骚动》所关注的不在于个人、地方、国家或国际背景问题，而是更侧重于人类生存的本质，福克纳在接受诺贝尔文学奖时的演说词中将其描述为"关于心灵的普遍真实与真理，缺少了这一点任何故事都是转瞬即逝、注定要灭亡的——关爱、荣誉、怜悯、尊严、同情和牺牲，这些就是普遍的真理"(《福克纳随笔》101 页)。在弗吉尼亚大学，他说："我觉得这些人物所遭受的真实是普遍的真实——那就是，不管他是黑种人还是白种人，是红种人还是黄种人，他所遭受的痛苦、他心中的渴望、他的愚蠢和抱负都是一样的，他的失败都是同样的失败，他的成功也都是同样的成功。"(《福克纳在大学》197 页)福克纳在去世前几周在西点军校重申了这一点："作家只是想用他能找到的最好的方法告诉你一个真实、动人且熟知的古老故事——关乎人的内心与其自身的冲突这一主题，这份冲突源于爱、盼望、恐惧、怜悯、贪婪以及原始本能的欲望等这些恒久而普遍的真理。"(《福克纳在西点》59 页)

　　为了通过具体细节来传达这些普遍的真理，福克纳像同时代的其他现代主义作家一样采用了"神话模式"。这个术语是艾略特于 1923 年在对乔伊斯的《尤利西斯》所进行的著名评论中提出的。艾略特认为，乔伊斯以《荷马史诗》的《奥德赛》中尤利西斯的史诗旅程为框架，讲述了 20 世纪利奥波德·布卢姆的故事，"乔伊斯先生正在追求一种其他人必须效仿他的方法。我们如今可以使用神话模式，而不是叙事方法"[12]。乔伊斯和尤金·奥尼尔(Eugene O'Neill)等作家经常将希腊神话融入他们的叙述中，而福克纳等其他人则表现出对《圣经》原型更多的喜爱。托马斯·曼(Thomas Mann)的《约瑟夫和他的兄弟》(*Joseph and His Brothers*)、罗宾逊·杰弗斯(Robinson Jeffers)的《塔玛尔》(*Tamar*)、纳撒尼尔·韦斯特的《寂寞芳心小姐》、阿奇博尔德·麦克利什(Archibald MacLeish)的 *J. B.*、桑顿·怀尔德(Thornton Wilder)的《九死一生》(*The Skin of Our Teeth*)、约翰·斯坦贝克的《愤怒的葡萄》(*The Grapes of Wrath*)和《伊甸之东》(*East of Eden*)，以及福克纳的《押沙龙，押沙龙!》《去吧，摩西》和《寓言》，再加上《喧哗与骚动》，均彰显了《圣经》神话在当代社会的应用及关联性。

　　福克纳在《喧哗与骚动》中运用的两个主要神话是《圣经》中最广为人知的故事——《旧约》中的伊甸园故事和《新约》中的耶稣受难。唯一直接引用伊甸园故事的地方出现在昆丁在凯蒂的婚礼上所唱的赞美诗的几个回忆中，"那声音响彻在伊甸园的上空"(《喧哗与骚动》115 页)。这首庆祝亚当和夏娃的"纯洁的婚礼"的赞美诗，讽刺而又痛苦地提醒昆丁其妹妹凯蒂的耻辱及与赫伯特·海德的包办婚姻，在昆丁看来，海德是个骗子和"恶棍"(《喧哗与骚动》31 页)。但是，昆丁对婚礼赞美诗的回忆只是小说中几个伊甸园相似情节之一。

　　在班吉部分的关键情节中，有一个情节体现了童年的纯真，同时也预示着随着孩子们的成长，他们会逐渐意识到这一点。这个情节就是凯蒂爬上梨树，透过客厅的窗户观看祖母的守夜仪式。这棵树相当于伊甸园故事中的智慧树。在这方面，人们被这段文字中的蛇的形象所打动："一条蛇从屋子底下爬了出来。杰生说他不怕蛇，凯蒂说他肯定怕，她倒是不怕。"(《喧哗与骚动》55 页)然后，凯蒂表现出夏娃在花园里的好奇心和勇气，忽略了威尔许(Versh)对她的提醒，即父亲警告过她要避开"那棵树"。凯蒂爬上了那棵树，而其他孩子则"我们都望着她衬裤上的那摊泥迹"（《喧哗与骚动》57页）。凯蒂的污秽内裤显然预示着日后的淫乱行为；然而，这些脏迹同样象征着人类天生的原罪，福克纳、霍桑，以及自圣奥古斯丁（St. Augustine）以来大多数的作者均将此与情欲相提并论。仿佛为了强化这一联系，福克纳安排迪尔西以"是你啊，小魔鬼"（《喧哗与骚动》65页）的责难，将凯蒂驱离了那棵树。后来，在试图清洗凯蒂衣服上的泥巴但没有成功后，迪尔西评论说："全都湿透了。"（《喧哗与骚动》105页）这一情节融合了孩子对死亡的发现和对失去童贞的预示，对于福克纳来说，这正是小说的精髓所在，这一点并不奇怪。在其最为宽泛的意义诠释上，《喧哗与骚动》是对伊甸园失落的重述，是人类不断重新经历生活悲剧现实的叙述。

福克纳在小说中运用基督教故事的手法比运用伊甸园故事的手法更为直接。福克纳通过小说现在时态部分章节的标题来提醒读者基督教神话的中心地位：读者最终会发现，1928年4月6日、7日和8日分别是耶稣受难日（Good Friday）、圣周六（Holy Saturday，指复活节的前一天、圣周的最后一日——译者注）和复活节（Easter Sunday）。虽然读者可能直到迪尔西的部分才意识到这一点，而且书中的许多基督教典故和类比在初次阅读时可能会被忽略，但读者重新审视福克纳的文本会发现，四个部分都充满了基督教元素。

班吉的部分包含了大量圣诞节的描写，而三十三岁的班吉可以被视为一个无辜而无力的基督徒形象，在这个堕落的世界中受到折磨和伤害。昆丁——经常提到基督、分享最后的晚餐（1910年6月2日，恰逢星期四，这一天通常与基督同门徒共进最后一餐的日子联系在一起）、被暴徒抓住并带到地方法官面前、向他父亲倾诉他痛苦的灵魂——也是一个虚弱的基督徒形象，像班吉一样遭受苦难，但不能把他的经历转化为任何救赎的结果。他的死没有带来任何复活。从自己的角度来看，杰生也是一个基督徒形象，一个被犹太人和其他人迫害的替罪羊，被世人误解并"钉在十字架上"。杰生在耶稣受难日的不安——他的头痛、车胎漏气、没能和昆丁小姐一起赶上看狂欢的表演——都发生在耶稣受难的同时。然而实际上，杰生是一个反基督者的形象。迪尔西是小说的道德和伦理中心，她说："我反正知道你是什么坏事都干得出来的。"（《喧哗与骚动》254页）对他的描述是"压得扁扁的棕发在前额的左右各自弯成一个难以驯服的发卷，模样就像漫画里的酒保"（《喧哗与骚动》376-377页），这表明了通俗漫画中的撒旦形象。此外，杰生讽刺地嘲笑复活节，恶意对他的母亲说："基督又不是您弄复活的，是不是？"（《喧哗与骚动》376页）他公开地诅咒和挑战上帝，想象自己"把全能的上帝也从他的宝座上拉下来"（《喧哗与骚动》412页）。

在将康普生兄弟描绘成各种伪基督徒形象时，福克纳正在以讽刺为目的而颠倒古老的英雄神话，正如乔伊斯在《尤利西斯》中对荷马材料的处理一样。福克纳的这种创作意图在第四部分对复活节礼拜活动的描绘中可以鲜明地觉察到。在一所被老旧装饰品点缀的教堂内，希谷克牧师（Reverend Shegog），一个"身材特别矮小""不起眼的小老头"（《喧哗与骚动》395 页）在布道，他的布道内容却讽刺地与康普生家族的悲剧形成对比。这位牧师以严酷的提醒开场，即人类朝着死亡的无尽征途，这一点在小说中通过大姆娣、罗斯库司（Roskus）、昆丁和康普生先生的死亡已经得到了描绘："可怜的罪人啊！他们在埃及死去，那一辆辆摇摇晃晃的马车：一代又一代的人过世了。"（《喧哗与骚动》398 页）希谷克接着描述耶稣是无辜的儿童，是世界上的牺牲品——并把他的命运与这个会众中的孩子们联系起来："弟兄们！你们看看坐在那儿的那些小孩子。耶稣有一度也是这副模样的……我看见阖上了的眼睛：看见马利亚跳起身来，看见那兵士的脸，他在说：我们要杀人！我们要杀人！我们要杀死你的小耶稣！"（《喧哗与骚动》398-399 页）

这两个主题——世代的消逝和无辜者的毁灭（即天真）——都体现在康普生家族的经历中。迪尔西似乎意识到了这种相似性，于是以同情和悲伤做出反应：她哭泣着观察到，"我看见了初，也看见了终"（《喧哗与骚动》401 页）。这句话作为合唱副歌被重复了好几次，将耶稣宣称的"我是阿拉法，我是俄梅戞（Alpha and Omega），开始和结束"（《圣经·启示录 1：8》）应用于人类失败与损失的情境中。迪尔西似乎对康普生家族的最终瓦解着迷，人们不禁要问她是否听到希谷克牧师的结束语，强调复活节传统信息中的复活和喜悦。如果她听到了，那么信仰和希望的遗言在她的苦难中会给她带来少许安慰。迪尔西全神贯注于康普生家族的解体，所以在这个特别的复活节里，她几乎找不到庆祝的理由。

希谷克的最后肯定言辞原本是讽刺的，而杰生在这一天的可憎行为进一步强调了这一点。正如在班吉部分中凯蒂的婚礼与大姆娣的葬礼并置一样，复活节的教堂礼拜仪式也因杰生对他侄女和侄女逃跑时带走金钱的复仇式的追寻而有所削弱。当希谷克在布道耶稣复活时，杰生却在诅咒上帝和他路过的教堂。牧师提到士兵们想要杀死婴儿耶稣，而杰生则幻想着自己率领一队士兵与全能的主作战。当迪尔西和被排斥、遭受苦难的班吉坐在教堂里时，杰生却在邻近的城镇里猛烈攻击一个陌生人。

杰生的魔鬼行径与迪尔西真正的信仰和同情形成对比，这表明迪尔西是小说中真正的基督式的人物。值得注意的是，她对邪恶有着敏锐的洞察力，不仅在杰生身上，也在其他人甚至她自己的家庭中发现了邪恶的存在。她对勒斯特说："你好好竖起耳朵听着，臭黑小子，你跟他们一模一样，身上也有康普生家的那股疯劲儿。"（《喧哗与骚动》372 页）然而，与无法应对邪恶世界的班吉和昆丁不同，也与接受邪恶的杰生不同，迪尔西积极地与邪恶做斗争。她命令那些樫鸟（《喧哗与骚动》363 页），她斥责弗洛尼（Frony），因为弗洛尼反对把班吉带进黑人教堂（《喧哗与骚动》391 页）。她作为中间"救世主"的角色不仅体现在她保护班吉上，也体现在她介入杰生和昆丁小姐之间的纷争——"她又趔趔趄趄地走到我们当中来，只想阻止我。'你要打就打我好了，'她说。

'要是你不打人出不了气，那你打我好了，'她说。"(《喧哗与骚动》254 页)迪尔西从字面上说就是受苦受难的仆人；但与小说中的伪基督徒不同，她能够超越自己的痛苦，接受基督教的爱、同情和宽恕等美德。

然而，可悲的是，人们必须认识到，这些美德对迪尔西所处的世界似乎没有多少实际影响。康普生家庭已经无可救药(虽然一些读者从昆丁小姐逃离杰生贪婪的魔爪中得到了一些小小的安慰，甚至暗示这是个空坟墓)，而杰生在小说结尾对无助的班吉和年轻的勒斯特发泄愤怒与沮丧的行为给小说的结尾增添了一个令人不安的音符。读者不难发现，正是杰生，而不是迪尔西——是撒旦而不是基督——通过攻击勒斯特和昆丁的身体而控制了最后一幕。从小说的最终视角，即班吉的视角来看，最后几段所描述的暴力维持的秩序——"建筑物的飞檐和门面再次从左到右平稳地滑到后面去，这时，班的蓝色的眼睛又是茫然与安详的了；电杆、树木、窗子、门廊和招牌，每样东西又都是井井有条的了"(《喧哗与骚动》432 页)——以一种极具问题性的笔调结束了这部小说。杰生的行为嘲弄了这些文字的诗意，正如他之前嘲弄了上帝一样。

总　　结

通过研究《喧哗与骚动》的不同语境，我致力于向读者展示这部小说并非仅仅只是一部作品，而是数部作品的交融。这部作品无疑是世界文学的杰作之一。它以令人眼花缭乱的技巧讲述了一个动人且悲惨的故事。但是它的伟大之处在于它对各种不同解读和方法的开放态度。特里·伊格尔顿(Terry Eagleton)指出，一部文学经典之所以成为经典并不是因为它表达了单一的普遍意义，使所有时代的读者发现并达成共识，而是因为它允许并邀请读者随着时间的推移给出多种多样的解读和回应[13]。《喧哗与骚动》就是这种类型的经典。它的伟大之处体现在众多读者在其中持续发现新的、多样化的含义。

注　　释

[1] 引自 Richard Ellman and Charles Feidelson, Jr., *The Modern Tradition: Backgrounds of Modern Literature* (New York: Oxford University Press, 1965), 75。

[2] 有几部关于福克纳的传记，包括 Joseph Blotner, *Faulkner: A Biography*, 2 vols. (New York: Random House, 1974), 单卷本出版于 1984 年；David Minter, *William Faulkner: His Life and Work* (Baltimore: Johns Hopkins University Press, 1980); Stephen B. Oates, *William Faulkner: The Man and the Artist* (New York: Harper and Row, 1987); Frederick R. Karl, *William Faulkner: American Writer* (New York: Weidenfeld

and Nicolson, 1989); Joel Williamson, *William Faulkner and Southern History* (New York: Oxford University Press, 1993); Richard Gray, *The Life of William Faulkner: A Critical Biography* (Oxford: Blackwell, 1994); Jay Parini, *One Matchless Time: A Life of William Faulkner* (New York: Harper-Collins, 2004); M. Thomas Inge, *William Faulkner: Overlook Illustrated Lives* (New York: Abrams Press, 2006); Philip Weinstein, *Becoming Faulkner: The Art and Life of William Faulkner* (New York: Oxford University Press, 2010); Robert W. Hamblin, *Myself and the World: A Biography of William Faulkner* (Jackson: University Press of Mississippi, 2016); and Carl Rollyson, *The Life of William Faulkner*, 2 vols. (Charlottesville: University Press of Virginia, 2020, 2021)。

[3] 我在"The Old Colonel: W. C. Faulkner as the Prototype for Yoknapatawpha" [in *Papers Presented at the Faulkner Heritage Festival, 2007-2010*, ed. Renelda Owen (Ripley, MS: Ripley Main Street Association, 2011): 7-26]一文中，深入探讨了福克纳对福克纳上校生平和死亡的广泛运用。

[4] 引自 Williamson, *William Faulkner and Southern History*, 222。据传言，埃斯特尔的身心状况或许与福克纳为其安排的流产手术有关系。我在下文中探讨了这个问题："Biographical Fact or Fiction? Faulkner, Estelle Oldham Franklin, and Abortion," *Mississippi Quarterly* 60 (Summer 2007): 579-587。

[5] Louis Daniel Brodsky and Robert W. Hamblin, eds. , *Faulkner: A Comprehensive Guide to the Brodsky Collection, Volume Ⅲ: The De Gaulle Story* (Jackson: University Press of Mississippi, 1984), 49.

[6] C. Vann Woodward, *The Burden of Southern History*, 3rd ed. (Baton Rouge: Louisiana State University Press, 1993), 10.

[7] Twelve Southerners, *I'll Take My Stand: The South and the Agrarian Tradition* (New York: Peter Smith, 1951).

[8] John T. Matthews, *"The Sound and the Fury": Faulkner and the Lost Cause* (Boston: Twayne, 1991), 97.

[9] F. Scott Fitzgerald, *The Great Gatsby* (New York: Charles Scribner's Sons, 1953), 111.

[10] Malcolm Cowley, *Exile's Return: A Literary Odyssey of the 1920s* (New York: Viking Press, 1956), 9.

[11] Mark Spilka, "The Death of Love in *The Sun Also Rises*, " in *Hemingway and His Critics*, ed. Carlos Baker (New York: Hill and Wang, 1961), 80-92.

[12] T. S. Eliot, "Ulysses, Order and Myth, " *Dial* 75 (November 1923): 483.

[13] 例如，参见 *Literary Theory: An Introduction* (Oxford, UK: Blackwell, 2008), 10-11。

《我弥留之际》：
奥普拉读书俱乐部讲座

白晶，张静雯 译

2005 年，我有幸主持了"奥普拉读书俱乐部"（Oprah Book Club）关于福克纳的作品《我弥留之际》的网络研讨会，即奥普拉·温弗里（Oprah Winfrey）的"福克纳之夏"（Summer of Faulkner）。这场研讨会包括了我对这部小说的解析，以及有关小说人物、主题、架构与背景的短视频讲座。

序　言

多年前，我在美国三角洲州立大学托马斯·丹尼尔·杨教授的课上首次阅读了福克纳的作品，丹尼尔·杨教授是南方文学领域的权威专家。值得一提的是，我首次接触福克纳的作品便是《我弥留之际》一书，这或许可以解释为何它在我心中占有特殊地位。后来，在研究生阶段，我在密西西比大学约翰·皮尔金顿的专业指导下继续对福克纳进行研究。约翰·皮尔金顿不仅是一位杰出的教育工作者和学者，他还撰写了一本关于福克纳主要小说的优秀著作。近年来，我有幸与圣路易斯知名的福克纳收藏家路易斯·丹尼尔·布罗德斯基展开合作，共同研究他所珍藏的珍贵资料，并以此为基础共同创作书籍、撰写文章、发表演讲并举办展览。1988 年，我所在的大学成功收购了布罗德斯基的收藏品，并创建了"福克纳研究中心"，同时任命我为该中心的主任。总而言之，我与福克纳结缘已久，并且始终喜欢阅读和深入思考他的作品。

即使这么多年过去了，我仍然清楚地记得我对《我弥留之际》的第一印象，且这份感受与故事的主题并无直接联系。我深深震撼于福克纳选择叙述故事的独特方式。所有这些角色，都在时间的长河中穿梭，每个人阐释他/她自身对事件的独特视角，时而相互合作，时而相互矛盾。这就如同福克纳将一副扑克牌随意散落在地，让我有机会去重新组合：五十二种组合，或者在这种情况下，五十九种组合。我察觉到这种手法很大胆、富有创新精神、充满挑战性并且颇具影响力。我为福克纳的艺术技巧所陶醉，以至于我难以将所有牌都收入手中，将其整合成一种连贯并易于理解的有序形式。

当我继续阅读福克纳的作品时，我发现从一个人物到另一个人物转变叙述视角，以及打乱常规的叙述顺序，正是他独有的写作特色。与此同时，他所创作的散文也堪称我读过的最为精致、最富有诗意的杰作。此外，我很快意识到，他的确拥有丰富的故事素材——数十篇充满各类人物的故事，覆盖了各个年龄段、性别、种族背景、性格倾向、善恶特征、品格高低以及悲剧与喜剧的元素——简而言之，他以其独特的方式塑造了各种类型的人物形象，使他在《我弥留之际》中首次命名的"家乡的那块邮票般小小的地方"（《福克纳读本》431页），即约克纳帕塔法县，成为整个人类的代表。

正如丹尼尔·杨教授多年前教我的那样，《我弥留之际》是开始阅读福克纳作品的一个好起点。虽然叙事手法和人物塑造相当复杂，但故事情节其实相当简单，相对容易理解。故事的基调既是悲剧也是喜剧，人物既滑稽又可悲。语言清新、生动，令人吃惊，令人难忘。书中所涉及的主题非常广泛：生与死、爱与恨、成功与失败、财富与贫穷、信仰与怀疑、理智与疯狂、个人与家庭、家庭与社区，这些都是非常重要的东西。

所以，让我们加入本德仑家族，一起踏上去往杰弗生镇的旅程吧。你可能会惊讶地发现，就像我多年前一样，你和比尔先生的旅程不会就此结束。

《我弥留之际》的视角

几乎所有读者在读《我弥留之际》时首先注意到的就是，故事的叙述方式就像操场上被踢来踢去的足球，首先是达尔（Darl）讲述，然后是科拉（Cora），接着又是达尔，最后是朱厄尔（Jewel）。若我们细心地进行统计，会发现，这部小说有十五位不同的叙述者以及五十九个独立的章节。值得庆幸的是，小说的故事情节相当简单：讲述的是一个密西西比州的农村家庭——本德仑一家，他们把母亲艾迪的遗体带回她的家乡杰弗生镇，准备将其与家人安葬在一起。因此，这部小说之所以复杂，并不是因为它的情节（实际上相当简单），而是因为福克纳选择解开情节的方式。那么，为什么有人会选择以这种方式讲述故事呢？

像所有真正原创的艺术家一样，福克纳珍视独特性、创造力和实验精神。他很少用同样的方式把一个故事讲两遍。他曾经批评海明威，因为他觉得海明威已经完善了一种他反复使用的单一风格，而没有"四处尝试尝试"（《福克纳在大学》206页）。相比之下，福克纳是所有小说家中最具实验精神的一位，而《我弥留之际》则是他最伟大的实验之一，充分展示了他高超的叙事技巧。

福克纳将故事叙述从一个人物转移到另一个人物的主要结果相当容易识别，也颇具说服力。我们根据自己的经验知道，当两位或两位以上的目击者观察同一事物时，他们的观察和后来讲述的内容都会有所不同。任何曾担任过陪审员的人都知道，证人队伍中既有友好的，也有敌对的，他们会对同一事件提出不同且往往相互矛盾的说法。陪审员需要界定事实真相，并判断谁在说真话，谁在说谎。这与此部小说的情况非常相似，读者在其中扮演着陪审员的角色。科拉关于哪个儿子是艾迪最偏爱的孩子的说法是否正确呢？安斯（Anse）计划前往杰弗生镇的确切动机又是什么呢？朱厄尔为何会如此愤怒和充满恶意呢？达尔究竟存在哪些问题？这些问题的答案取决于谁在说话。显而易见，福克纳在这里传达的不是绝对的真理（truth），而是一种在很大程度上取决于观点的相对真理。

专家学者的研究表明，福克纳在描绘非常主观且几乎不断变化的真相时，可能受到了印象派和立体派画家［如克劳德·莫奈（Claude Monet）和保罗·塞尚（Paul Cézanne）］的影响。1925年，福克纳游历巴黎期间，观赏了这些艺术家的作品，并在写给家里的信中谈及此事。当然，人们很容易看出《我弥留之际》与莫奈的同主题系列作品，如《干草堆》（*Haystacks*）或《鲁昂大教堂》（*The Cathedral of Rouen*）等，存在着诸多相似之处。在这两幅画作和福克纳的小说中，真理在很大程度上都是个性化的、相对的，并且是不断变化的。

《我弥留之际》中的自传元素

绝大多数作家都会在自己的作品中融入个人体验，尽管人们普遍存在误区，认为作家和作品中的角色之间存在着直接关联。例如，海明威笔下的主角并非就是欧内斯特·海明威，虽然这些人物在很多方面与创作者有相似之处。福克纳多次强调，他在塑造角色和编排故事情节时，使用了"经验、观察以及想象力"（《园中之狮》248页；《福克纳在大学》78页、103页）。尽管他始终坚持想象力是关键要素，但他也承认了自己的作品中有个人因素。

福克纳（或任何其他密西西州人）是否见过一个家庭在长达一周的跋涉中运送一具未经做防腐处理的腐烂遗体，并在途中驱赶秃鹰，这是非常值得怀疑的。但《我弥留之际》中的一些元素则反映出这几乎可以肯定是来自福克纳的个人经历。事实上，对艾迪·本德仑的刻画可能部分是基于福克纳非常了解的两个人：他的母亲和他自己。

正如约瑟夫·布洛特纳和其他福克纳传记作者告诉我们的那样，莫德·福克纳（Maud Falkner）是一个聪明、受过良好教育、有才华、意志坚强的女人，却嫁给了一个无论做什么都不太成功的丈夫默里·福克纳。更糟糕的是，丈夫还是个酒鬼，经常陷入长期的冷漠和自怜。八十八岁的莫德临终时问儿子，她是否会在天堂见到她的丈夫。"不，如果你不想，就不会。"福克纳告诉她。"那很好，"她回答说，"我从来就不喜欢他。"（《福克纳传》679页）这与弗农·塔尔（Vernon Tull）对艾迪的评价非常相似："不管她去的是什么地方，她总算是摆脱了安斯·本德仑，这就是她的酬谢了。"（《我

弥留之际》100 页）

但福克纳在描写一段不幸福的婚姻时，不需要回想起他的父母：他自己就生活在一段不幸的婚姻中。福克纳和埃斯特尔·奥尔德姆青梅竹马，两人计划结婚，但当埃斯特尔的父母反对这桩婚事时，埃斯特尔便抛弃了福克纳，转而嫁给了一位富有的律师康奈尔·富兰克林。然而，这段婚姻只持续了几年。1927 年，当埃斯特尔和她的两个孩子回到奥克斯福时，她和福克纳恢复了联系。这次轮到福克纳犹豫了，但这对夫妇还是在 1929 年结婚了。然而，从一开始就很明显，这将是一段麻烦不断的婚姻：埃斯特尔酗酒，并且仍然承受着前一段婚姻和离婚带来的情感伤害，在度蜜月时她试图在墨西哥湾自杀。福克纳这一时期的信件清楚地反映了他认为自己娶埃斯特尔是个错误，他对她和婚姻的矛盾态度似乎反映在《喧哗与骚动》中对凯蒂·康普生与《圣殿》中对谭波儿·德雷克的描写中。艾迪·本德仑在《我弥留之际》中表现出的幻灭和绝望恰好出现在福克纳与埃斯特尔结婚仅仅五个月后，这很可能就是福克纳自己的感受。

艾迪可能还在其他方面代表了福克纳的观点。她对宗教的看法以及她对来世的怀疑，在福克纳的生活和评论中都能找到相似之处。此外，他似乎也与她一样，对言行持怀疑态度。例如，他把几乎被公认为有史以来最伟大的小说之一的《喧哗与骚动》称为他的"壮丽的失败"（《福克纳在大学》61 页）。福克纳曾表示，他所撰写的每部作品皆未达到他心中"完美的理想"（《园中之狮》238 页）。当理想转化为"纸面上冰冷的文字"（《福克纳在西点》112 页）时，总有些东西会丢失。

虽然艾迪·本德仑和威廉·福克纳之间可能有很多相似之处，但他们中间存在着一个巨大的区别：她带着自己的态度、思想和情感进入坟墓，而福克纳将他的态度、思想和情感转化为一些有史以来最杰出的散文——包括艾迪·本德仑的临终思想。

《我弥留之际》中的旅行主题

世界上许多伟大的故事都以某种形式的旅程为中心——尤利西斯在特洛伊战争后回家路上的艰难斗争；希伯来人离开埃及并寻找应许之地；但丁在《神曲》（*Divine Comedy*）中游历"地狱""炼狱"和"天堂"；中世纪骑士对圣杯的追寻；乔叟（Chaucer）去往坎特伯雷（Canterbury）的朝圣之路；汤姆·琼斯（Tom Jones）的伦敦之行；《白鲸记》（*Moby Dick*）中以实玛利（Ishmael）乘坐捕鲸船的航行；哈克·费恩的密西西比河漂流之旅。

正如著名的比较神话学家约瑟夫·坎贝尔（Joseph Campbell）所提醒我们的那样，神话和文学中的史诗之旅通常漫长而危险，需要高超的技巧、勇气和牺牲精神，因此只有神或神一般的英雄才能完成。通常，这些故事不仅戏剧化了主人公的成长和成熟，而且还戏剧化了主人公的奋斗、牺牲和胜利给社会带来的一些好处。

福克纳在描述本德仑一家穿越密西西比州北部乡村前往杰弗生镇的旅程时，再次采用了这一传奇主题或模式，他在叙述这个古老而熟悉的故事时使用了许多传统元素。当然，面对困难和危险，本德仑一家人的决心和勇气是毋庸置疑的。我们可以把福克纳在另一本书中对另一群人物的描述准确地应用到他们身上："他们在苦熬。"（《福克纳袖珍文集》721页）让本德仑一家苦熬的是古老的、自然的洪水和火灾的威胁。

然而，福克纳对本德仑夫妇旅程的描写，与以前的故事相比，似乎在很大程度上具有讽刺意味。虽然本德仑一家表现出了令人印象深刻的坚韧和勇气，虽然他们的探索甚至以一个成功的结局告终（至少从埋葬艾迪的意图来看），但他们的英雄主义和胜利在很多方面都被削弱和贬低了。例如，福克纳笔下的旅行者既不是神，也不是传奇英雄，他们是贫穷的山农，他们古怪的态度和行为蔑视了共同的道德与体面，导致了他们与社会的疏离。故事的核心——将一具腐烂的遗体从县城的一端运送到另一端——给大多数读者的印象不仅是非常规的、离奇的，甚至还有点儿疯狂。此外，对死去的妻子和母亲信守承诺，即使是愚蠢的承诺，无论多么高尚，都会被每个旅行者自私的动机所嘲弄。安斯的话很典型："如今我可以装假牙了。"（《我弥留之际》119页）最后，在对本德仑一家的审判中，似乎没有救赎的集体效果——没有水的洗礼净化，没有火的精神净化，也没有意识或洞察力的顿悟。相反，这次旅行导致了家庭的解体（根本没有因为新本德仑太太的到来得到改善），邻居之间也出现了尖锐的分歧。

当然，这只是对小说进行解读的一种可能性。就像解读这部小说的其他部分一样，就像解读福克纳所有的作品一样，本德仑一家的旅程到底是英雄的还是喜剧的，是高尚的还是滑稽的，是真实的还是讽刺的，这还得由读者来决定。然而，也许这只是所有这些的一部分——也许福克纳的意图正是要反映所有人类的动机和努力的神秘且矛盾的本质。

艾迪的死和葬礼

威廉·福克纳（或其他密西西比州人）是否曾亲眼看见过《我弥留之际》中描述的那种送葬队伍，这是非常值得怀疑的。但这种送葬在历史上是有先例的。

1290年，英格兰国王爱德华一世（Edward I）下令将他心爱的妻子卡斯蒂利亚的埃莉诺（Eleanor of Castile）的遗体从诺丁汉郡的哈比运回伦敦，安葬在威斯敏斯特教堂。为进一步的纪念，爱德华又下令在送葬队伍停留过夜的十二个地方各竖立一座纪念十字架。这些原始的十字架中有三座至今仍然存在；第四个（也是最著名的）是伦敦的查令十字，在维多利亚时期得到了修复。

福克纳是否意识到了这一历史事件？他是否希望艾迪的死亡、送葬队伍和葬礼能与皇室女王的葬礼相提并论？无论是有意还是无意，从注意到这种相似之处便可以得出几个推论。

福克纳和他那一代的其他作家非常欣赏的一本书是詹姆斯·乔伊斯的《尤利西斯》。在这部著名的小说中，乔伊斯将《荷马史诗》的《奥德赛》中英雄的传奇事迹与1904年都柏林一家报纸的广告经纪人利奥波德·布鲁姆（Leopold Bloom）的平凡日常经历进行了对比。评论家们对此争论不休：乔伊斯的意图是讽刺当时的时代，表明它与传统的勇气和骑士精神的理想相去甚远，还是想要提升普通公民的角色，表明现代生活和公民可以像传说中的过去一样具有戏剧性和意义。

再举一个例子，在莎士比亚的时代，英雄必须来自贵族，所以莎士比亚的伟大悲剧和喜剧集中在国王与王子身上，比如李尔王和哈姆雷特。甚至在那些戏剧中，"大人物"说的是高尚的、诗意的语言——无韵诗，相对而言，作为仆人阶级的"小人物"说的是白话文。然而，随着民主的到来，文学英雄现在可以从中下层阶级中挑选出来。因此，在美国文学中，我们有这样的英雄：库珀的《皮袜传奇》(*Leatherstocking Saga*) 中的拓荒者、吐温的《哈克贝利·费恩历险记》中的半文盲小男孩、凯瑟的《我的安东妮亚》中的农场移民女孩、拉尔夫·埃里森（Ralph Ellison）的《隐形人》(*Invisible Man*) 中寻求平等的非洲裔美国青年。

就像对待乔伊斯和布鲁姆一样，我们无法确定福克纳对本德仑一家的个人态度。但总的来说，在他的小说和故事中，福克纳似乎对高高在上、有权有势、富有而强大的人持有极大的怀疑态度，有时甚至是厌恶的态度。相反，他通常对弱势群体表现出极大的同情：奴隶、佃农、穷人、受压迫者以及简单普通的人。艾迪·本德仑不是贵族，当然也不是女王，但福克纳显然对她充满了同情；他给了她曾经给予传奇的英国女王同样的尊重和待遇，这一点也不奇怪。

《我弥留之际》与意识流

《我弥留之际》是意识流叙事的杰出范例。意识流这个词是从心理学中借来的，用于指任何以人物内心未说出的想法为中心的文学叙述。虽然这里有一些技术上的区别我们不需要关注，但这个术语经常与另一种文学手法"内心独白"互换使用。在这两种形式中，焦点都集中在随机的、无序的、碎片化和瞬间的思想流动（"流"）上，然后才成为有意识的语言。因广泛使用意识流而闻名的小说家包括马塞尔·普鲁斯特（Marcel Proust）、詹姆斯·乔伊斯、弗吉尼亚·伍尔夫、多萝西·理查森（Dorothy Richardson）和威廉·福克纳。

作家们被意识流所吸引，因为它是将人物主观的、私人的、往往是无意识的思想和动机戏剧化的绝佳手段。在这样的叙事中，角色的内心活动优先于外部行动和事件。事实上，许多意识流叙事，比如乔伊斯的《芬尼根守灵夜》(*Finnegans Wake*)，都试图呈现纯粹的意识，这在很大程度上脱离了任何重要的外部行动或情节。但应该指出的是，福克纳在这方面是一个例外，因为即使在他最广泛的意识流叙事中，也总是有一个实质性的行动被引用。事实上，看待福克纳在小说历史上的地位的一种方式是认识到他是如何有效地将传统对动作或情节的强调与现代对人类行为的心理过程和心理动机的关注结合起来的。一部典型的福克纳小说既关注发生了什么，又关注为什么会发生。

思考一下这个定义是如何适用于《我弥留之际》的。当然，读者会带着兴趣和悬念来阅读书中不断展开的外在情节。艾迪·本德仑快死了，她的丈夫安斯向她保证，他会把她埋在镇上。他们的大儿子卡什正在给她做棺材，全家人正准备用骡子拉的马车把遗体运到镇上。小说的大部分内容都是关于这次旅行和本德仑一家沿途面临的障碍，读者的很大一部分兴趣是想知道下一个障碍可能是什么，以及他们是否能到达目的地。

但这一简单的表面行为绝非福克纳这部伟大小说真正的主旨。读者在这本书中真正的旅程不是通往杰弗生镇，而是深入到人物复杂、矛盾、经常是噩梦般的思想中去。达尔对身份和现实的沉思，朱厄尔被压抑的愤怒和复仇的欲望，卡什对整洁和秩序的痴迷，杜威·德尔（Dewey Dell）对个人环境的焦虑，瓦达曼对死亡和悲伤的无知与困惑，安斯在惰性和荣誉之间的内心挣扎，艾迪的挫折、遗憾和秘密——这些都是福克纳奇妙的意识流散文探索和揭露的黑暗、隐藏的地方。在塔尔和萨姆森这样的邻居看来，本德仑一家似乎是一个无私奉献的家庭，因为一个共同的、虽然相当荒谬甚至有点儿疯狂的原因而团结在一起，但读者了解到的是另一个不为人知的本德仑家庭：自私、分裂、恐惧、无能、孤独，最糟糕的是，没有爱，也没有人爱。

《我弥留之际》与语言问题

《我弥留之际》的主要主题之一是人类交流的困难，这不仅是因为找不到合适的词，还因为言行不一。艾迪·本德仑最清楚地表达了这个主题，她说："话语是最没有价值的；人正说话间那意思就已经走样了。"（《我弥留之际》185 页）我们很快发现，艾迪并不是小说中唯一一个有这种感觉的角色。其他人——尤其是瓦达曼、达尔、卡什和杜威·德尔——在沟通内心深处的想法和将言语与行为联系起来方面也有困难。

对于任何一位以文字为表达媒介的作家，尤其是像福克纳这样拥有如此丰富词汇量的作家来说，作品中的人物会对语言的充分性表示怀疑，这似乎令人惊讶。但是，当我们认识到福克纳那一代的许多作家——欧内斯特·海明威、E. E. 卡明斯、约翰·多斯·帕索斯和薇拉·凯瑟等——都持有这种态度时，就不足为奇了。我们必须记住，这就是所谓的"迷惘的一代"，他们感到被 19 世纪的抽象概念和浮夸言辞所背叛——那个世纪的思想和价值观在第一次世界大战这场巨大悲剧的冲击下崩溃了。对于海明威的《永别了，武器》中的弗雷德里克·亨利（Frederic Henry）来说，神圣、光荣和牺牲等词在愚蠢的战争背景下变得毫无意义，甚至低俗不堪。这一主题将在 20 世纪的文学作品中反复出现。

在《我弥留之际》中，存在着一个普遍的问题，那就是沟通问题，即如何使用语言来准确再现现实和有意义的、令人满意的关系。我们在书中多重且支离破碎的观点中看到，每个角色都被囚禁在自己的意识流的小盒子里，这些观点在书的页面上并排呈现，有时内容重叠，但从未完全融合成一个整体。我们可以从各个部分风格的差异中看到这一点，这些风格有时是用适合人物的民间口语来表达的，但有时用的词语和概念似乎远远超出了这些人物的处境与环境。我们在达尔的角色塑造中看到了这一点，他蔑视言语，但却经常知道其他角色从未用言语表达过的事情。尤其以瓦达曼最为显著，他无疑是密西西比州所有学生之中最具智慧且词汇储备最为丰富的一名。然而，他发现所有这些深思熟虑和语言表达在关键时刻却未能助他应对未知的挑战，只留下了一个隐喻的谜语："我的妈妈是一条鱼。"（《我弥留之际》108 页）

关于语言及其与现实和真理之间的关系问题，这句话可能是美国文学中最令人费解的表述，但是它很可能代表了小说的本质。自从柏拉图（Plato）时代起，我们就知道，词语并不是事物本身，它只是事物的象征或近似表达（因此，需要隐喻）；而关于生命和现实的终极意义——或者我们自己和其他人——是极难用语言表达出来的，因此它总是保持着某种神秘感。

安斯·本德仑

安斯·本德仑是美国文学中最具魅力的角色之一。他贫穷、懒惰、无能、以自我为中心、基本上不负责任，在许多方面，他都是无知的乡下土包子的夸张形象，也就是传说中的乡巴佬/红脖子。就连他的外貌描述也符合这种刻板印象：身材高大、驼背、没有牙齿、穿着打补丁的工装裤、一副羞愧的表情、没有刮胡子、嘴上叼着鼻烟。但这只是表面的样子，第一印象。福克纳像对待他的大多数人物角色一样，深入探索其表面之下的内容，揭示出一个极其复杂且充满矛盾的角色，这个角色如果不是英雄，也绝不是恶棍，如果不值得读者的同情，也至少应该得到一丝怜悯。

过去在福克纳笔下的任何一个角色的生活中都至关重要，认识到安斯并不总是故事中现在的那个人，这一点很重要。虽然他现在害怕工作，相信出汗就会死，但他并不是一直都厌恶体力劳动："爹的脚外八字得很厉害。他的脚趾痉挛、扭歪、变形，两只小脚趾根本长不出指甲来，这都是因为小时候穿了家制的粗皮鞋在湿地里干活儿太重的关系。"（《我弥留之际》16 页）这是许多人的起点：虽然贫穷但拥有强烈的职业道德。最终，安斯的勤奋让他成功地拥有了自己的农场。对于 20 世纪 20 年代密西西比州山区的农民来说，这可不是一件小事。他追求艾迪并赢得她的芳心同样是一项不小的成就。艾迪是个城里人，是一名教师（因此，她很可能是安斯所在约克纳帕塔法县地区受教育程度最高的人），对于年轻农民来说，她是相当难得的人。虽然安斯对艾迪的追求一点儿也不浪漫，但却是真诚的、坚持不懈的，并且安斯成功了。

但这一切都发生在镇上有钱的店主（他们欺骗乡民）、政客（他们修路）、律师和治安官（他们会带走达尔，让安斯在田里人手不足）面前，恶劣的天气和艰难的时代让辛勤工作的农民们过得非常艰难。也许安斯并没有变得懒惰，他只是厌倦了，正如福克纳在另一本书中所说的，在"无情的黄土地"（《短篇小说集》625 页）上漫长而失败的斗争中，他被打败了，精疲力竭。

而且，不管人们如何评价他为证明自己的观点而采取的非常规行动，他确实有一种荣誉感。他向艾迪许下了诺言，无论遇到什么困难，他都要遵守诺言。是的，这个承诺确实和他对假牙的渴望混在了一起（新妻子似乎是一种奖励，而不是有预谋的），但正是这个承诺，而不是假牙，驱使着他前往杰弗生镇。他不是上星期才掉牙的。

一次，在回答一个关于《我弥留之际》的问题时，福克纳评论说，书中所有的人物都是环境的受害者，"在这片土地上，很少有时间能从艰苦的劳动中得到解脱，（在那里）没有什么东西能让精神愉悦——没有音乐，没有图片，他们中的大多数人都不识字，即使识字，也找不到书，所以他们只能尽可能地放松自己"（《福克纳在大学》114页）。福克纳说，在这种情况下，人们只能尽力而为。

当我们初见安斯·本德仑时，他已经失去了青春年华、身体健康、物质财富、内心欲望，而且刚刚失去了妻子。或许这次去杰弗生镇的行程是他最后一次努力试图重新夺回作为男人的尊严和骄傲。或许他只是尽其所能地去做而已。

艾迪·本德仑

艾迪·本德仑是文学史上最伟大的悲剧女主人公之一。许多评论家把她的故事与霍桑的《红字》中的海丝特·白兰（Hester Prynne）的故事联系起来。但也有其他著名的女主人公可以与她相提并论，比如居斯塔夫·福楼拜（Gustave Flaubert）的艾玛·包法利（Emma Bovary），列夫·托尔斯泰（Leo Tolstoy）的安娜·卡列尼娜（Anna Karenina），或者戴维·赫伯特·劳伦斯（David Herbert Lawrence）的查泰莱（Chatterley）夫人。所有这些女性都是坚强的角色，她们觉得自己被困在不幸的个人和社会环境中，渴望找到某种解脱的方法。

福克纳将艾迪描绘成一个非常独立、意志坚强的女人，她的现实处境与梦想之间的差异驱使她走向痛苦和绝望。实际上，她是一个理想主义者，渴望实现她的希望和抱负，但从未如愿。她的痛苦是所有感觉被生活背叛的浪漫主义者的痛苦。

她父亲告诉她，生活就是这样。他说："活在世上的理由仅仅是为长久的死亡作准

备。"(《我弥留之际》183 页）但艾迪尽可能长时间地抵制这种想法。与科拉和其他宗教
人士不同，她不相信来世，这种不相信使她更加迫切地想在坟墓的另一边找到意义和
幸福。她寻找的是存在主义者所谓的"真实存在"，剥离了所有的道具和幻想。她鞭打
她的学生，试图通过这种暴力强迫自己进入他们"秘密的自私的"生活（《我弥留之际》
183 页）。然后她嫁给了安斯，希望婚姻和母性可以缓解她的焦虑。但这些都没有成功，
她又把惠特菲尔德（Whitfield）当作情人，但这段关系也冷却下来，以不幸告终。最后，
她只剩下了她对一切关系和理想的不信任，当然还有她珍贵的朱厄尔，就像他的马一
样，象征着她渴望却从未找到的狂野、自由和充满活力的生活。

她的幻灭在她对语言的怀疑中得到了最好的表达："言词如何变成一条细线，直飞
上天，又轻快又顺当，而行动却如何沉重地在地上爬行，紧贴着地面，因此过了一阵
之后这两条线距离越来越远，同一个人都无法从一条跨到另一条上去；而罪啊爱啊怕
啊都仅仅是从来没有罪没有爱没有怕的人所拥有的一种声音，用来代替直到他们忘掉
这些言词时都没有也不可能有的东西的。"(《我弥留之际》188 页）艾迪说，她的绝望在
早春时节更为严重，她和艾略特的《荒原》中的叙述者一样意识到，"四月是最残酷的月
份"，因为具有讽刺意味的是，它给死者的土地带来了生命和活力的虚假承诺。

艾迪可能已经准备好迎接死亡，但福克纳不愿意让她这么做。他让她像埃德加·
李·马斯特斯（Edgar Lee Masters）的《匙河集》（*Spoon River Anthology*）中的人物一样，从
坟墓中"说出"自己的心声，从而加剧了她处境的讽刺意味。艾迪可能不相信死后的精
神生活，但很明显，即使在她死后，她仍然对她的家人和邻居有着巨大的影响力与控
制力。虽然她只有一段独白，但她是故事的中心，无论是在她生前还是死后。即使在
她躺在棺材里的时候，她的孩子们仍然争夺她的关注和青睐；邻居们仍然在回忆和谈
论她；最重要的是，几乎是奇迹般地，她那懒惰的丈夫从麻木中振作起来，开始行动，
尽管缓慢而犹豫不决，但确实带着某种程度的雄心和目标。艾迪的激情、活力和意志
似乎从棺材里逃了出来（正如瓦达曼所希望的那样），注入了所有认识她的人的身体中，
赋予了他们力量。这是一种明显具有讽刺意味和世俗意味的复活，但无论如何都是复
活。通过这种方式，福克纳将这一真正非凡角色的无可争议的力量和魅力戏剧化了。

朱厄尔与达尔

在小说的开头，读者就意识到本德仑家的孩子们之间存在着强烈的兄弟姐妹之争，
但这种冲突在朱厄尔和达尔的关系中最为激烈。朱厄尔幻想着和母亲单独在一起，"就
让我和她两人在一座高山坡上我来推动石块让它们滚下山去砸他们的脸"（《我弥留之
际》20 页）。达尔知道朱厄尔是艾迪的最爱，但不知怎么的，他还知道朱厄尔不是安斯
的儿子。这使得达尔无情地奚落朱厄尔。"朱厄尔，你可知道艾迪·本德仑快要死了

吗?"(《我弥留之际》46 页)"你爹又是谁呢,朱厄尔?"(《我弥留之际》229 页)

虽然我们在初读时并未意识到这一点,但小说开篇章节中兄弟俩为争夺母亲的宠爱的争斗已有所暗示,当时我们初次见到达尔和朱厄尔。他们从地里回来了,达尔走在朱厄尔的前面。但当他们来到棉花房时,朱厄尔跳窗户抄了一条近路,走在达尔前面。我们在研究生院学到的第一件事就是,任何长度大于宽度的物体都是男性象征,而任何带有开口的物体都是女性象征。因此,此处的窗户或许与艾迪的女性特质有所关联。朱厄尔被他的母亲拥抱着,达尔却没有,所以达尔必须绕着棉花房走。现在,朱厄尔在争夺母亲宠爱的路上已经走在了达尔前面。达尔在艾迪的宠爱中被取代而感到的疏离感,在达尔在一个陌生人的房间里迷迷糊糊地睡着的场景中得到了进一步印证,"我并不知道我是什么。我并不知道我是还是不是",并总结道,"有多少次我在雨中躺在陌生的屋顶之下,想念着家呢"(《我弥留之际》88 页)。

但是达尔没有家,他觉得没有妈妈。"我无法爱我的母亲,因为我没有母亲。"(《我弥留之际》102 页)因此,他恨他的兄弟朱厄尔,并向他复仇。

《我弥留之际》:是什么让达尔发疯的?

这本书中几乎任何一个人物都可以作为精神分析学家的有趣研究案例。但达尔是一个特例,因为在书的最后,他被认为精神失常,并被送进了精神病院。如果达尔真的疯了,那么使他发疯的又是什么呢?

他是本德仑家族中最聪明、最深思熟虑,甚至最富有哲学思想的人,当然也是游历最广的人(他曾在第一次世界大战期间去过法国),他还拥有一种洞察力(或者这只是一种高度的想象力和直觉),使他能够看到和了解那些似乎超出正常感知能力的事物。例如,他在没有被告知的情况下知道朱厄尔不是安斯的儿子,他还知道杜威·德尔怀孕了。而且他也知道,在本德仑整个家族中,他是最孤立、最烦恼、最最迷茫的一个。

每个人,不管是不是本德仑家族的人,都意识到达尔与众不同,甚至古怪、异常。代表肉体的杜威·德尔害怕他的超自然力量,注意到他"不用语言"就能知道和说出事情,"他人坐在晚餐桌前,眼睛却越过了饭菜和灯"(《我弥留之际》31 页)。卡什在小说的结尾这样评价他:"这个世界不是他的;这种生活也不是他该过的。"(《我弥留之际》281 页)这一点证实了读者已经怀疑了很长一段时间的事情。弗农·塔尔认为,达尔的问题在于"他正是独自思忖得太多了"(《我弥留之际》78 页),正如塔尔接着说的那样,过多的思考而不行动是不健康的。

在福克纳写过的最精彩的十九段内心独白中,达尔到底在想什么?对于这个问题,最显而易见的答案是,他对兄弟姐妹之间近乎病态的争夺母亲宠爱的执念,导致他不断用朱厄尔的身世和他母亲的死来嘲讽朱厄尔。但达尔在身份和意义上的挣扎似乎不仅仅是一个简单的、极端的兄弟姐妹间相争的案例。仔细阅读文本后，我们可以发现，他问题的更深层次原因可能是性取向的冲突。

达尔对性的明显厌恶来自哪里？会不会是他母亲的通奸行为，以及她后来忽视了他而偏爱朱厄尔？如果是这样的话，那么达尔的性格特征可以与莎士比亚的哈姆雷特进行比较。哈姆雷特是另一个想得太多的角色，他母亲的不忠行为导致了他对女性和性的拒绝。"我没有母亲。"达尔说(《我弥留之际》102 页)；那个女人现在就是艾迪·本德仑。那么，达尔真的讨厌朱厄尔吗，还是朱厄尔只是达尔发泄对母亲仇恨的替罪羊呢？达尔试图焚烧艾迪遗体的行为，是出于怜悯，意在阻止一场疯狂的旅程，还是出于报复，试图通过拒绝她希望被埋葬在杰弗生镇的愿望，以此来报复抛弃他的母亲呢？福克纳通常把这些问题留给读者去思考。此外，必须补充一点，他还提出了另一种可能性：正如卡什指出的，也许达尔根本就没有疯。卡什说："有时候我觉得我们谁也不是百分之百疯狂，谁也不是百分之百正常，大多数人那么说，他也就那样了。"(《我弥留之际》252 页)

卡什·本德仑：不太可能的英雄

在大多数读者看来，《我弥留之际》是一本没有英雄的书，至少从传统意义来讲是这样，但是在这本书中最接近英雄这个角色的可能是卡什。

在小说的前三分之一部分，卡什作为叙述者一直保持沉默，他通过工作来表达自己。在做棺材时，他日夜不停地用"咔克咔克咔克"的锉子声来回应，不分昼夜，风雨无阻。达尔评价他说："真是个好木匠。艾迪·本德仑不可能找到一个更好的木匠和一副更称心的寿材了。"(《我弥留之际》10 页)当他第一次用自己的声音说话时，卡什用十三点概述解释了他为什么要把棺材做成斜面：这不仅是一种理性和实用主义的声音，也是一种调整和适应的声音，一种用现有工具尽自己最大努力发出的声音。如果你要建谷仓，还要参加葬礼，带上你的工具去参加葬礼，这样你就不用再跑一趟了。

卡什知道，有些梦想家和理想主义者想从生活中得到的要比生活所能提供的东西更多："世界上并不是安全的事情对人……"(《我弥留之际》141 页)他谈到朱厄尔的夜间徘徊时说，但他没有说完这句话，也许是不想让他的思想去到他的生活无法追随的地方。最好是接受一个人的局限性，不要让它们打败你，事实上，把它们变成你的优势和利益。卡什说，如果你没有建造法院的木材，那就建一个鸡棚，因为"与其盖一座徒有其表的法院还不如盖一个结结实实的鸡棚呢，"无论你做什么，"钉紧钉子，刨光边缘"(《我弥留之际》253 页)。

[注：福克纳经常把作家的作品比作木匠的作品。例如，他谈到他早期的一本书时说："那是木片，是木匠在学习成为一流木匠的道路上制造出来并锯得很差的木

板。"(《福克纳在大学》257 页)这样的陈述导致一些评论家认为卡什是福克纳对这位艺术家的几次描绘之一。此种观点促使部分评论家将卡什视为福克纳众多描绘艺术家形象的典范之一。]

本德仑一家在去杰弗生镇的路上都遭受了痛苦，但其他人都没有经历卡什所经历的身体上的痛苦。他最近刚从断腿中恢复过来，但在涉水过河时，同一条腿又摔断了。然后，当乘坐颠簸的马车带来的疼痛越来越严重时，家人就会给他的腿打上石膏。在整个过程中，当他的腿和脚因石膏被敲掉而变黑，然后因流血而变红时，卡什从来没有抱怨过。"挺舒服的。"他说(《我弥留之际》226 页)。在镇上，达尔问卡什是否想去看皮保迪(Peabody)医生，但卡什拒绝了，直到艾迪下葬后才去。

卡什具有忍受甚至否认巨大身体痛苦的强大能力，似乎也象征着他处理心理痛苦的能力。作为长子，他肯定也经历过我们在达尔与朱厄尔身上看到的对母亲的爱的竞争和嫉妒(他做棺材似乎是他最后一次努力赢得母亲的爱)，但他并没有像他的兄弟们那样受到这种局面的困扰，进而精神失衡。与朱厄尔不同，朱厄尔对那些在最后制服达尔的人说："杀死他。杀死这个狗娘养的。"(《我弥留之际》257 页)卡什对他的兄弟被抬到惠特菲尔德那里表示了真诚的悲痛和遗憾。他也许是本德仑家唯一懂得爱的人。

我们不应该忽视这样一个事实，在这部多重声音的小说中，卡什是最后一个说话的人——也是未来本德仑一家的愿景：在一个冬天的晚上，回到家，坐在屋里，听着留声机上另一张邮购唱片。对大多数读者来说，本德仑一家似乎没什么可期待的，但对卡什来说，显然这已经足够了。

本德仑一家的成员年龄究竟几何？

这本小说的许多读者问："本德仑一家的成员年龄究竟几何？"

这是个好问题。寻找它的答案揭示了阅读福克纳小说的挑战和乐趣。

以下是相关的文本细节，有助于我们找到答案。

1. 弗农·塔尔告诉我们，艾迪让安斯一直"工作"(我认为这是这个短语最宽松的含义)"超过三十年了"(《我弥留之际》38 页)。

2. 艾迪列出了孩子们的出生顺序：卡什、达尔、朱厄尔、杜威·德尔和瓦达曼(《我弥留之际》185–191 页)。

3. 达尔解释说，朱厄尔十五岁那年得到了他的马(《我弥留之际》137 页)。

4. 卡什指出，他和达尔"出生的时候挨得近""差不多隔了十年朱厄尔、杜威·德尔和瓦达曼才开始相继出世"(《我弥留之际》253 页)。

5. 达尔告诉我们，第一次世界大战期间他在法国(《我弥留之际》275 页)。

6. 杜威·德尔告诉莫斯利(Moseley)她"十七了"(《我弥留之际》217 页)，安斯后来证实了这一事实（《我弥留之际》277 页）。

如果我们把故事的现在时态定在小说创作的那一年（1929 年），并假设达尔在 1918 年（福克纳同年）十八岁时服兵役，那么达尔大约出生在 1900 年，现在已经二十九岁了。

由于卡什和达尔的出生时间相隔很近，可能只有一两年，那么卡什应该是三十岁左右。

这两个年龄都符合塔尔所说的安斯和艾迪已经结婚"三十多年"。根据这一点信息以及两个最大儿子的计算年龄，我们可以把他们的结婚时间定在 1898 年或 1899 年。很有可能卡什和达尔是在结婚初期出生的，这是支持上述大致年龄的另一个论据。

如果卡什的"近十年"被解释为超过九年，但不完全是十年，那么朱厄尔大约是二十岁。这意味着他已经五年没能驯服他那匹发疯的马了；但是，正如我们从福克纳的其他小说，特别是《花斑马》（*Spotted Horses*）中所知道的那样，那些斯诺普斯卖出的小马是积习难改的。

在这部小说中，杜威·德尔乃是唯一明确指明年龄的角色，她十七岁。

最小的孩子瓦达曼，从他的体型和他不成熟的行为与思想来看，他似乎不超过七八岁。然而，应该指出的是，一些评论家推测瓦达曼可能有智力障碍：如果是这样的话，那么他可能是一个身材矮小的十到十二岁的孩子（小说中没有迹象表明他已经到了青春期）。

艾迪和安斯多大了？在那个年代，艾迪早在她十几岁的时候就可以凭一张临时证书在学校教书了；鉴于她对孩子们的憎恨，她可能不会坚持教学超过一两年。因此，当她嫁给安斯时，她可能只有二十岁。尽管她与安斯的结合在某种程度上被呈现为绝望的、最后的婚姻机会，她有可能在二十多岁左右。根据最后的推测，她死时是五十多岁。不过要注意的是，我们让艾迪越老，瓦达曼年龄就越大。如果艾迪死时五十五岁，瓦达曼十二岁，那么当瓦达曼出生时，艾迪已经四十三岁了，这是一个相当高的生育年龄。如果瓦达曼是八岁，那么艾迪可能不超过五十岁。当安斯遇到艾迪的时候，他已经是一个农场的老板了，所以当他们结婚的时候，他可能不会比他二十五岁左右的时候更年轻。那么他现在的年龄大概在五十五到六十岁之间。

由此得出上述结论的猜测过程，这在很大程度上说明了我们应该如何阅读福克纳，以及这种阅读的最终结果会是什么、不会是什么。首先，请注意，关于这个问题，我们得到的信息远比第一次阅读时可能意识到的要多。其次，还要注意的是，这些信息分散在整个文本中，因此读者是逐渐地、增量地了解到这些信息的（也许只有在多次阅读和仔细搜寻之后）。最后，请注意，根据所提供的信息得出的任何结论，在很大程度上必须是试探性的、近似的和推测性的。这适用于福克纳对具体事实的呈现，但更适用于诸如人物动机、象征意义和主题等更大的问题。福克纳为读者提供了大大小小的线索，但他让读者自己去寻找、组合和解释这些线索。难怪福克纳被称为侦探小说作家——他的读者扮演着奥古斯特·杜邦（Auguste Dupin）或夏洛克·福尔摩斯（Sherlock Holmes）的角色。

关于福克纳小说和故事的悬疑模式，我想说的另一点是：他们提出了强有力的论据以支持协作阅读这一理念。很少有人（如果有的话）能独自阅读福克纳这样复杂的作家：我们需要借鉴他人的智慧、批判能力和洞察力。当然，对许多人来说，阅读可以是一种私人的、个人的活动，过去是，将来也是；但如果在集体和公共环境中进行，比如读书俱乐部、福克纳会议和奥普拉读书俱乐部网站，它会产生额外的、令人惊喜的回报。这是福克纳等作家教给我们的最好的一课。

《我弥留之际》和幽默

"黑色喜剧"是指莎士比亚那些太悲惨而不能成为喜剧，但又太滑稽而不能成为悲剧的戏剧。这个词也可以用来形容福克纳的《我弥留之际》，这部小说本质上是悲剧性的，但同时也是福克纳写过的最幽默的作品之一。

这本小说中最有趣的台词肯定包括以下几句：

1. 朱厄尔："因为如果世界上有上帝他到底是干什么的。"（《我弥留之际》20页）

2. 安斯："上帝的意旨要实现了，现在我可以装牙齿了。"（《我弥留之际》59页）

3. 塔尔："我想到这里，不由得又产生一个想法：要是一个人得靠娶老婆来救自己，这样的人也够窝囊的了。"（《我弥留之际》78页）

4. 瓦达曼："我妈是一条鱼。"（《我弥留之际》91页）

5. 卡什在解释他从教堂掉下来的高度时说："二十八英尺四又二分之一英寸，大概是这样吧。"（《我弥留之际》97页）

6. 达尔，谈到朱厄尔的可疑情人时说："她真不简单呐，我以前是钦佩她，可是我现在对她算是服了。"（《我弥留之际》142页）

7. 艾迪，谈到科拉自以为是的傲慢时说："科拉就是这样的一个，她连饭都做不好。"（《我弥留之际》188页）

8. 阿姆斯蒂（Armstid）："说到底，人跟马、骡也没有多大的区别，只不过牲口头脑稍稍清楚一些罢了。"（《我弥留之际》200页）

9. 当杜威·德尔走进店里时，麦高恩（MacGowan）对他的同事说："我要去检查病人了。"（《我弥留之际》262页）

再考虑以下描述：

1. 朱厄尔，由于昼夜不停地工作而筋疲力尽，在挤牛奶的时候睡着了，"他两只手齐腕浸在牛奶里，脑袋靠在牛肚皮上"（《我弥留之际》137页）；在餐桌上，"吃着吃着就会对着自己的碟子打盹，一块面包还露了一半在嘴巴外面，嘴里还在嚼着"（《我弥留之际》139页）。

2. 关于安斯，"他看上去很像是一个喝醉酒的讽刺艺术家用粗糙的木头刻出来的雕像，刻工也很粗糙"（《我弥留之际》177页）。

3. 关于卡什，在他因断腿而痛晕过去之后："大颗大颗的汗珠停留在他的脸上，好像它们刚流出来便站停下来在等他。"（《我弥留之际》201页）

4. 关于年轻的麦克·吉利斯皮（Mack Gillespie）："眼睛和嘴巴形成了三个圆圆的窟窿，脸上的斑点像是摆在一个盘子里的英国豌豆。"（《我弥留之际》237页）

5. 关于新本德仑夫人："鸭子模样的女人，有一双挺厉害的金鱼眼，好像男人还没开口她就能瞪得他把话咽回去似的。"（《我弥留之际》280页）

甚至一些主要情节的细节，读者也会觉得很滑稽，尽管是以一种恐怖的方式：腐烂的遗体在地面上放置九天后才被埋葬；一个孩子在棺材上钻洞，好让他的母亲能呼吸；把断了的腿固定在石膏里，然后，当这样做显然弊大于利时，再用锤子和扁铁把石膏打碎；一个天真无知的乡下女孩被一个镇上的无赖引诱；一个悲伤的丈夫利用妻子的葬礼为自己换了新牙齿和新妻子。

许多读者在《我弥留之际》中发现了超现实主义画家的影响——荒诞的动作、怪诞的人物和意象、支离破碎的风格。但还有另一种影响同样重要：老西南地区编造离奇故事的传统。这些滑稽的荒诞故事由奥古斯都·B. 朗斯特里特（Augustus B. Longstreet）等边疆幽默作家开创，并因马克·吐温而广为人知，后来又被厄斯金·考德威尔（Erskine Caldwell）、尤多拉·韦尔蒂（Eudora Welty）、弗兰纳里·奥康纳（Flannery O'Connor）和威廉·福克纳等不同的南方作家所延续。这些滑稽的荒诞故事以未开化的、经常是怪诞的边疆或乡巴佬角色为特征，他们的行为夸张、古怪，而且常常是耸人听闻的。

福克纳显然属于西南部离奇故事的传统，但是，和奥康纳一样，他的幽默通常比他的前辈们更加悲观和绝望。《我弥留之际》是一本极其有趣的书，但它的幽默常常体现出残忍、虚伪、愚蠢、厌女、阶级偏见，甚至是愤世嫉俗。在这部小说中，笑声和泪水往往相伴而生——至于达尔，他在最后笑得比任何人都多，那笑声几乎到了疯狂的地步。

马 和 鱼

这本小说的读者最常问的问题是：为什么朱厄尔称他的母亲为马？为什么瓦达曼称她为鱼？要试图回答这些问题。我们必须首先考虑文学解读行为中包含的内容。

这里存在三个基本问题：这些状态/符号对说话或听到它们的角色意味着什么？它

们对阅读它们的读者意味着什么？如果可以确定的话，它们对作者意味着什么？所有这些都是有效的问题。然而，尽管它们是相互交织和相互关联的，它们产生的答案会不尽相同。但是，文学文本并不是一个每个人都期望得到相同的正确答案的代数方程。文学(就像政治、经济、宗教以及生活本身的问题一样)比这更模棱两可，更多面性。

在这样的背景下，我们开始吧。我先来解决两个问题中比较容易的一个：为什么说朱厄尔的母亲是一匹马？

一方面，这匹马代表了艾迪在朱厄尔生活中的地位被取代。另一方面，这匹马，在整本书中都与能量、激情和野性联系在一起，象征着艾迪与惠特菲尔德的私情。朱厄尔就像这匹马，而这匹马又像艾迪。但这些是我作为读者得出的结论：这句话对达尔来说还意味着什么？

达尔给他母亲贴上"一匹马"的标签显然是一种侮辱，事实上，几乎是一种猥亵。值得注意的是，他在说"我没有母亲"(《我弥留之际》102页)之后立即说出了这句话。如同哈姆雷特一般，达尔视其母亲为一个卑劣且让人愤恨的荡妇，她扰乱了自然秩序——至少(如哈姆雷特所述)即便是宇宙的秩序，也无法逃脱这个家庭的秩序。朱厄尔是他母亲恶行的化身。我认为，这就是为什么达尔在另一处说："是的话一个女人哪能下这么多的崽子。"(《我弥留之际》109页)这句话预示着达尔在书的结尾将遭受"他"和"我"的分裂，它还暗指朱厄尔闯入了本德仑家的圈子，这种入侵使达尔和他母亲之间产生了隔阂。在朱厄尔出生之前，达尔是"is"；但现在朱厄尔是"are"(错误的语法象征着艾迪所犯的错误)，达尔现在是"was"。另外，还请注意，达尔在文中使用了"马驹"一词。在达尔的眼中，艾迪·本德仑已经变得不再是人，而是动物；比伤风败俗更糟糕，是非道德的。哈姆雷特把他的母亲比作"一头缺乏理性的野兽"。在福克纳的《村子》中，这种野兽是一匹马。但是哈姆雷特和达尔都同意这个符号的含义："脆弱啊，你的名字是女人。"

现在说说鱼。在瓦达曼的困惑和悲伤(一些读者认为是智力障碍)的头脑中，他的母亲已经被他捕获的鱼取代了。这条鱼曾经是活着的，现在它死了，就像他的母亲一样。瓦达曼以他所知道的所有方式，强烈而暴力地抗议这场悲剧，这场巨大的损失，这场宇宙的不公正。他紧紧抓住鱼，在房子和院子里拖来拖去。他把母亲躺在棺材里的情景与他曾经被锁在没有窗户的玉米仓库里所经历的幽闭恐惧症联系在一起(《我弥留之际》73页)，他在棺材上钻了几个洞，打开窗户，这样艾迪就可以呼吸了(《我弥留之际》73页)。他打了皮保迪的马，把它吓跑了，因为他认为这位医生与他母亲的死有关(《我弥留之际》61页)。后来，他想象艾迪就像一条鱼，从棺材里逃了出来，游到河里去了(《我弥留之际》213页)。

但是，为什么是鱼，而不是像马、牛、狗或猫这样的农场动物呢？一些批评家指出鱼可能是基督教的象征。在基督教的早期，因为希腊单词"鱼"的字母 ichthys 构成了一首离合诗，可以解读为 Iesous Christos theou huios soter（耶稣基督，上帝的儿子，救世主），受迫害和秘密活动的基督徒使用鱼的图片作为密码信息来相互识别。这个词之所以具有更多的基督教含义，是因为《新约》福音书中包含了许多关于鱼和渔夫的故事与隐喻。如果人们接受瓦达曼的鱼和基督之间的类比，那么书中提到吃鱼，"煮了吃。煮了吃"（《我弥留之际》64 页），就变成了对最后的晚餐和基督教会庆祝弥撒/圣餐的暗示。

瓦达曼的鱼并不是《我弥留之际》中唯一应用的基督教典故。在渡河时撞上马车的圆木"从水里冒出来，有好一会儿像基督似的直立在汹涌起伏的荒凉的波浪上面"（《我弥留之际》160-161 页）。此外，科拉说，艾迪称朱厄尔是她的救世主（因此，他是一个基督形象）："他是我的十字架，将会拯救我。他会从洪水中也会从大火中拯救我。即使是我已经献出自己的生命，他也会救我。"（《我弥留之际》182 页）生命、死亡和复活——很明显，《我弥留之际》涉及这些主题，尽管读者对这里（以及福克纳的其他作品中）所呈现的复活的本质持不同意见。

当然，我们不可能知道福克纳有意或无意地用这些马和鱼来表达什么意思。据我所知，他从来没有解释过这两个比喻的含义——即使他解释过，我们也应该小心"意图谬误"（即错误地认为文学作品的唯一合法含义是作者想要表达的含义）。但我们确实知道一些事情。例如，福克纳喜欢马，正如特雷尔·特贝茨（Terrell Tebbetts）在《威廉·福克纳百科全书》（*William Faulkner Encyclopedia*）中关于这个话题的一篇精彩文章中所解释的那样：福克纳小说中所有的马都与权力、阳刚和男子气概联系在一起。我想补充一点，福克纳无疑熟悉将马与艺术和不朽联系在一起的古典传统[例如，贝尔勒罗丰（Bellerophon）和帕伽索斯（Pegasus）的故事，福克纳在他的短篇小说《卡尔卡松》中似乎就有所暗指]。在这方面，马所代表的品质与基督教传统中鱼所代表的品质相似：事实上，从中世纪以来，许多基督教思想家和艺术家都将帕伽索斯与基督联系在一起。

关于福克纳在小说中使用基督教元素，我们有更可靠的依据。关于福克纳所说的："基督教传奇是任何基督徒背景的一部分，尤其是一个乡下男孩的背景，一个南方乡下的男孩……我就是这样长大的。我吸收了它，在不知不觉中接受了它。"（《福克纳在大学》86 页）鉴于福克纳的作品中充斥着基督教和《圣经》典故，如果在《我弥留之际》中找不到这些典故，那就太令人吃惊了。

然而，我要强调的是，《我弥留之际》中出现的基督教暗喻并不等同于这本小说是一部基督教小说，就像福克纳对神话中的马的大量引用并不代表他就是希腊人。事实上，我认为这部小说中所有的神话都具有强烈的讽刺意味。朱厄尔在书中是一个基督式的人物，但却是一个极具人性且易犯错误的人——他也许能从燃烧的谷仓中救出一个棺材，但却不能拯救任何人痛苦的灵魂，包括他自己的灵魂；艾迪·本德仑获得的唯一复活和永生（至少在我看来是这样）是自然的，而不是超自然的（我认为她的独白是对她临终前的回忆，而不是从坟墓外发出的声音）。可悲的是，神话中的马和鱼所代表的伟大而有意义的英雄世界似乎是一个不可能超越本德仑一家的视野与范围的世界——一个值得梦想和渴望的理想，但永远无法实现。

《我弥留之际》：是充满希望还是悲观？

读过福克纳作品的读者会发现，很难将他的悲剧性作品——至少从表面上看是悲观的作品，尤其是他早期到中期职业生涯的作品，如《我弥留之际》——与接受诺贝尔文学奖时的演说词中的乐观言论相协调。福克纳曾说："我拒绝接受人类末日会来临的观点……我相信人不仅仅会存活，他还能越活越好。他是不朽的。"（《福克纳随笔》101页）这句话常常被视为对希望和乐观主义的最高声明。在美国社会中，这句话产生了巨大的反响，因为胜利是美国人的民族信条。

一些人认为这篇演讲仅仅是一种花言巧语（艾迪·本德仑会谴责的那种），是一种与伟大的小说没有什么关系的公开姿态。其他人则认为演讲的情感是真诚的。真相可能介于两者之间，就像《我弥留之际》所展示的那样。

毫无疑问，本德仑一家（他们的名字暗示着"负担"）忍受了自然灾害、公众的蔑视和家庭内部的暴力冲突，才成功地将艾迪送回杰弗生镇的老家安葬。而且，至少从法律意义上讲，家庭单位最终会随着新妻子和母亲的出现而恢复。

然而，本德仑一家所获得的胜利却因旅途中的悲剧性后果大大降低。尽管安斯娶了一位新妻子，还得到了一副假牙，但其他家庭成员似乎失去的远不止是母亲：达尔被宣布患上精神疾病，被强行送往杰弗生镇的精神病院；杜威·德尔未能成功堕胎，在尝试堕胎的过程中又一次遭受了性侵犯；卡什可能终身残疾；朱厄尔失去了他的马；瓦达曼甚至连心爱的玩具火车都未能看到，更不用说得到了。虽然他们都幸存下来，但不太可能说他们已经获胜。

或许，依据福克纳的观点，他们或许已经获得了胜利。福克纳本质上是一位悲剧作家，接受诺贝尔文学奖时的演说词可能并不像人们普遍认为的那样乐观。首先，该演讲主要关注的是艺术的作用，而非关于人类生存状态的评述。对于福克纳这种类型的艺术家而言，艺术始终凌驾于现实之上。其次，他关于人类将永存的言论是在回答一个他提出的问题：人类会利用原子弹毁灭自己吗？福克纳的观点是，人类绝不会自毁，他们将继续生存下去。但是，正如他在所有著作和多次访谈中明确指出的那样，这种未来的不利之处在于，人类的本性和行为很难得到真正的改善。人类历史必将继续前行，然而它仍然将以过去那种善与恶的激烈冲突为鲜明特点。尽管人类可能展现出勇敢、坚毅、良善、胸怀理想以及友爱等美好品质，但人类亦存在自私、憎恨、贪婪、淫荡和邪恶等负面特征。这与本德仑家族的命运何其相似。

"凭借 AAA 和 WPA 的名头就可以大把捞钱"：
福克纳、政府与个人

白晶 译

在本篇文章中，笔者将深入探讨福克纳始终秉持的关于个人自由与独立的观念如何在 19 世纪 30 年代至 40 年代早期这个特殊历史时期得到了实际佐证。这并非仅仅因为经济萧条及国际战争不断的紧迫威胁，同时亦反映出当时整个美国社会被迫采用一种政府模式，即日益加强的官僚主义、计划经济以及一致主义——逐步向后来被称为"福利社会"的新政社会主义演变。为了深入探讨此议题，笔者将审视以下两部短篇小说，即分别为 1934 年发表的《瞧！》(Lo!) 和 1941 年发表的《高大的人》[1]。在此之前，笔者须为自身的观点提供一个恰当的背景框架。

威廉·福克纳，无论是在其人生轨迹中还是在文学创作领域，均坚定不移地坚持个人主义原则。他对隐私权的尊重、选择居住在小镇奥克斯福而非全国性的文学中心、时常偏离常规的着装风格及行为举止，以及他独特的写作风格，无不彰显出福克纳对非传统观念的尊崇。在他于 1927 年发表的第二部小说《蚊群》中，福克纳让其中一个角色向另一个角色［一位扶轮社 (Rotarian) 的成员］做出如下判断："这即是你在参加各类社团后，习惯成自然后会遭遇的状况。只要一个人开始参与群体或俱乐部的活动，他精神上的特质便会逐渐消散。"(《蚊群》36 页) 福克纳曾言："只有个人主义者才能成为一流的作家。"他进一步解释道："他无法在某个群体或学府中成为一流的作家。"(《福克纳在大学》33 页)

颇具讽刺意味且充满矛盾的是，在荣获 1950 年诺贝尔文学奖之后的若干年间，福克纳在其漫长的生命历程中首次扮演起公众人物的角色。他频繁出席各类访谈节目，发表毕业典礼演讲，被美国国务院任命为友谊大使前往希腊、南美、日本等地进行文化交流，甚至鉴于德怀特·艾森豪威尔 (Dwight Eisenhower) 总统的盛情邀请，他还曾担任"人际计划"(People-to-People) 作家集会主席一职。然而，福克纳在这些公众场合中总显得并非游刃有余或得心应手；即便他承担的社会和政治责任愈发增多，他仍经常回归到他一生中大部分时光所坚持的坚定的个人主义者的位置上。事实上，福克纳一般是通过运用他享有的国际声誉赋予他的公共平台，批判各团体、组织、政府并维护个人的权利和自由。

例如，1951年，他向其女儿就读的高中毕业班级发出警醒之声，表示现代社会所遭遇的最大困境便是"他头上的那种专制势力经营已久、组织严密的等级制度，而且还可以摆脱那件重物，教会与国家的专制力量在那团重物里压制他、束缚他，使得他个性丧失殆尽，毫无活力"（《福克纳随笔》54页）。同一年，一位访谈者确信地断言，"他是一位坚定的个人主义者，是孤立且看似孤独的抵抗者，以对抗20世纪人们对加入及佩戴徽章和制服趋势的热衷"（《园中之狮》第67页）。无论是在宗教领域、政府机构或者抗议行动之中，抑或在文学团体之间，福克纳始终坚持个人有可能被淹没在全名的无名旋涡中。福克纳曾在弗吉尼亚大学的年轻写作团体中宣称，"作为个人的人，是再也生存不下去了"，并且"人类自身倘想继续生存，只有放弃与排斥自己的个性，参加到他的那个专制小宗派里去"（《福克纳随笔》134页）。然而，福克纳仍坚决认为这种观念是谬误的。他指出："许多事件都是通过个人的抗议得到解决的。"（《福克纳在大学》80页）福克纳在某些时候会将此原则特殊地应用于作家群体。他对各类形式的政府对作家及其他艺术家的支持抱持着可预见的强烈质疑态度。他曾如此表述："我并不认为，艺术家应过度依赖任何资助来源。我坚称他们必须维持自由精神，甚至某些困境也可能对其产生积极影响。"（《福克纳在大学》169页）在另一个场合，福克纳明确指出："当作家必须接受来自政府的资助时，他的创作自由权即已遭到剥夺。"（《园中之狮》211页）

鉴于福克纳对个人主义和自力更生的观念极度推崇，我们将对他的《瞧!》与《高大的人》两部作品进行深度解析。尽管这两部作品尚未被广泛认可为福克纳的杰出代表作，然而它们对于1930年乃至当代的政治环境都具有极其深远的启示意义。

美国总统与来自密西西比州契卡索族印第安人社区的政治对话被记录了下来。虽然这位总统没有明确点明，但他的行动准则与安德鲁·杰克逊（Andrew Jackson）颇具相似性。这些印第安人抵达华盛顿，对他们在原籍地饱受白人压迫进行抗议。在他们的原籍地中，印第安部落有一位成员被指控杀害了一名欺骗印第安人的珍贵财产——横跨河流的一处浅滩——的白人。印第安人请求总统通过其部落的传统仪式宣告凶手无罪，然而，这个凶手恰恰是部落酋长的侄儿。为了充分展示他们所面临的困境，印第安人在白宫草坪搭建帐篷，并成功使两名成员潜入白宫，他们在总统卧室外的走廊中留宿。他们坚决主张，除非总统满足他们的诉求，否则他们不会离开华盛顿回到家乡。

虽然《瞧!》被阐述为发生在百年前的历史叙事，但实际上，它亦可被视为大萧条初期美国政府所采取的一种隐秘策略——一种针对遥远且漠然的联邦政府在应对主要属于地方或省级性质问题时效率低下的嘲讽手段。据大量读者推测，该故事或许受到了1932年夏季华盛顿抗议集会的影响。这次集会是由在第一次世界大战期间失业的六万名士兵组成的远征军奖金行动。他们要求提前支付原本应在1945年才能领取的军事服务奖金。与福克纳笔下的戏剧情节有所不同，真实事件以悲剧性收场，富兰克林·D.罗斯福（Franklin D. Roosevelt）总统调动了道格拉斯·麦克阿瑟（Douglas MacArthur）少将指挥的联邦军队，后者竟无视总统禁止过度使用武力的指令，下令他的军队闯入抗议者的营地，将示威者逐出城市。此次抗议活动中有两位退伍军人在混乱中丧生，由此引发的公众对联邦政府的敌意之强烈，以至于有传言称，民主党总统候选人富兰克林·D·罗斯福在这场挫败之后对一位密友表示："好的，这使我得以当选总统。"[2]

在福克纳的小说中，政府被刻画成一个迟钝而缺乏信息的官僚机构，充满了戒备心、偏见以及本质的无能。该小说的开篇段落为整个故事情节定下了基底。作为美国总统，一位在全球政治舞台上闻名遐迩的领袖，刚刚从夜半的沉睡中苏醒，他悄悄地推开更衣室的门，巧妙地借助于一面镜子来遮掩自己的行踪，暗中观察走廊外是否仍有两位印第安人守卫在他的门口。他们的确仍在那里，连同他们上次用餐时遗留下来的骨头。"该死，该死，该死。"总统说道，然后退回去，"踮着脚，手里拿着靴子"，走向一个后楼梯，这将使他能够在自己的住所内逃脱，"把帽子戴得很低，遮住脸"，使他的对手无法辨认出他来（《短篇小说集》340 页）。

在总统成功逃离白宫后，他与一位政府高层官员进行了会谈，该官员仅被笼统地称为"国务卿"。在表达了要求早餐食物["给我们吃点早饭……我们不敢回家"（《短篇小说集》341 页）]后，总统与其深入探讨了如何应对印第安人所面临的问题。当国务卿提出印第安族群应属于总统职责范畴的建议时，总统立即激动地予以反驳：

> "他们不是受你那部门管辖的吗？我只不过是个总统？我该怎么跟，譬如说，法国大使解释为什么他的夫人不敢来拜访我妻子，因为白宫的走廊和入口处都挤满了半裸体的契卡索印第安人，不是躺在地上睡觉就是在啃半生不熟的肉骨头？而我本人只好躲了起来，离开我自己的餐桌向别人要早饭吃。"（《短篇小说集》343 页）

最终，鉴于无法寻找到其他合适的方式以化解印第安契卡索部落针对国家首都的包围之困，同时又获悉更多的印第安援军正在迅速增援，总统只好妥协，为印第安人举办了一场庄重的仪式，洗清了酋长侄子的罪名，并将浅滩归还于部落。在故事的终章，当那位印第安罪犯再度无情地杀害另一位白人之际，荒诞的情景有可能再度上演，总统决定将争议土地"从今以后永远"（《短篇小说集》355 页）划归印第安人所有——前提是他们永远不得离开这片土地而踏入白人的领地。

显然，这部作品《瞧！》与传统故事中所采用的夸张叙述模式相契合，然而其喜剧效果与渲染力却展现出政府在面对无法理解或掌控之敌对势力时所面临的严峻形势。或许，福克纳以其典型的模糊表达方式所蕴含的最大讽刺在故事结局处得以体现，描绘了一位"精明与狡猾"(《短篇小说集》356 页)的总统扬扬得意于他成功欺骗了一群缺乏教育的乡野之人,然而他却并未察觉到,正是印第安人取得了这场较量的胜利,他们巧妙地令美国政府将土地归还,并设定了两方间稳定的边界。如同弗雷德里克·卡尔所指出的,福克纳在此再度演绎了关于脱离(指 1861 年美国南方十一州脱离联邦——译者注)的故事,只是这一次,主角则换成了印第安人替代了叛逆的南方联盟[3]。然而,实际上存在着一个重大的差异:在此情况下,分离主义者胜利了。类似于约翰·多斯·帕索斯、约翰·斯坦贝克以及大萧条时期其他反体制作家的作品,《瞧!》并非一部以唤起民众对明智、高效的联邦政府信任为目的的作品。

《高大的人》所设定的历史时期,恰好是第二次世界大战爆发之前。同样,这部作品以生动的笔触描绘了联邦政府与那些独立自主、自力更生的公民群体之间的矛盾冲突。小说中,抗议者的角色由麦克勒姆家族承担,这个居住在约克纳帕塔法县的农场家庭将个人责任和家族荣誉置于对遥远、冷漠、抽象的联邦政府之集体忠诚之上。

在故事的开篇,一位政府官员作为征兵调查员,来到麦克勒姆家族农场执行逮捕令,该逮捕令的目标对象为拒绝遵从法律规定,要求成年男性必须进行征兵登记行为的拉斐·麦克勒姆(Rafe McCallum)的双胞胎儿子。"你的意思是说我们宣战了?"拉斐疑惑地问。"这不是问题所在。"政府官员解释道。然后,他完全误解了双胞胎的动机,继续说道:"我们只要求他们去登个记。这一次未必能抽中他们的编号,根据平均数法则来说,他们有可能不会被抽中。但是,他们拒绝——总归是没能来——登记。"(《短篇小说集》43 页)

这位调查人员,固有的偏见使得他将所有的南方农村居民一概而论地描绘为毫无价值、无所事事的逃兵役者及不思进取的福利享受者。然而,随着故事的推进,令人意外的是,他意识到了麦克勒姆家族所展现出的无畏勇气、高尚荣誉以及鲜明个性。例如,他得知,麦克勒姆家族曾经拒绝按照政府的新规定种植棉花,这些规定设定了可耕种土地的配额并对收成的销售价格进行了严格控制。他们同样拒绝接受政府向愿意让土地休耕的农民提供的现金支付方式。在被逼无奈之下,跟随征兵调查员执行逮捕令的警察局老局长,详细地阐述了麦克勒姆家族与政府之间的历史纷争:

> 那时政府开始对一个人该如何打理自己的土地、如何种植棉花进行干预……所以,他们不愿在什么文件、售卖许可证或者别的东西上签字。他们就按照老安瑟教给他们的方法接着种植和轧制棉花。似乎他们压根就不相信政府,不相信政府真的会提供帮助,不管他们是否需要这种帮助;不相信政府干预产量的措施,他们要通过自己的双手,辛勤地将它们种植出来,然后收割,并且就用自己家的轧棉机将它们轧好,他们一直以来就是这么做的,再把它们拉到镇子上去卖,他们一路将棉花拉到杰弗生,直到那时才发现卖

不了了。那是因为，首先，他们收得太多了，其次，他们没有拿到准许售卖的许可证。于是，他们又把棉花拉了回来。(《短篇小说集》50-51页)

在老局长详尽的阐述中，麦克勒姆家族的棉作物种植经历揭示了政府规章制度及官僚控制下的私营企业与个人自由的命运——更确切地说，就像福克纳所表达的那样："凭借十多个类似 AAA 和 WPA 这三个字母打头的名头就可以大把捞钱，人们哪还用得着去干活。"(《短篇小说集》53 页，AAA 指的是农业管理局，WAP 指的是工程管理局——原译注)。老局长继续对新政救济计划进行抨击，他表示美国的困境在于"我们为自己制定了这么多字母组合(指类似前面的那两个缩写字母所代表的部门——原译注)、制度、方法，结果就看不到其他东西了，如果我们看见的东西与字母组合和制度不相称，就不知该怎么办了"(《短篇小说集》54 页)。

该名调查员更感到惊讶的是，麦克勒姆兄弟，并不是他原以为的胆小无力的应征者，实际上是自尊的后裔，他们的家族成员曾经自愿且英勇地在内战和第一次世界大战中效命。麦克勒姆家族遵循着传统而守旧的荣誉观和爱国义务，他们被称为"高大的人"并非因为他们的体型，而是因为他们在危机中"昂首挺胸"，当真正的战争爆发，国家需要他们时，他们将是首批志愿参军的人，但他们不会被迫违背自己的意愿。根据麦克勒姆家族(以及福克纳)的观点，荣誉、美德和爱国主义是必须自由选择的品质；它们不能也不应该被政府通过强制征兵强加到人们身上。

正如《瞧!》中所描绘的那般，在《高大的人》中联邦政府的形象被刻画得极度负面。这并非一个真正意义上的"民有、民治、民享"的政府，福克纳在这些故事中所呈现出的政府，与普通公民之间在沟通上出现了严重的裂痕，更倾向于关注法律规则和要求，被非正义的官僚所控制，并过度痴迷于保护和延续其自身权力基础。

尽管福克纳对集权统治持有批判态度，然而，将他视为无管制自由和个人主义的维护者是错误的。尽管福克纳几乎毫无疑问地赞同"最好的政府是管理最少的政府"这一长期流行的观点，但是他却并未欣然接受亨利·戴维·梭罗 (Henry David Thoreau) 将这一逻辑推广到"最好的政府是完全不管理的政府"[4]的立场。我们不能忽视，在1936 年出版的《押沙龙，押沙龙!》中，以及在 1940 年出版的《村子》中，福克纳塑造了两位个性复杂的人物——托马斯·萨德本和弗莱姆·斯诺普斯(这是大萧条时期的两部作品)，他们可以被视为创业型、自由市场资本家的代表。然而，随着大萧条的到来，这种类型的人物，以及资本主义的所有商业实践，都受到了质疑。托马斯·萨德本和弗莱姆·斯诺普斯的描绘，与杰伊·盖茨比的描绘一样，对美国梦进行了严肃的批判。

然而，我认为适当的说法是，福克纳绝对不会将解决物质主义盛行和个人主义抬头这两个问题的重任交给政府。他相信，20 世纪 30 年代的经济和政治问题，如同过往的诸多问题一样，源于"人心与它自身相冲突"(《福克纳随笔》101 页)；而这些问题的解决方案也必须在人类内心寻找，而非依赖于政府权力或法令。从根本上说，在他对公民与政府关系的看法中，福克纳更倾向于杰斐逊（Jefferson）式的观点，而非汉密尔顿（Hamilton）式的观点——他与杰斐逊一样，主张有限政府，支持农业生活方式，反对工业生活方式，以及倡导道德责任和公共利益的贵族精神。我们可以在福克纳于20世纪50年代反对联邦强制性融合的立场中看到这一点，尽管他同时（或许有些矛盾地）支持种族公正和平等原则。然而，福克纳关于南方应该被允许自行解决其问题，无须北方干预的观念并非他晚年才提出的：他早在20世纪30年代和40年代初期就已经在诸如《瞧！》和《高大的人》这样的故事中表达了这一观点。

注　释

[1] 《瞧！》首次发表于1934年11月的《故事》（Story）杂志；《高大的人》则刊发于1941年5月31日的《星期六晚邮报》（Saturday Evening Post）。两者均收录在《短篇小说集》中。

[2] 若要深入探讨退还远征军奖金、撤离华盛顿的事件，参见 Donald J. Lisio, *The President and Protest: Hoover, Conspiracy, and the Bonus Riot* (Columbia: University of Missouri Press, 1974), 166-225。

[3] Frederick R. Karl, *William Faulkner: American Writer* (New York: Weidenfeld and Nicolson, 1989), 419.

[4] 尽管"最好的政府是管理最少的政府"这一观点常常被归功于托马斯·杰斐逊，但历史学家已经指出，这句话并未出现在他的任何著作中。梭罗在他的文章《论公民不服从的责任》（On the Duty of Civil Disobedience）中对这句话进行了修订。

福克纳与好莱坞：重新评价的呼唤

白晶，张静雯 译

献给我的合作者和朋友路易斯·丹尼尔·布罗德斯基

时至今日，人们普遍认为福克纳对好莱坞心存不满。然而，我并不认同他确实厌恶好莱坞这一说法。在当时的作家群体中，表达对好莱坞的厌恶成为一种流行趋势。但事实上，大部分人都并非真心的，他们在那里逗留的时间以及重返此处寻求就业机会的频率便是最好的例证。

——本·沃森（Ben Wasson）[1]

我将引用几句[2]，您应该能够轻易识别其出处。

我是黑人奴隶和鳄鱼的后代，他们的名字都是格拉迪斯·洛克。我有两位胞兄，其中一位名叫沃尔特·E. 特拉普洛克（Walter E. Traprock）博士，另一位叫鹰石（Eagle Rock），实为一架飞机。

原本我期望你能持有我的狗牌，皇家空军的。然而，在欧洲大陆，尤其是在德国的一次遭遇中，我不幸将其丢失。据我推测，它可能已经落入了盖世太保的手中。目前，我极有可能被他们视为一位已故的英国飞行军官兼间谍。

倘若战事爆发，就算这意味着我将在街头枪杀黑人，我也必定会投身于密西西比州保卫战中，迎战美国。

我从未读过《尤利西斯》。

我认为自己是个农民，而不是作家。

以下是关于好莱坞的：

我又在盐矿了。

好莱坞是世界上唯一一个你在爬梯子的时候会被人背后捅刀子的地方。

我会一直低声说："他们周六会付钱给我，他们周六会付钱给我，他们周六会付钱给我。"

我并不欣赏此地的气候、居住在这里的人们以及他们的生活方式。这里的一切都是平淡无奇的，然后在某一个早晨，当你睁开双眼时，你却发觉自己已然是一个年逾六旬的老人了。相比之下，我更加向往佛罗里达的生活。

众所周知，当威廉·福克纳发表言论以及创作作品之时，我们理应予以高度警觉——并非仅仅关注言辞本身，还需关注情境背景：时间、地点、受众、用语、意图，某些情况下，还须关注他是喝醉了还是清醒的。我们已经了解到，福克纳有时说的是实话；有时半真半假；有时扭曲事实；有时完全说谎。我们对此深谙于心。因此，当福克纳谈论其传记、军事经历、阅读习惯、职业、政治观点，或者他对种族、性别以及社会经济阶层的看法时，我们必须时刻保持警觉，甚至持有一定程度的怀疑态度。

显然，绝大部分福克纳的研究学者从未对他的言论有过半点疑虑，唯一值得注意的是他对自己在好莱坞那段岁月的负面描述。通常情况下，且长久以来，当福克纳针对好莱坞和电影产业发表批评时，我们会全盘接受，点头表示认同，若其言论有趣，我们甚至会笑出声来，然后继续投入到《喧哗与骚动》的阅读中。然而，我认为现在正是重新审视福克纳在好莱坞职业生涯的时候，不仅要审视其本身，还要审视它对其小说创作的影响。

总体而言，福克纳在好莱坞度过近四年的时光，他与电影公司签署了长达七年半的合约，比他在军队、新奥尔良、巴黎时期，甚至（或许）在孟菲斯或大森林生活的时间还要长。然而，尽管这些其他的生活经历及其所在地的影响被评论家广泛引用和剖析，但大多数福克纳传记作者和学者却对福克纳在好莱坞的生活弃之不顾，往往是全然忽视这一阶段。除了约瑟夫·布洛特纳为福克纳撰写的具有里程碑意义的传记外，关于福克纳在好莱坞的最详尽之记录莫过于米塔·卡彭特·王尔德（Meta Carpenter Wilde）的回忆录《一位深情的绅士：威廉·福克纳与米塔·卡彭特之恋》（*A Loving Gentleman: The Love Story of William Faulkner and Meta Carpenter*）。除此之外，部分论述好莱坞作家作品的文献亦有关于福克纳的章节[3]。然而，除了汤姆·达迪斯（Tom Dardis）的《阳光明媚》（*Some Time in the Sun*）外，所有这些书籍，包括布洛特纳与王尔德的作品，更多的是侧重于探讨福克纳作为普通人的一面，而非作为编剧的一面。

正如我即将阐述的，福克纳在好莱坞的贡献堪称卓越。然而，对于这些作品的批判性研究是较为有限的。据乔治·西德尼（George Sidney）的博士论文《福克纳在好莱坞：福克纳编剧生涯研究》（*Faulkner in Hollywood: A Study of His Career as a Scenarist*）记述，该论著是1959年在新墨西哥大学完成的。值得一提的是，西德尼的研究成果未曾公开发表，这无疑进一步揭示了对福克纳编剧才能的评价尚未得到充分肯定。对于这个问题，第一部广受关注的专著当属布鲁斯·F. 卡温（Bruce F. Kawin）的著作《福克纳与电影》（*Faulkner and Film*），此书于 1977 年问世。卡温在 1978 年的"福克纳与约克纳帕塔法会议"中担任主要发言专家，该会议将电影纳入议程，会议纪要以《福克纳、现代主义与电影》（*Faulkner, Modernism, and Film*）为名出版。卡温于 1980 年编辑了福克纳合作撰写的剧本《逃亡》（*To Have and Have Not*），并于 1982 年编纂了《福克纳的米高梅电影剧本》（*Faulkner's MGM Screenplays*）。自 1984—1989 年，路易斯·丹尼尔·布罗德斯基和我共同编撰了四部福克纳为华纳兄弟影业公司撰写的剧本，主要包括《戴高乐故事》、《战斗呐喊》（*Battle Cry*）、《乡村律师》（*Country Lawyer*）以及《种马道》（*Stallion Road*）。此外，吉恩·D. 菲利普斯（Gene D. Phillips）于 1988 年出版了《小说、电影与福克纳：改编的艺术》（*Fiction, Film, and Faulkner: The Art of Adaptation*），虽然其中仅有两章涉及福克纳本人的电影剧本创作[4]。1995 年，约翰·马修斯在其所撰写的论文《福克纳与文化产业》（*Faulkner and the Culture Industry*）中，深入剖析了福克纳创作的剧本《调换位置》（*Turn About*）［此剧本曾被改编为电影《活在当下》（*Today We Live*）］，充分展示了现代主义与大众文化之间的互动和交融。2000—2001 年，《福克纳学会杂志》（*Faulkner Journal*）专门推出了关于《福克纳与电影》的特刊进行全方位解读。2004 年，彼得·卢里（Peter Lurie）出版的专著《视觉的内在性：福克纳、电影及大众想象》（*Vision's Immanence: Faulkner, Film, and the Popular Imagination*）为该领域的研究成果添上了新的一章。在现代语言协会国际书目检索平台上，我们只找到了约二十篇关于福克纳电影创作的期刊文章。总之，评论界对福克纳电影作品的关注与对他的小说和故事的大量评论相比是微不足道的[5]。

鉴于这方面的学术研究相对较少，或许有必要概述一下福克纳的好莱坞作品。福克纳与好莱坞分分合合的关系始于 1932 年，当时，随着《圣殿》的大获成功，福克纳与米高梅电影公司签订了一份合同，并于 1932 年 5 月 7 日报到上班。然而，几个小时之内，他就离开工作岗位消失了。他后来解释说："我被我到来时的喧闹声吓坏了，当他们把我带到放映室看电影，并不断向我保证一切都会很容易的时候，我慌了。"（《福克纳传》773 页）然而，到了 5 月 16 日，他克服了焦虑，回到了电影公司。在接下来的四个星期里，他勤奋地工作，为公司提供了四个改编的故事[6]。在第一部作品《男仆》（*Manservant*）中，福克纳将自己的短篇小说《爱》（*Love*）改编为马来亚（Malayan）仆人达斯（Das）的故事。达斯牺牲自己的生命，拯救了在第一次世界大战期间救过他的英国军官的生命，并确保了他的幸福。福克纳的第二部作品《大学寡妇》（*The College Widow*）最初名为《夜鸟》（*Night Bird*），主角是一位热爱派对，并且在性方面非常主动的人物，使人不禁联想到《圣殿》中的谭波儿·德雷克。福克纳的第三部作品名为《赦免》（*Absolution*），描述了两个少年时代的朋友，他们的疏远和最终死亡都是因为他们对同一个女孩/女人的关注。福克纳在米高梅电影公司创作的第四部作品《飞行邮件》（*Flying* the Mail)的故事情节并不是他的原创作品，而是根据一本杂志上关于早期航空邮件飞行员的系列故事改编和整合而成的。

正如卡文(Even)所指出的那样，尽管这些初步的尝试展现了福克纳对当时美国好莱坞所制作的电影类型(例如，充满悲伤的爱情剧、赞美男性之间友谊的"兄弟影片"、描绘放纵女性主题的戏剧以及描绘航空事务的剧作等)有着深度的理解，他亦具备将其他作家笔下的作品进行改编的能力，然而电影公司却发现这些剧本中缺乏可用的素材，因此在两个半月之后，他们决定终止与福克纳的合同。然而，巧合的是，霍华德·霍克斯(Howard Hawks)刚刚购买了福克纳最近出版的短篇小说《调换位置》的电影版权，他邀请福克纳撰写剧本。据霍克斯透露，福克纳仅用了五天时间便提交了一份完整的电影剧本(此版本已失传)，霍克斯凭借这个剧本向米高梅电影公司推荐了此电影的创新设想，并成功地说动了该公司与福克纳重新签署合约。然而，不久之后，一项巨大的挑战便摆在面前：福克纳的短篇小说及剧本中缺乏女性角色，因此，米高梅电影公司的主管欧文·塔尔伯格(Irving Thalberg)指示霍克斯增加琼·克劳馥(Joan Crawford)为主角。福克纳欣然接受了这一建议，他重新编写剧本，为他的主角之一添加了一位妹妹，这项工作是在他位于奥克斯福的家中完成的，因为他的父亲刚刚过世，他需要回到那里。然而，到了十月初，他再次返回好莱坞，与霍克斯和编剧德怀特·泰勒(Dwight Taylor)共同协作，对修订后的版本进行精细的润色。这部电影于 1933 年 4 月 21 日正式上映，片名为《活在当下》，由加里·库珀、琼·克劳馥、弗兰肖·托恩(Franchot Tone)和罗伯特·杨(Robert Young)担任主演。尽管在拍摄过程中，剧本还经过了其他编剧(包括霍克斯)的进一步修改，但福克纳还是第一次因为故事和对白获得了银幕上的认可。更为重要的是，他与霍克斯建立了深厚的友谊和紧密的工作关系，这种关系在此之后持续了二十多年。

1932 年底至 1933 年初，在等待《活在当下》上映并期待着与霍克斯的未来合作的过程中，福克纳在奥克斯福的家中又写了两部长篇剧本：《战鹰》[War Birds，也被称为《鬼故事》(A Ghost Story)]和《拉丁美洲神话王国故事》(Mythical Latin-American Kingdom Story)。其中第一部是基于《自由》(Liberty)杂志中的连载故事改编的，该连载故事取材于第一次世界大战中一位在战斗中牺牲的飞行员的真实日记。福克纳在这部作品中融入了他之前讲述过的沙多里斯兄弟巴耶德和约翰的故事，并在某些部分进行了改写，就像之前在《坟墓里的旗帜》(《沙多里斯》)，以及两部短篇小说《飞向群星》(Ad Astra)和《所有死去的飞行员》(All the Dead Pilots)中讲述的那样。乔治·西德尼认为《战鹰》"可能是福克纳为好莱坞写得最好的作品"(《战鹰》203 页)。在福克纳为米高梅电影公司撰写的最后一部剧作之中，他借鉴了现代古巴的政治波澜，以及约瑟夫·康拉德的杰作《诺斯特罗莫》(Nostromo)，这部作品深受他的喜爱，从而创作了一个原创故事，围绕着一个拉丁美洲国家的人民起义反抗独裁者的主题，讲述了一段充满爱情、阴谋和革命色彩的传奇。虽然这两个剧本都没有被拍成电影，但它们，加上福克纳在《活在当下》中所做的工作，都证明了福克纳在米高梅电影公司工作的那一年里，作为编剧的技能获得了稳定而显著的进步。

1935 年 12 月，霍克斯邀请福克纳回到好莱坞，与乔尔·塞尔（Joel Sayre）合作编写《光荣之路》（*The Road to Glory*）的剧本[7]，这是 20 世纪福克斯公司制作的一部战争电影，由霍克斯担任导演、达里尔·F.扎努克（Darryl F. Zanuck）担任制片人。福克纳与电影公司的合同一直持续到 1937 年 8 月 15 日。尽管在此期间，他被分配到八个项目中[在其中一个项目中他被借调给雷电华电影公司（Radio Keith Orpheum，RKO），好莱坞黄金时期八大电影公司之一——译者注]，但他只在 1936 年的《光荣之路》和 1937 年的《奴隶船》（*Slave Ship*）中获得了银幕荣誉，后者是根据乔治·S.金（George S. King）的小说改编的[8]。在任期即将结束时，他获得了作为一名编剧所能获得的最高薪水（每月 1000~1250 美元）；然而，从剧作创作的角度而言，他在好莱坞的第二次逗留并未像首次那样成果丰硕，这主要归因于他过度饮酒、婚姻破裂及与米塔·卡彭特之间情事纷扰而引起的情感与精神动荡。许多关于福克纳长期嗜酒和工作状态不稳定的知名传闻——此类传闻强化了 1991 年电影《巴顿·芬克》（*Barton Fink*）中基于福克纳角色塑造的刻板印象——皆源于此时期。

福克纳和卡彭特第一次见面是在 1935 年，当时福克纳正在写《光荣之路》的剧本，卡彭特是霍华德·霍克斯的秘书。他们很快成为恋人，这种关系一直持续到 1937 年卡彭特与钢琴演奏家沃尔夫冈·雷布纳（Wolfgang Rebner）结婚。1942 年，雷布纳夫妇离婚，同年福克纳回到好莱坞。在此之后，福克纳和卡彭特又恢复了恋人关系。1945 年，卡彭特与雷布纳复婚后，这段关系基本上结束了。但是这对恋人于 1951 年在好莱坞见了最后一面，并一直保持通信，直到 1962 年福克纳去世。《野棕榈》中哈里·威尔伯恩和夏洛特·里顿迈耶的关系，以及《小镇》和《大宅》中琳达·斯诺普斯的一部分故事，都展现了福克纳与卡彭特之间的风流韵事。

福克纳第三次也是最长的一次好莱坞之旅，从 1942 年 7 月持续到 1945 年 9 月，其间他只为回奥克斯福的家而请过两次长假。在华纳兄弟影业公司工作时，他的周薪在 300~500 美元，远低于福克纳这样声望的作家通常得到的薪酬，也不及他之前在好莱坞工作时薪酬的一半。合约乃由经纪人威尔利亚姆·赫恩登（William Herndon）商洽而成。福克纳之所以同意，只是因为他急需资金周转。然而，这份合约在福克纳毫不知情的状况下，竟然包含了诸多条款，强迫其必须为华纳兄弟影业公司服务长达七年。福克纳在最终意识到这份合约的不公与卑微之后，对好莱坞的态度变得愈发消极乃至敌视。福克纳于 1945 年 9 月毅然离开了华纳兄弟影业公司，其主要原因是公司拒绝重新商议其薪酬待遇，并且他渴望将其全部精力投入到他的"巨著"[9]——《寓言》之中。两年后，华纳兄弟影业公司亦放弃了劝说他履行剩余合同的努力。

尽管福克纳在与赫恩登和杰克·华纳(Jack Warner)的生意往来中不愉快，但在华纳兄弟影业公司工作的那些年是福克纳在好莱坞最多产、最成功的岁月。他20世纪30年代在好莱坞的工作，代表了他对这个行业的学徒生涯；但当他在20世纪40年代回来时，他已经是一名能干、经验丰富的编剧了。1942年7月27日，他开始的第一项任务是创作一个关于"自由法国"军队领袖、第二次世界大战中的美国盟友夏尔·戴高乐将军的职业生涯的原创剧本。鉴于福克纳的深厚爱国情怀以及近期在美国海军寻求任职的努力，他深感该项目与自身的适配度极高。他满怀热情和干劲地投身于这个项目。在四个月的时间里，根据代表戴高乐将军的"自由法国"顾问的建议，福克纳创作了一个故事大纲、对故事进行了初步的处理和扩展，以及两个不同版本的完整剧本。现在，作为东南密苏里州立大学布罗德斯基收藏品的一部分，这些总共超过一千页的相关资料呈现了福克纳在任何一个电影项目中从开始到结束的最全面的记录，并提供了令人信服的证据，证明在好莱坞生涯的这个阶段，他是一位技艺高超的专业编剧[10]。

《戴高乐故事》未能成功搬上银幕有几个原因[11]，但似乎都与福克纳剧本的质量无关。最重要的是，福克纳与"自由法国"顾问之间就剧本的焦点问题始终存在冲突。戴高乐派希望这部电影主要是关于夏尔·戴高乐的传记，而福克纳则希望把重点放在被"自由法国"和"维希法国"(Vichy French，第二次世界大战期间法国的傀儡政府——译者注)之间的冲突所困的普通法国公民(剧本中两兄弟)身上。除了戴高乐派的固执外，战时政治的转变也导致了该项目的终止。戴高乐对盟军的事业造成的麻烦日益增多，罗斯福总统和丘吉尔(Churchill)首相已经开始将这位法国人排除在他们的军事战略之外。因此，到1942年11月中旬，也就是福克纳最后一次参与这个项目的时候，一部关于法国地下抵抗运动领袖的电影已经不再是美国政府的首要任务，随后也不再是与国防工作关系最密切的华纳兄弟影业公司的首要任务[12]。

虽然福克纳对《戴高乐故事》计划的取消感到非常失望，而且对接下来的几项任务也相当冷淡[13]，但仅仅四个月后，他又重获希望：霍华德·霍克斯邀请他拍摄一部歌颂盟军联合作战的史诗电影。福克纳在给女儿吉尔(Jill)的一封信中表达了他对这项任务的热情：

> 我现在正在为老朋友霍华德·霍克斯导演写一部大片，这无疑将是一部巨作。电影时长约为三个小时，制片方已允许霍克斯先生斥资三百五十万美元拍摄这部电影，并邀请了三到四位知名导演及几乎所有的一线影星参与其中。根据初步设想，这部影片或将被命名为《战斗呐喊》。(《福克纳书信选》173-174页)

《戴高乐故事》情节相对简单，福克纳是唯一的作者。但《战斗呐喊》(Battle Cry)则不同，这部作品由多位作者参与并各自以其独特的方式进行改编，生动地描绘了在不同前线的美国、英国、法国、俄罗斯、中国及希腊对轴心国抵抗的英勇事迹[14]。

在项目的早期和中期，福克纳与霍克斯、编剧威廉·巴彻（William Bacher）和史蒂夫·费舍尔（Steve Fisher）合作，将这些不同的材料——以前出版过的短篇小说、电影故事，甚至是关于亚伯拉罕·林肯的音乐大合唱——改编成一个统一的剧本。然而，编写剧本最终版本的任务还是落到了福克纳身上，而他也证明了自己完全能够胜任这一挑战。在编织各个叙事部分、转换视角和焦点、打破标准时间顺序的过程中，福克纳运用了他在《喧哗与骚动》《押沙龙，押沙龙！》和其他小说中使用的标志性叙事技巧。事实上，米塔·卡彭特记录道，福克纳对《战斗呐喊》的热情在很大程度上是因为它的实验性质："此作品在美学形式上是全新的，采用了大型全景式影像布景，呈现了时空的跃动感，而且摄像机的运用也超出了以往的任何尝试。"[15]因此，《战斗呐喊》可能代表了福克纳最雄心勃勃的尝试，即应用他早期小说的极端现代化意识的技巧来实现电影目的。

可以理解的是，福克纳认为他在《战斗呐喊》中的工作将会让他与华纳兄弟影业公司重新谈判工作合同，从而帮助他摆脱岌岌可危的财务状况。他的自信反映在他写给埃斯特尔的一封信中：

> （霍克斯）计划构建个人的独立工作室——他本人，他的作家，以此为平台撰写电影作品，并卖给出价最高的电影公司。我将担任他的编剧。他说他和我这个团队起码值二百万美元。这意味着，我们可以指望从任何一家电影公司获得至少二百万美元的资金来拍摄我们构思的任何电影，我们将用这二百万美元来制作电影，并分享其利润。当我回家时，我打算让霍克斯和电影公司都对这项工作感到满意。如果我能做到这一点，那么我或许能够摆脱眼下的财务困境。（《福克纳书信选》177页）

福克纳继续将《战斗呐喊》描述为"我相信的东西"，并指出"既然（他）写了一部好电影"，他应该能够取消赫恩登给他的烦琐合同。

然而，福克纳的期待再度破灭。华纳兄弟影业公司的预算部门认为制作这部史诗级电影至少需要四百万美元，于是电影公司决定终止该项目。因此，在短短的十二个月内，福克纳寄予厚望的两个项目——无论从经济角度还是艺术层面——均遭到第二次终止，他为这两个项目所创作的所有剧本都被尘封在电影公司的保险库中。

福克纳对于《戴高乐故事》以及《战斗呐喊》被取消一事深感惋惜，然而他在好莱坞的命运即将发生逆转，而且，和十年前一样，霍华德·霍克斯再次成为推动者。1944年初，霍克斯成功劝说华纳兄弟影业公司依据海明威的小说《逃亡》拍摄一部电影。霍克斯起初邀请到知名编剧朱尔斯·福瑟曼(Jules Furthman)改编剧本,但当福瑟曼离开该项目去拍摄另一部电影时,霍克斯邀请福克纳来修订福瑟曼改编的剧本。

在海明威的原著小说与福瑟曼的改编剧本中,《逃亡》都聚焦于哈里·摩根(Harry Morgan)的人生经历。他是一位落魄的捕鱼船船长,在经济大萧条期间,他利用自己租来的船在古巴和基韦斯特(Key West,美国本土最南端的城市——译者注)之间走私烈酒、非法移民和运送革命者,以此维持生计。然而,福克纳深谙美国政府对古巴政治动向的担忧,并从其在《戴高乐故事》与《战斗呐喊》中的法国素材中获取灵感,于是说服了霍克斯将海明威的原作转化为一部聚焦于"自由法国"与"维希法国"冲突的有关第二次世界大战的题材戏剧[16]。为了支持这种全新诠释,霍克斯决定将故事背景从古巴迁移至被法国维希政权控制的马提尼克岛。海明威小说的再创作为摩根提供了一种道德救赎的手段,同时也使饰演摩根的亨弗莱·鲍嘉(Humphrey Bogart)得以在华纳兄弟影业公司当时的热门影片《卡萨布兰卡》(Casablanca,1942年)中再度扮演"自由法国"军人的角色,该角色大获成功。

福克纳与朱尔斯·福瑟曼联袂创作了著称于世的《逃亡》剧本,而他在该项目上的成功也让他获得了将瑞蒙·钱德勒(Raymond Chandler)的悬疑惊悚小说《夜长梦多》(The Big Sleep)改编成电影的任务。这部电影由《逃亡》的两位主角亨弗莱·鲍嘉与劳伦·白考尔(Lauren Bacall)饰演。年轻的、尚未崭露头角的编剧莉·布莱凯特(Leigh Brackett)被安排与福克纳合作,霍克斯指导他们创作一部充满紧张场面并且对话幽默风趣的剧本。尽管这两位编剧在这两方面都收获了世人的赞许,但影片的结局既冗长又令审查人员无法接受,他们对故事的主人公故意引诱另一名角色(即使她是一个谋杀犯、色情狂和瘾君子)陷入圈套并最终遭枪击的情节表示不满。因此,霍克斯委托朱尔斯·福瑟曼改写了结局,结果是这三位编剧均获得了该影片编剧的荣誉。《夜长梦多》至今仍是福克纳最具影响力、最负盛名的作品之一。1997年,美国国家电影保护委员会将这部影片誉为"具备文化、历史或美学价值的电影",并将其收录于美国国会图书馆的国家电影登记册[17]。

福克纳的下一个主要任务是对詹姆斯·M. 凯恩(James M. Cain)的硬派小说《幻世浮生》(Mildred Pierce)之前的改编进行再创作。这部小说讲述了一个意志坚强、非传统的离婚女性在她新发现的商业领域,以及与一系列情人和叛逆女儿的关系中努力奋斗的故事[18]。福克纳是被邀请为凯恩的小说编写剧本的七位编剧中的第五位,虽然福克纳的作品很少被拍成电影,但他的剧本本身就值得研究和出版。阿尔伯特·J. 拉瓦利(Albert J. LaValley)仔细研究了所有不同的剧本,他指出,福克纳的剧本非常具有原创性,有时"偏离了哥特式风格",尤其是在对韦达(Veda)的刻画上[19]。福克纳对情节线最有趣的改变之一是他决定把米尔德里德(Mildred)的女仆洛蒂(Lottie)塑造成黑人女性,这与《喧哗与骚动》中的迪尔西非常相似。福克纳特别喜欢洛蒂在情人死后安慰米尔德里德的一幕，她把那个白人女人抱在怀里，唱着《偷走》(*Steal Away*)。在拉瓦利看过的一份手稿中，福克纳在页边空白处写道："该死！这个场景怎么会是这样？"[20]

在离开华纳兄弟影业公司之前，福克纳将斯蒂芬·朗斯特里特(Stephen Longstreet)的小说《种马道》改编成了电影剧本，这充分体现了他作为编剧所拥有的专业能力，同时也揭示了他在这一领域最终成功所遇到的一些障碍[21]。福克纳与朗斯特里特小说主题的紧密连接——对马的挚爱，对乡村和小镇生活方式的认同，对现代"进步"的质疑，对普通公民的敬重，对个体价值高于集体价值观的推崇[22]，以及对极度膨胀的物质主义和贪婪的鄙视——无疑，这为福克纳在剧本创作领域的杰出贡献奠定了坚实基础。然而，在将小说改编成剧本的过程中，福克纳也面临了许多具有挑战性的问题。

当然是要将三百页的小说压缩成七十五分钟的电影剧本。福克纳主要通过删除角色、整合场景，以及忽略朗斯特里特小说中冗长的编辑段落来完成这项任务。其最终制作出了一部以男主角拉里·汉拉汉(Larry Hanrahan)及其两位倾心于他的女性为主导的精简情节(与小说中呈现的两个主要角色和多个性/爱情趣向相反)，并且采用了间接和暗示而非直接说教的方式来传达主题。

虽然福克纳成功地将朗斯特里特的小说压缩成了一部统一而富有艺术性的剧本，但他在处理情节中的现实细节时未能通过《海斯法案》(*Hays Act*，美国电影制片人与发行人协会规定的制片法典，对好莱坞电影中可能出现的争议性内容加以限制。1934 年正式实施，1966 年被正式取消，代之以更加科学和成熟的电影分级制度——译者注)审查员的严格审查。在对福克纳的剧本初稿进行评估时，美国电影制作及发行机构生产代码管理局主任约瑟夫·I. 布林(Joseph I. Breen)向华纳兄弟影业公司提出了一些改进建议，即所有涉及动物的场景都必须严格按照美国人道协会的相关准则执行。而更为严重的问题则是涉及汉拉汉和黛西·奥蒂斯(Daisy Otis)的婚外恋情节。布林建议："应尽量减少展示奥蒂斯女士与汉拉汉亲吻或拥抱的场景。"[23]

尽管布林表达了忧虑之情，福克纳却没有在小说中删除有关性的情节。在他最终定稿的剧本里，黛西仍被描绘为一个好斗、不受拘束的性欲旺盛的女人，她和汉拉汉继续在公众场合炫耀他们的通奸关系。此外，汉拉汉情感纠葛的对立方黛西和弗里斯(Fleece)之间，展开了一场持续且频繁带有性暗示及双关语的对话。正是这些情节元素，斯蒂芬·朗斯特里特才会在评价福克纳的剧本时称其"在当时稍显过激"[24]。毋庸置疑，埃米特·拉弗里(Emmet Lavery)负责编写的下一个版本的剧本和朗斯特里特导演的电影版本将删除掉这些不合常规的性情节。福克纳版本的《种马道》是他最具艺术性的电影剧本之一，它也证明了，在 1945 年的好莱坞，福克纳远远领先于他的时代。

1945 年 9 月，当福克纳离开公司时，他以为自己与好莱坞的关系永远结束了，但事实证明并非如此。1951 年 2—3 月，他最后一次回到好莱坞，协助霍克斯根据威廉·E. 巴雷特(William E. Barrett)的小说《上帝的左手》(*The Left Hand of God*)而编写剧本；

1953—1954 年，他加入霍克斯的团队，先是在巴黎和瑞士，最后在埃及，共同创作《法老之地》（*Land of the Pharaohs*）的剧本，这是一部描绘金字塔建造过程的史诗级电影。虽然福克纳以电影《法老之地》（1955 年）的剧本获得了主要编剧的荣誉，但这部电影今天之所以仍然令人难忘，主要是因为它让福克纳获得灵感，并做出了关于电影作品的最滑稽的评论之一。据霍克斯在日后回顾，他与哈里·库尼茨（Harry Kurnitz）合作编写剧本时所面临的最大困难，在于如何准确捕捉埃及法老的话语表达。福克纳给出了明确的解决方案：让他们听起来像南方联盟的将军[25]。

现在，我们来讨论一下福克纳的电影工作与他的小说之间的交集。福克纳在给马尔科姆·考利的信中写道，他把"电影工作锁在另一个房间里"，与他的小说分开（《福克纳-考利档案》16 页）。但这样的观察不仅与已知的人类心理学相矛盾，而且与福克纳反复阐述的写作过程相矛盾。福克纳以不同的方式将作家的经验记忆库称为"文件柜""储藏室"和"仓库"，用福克纳的话来说，所有这些术语都指向"潜意识中存储的东西"，即"（作家）读过的东西，他看到的、闻到的、听到的和记住的东西"[26]。在西点军校，福克纳评论道：

> 我深信，每位作者的经历都会深刻地影响其写作。他可能是一个无道德底线的窃贼，从各处掠夺和窃取；他会充分运用一切；从电话簿到各种书籍，一切都可以成为他创作的素材，而他的所有个人经历也都被储存起来。他的潜意识中有一个储藏室，所有的这些都被收纳其中，而且永远不会丢失。有一天，他可能需要他曾经经历过、看到过、观察过或阅读过的某些经历，于是他就会把它挖掘出来并加以运用。（《福克纳在西点》96 页）

福克纳在好莱坞的历程与他在奥克斯福、多伦多、新奥尔良或巴黎的岁月同样重要。因此，福克纳在好莱坞的时光以及他作为编剧的工作与他的小说有显著的相关性，这一点并不令人惊讶。一些学者已经注意到了这些联系，然而，从我的角度来看，极少有作品能够获得应有的关注与审视。

福克纳在好莱坞的辉煌生涯中，有一部显著且引人入胜却又经常遭忽视的短篇小说作品：《遍地黄金》（*Golden Land*）。此作品于 1935 年 5 月首次发表于《美国信使报》（*American Mercury*）并被福克纳的《威廉·福克纳短篇小说集》收录。小说讲述了贝弗利山庄一位四十八岁、非常成功的房地产经纪人艾拉·尤因（Ira Ewing）的经历。尽管他在积累财富上的确十分成功，然而他的情感生活却是一团糟。他沉溺于酗酒和婚外情，与刻薄挑剔的妻子以及具有异装癖的儿子住在一起。他的女儿现为一名声名不显的演员，正因牵涉一场涉嫌性狂欢性质的派对而面临审判。据已证实的证据显示，该活动中涉及以性贿赂为媒介的交易，其目的在于从中获取一部电影中的微不足道的角色。他试图利用女儿的不光明正大的行为作为筹码，从而获取商业利润，即将这个消息卖给了小报新闻记者。在这个故事中唯一的正面角色便是尤因年迈的母亲，她渴望回到内布拉斯加州的家中的农场，同时对儿子并未接受她和丈夫所传承的"在艰辛与忍耐中，学会尊严、勇气与自豪"的价值观深感遗憾（《短篇小说集》640 页）。

从表面上看，《遍地黄金》显然是对好莱坞文化的控诉——它的腐败、空虚、哗众取宠、贪婪、浅薄和无根性[27]。就像纳撒尼尔·韦斯特的《蝗虫之日》（*Day of the Locust*，1939 年）一样，福克纳的故事是它的先驱，好莱坞是一片文化荒原，梦想和道德在这里走向死亡。正如福克纳所描述的：

> 洛杉矶……在柔和朦胧的阳光下，整座城市看上去像绚丽的纸屑，被吹得四散八落，洒在这一片荒芜的土地上，是的，这座城市最奇异的，就是飘荡无根。一座座亮丽的房子，没有地下室，没有地基，轻飘飘附着在几寸厚的土壤之上，这些土壤，简直比灰尘还轻，再往下，就是千万年的原始熔岩。来一场大雨，就能把所有一切冲刷一空，再也看不见，再也记不起，就像水龙头冲刷下水道一般。（《短篇小说集》637 页）

福克纳甚至预料到了韦斯特在小说结尾时所描写的末日之火：

> ……就是这么一座城市，富可敌国，其命运却似乎注定诡谲，系于一线，虽价值万金，但却如此脆弱，仿佛一根无意中划着的火柴，刚刚点着，就被划火柴的人仓皇踩灭。（《短篇小说集》637 页）

正如 H. R. 斯通巴克（H. R. Stoneback）所言，《遍地黄金》是福克纳"对加州作为反伊甸园乌托邦的景观的权威研究——是流离失所、无根和腐败的缩影"[28]。

然而，将福克纳在《遍地黄金》中的批判仅仅局限于好莱坞文化的论断实属谬误。如同韦斯特稍后所阐释的，福克纳将好莱坞刻画为美国文化的一个缩影——美国梦变成了噩梦。这对福克纳来说并不是一个新主题。自从《喧哗与骚动》以来，他便一直以各种形式对该主题进行探讨，尤其是在《圣殿》和最近的《标塔》中。事实上，在《标塔》中，他特别地把好莱坞与更广阔的美国景观联系起来：舒曼在俄亥俄州的房子是"一间平房，一个紧凑而脆弱的整体，由台阶、门廊、平顶山墙和凸窗组成，不到五年历史，是用彩色泥巴和铁丝网建造的，这种传统被加利福尼亚州的电影胶片散布到北美各地，仿佛胶片上携带着细菌"（《短篇小说集》270 页）。在福克纳看来，无论是在比弗利山庄、俄亥俄州、新瓦卢瓦（New Valois）、孟菲斯还是杰弗生，美国人正变得流离失所、无根、无灵魂："一个全新的物种"（《短篇小说集》639 页），他们"不是人类……""你

很难想象他们两人之间的性行为，就如同你无法预见他们两架飞机在机库角落协同飞行的情景。"（《标塔》204 页）

福克纳的好莱坞经历和他的小说之间还有许多其他的交集。福克纳在《飞行邮件》中描写的巡回飞行员在《标塔》中以不同的名字继续存在着。在他的小说《该死的别哭》(*The Damned Don't Cry*)[29]中，福克纳对主人公——意志坚强、坚韧不拔的塞尔达·奥布莱恩(Zelda O'Brien)——的刻画与《修女安魂曲》中的谭波儿·德雷克非常相似。此外，该小说的戏剧部分采用舞台视角，主要通过对话推进故事，与典型的福克纳小说相比，更接近于电影类型。在福克纳为马尔科姆·考利所写的《福克纳袖珍文集》的附录康普生家族史中，凯蒂·康普生在与"一个小电影大亨"离婚后，"在 1940 年德国占领的巴黎"消失了，并与"一位戴着德国总参谋长的缎带和标签的英俊精瘦的中年男子"（《福克纳袖珍文集》711 页、713 页）一起出现在一张照片中——福克纳在《戴高乐故事》和《战斗呐喊》中所描写过相同的场景。《寓言》的起源是福克纳、威廉·巴彻和亨利·海瑟威(Henry Hathaway)在好莱坞讨论的一部电影，他们的想法是，埋葬在凯旋门墓下的无名法国士兵是基督的转世，《戴高乐故事》中对戴高乐的描述是基督形象，这预示着小说中更充分地使用了基督的比喻。就连福克纳写在"山楸橡树"办公室墙上的《寓言》的情节概要，也在一定程度上借鉴了编剧和导演在好莱坞故事会议上用来规划场景的图表。此外，在《戴高乐故事》中，一位牧师的演讲也预示了福克纳在接受诺贝尔文学奖时的演说词中的想法和措辞[30]。

同样地，《战斗呐喊》中也包含了一些关于种族关系的素材和观点，这些观点在《坟墓的闯入者》及 20 世纪 50 年代福克纳所写的相关论文及演讲中得到了更为充分的阐述。在福克纳描述的美国北非部队中，有一个名叫阿克斯(Akers)的南方白人，还有一个象征性地被命名为"美国"的黑人士兵，后者在战斗中受伤瘫痪。阿克斯虽然对自己的受伤战友表现出了令人钦佩的同情心，但同时也表现出了强烈的地域性甚至种族偏见。当一名被该部队俘虏的意大利人将美国描述为一个"所有人都可以投票决定所有人应该做什么或不应该做什么"的地方时，其中一名美国士兵巴特森(Battson)回答说："除了美国人，所有人都可以。在美国某些地方，美国人民没有任何发言权。问问阿克斯就知道了。"然而，站出来为南方辩护的不是阿克斯，而是意大利人。他坚持认为，南方将会改变，"只要这个国家那个地区以外的人，那些与此无关的人，不再试图强迫他们给美国人民投票权"（《战斗呐喊》102 页）[31]。

当然，一名意大利囚犯在北非沙漠向美国士兵讲述美国的种族歧视显然是荒唐可笑的；福克纳在修改剧本时明智地删掉了这一段。然而，值得注意的是，福克纳在1943 年就已经开始思考一些主题和问题，这些主题和问题最终会通过加文·史蒂文斯的声音在《坟墓的闯入者》中得到表达，也会通过福克纳自己的声音在《致北方的一封信》(A Letter to the North)和《如果我是黑人》(If I Were a Negro)等散文中得到表达。

福克纳的电影作品与小说作品之间存在着前后交织的相互影响：不仅他的一些剧本创作后来融入了他的小说，而且他的小说素材也偶尔会被巧妙地编织进他的电影剧本和情节大纲中。例如，在他的剧作《调换位置》中，除了采纳短篇小说的情节和角色设定外，还包含了一段兄妹之间近乎乱伦的情感纠葛，以及一段孩童们在小溪嬉戏的动人画面（福克纳原著的剧本中有这个桥段，然而在电影版却被删减），还提到了婚礼诗歌"那声音响彻在伊甸园的上空"——所有的细节都来自《喧哗与骚动》的文本。如前所述，《男仆》是对早期短篇小说《爱》的改编；《大学寡妇》借鉴了《避难所》（Sanctuary）；而《战鹰》则取材于《坟墓里的旗帜》（《沙多里斯》）《飞向群星》和《所有死去的飞行员》中的人物和事件。《大地的反抗》（Revolt in the Earth）是对《押沙龙，押沙龙!》的松散改编（在卡温看来，这是一个拙劣的改编）[32]。

福克纳将约克纳帕塔法县转变为好莱坞形式的最彻底的尝试可以在他根据贝拉米·帕特里奇（Bellamy Partridge）的小说《乡村律师》编写的故事情节中找到。福克纳将帕特里奇的故事背景从纽约的菲尔普斯（Phelps）转移到密西西比州的杰弗生镇，并追溯了加洛韦（Galloway）和霍伊特（Hoyt）家族四代人的历史与两次战争，这与他处理约克纳帕塔法县的沙多里斯、康普生、萨德本、麦卡斯林和斯诺普斯的方式非常相似。小山姆·加洛韦（Sam Galloway, Jr.）和他的黑人同伴斯波特·莫克西（Spoot Moxey）的亲密关系再现了《没有被征服的》与《去吧，摩西》中的两个种族的友谊（就像《坟墓的闯入者》中那样）。斯波特的祖母瑞秋（Rachel）与《喧哗与骚动》中的迪尔西如出一辙，而且（福克纳在其葬礼演讲以及夜间为买冰激凌跑腿的实例中明确阐述了这一观点）卡莉嬷嬷（Mammy Callie）是基于真实的卡罗琳·巴尔而塑造的。诸如托比（Tobe）（《献给爱米丽的一朵玫瑰花》）、米切尔（《坟墓里的旗帜》）、科德菲尔德（《押沙龙，押沙龙!》）和斯普特（Spoot）[《黑衣小丑》（Pantaloon in Black）]这样的约克纳帕塔法家族的名字在《乡村法律》中反复出现。伊迪丝·贝勒米·加洛韦（Edith Bellamy Galloway）墓碑上的碑文与福克纳后来在《小镇》中为尤拉·瓦尔纳·斯诺普斯建立的纪念碑上的碑文惊人的相似。

至今为止，我始终致力于证实福克纳在好莱坞的生涯与作品，以及他所创作的小说中的人物、情节和主题之间的关联性远超过人们现有的认知——实际上，这种关联如此紧密，以至于假设这两者是完全独立且无关的体系是无法立足的。最后，我尝试深入挖掘福克纳在好莱坞时期对于自身文学风格可能产生的潜在影响，甚至可能改变了其小说创作的手法。在此，我们步入了一个模糊且不确定的领域，因为识别角色名称、类型和动作之间的相似性要比识别形式与风格中更深层次、更不明显的共同之处容易得多。

福克纳早期、中期以及晚期的小说具有显著的不同特征，该观点长久以来已被诸多福克纳批评家广泛认同。大体而言，首个阶段与学徒时期紧密相关，第二个阶段则关联了不朽的成就，而最后一个阶段则涉及衰落。根据这种分类，并借用亨利·詹姆斯曾经被评价的话来说，有"第一阶段的福克纳""第二阶段的福克纳"，以及"伟大的伪装者福克纳"。正如"重要的岁月""约克纳帕塔法之心"和"无与伦比的时光"[33]等短语所反映的那样，福克纳中后期的区别通常伴随着这样一种判断，即福克纳伟大的创作天才以1942年的《去吧，摩西》结束，此后所写的一切都显示出他的文学才能的衰落。尽管诺埃尔·波尔克（Noel Polk）、詹姆斯·B. 卡罗瑟斯（James B. Carothers）、约瑟夫·优格（Joseph Urgo）、特蕾莎·汤纳（Theresa Towner）等对《坟墓的闯入者》《修女安魂曲》《寓言》、斯诺普斯三部曲的后几部和《掠夺者》等小说的艺术价值提出了有说服力的论点，但福克纳的读者们仍然普遍认为，他的文学成就几乎完全体现在他于1929—1942年创作的作品中。

我在此试图提出一种独特的观点来审视福克纳在其职业生涯晚期的小说创作成果。他投身好莱坞的那段岁月堪称其理念转换的里程碑，这些变迁催生了一场深远的人文革命。在进入好莱坞之前，福克纳主要以康拉德、乔伊斯和艾略特所代表的极端现代化意识风格创作小说；而在涉足好莱坞之后，他主要以一种可称之为"电影"的风格进行叙事。现代主义小说技法包含了内心独白、时间顺序的彻底颠覆、情节交叠、视角转换、经典暗喻、对绝对真理的质疑以及高度的模糊性。福克纳于20世纪30—40年代所探索和实践的电影化小说，常常不仅强调摄影效果，还采用了更简单的情节、单一的焦点、标准的时间顺序、更大程度上依赖对话交流、降低（甚至完全避免）经典类比、多重视角以及模糊性的处理。

在我为我的论点辩护之前，我需要做一些澄清。首先，通过使用"与电影有关的小说"（filmic fiction）一词，我是在故意避免使用"用来制作电影的小说"（cinematic fiction）一词，例如，卡温、菲利普斯、道格·鲍德温（Doug Baldwin）和彼得·卢里，他们是将"用来制作电影的小说"一词用于福克纳小说的主要评论家。所有这些学者在福克纳进入好莱坞工作之前就在他的小说和故事中发现了电影元素，除了卢里外的所有人都认为这些元素与福克纳的极端现代化意识完全一致，有时几乎可以说是其代名词[34]。菲利普斯甚至认为："福克纳去了好莱坞之后，他的小说在风格和结构上并没有比以前更像用来制作电影的小说。"（《福克纳与电影》56页）也许它不再像我刚才提到的那些评论家所定义的那样是"电影制作的"，但是，正如我将试图证明的那样，它更是"与电影有关的"，并且在许多方面与早期的"极端现代化意识"风格相反，而不是其代名词。

不过，我想强调的是，我并不是要在福克纳的极端现代化意识（high modernist）和他的电影小说之间提出绝对的二分法。福克纳的作品中很少有非此即彼的东西；他的思维和实践方式几乎总是两者兼而有之。当然，福克纳的前好莱坞作品中有电影制作的元素，甚至有关于电影的元素，正如后好莱坞小说中有极端现代化意识元素一样。在这两个时期的小说中发现的差异是程度上的差异，而不是种类上的差异。尽管如此，还是有显著的差异，我认为，其中一些至少部分要归功于好莱坞。

我所使用的这两种风格的鲜明对比可以在《押沙龙，押沙龙!》和《标塔》中被找到。前者可以说是福克纳最后一部伟大的极端现代化意识小说，而后者我认为是他第一部电影化小说。福克纳于 1931 年开始创作《押沙龙，押沙龙!》，并在次年首次前往好莱坞之前完成了短篇小说《伊万杰琳》(*Evangeline*)；在接下来的四年里，他继续在奥克斯福和好莱坞创作这部小说，最终于 1936 年 1 月在好莱坞将其完成。福克纳推迟完成《押沙龙，押沙龙!》有几个明显的原因。例如，他对弟弟迪恩去世的悲痛久久不能释怀、他面临婚姻和经济困境、好莱坞对编剧工作的要求很高、他还深陷酗酒的困扰。然而，我希望在这个列表上再加上一个挑战，那便是在他被要求进行全面的训练、重新调整自己以适应电影化创作模式的同时，他还要继续以极端现代化意识风格进行创作。这就好比有两位作家福克纳并存：一位为米高梅电影公司撰写简洁明快的电影剧本和脚本，另一位则创作一部饱含《圣经》与古典韵味、深度探讨南方历史题材的厚重复杂的作品。

这种分散注意力的一个结果就是他在 1934 年末为米高梅电影公司工作一年后创作了《标塔》。福克纳表示他创作《标塔》是因为"在创作《押沙龙，押沙龙!》时遇到困扰，使我必须暂停此书的撰写，因此我觅得一种巧妙的解决方式，那便是创作另一部作品，因此我写下了《标塔》"(《福克纳在大学》36 页)。值得注意的是，福克纳所写的这本"为了逃离"极端现代化意识的《押沙龙，押沙龙!》的小说，在一定程度上是按照好莱坞的标准来创作的。丹尼尔·辛格尔(Daniel Singal)称《标塔》是"一部严肃的现代主义小说"[35]，它确实具有现代主义(甚至后现代主义)的特点：乔伊斯式的混词、对《J. 阿尔弗雷德·普鲁弗洛克的情歌》的明确引用、荒原的意象和主题、错位和模糊性，以及双重结局。但在其他几个方面，这部小说完全是好莱坞式的。它不仅重现了福克纳的故事梗概《飞行邮件》中的素材和人物类型，而且还展示了许多与 20 世纪 30 年代电影相似的特点：一个充满冒险精神、富有传奇色彩的人物的故事；对爱情与性领域的启蒙式的关注；简洁且线性的故事情节；强烈且真实的对话；以及在舒曼之死的描述中，一个英雄般的、救赎性的结局。因此，1957 年，《标塔》被顺利改编成《污点天使》(*The Tarnished Angels*)并在银幕上取得了显著成功也就不足为奇了。

虽然福克纳和他的读者当时都不可能知道，《标塔》会是一部比《押沙龙，押沙龙!》更能预测未来的小说。福克纳从未完全放弃他的极端现代化意识倾向，正如《熊》中的意识流部分、《坟墓的闯入者》中的时间转换、《小镇》和《大宅》中的多重视角及《寓言》中错综复杂的风格和结构所证明的那样，他的后好莱坞小说变得更容易理解，更线性，更注重形式和结构，更少以内部为导向——换句话说，比《喧哗与骚动》和《我弥留之际》更像他创作的电影剧本[36]。

如果说《标塔》可以被视为最直接地源于福克纳20世纪30年代好莱坞经历的电影化小说，那么《坟墓的闯入者》就可以被视为一部源于20世纪40年代好莱坞经历的小说。在此，极端现代化意识与电影技巧紧密交织，但电影化的特质占据主导地位：采用了流行的"谋杀悬疑"模式；精炼的情节构造（仅有加文·史蒂文斯的政治评论扰乱了整体节奏）；高效的场景布局，尤其在早期部分描述年轻的契克与路喀斯接连相遇时更为显著；通过口语对话推动故事深入发展；令人印象深刻的视觉效果，例如，在书的开头对小溪情节的细腻描绘。如同《标塔》（以及后来的《掠夺者》）一样，该小说再次证明了它易于转化为银幕作品。

即使在他后期最现代主义的小说《寓言》中，也有强烈的证据展现出小说的电影风格，特别是在处理"大"（有时夸张的）场景时。譬如，首篇章乃是福克纳后期佳作中所涌现出的最杰出的叙述段落之一，其文字恰似精心编制的电影剧情大纲，明晰而含蓄地运用了多种镜头视角的技巧。镜头以俯瞰城市街道与公寓的角度展开，大批民众人潮涌动，汇聚至叛国士兵被押送之地[37]。福克纳通过注释建立了俯视视角，"一名法国、英国或美国飞行员……可能会看得最清楚：人们从茅舍和公寓里倾巢而出，走入小径、巷道和无名的死胡同里，再从小径、巷道和无名的死胡同汇集到街上，就像是由涓涓细流变成小溪，又由小溪变成河流，直到整个城市的人流似乎都尽数倾泻到一条条宽阔的林荫大道上，从那些车轮辐条般的林荫大道上朝着城市广场汇合"（《寓言》1-2页）。随着时间的推移，福克纳展现出了如同摄影师般的技艺将画面逐渐拉近，运用与摄影车和运输卡车相类似的镜头捕获了人群的狂热及无尽运动，用文中的话来说就是"运动、摩擦、车体、冲力、速度"（《寓言》12页）。

随着这一章的展开，客观而详尽的叙述从一个主要人物切换到另一个主要人物：中士、年轻女子、高个子男人、下士、老将军。有步兵的长镜头和中镜头，"这是一整个陆军营，除了没打背包以外全副武装，排成纵队将广场团团围住，打头阵的是一辆防护板闭合、蓄势待发的轻型坦克，行进中如雪犁一般分开人群"（《寓言》4页）。随着部队的出现，镜头首先聚焦在与其他人隔离的十三名士兵身上，然后是四名，最后是人群愤怒指向的那个单独的个体，首先是一个特写镜头：他"站在前排附近，双手安静地搭在顶端那根栏杆上，于是两只手腕之间的那段锁链和衣袖上的下士条纹臂章都清晰可见"。然后是他的脸的一个极端特写："脸上仅有兴趣、关注和冷静，其中还有一种其他人都不具备的成分：领悟，理解，丝毫没有恻隐之心。"（《寓言》13-14页）在这一章中，亦包含了若干其他激烈的特写画面，还有其他一些极端的特写镜头：中士的制服、昏倒的年轻女子、递给女子面包的手、下士和老将军对视的镜头[38]。

在掌握叙述者视角（即摄影机）的运用上，福克纳精心地将各个角色放置于规模庞大的群体，以及历史和军事力量的磅礴背景里，使他们有可能被彻底湮没。同样重要的是，福克纳利用不断变化的镜头角度来制造神秘感和悬念，以引导读者（作为观众）进入故事的后续部分。在福克纳的所有作品中，很少有比这更好的例子来说明他是如何将自己在好莱坞学到的电影技术应用到自己的小说创作中的。

综上所述，那么，我们可以如何评价福克纳的好莱坞生涯及其对文学作品的影响呢？毫无疑问，任何一位参与了四十多个电影项目、独立或协同编写了十余部剧本，并荣获六项编剧署名，其中两项编剧署名（若再加上《光荣之路》《夜长梦多》及《逃亡》中的两项，则为三项）的电影如今被誉为经典之作，他的贡献都值得我们进行深入研究。此外，倘若这位编剧恰好是一位获得诺贝尔文学奖的小说家，而且他的大部分小说与编剧作品之间存在显著的关联，那么对其进行研究的理由就更为充分了。这样的研究不仅可能让我们对福克纳的剧本有更深入的理解，也可能让我们对他后来的小说有更深层次的欣赏，从而打破将其与极端现代化意识相比较的束缚，因此不再将其视为一种衰退或失败，而仅仅将其视为一种独特的虚构小说写作模式——这种转变与一位重视实验性和独特性的作家是完全一致的。

五十年前，乔治·西德尼在对福克纳好莱坞生涯的开创性研究中指出：

> 众多的学者以及评论家——致力于宣扬现代整体性、统一性以及完整参照系的传道者——似乎普遍地认为，福克纳的电影创作与他身为严肃小说作家的身份并无关联，甚至可能对他事业的发展形成阻碍。毫无疑问，他们将福克纳的电影作品定位为其创作主体的次要部分，这一观点是无可厚非的。然而，我个人坚定地认为，福克纳在好莱坞的作品应该在被贬低之前进行具体的分析和深入的解读。（《福克纳在好莱坞：福克纳编剧生涯研究》ii 页）

此项评述至今依然具有参考价值[39]。

注　释

[1] 引自 Ann J. Abadie, ed. , *William Faulkner: A Life on Paper: A Transcriptionfrom the Film Produced by the Mississippi Centerfor Educational Television* (Jackson: University Press of Mississippi, 1980), 78。

[2] 所列引文可参见以下文献：《园中之狮》第 9, 30, 59, 261 页；《福克纳书信选》第 170 页；《福克纳－考利档案》第 7 页；Joseph Blotner, *Faulkner: A Biography*, rev. ed. (New York: Random House, 1984), 320; Abadie, ed. , *William Faulkner: A Life on Paper*, 92; and Lavon Rascoe, "An Interview with William Faulkner, " *Western Review*

15（Summer 1951），303。

[3] Joseph Blotner, *Faulkner: A Biography* （New York: Random House, 1974）; Meta Carpenter Wilde and Orin Borsten, *A Loving Gentleman: The Love Story of William Faulkner and Meta Carpenter* （New York: Simon and Schuster, 1976）; Tom Dardis, *Some Time in the Sun* （New York: Scribner's, 1976）. 另参见 Ian Hamilton, *Writers in Hollywood, 1915-1951* （New York: Harper & Row, 1990）。

[4] 正如菲利普斯所指出的，福克纳的小说和故事的改编是福克纳与好莱坞关系的一个重要组成部分，但这个话题超出了本文的范围。

[5] George Sidney, "Faulkner in Hollywood: A Study of His Career as a Scenarist" （unpublished doctoral dissertation, University of New Mexico, 1959）; Bruce F. Kawin, *Faulkner and Film* （New York: Frederick Ungar, 1977）; Evans Harrington and Ann J. Abadie, eds., *Faulkner, Modernism, and Film: Faulkner and Yoknapatawpha, 1978* （Jackson: University Press of Mississippi, 1979）; Bruce F. Kawin, ed., *To Have and Have Not* （Madison: University of Wisconsin Press, 1980）; Bruce F. Kawin, ed., *Faulkner's MGM Screenplays* （Knoxville: University of Tennessee Press, 1982）; Louis Daniel Brodsky and Robert W. Hamblin, eds., *A Comprehensive Guide to the Brodsky Collection, Volume* Ⅲ: *The De Gaulle Story; Volume* Ⅳ: *Battle Cry* （Jackson: University Press of Mississippi, 1984, 1985）; William Faulkner, *Country Lawyer and Other Stories for the Screen*, ed. Louis Daniel Brodsky and Robert W. Hamblin （Jackson: University Press of Mississippi, 1987）; Gene D. Phillips, *Fiction, Film, and Faulkner* （Knoxville: University of Tennessee Press, 1988）; William Faulkner, *Stallion Road: A Screenplay*, ed. Louis Daniel Brodsky and Robert W. Hamblin （Jackson: University Press of Mississippi, 1989）; John Matthews, "Faulkner and the Culture Industry," in *The Cambridge Companion to William Faulkner*, ed. Philip M. Weinstein （Cambridge: Cambridge University Press, 1995）, 51 - 74; Peter Lurie, *Vision's Immanence: Faulkner, Film, and the Popular Imagination* （Baltimore: Johns Hopkins University Press, 2004）; Stefan Solomon, *William Faulkner in Hollywood: Screenwriting for the Studios* （Athens: University of Georgia Press, 2017）.

[6] 对于福克纳为米高梅电影公司所创作的这些剧本和其他剧本的分析，参见 Kawin, ed., *Faulkner's MGM Screenplays*。

[7] 这个剧本的部分草稿，由福克纳亲笔书写，目前收藏于密西西比大学约翰·威廉姆斯图书馆（John Williams Library）所典藏的福克纳个人手稿之中。

[8] 福克纳参与的其他电影项目包括 *Banjo on My Knee, Gunga Din* （RKO）, *Four Men and*

a Prayer, *Splinter Fleet*, *The Giant Swing*, and *Drums along the Mohawk*。

[9] 参见《福克纳书信选》第 314，316，328，338 页和其他地方。

[10] 参见"Introduction,"in Brodsky and Hamblin, eds. , *Comprehensive Guide to the Brodsky Collection, Volume Ⅲ: The De Gaulle Story*, ix–xxxiii。

[11] 1990 年 11 月，为了纪念戴高乐百年华诞及纪念由戴高乐主导的伦敦抵抗运动五十周年，好莱坞特别制作了一部根据福克纳剧本改编的电视剧，名为《我，戴高乐将军》(*Moi, Général de Gaulle*)，并在法国的电视台播出。参见本书中所收录的罗伯特·W. 韩布林所撰写的文章——《福克纳〈戴高乐故事〉的奇特之处》。

[12] 鉴于福克纳在《戴高乐故事》上倾注数周辛勤努力之后仍然未能取得显著成果，他必定会感到颇为讽刺的是，在戴高乐项目暂停期间，他为另一部电影《空军》(*Air Force*)创作的两个简短场景竟然得以被搬上大银幕，尽管他并未因此获得任何实质性的荣誉。"看看《空军》,"福克纳在给家乡奥克斯福家人的信中写道，"我撰写了昆坎农(Quincannon)的离世场景，以及飞机上的人聆听珍珠港事件后罗斯福演讲的画面。"(《福克纳传》1143 页)伊恩·汉密尔顿(Ian Hamilton)指出，《空军》剧本使编剧达德利·尼科尔斯(Dudley Nichols)荣获奥斯卡提名，这一成就似乎福克纳也理应分享其中的一部分功劳(《福克纳传》205 页)。

[13] 在这个时期内，福克纳依据贝拉米·帕特里奇的小说《乡村律师》，创作了一份故事大纲，同时也创作了另一份名为 *Life and Death of a Bomber* 的故事大纲，其中详细描绘了个人利益如何影响轰炸机的生产进度，进而对国家安全构成潜在威胁的(参见 Faulkner, *Country Lawyer and Other Stories for the Screen*, ed. Brodsky and Hamblin)；他还短暂地参与了 *Background to Danger*, *Northern Pursuit*, and *Deep Valley* 的创作。

[14] 参见 Brodsky and Hamblin, eds. , *Comprehensive Guide to the Brodsky Collection, Volume Ⅳ: Battle Cry*。

[15] Brodsky and Hamblin, eds. , *Comprehensive Guide to the Brodsky Collection, Volume Ⅳ: Battle Cry*: ix.

[16] 参见卡温《逃亡》的前言。

[17] 参见 https://www. loc. gov/programs/national-film-preservation-board/film-registry。

[18] 除了以上提到的，福克纳参与的华纳兄弟影业公司的其他项目包括 *God Is My Co-Pilot, The Adventures of Don Juan, Fog over London, Strangers in Our Midst*, and *The Southerner*。这一时期，福克纳还为霍华德·霍克斯编写了一个未被拍摄的长篇电影剧本《可怕的峡谷》(*Dreadful Hollow*)(参见 Kawin, *Faulkner and Film*, 136–143)。

［19］Mildred Pierce, ed. with introduction by Albert J. LaValley (Madison: University of Wisconsin Press, 1980), 35.

［20］*Mildred Pierce*, 36. 有关福克纳笔下的黑人妇女向受到围攻的白人提供援助的进一步讨论，参见 Deborah Barker's essay "Demystifying the Modern Mammy in *Requiemfor a Nun*," in *Faulkner and Film: Faulkner and Yoknapatawpha, 2010*, ed. Peter Lurie and Ann J. Abadie (Jackson: University Press of Mississippi, 2014), 71–97。

［21］参见 Faulkner, *Stallion Road: A Screenplay*, ed. Brodsky and Hamblin。

［22］关于福克纳对这一主题发展性处理的讨论，参见 Stefan Solomon, "Faulkner and the Masses: A Hollywood Fable," in *Faulkner and Film: Faulkner and Yoknapatawpha, 2010*, ed. Peter Lurie and Ann J. Abadie (Jackson: University Press of Mississippi, 2014), 98–119。

［23］引自福克纳《种马道》的前言，第 xv 页。

［24］Louis Daniel Brodsky, "Glimpses of William Faulkner: An Interview with Stephen Longstreet," in Faulkner, *Stallion Road*, xxvi. 朗斯特里特继续说："该论述颇具深度，并未过多关注于我的小说。比尔所完成的乃是一部纯粹的福克纳式叙事，这部杰作充满了神秘的暗影与鲜明的光彩，以及最上等马匹的气息。"

［25］参见 Dardis, *Some Time in the Sun*, 149。

［26］参见《福克纳在大学》第 116，117，258 页。

［27］关于从这个角度对这个故事有益的讨论，参见 Robert Jackson, *Seeking the Region in American Literature and Culture: Modernity, Dissidence, Innovation* (Baton Rouge: Louisiana State University Press, 2005), 50–59。

［28］"Golden Land," in Robert W. Hamblin and Charles A. Peek, eds., *A William Faulkner Encyclopedia* (Westport, CT: Greenwood Press, 1999), 155.

［29］参见 Faulkner, *Country Lawyer and Other Stories for the Screen*, ed. Brodsky and Hamblin, 85–101。

［30］参见 Brodsky and Hamblin, eds., *Comprehensive Guide to the Brodsky Collection, Volume III: The De Gaulle Story*, 110。

［31］令人无法忽视的是，这种观点与福克纳在公开信及随笔中的若干表述有着高度的相似性。那些评论家早已洞察到，福克纳个人对于族裔问题的看法，与其作品中所揭示的观点相比，似乎更为保守。

［32］参见 Kawin, *Faulkner and Film*, 126–135。

［33］Melvin Backman, *Faulkner: The Major Years* (Bloomington: Indiana University Press, 1966); John Pilkington, *The Heart of Yoknapatawpha* (Jackson: University Press of

Mississippi, 1981); Jay Parini, *One Matchless Time: A Life of William Faulkner* (New York: Harper-Collins, 2004).

[34] 在《福克纳与电影》这本颇具影响力的著作中，卡温深入研究了福克纳运用蒙太奇的手法，主要通过《喧哗与骚动》来阐述这一技巧。对此表示赞许的菲利普斯同样发现，福克纳的现代主义作品与电影手法表现出许多相似性。而鲍德温对卡温提出的"电影般的"概念进行了引申［详见"Putting Images into Words: Elements of the 'Cinematic' in William Faulkner's Prose," *Faulkner Journal* 16 (2000-2001): 35-64］。但遗憾的是，他像其他学者一样，将"电影般的"和"现代主义的"视作近乎同义的术语。相较之下，彼得·卢里更接近于笔者的观点，他将"现代主义的"和"电影般的"技术视为两个独立的范畴。但笔者强调它们本质上的对立关系，而卢里则更专注于分析福克纳如何借助这两种手段实现"对话"的意图。

[35] Daniel J. Singal, *William Faulkner: The Making of a Modernist* (Chapel Hill: University of North Carolina Press, 1997), 192. 其他将《标塔》作为现代主义小说进行讨论的包括 Donald Torchiana, "*Pylon* and the Structure of Modernity," *Modern Fiction Studies* 3 (1957-1958): 291-308; Karl F. Zender, *The Crossing of the Ways: William Faulkner, the South, and the Modern World* (New Brunswick, NJ: Rutgers University Press, 1989), 44-52; and Michael Zeitlin, "*Pylon*, Joyce, and Faulkner's Imagination," Donald M. Kartiganer and Ann J. Abadie, eds., in *Faulkner and the Artist: Faulkner and Yoknapatawpha, 1993* (Jackson: University Press of Mississippi, 1996), 181-207。对这部小说的后现代主义处理包括 Joshua Gaylord, "The Radiance of the Fake: *Pylon's* Postmodern Narrative of Disease," *Faulkner Journal* 20 (2005-2006): 177-195, and Taylor Hagood, "Media, Ideology, and the Role of Literature in *Pylon*," *Faulkner Journal* 21 *(2005-2006): 107-119。相比之下，小说中的好莱坞元素几乎没有受到关注。

[36] 正如卢里在《视觉的内在性：福克纳、电影及大众想象》中所指出的，福克纳后来的短篇小说也深受他在《星期六晚邮报》等大众市场出版物中写作经历的影响。例如，可以将《这十三篇》(1931 年)、《马丁诺医生及其他》(*Doctor Martino and Other Stories*, 1934 年) 中的故事与《没有被征服的》(1939 年)、《去吧，摩西》(1942 年) 中的故事，以及《让马》(*Knight's Gambit*, 1949 年) 进行比较。约翰·马修斯也考察了大众市场杂志对福克纳短篇小说的影响，参见他的文章 "Shortened Stories: Faulkner and the Market," Evans Harrington and Ann J. Abadie, eds., in *Faulkner and the Short Story: Faulkner and Yoknapatawpha, 1990* (Jackson: University Press of Mississippi, 1992), 3-37。

[37] 参见前面引用的 Solomon 的文章。

［38］ 在此以及其他相关文本中，福克纳的叙事技巧可与影视研究领域的"缝合理论"（suture theory）进行富有成效的对比分析。所谓缝合理论，即指电影制作者运用镜头的正反切换技艺，使观众在观赏过程中忘却摄影机正在进行观察的事实。例如，参见 Jacques-Alain Miller, Jean-Pierre Oudart, and Stephen Heath, "Suture," *Screen* 18, no. 4 (1977–1978): 24–34。

［39］ 这篇文章首次发表于 2014 年，在卡尔·罗利森的福克纳传记第二卷（2021 年）出版之前——该卷提供了西德尼所呼吁的对福克纳电影作品的精确分析——同时在下面这本书出版之前，即 Sarah Gleeson White's, *William Faulkner at Twentieth Century-Fox: The Annotated Screenplays* (New York: Oxford University Press, 2017)。

福克纳《戴高乐故事》的奇特之处

张玉凤，张静雯 译

　　1942 年，威廉·福克纳面临严重的财务困境且无法获得心仪的军事任命，所以他决定寻求好莱坞的工作机会。同年 7 月 27 日，他以每周三百美元的薪资，开始在华纳兄弟影业公司担任编剧。他的首个任务是根据夏尔·戴高乐将军的生平事迹创作一部电影剧本。戴高乐将军是抵制德国对法国的侵略和持续占领的抵抗运动"自由法国"/"战斗法国"[（Fighting French）是"自由法国"在 1943 年改组后的名称——译者注]。在接下来的五个月中，在制片人罗伯特·巴克纳的指导下，福克纳迅速地完成了故事大纲、剧情提要、修订版剧情提要、完整的电影剧本，以及对最初名为《黎明之旅》（Journey to Dawn）或《希望之旅》（Journey to Hope），后更名为《自由法国》，最终定名为《戴高乐故事》的修订版剧本[1]。在第二次世界大战初期的好莱坞，一部奇特且富有感染力的电影剧本首次揭示出历史背后隐藏的篇章，这个未完待续的故事历经近五十载春秋，终于在巴黎画下了完美的句号。

　　福克纳对《戴高乐故事》这部电影剧本倾注了极大的心血，起初他深信这部影片将确保他跻身于成功且备受尊崇的编剧领域（《福克纳书信选》162 页）。然而，尽管他已经完成了大约一千页的手稿并写出了多个版本，但《戴高乐故事》却从未进入制作阶段。这部剧本未能被拍摄的原因有很多，其中一个主要因素是福克纳与作为项目顾问的戴高乐代表之间的冲突。这些代表中包括阿德里安·蒂克斯，他是华盛顿特区的"自由法国"游说者，以及亨利·迪亚芒–贝尔热，他是法国电影导演和制片人，同时也是好莱坞的戴高乐主义代表。追溯福克纳与这些法国顾问在项目进行过程中的交流，就如同追踪一个福克纳在其职业生涯中始终关注的主题——事实与虚构之间的根本冲突的辩论。

　　在《戴高乐故事》的初期创作阶段，福克纳广泛借鉴了菲利普·巴雷斯（Philippe Barres）的作品《夏尔·戴高乐》（1941 年），以及华纳兄弟影业公司研究部门和位于西好莱坞的法国研究基金会（一个戴高乐派的先行组织）所提供的史实编年史。然而，福克纳不久便开始运用虚构人物与事件取代了史实细节，展现了他惯常的轻视真相的态度。考量到"自由法国"代表们对戴高乐的高度忠诚，以及他们对法国重获独立的深切期待，加之他们对文字的绝对执念，福克纳的改动结果是可以预见的。当蒂克斯阅读福克纳的故事提纲时，他写下一长串"关于不准确细节的观察"，置疑福克纳的精确度和真实性[《福克纳：布罗德斯基收藏理解指南 第三卷：戴高乐故事》（以下缩写为"第三卷"——译者注）354-359页]。例如，法国军队在1940年5月已经进入备战状态，绝不可能如同福克纳在他的叙述中描绘的那样给予士兵休憩之机。此外，蒂克斯还指出了福克纳存在的错误：他让布列塔尼的农民家庭拥有厨师这一设定；在咖啡馆场景中，让法国人玩儿多米诺骨牌；声称广大法国公众对戴高乐将军关于坦克作战的著作有深入的了解；以及将戴高乐的首批追随者刻画成绝望的乞讨者和难民群体等。

随后，当迪亚芒-贝尔热对福克纳最终完成的剧本进行评估时，他再度强调了蒂克斯对于史实准确性的坚持（"第三卷"376-395页）。据迪亚芒-贝尔热所述，福克纳在描绘德·加尔勒将军的军事策略时存在严重的失真，错误地将当时身处法国的戴高乐置于叙利亚。此外，迪亚芒-贝尔热指出福克纳笔下关于布列塔尼人对地区的忠诚度超过对国家的忠诚度的描述，对法国市长、警察和女仆的角色和行为的描述，对虚构的涉及强迫劳动情境的描述，对于公共广播中的公告进行不恰当的回溯性援引等方面都存在错误。然而，让迪亚芒-贝尔热最为费解的是，随着福克纳更加关注两位虚构人物的政治冲突：乔治（Georges，一位戴高乐的支持者）和让（Jean，一位维希政府的合作者），戴高乐角色在剧本中被不断削弱。正如迪亚芒-贝尔热正确指出的那样："自故事的前三分之一后，戴高乐将军便几乎在故事中消失不见，'战斗法国'运动亦随之消亡。"（"第三卷"378页）

有段时间，福克纳试图通过按照法国顾问的要求对剧本进行大幅改动以安抚他们。然而，终究因为"自由法国"人对于事实的坚定立场且意识到僵局难以打破，福克纳向巴克纳请求给予在编排剧本方面更大程度的自主权。在1942年11月19日的内部备忘录中，福克纳向巴克纳建议："我们可以省略故事中戴高乐将军这一角色。"就像福克纳所述，问题在于法国人想要创造一份"文献资料"，而非一部"故事影片"。因此，他们坚持"对时间和事实的绝对遵守，无论事件多么琐碎，角色多么虚构，也不管牺牲戏剧价值、结构或诗歌含义或暗示"。福克纳坚信，唯有拒绝服从法国人的要求，电影制作团队才能够"争取自由，制作出一部美国观众可以理解且不会觉得乏味的影片"（"第三卷"395-398页）。

福克纳的恳求并未被采纳，不久之后，制片公司便放弃了制作关于戴高乐将军和"自由法国运动"的电影的计划。然而，正如后来的事件所证明的那样，福克纳对被拒剧本中他所开发的材料的参与才刚刚开始。

研究福克纳的好莱坞生涯，最令人瞩目的发现之一是，他的剧本创作在很大程度上与他的小说作品相似。例如，在剧本中，人们发现了福克纳对弱者的普遍同情、对权力的深刻疑虑、对个人道德和企业公正的真诚关注，以及他对人类坚韧不拔和最终胜利的坚定信念。此外，人们还发现，就像在小说中一样，福克纳有一种倾向，那就是重复使用素材，以不同的背景重新讲述早期的故事。关于最后一点，福克纳为《戴高乐故事》中失败的材料和主题找到了后续用途，这并不令人感到意外。

在华纳兄弟影业公司决定放弃《戴高乐故事》不到一年后，知名导演兼制片人霍华德·霍克斯成功说服公司制作欧内斯特·海明威于 1937 年创作的小说《逃亡》的电影版。霍克斯招募到了一位杰出的编剧朱尔斯·福瑟曼，让他负责编写大纲剧本。但在福瑟曼转而投身于另一部电影项目之际，霍克斯选择邀请福克纳亲自修订福瑟曼所编写的内容[2]。霍克斯一直对福克纳的才华及其个人品德非常称赞、认可。自此以后，两人联手将福克纳的第一次世界大战短篇小说《调换位置》成功搬上大银幕，这即是后来的电影《活在当下》(1933 年)。福克纳在这部作品中所做出的贡献为他赢得了首个电影荣誉，自此之后，他与霍克斯保持着深厚的友谊。值得一提的是，福克纳在 20 世纪 30 年代和 40 年代的多数优秀好莱坞佳作，皆与霍克斯先生的悉心指导密不可分。

在海明威的小说以及福瑟曼的原始剧本中，《逃亡》均展现了哈里·摩根的人生历程。摩根是一个碌碌无为的人，在经济大萧条时期凭借包租船只在古巴与基韦斯特之间进行非法的酒类走私、人口贩运以及搭载古巴革命者等活动谋生。福克纳近期在《戴高乐故事》创作中的努力，激发了他将海明威的故事转为有关第二次世界大战戏剧的灵感，展现"自由法国"与"维希法国"间的冲突[3]，此冲突与《戴高乐故事》中乔治和让两兄弟之间的冲突如出一辙。为了支撑这类改写，霍克斯将《逃亡》的背景从古巴迁移至马提尼克岛，这是一座被维希政府控制的法国省份。这种对海明威小说的重塑产生了两个显著的影响：一个是戏剧性的，另一个是实质性的。在福克纳对故事的处理中，摩根通过为"自由法国"献出生命的行为被赋予了道德救赎的途径。此外，背景的改变使哈利·摩根的饰演者亨弗莱·鲍嘉得以在华纳兄弟影业公司不久后推出的影片《卡萨布兰卡》中再次出演"自由法国"军人的角色，这一角色在该作品中取得了巨大的成功。

事实证明，《逃亡》并非福克纳唯一一部将《戴高乐故事》素材重新应用及改写，以实现其他目标的剧本。更具影响力的一例便是普利策大奖得主作品《寓言》，尽管该书直到 1954 年才问世，但实际却是 1942—1945 年福克纳于华纳兄弟影业公司任职期间深入构思的。《寓言》借鉴了耶稣受难周的传说，叙述了在第一次世界大战时期一位法国下士因竭力阻止暴力战争而壮烈牺牲的故事。

《戴高乐故事》同样以基督神话为主题，福克纳刻画出了诸多在戴高乐和基督之间的类似之处。例如，某一场景中，戴高乐对着一位士兵说："我原以为你已经离世。是什么使你重新回到人世?"那位士兵回应道："法国，将军。"他的同伴接着说："有人在他耳边轻语了戴高乐的名字。"戴高乐询问："在法国，这种方式能让死者复活吗?"那位士兵回答："现在它的作用远不止于此，它将唤醒生者。"("第三卷"276 页)稍后，一位戴高乐的追随者提供了基督的大使命(Great Commission，《圣经·马太福音》28 章：19—20 节)之"自由法国"版本："像我这样的人还有很多，他已经派遣他们，如同我来到这里一样，去到乡村和城镇，传播他的信息。"（"第三卷"299 页）在福克纳的剧本中，诸如此类的基督典故频繁展现[4]。

诚然，福克纳对基督主题的呈现经历了从《戴高乐故事》至《寓言》的显著转变。剧本的手法采用了隐喻，而小说的方法则倾向于象征。此外，在《寓言》这部作品中，基督的形象为一位抗议战争的默默无闻的士兵，并非一位发动战争的知名将领。然而，真相依然是，剧本及小说的叙事架构在很大程度上依赖于《圣经》的模式，若非福克纳先前在剧本里应用此结构，他或许永远无法创造他小说中的福音结构，这似乎是理所当然的。

关于福克纳在 1942 年创作的《戴高乐故事》以及剧本对福克纳后期作品的影响，我在此所呈现的内容在回顾中显然可见，现在已经成为福克纳学者们的共识。但是，在 20 世纪 40 年代，甚至在福克纳于 1962 年去世时，或者在约瑟夫·布洛特纳于 1974 年出版福克纳的第一本全传时，这些信息并未为读者和学者所知。福克纳参与《戴高乐故事》的完整故事直到 1984 年才被公开，而主要负责公开这个故事的人是福克纳收藏家路易斯·丹尼尔·布罗德斯基。

布罗德斯基出生于美国圣路易斯市，早在 1959 年，还在耶鲁大学攻读本科学位的他，便在 R. W. B. 刘易斯（R. W. B. Lewis）的本科美国研究课程中深入学习了福克纳的作品，从而初次领略到了福克纳的独特魅力。自那以后，借助于纽黑文书商亨利·温宁（Henry Wenning）的协助，布罗德斯基开始逐步获取福克纳作品的早期版本及作者亲笔签名版。在此后的三十年间，他始终坚持，日积月累，持续扩充他的收藏，直至达到"世界级"的水准。他的收藏中涵盖了手稿、信件、照片、电影剧本、遗嘱以及其他珍贵纪念品等多样形式。1988 年，布罗德斯基将其个人珍藏的所有权无偿捐赠给东南密苏里州立大学，该校自此建立了"福克纳研究中心"，以便学生和学者能够充分利用布罗德斯基收藏的丰富资源。

1982 年，布罗德斯基购得华纳兄弟影业公司的《戴高乐故事》副本，同时还包括福克纳为该公司创作的一些其他剧本。华纳兄弟影业公司决定将其大量重要财产进行资产整理，将福克纳的手稿交付给旧金山书商沃伦·豪威尔（Warren Howell），以便出售给研究机构或私人藏家。该公司从自身丰富的档案中精挑细选出福克纳的资料，这既是为测试市场反应，也是为了检验其他待售剧本的潜在价值。得知布罗德斯基是福克纳的资深收藏家后，豪威尔将华纳兄弟影业公司的剧本给了他。布罗德斯基欣然接受。获得福克纳的部分电影剧本激励着布罗德斯基深入探讨福克纳与好莱坞之间的关联，期待能觅得更多珍贵资料。布罗德斯基与之取得联系的人士之中，值得一提的有 A. E. 巴斯·贝赞里特斯（A. E. "Buzz" Bezzerides）。1942 年，福克纳与之共同居住了数月时间。1983 年，布罗德斯基拜访了贝赞里特斯位于洛杉矶的居所，并在此期间洽谈购买福克纳赠予贝赞里特斯的若干书籍。在访问的最后一天，布罗德斯基获准在房内进行寻访，以期找到福克纳可能遗留的任何其他资料；就在他计划搭乘返回圣路易斯的航班几小时之前，他在贝赞里特斯家的地下室里一张陈旧桌子上的打字机隔间的一个盒子里，偶然发现了一个蓝色的文件夹，其封面即为华纳兄弟影业公司剧本的典型样式。封面上标明为威廉·福克纳的《戴高乐故事》。此乃一份完整且原始的早期草本——也许便是剧本的初稿，福克纳运用其特有的业余风格打字而成，并且以其细腻甚至有时难以辨认的笔迹进行了修订。随附的文件夹中包括了福克纳在撰写剧本过程中所使用的众多备忘录、研究资料以及编年序列。

当布罗德斯基购得《戴高乐故事》的时候，他和我正全神贯注地撰写由密西西比大学出版社出版的多卷本系列丛书《福克纳：布罗德斯基收藏理解指南》。其中两卷《传记》(*The Biobibliography*)与《书信》(*The Letters*)已经完成，布罗德斯基和我正在进行《手稿》(*The Manuscripts*)的编撰工作，该书最终成为该系列的第五卷。然而，电影剧本的收购导致我们暂停了《手稿》的编撰工作，以便尽快出版福克纳未公开出版的有关第二次世界大战的电影剧本《戴高乐故事》和《战斗呐喊》。

《戴高乐故事》作为《福克纳：布罗德斯基收藏理解指南》的第三卷，于1984年由密西西比大学出版社发行。本书不仅收录了完整的电影剧本，还包括从最初的故事构想到修改后的剧本的各个阶段的版本，以及华纳兄弟影业公司与此项目相关的文件资料，本书首次提供了福克纳在单一电影项目中从始至终的相对完整的记录。布罗德斯基和我携手共同撰写了一篇序言，追溯了福克纳在此项目中的创作历程，并就剧本的价值及其未被拍摄的原因发表了一些见解。无论那时还是现在，布罗德斯基和我都深信《戴高乐故事》有力地反驳了一个坊间广为流传的观点，即福克纳从未真正认真对待过电影剧本创作，不过是为了获得报酬才投身工作。事实是，福克纳在好莱坞倾注了大量心血，最终成为一名即便称不上是杰出，至少也是非常卓越的编剧。

《戴高乐故事》出版后所赢得的积极评价清楚地显示，多数学者与读者都流露着喜悦之情，即便这本著作相较于其他的优秀小说略逊一筹，但在历经多年沉默之后终究得以出版发行无疑令人感到欣慰。然而，有一人对这本书的面世极度排斥。凯瑟琳·加文(Catherine Gavin)，一位英国著名历史学家，曾致函于我，宣称布罗德斯基与我在序言中所提供的新素材大部分属于"无稽之谈"，并质疑出版福克纳的剧本是否意欲尝试复兴和捍卫戴高乐主义。她得出如下结论：

> 无疑，编辑团队的疏忽导致您的名字并未出现在《美国名人录》(*Who's Who in America*)中，使得我对您的年龄信息无从得知。请问阁下是否为新近崛起的业内学者，您渴望获得公众关注，希望能够迎合戴高乐主义的风潮呢？或者是您在1940年便已步入成年阶段呢？事实上，本人在1940年便已成年，于1940年6月18日聆听了戴高乐在英国广播公司所发表的首次演说。自那时

起，我便对他产生了敌意，无论生或死，都将与之对抗到底[5]。

令人宽慰的是，其他批评家与评论者并未表现得如此激动或充满敌意，反而展现出了更多的欣赏与感激之情。

《戴高乐故事》这部传奇历史尾声部分，场景从美国转移至法国。1989年，福克纳的法国出版商伽利玛出版社(Editions Gallimard)发行了布罗德斯基与我预备的那部卷本的法语译本[6]。伽利玛出版社的代表雅尼克·纪尧姆(Yannick Guillou)在获知美国版即将问世后不久，就与布罗德斯基进行了沟通，商量是否有可能发行法语译本。在法国新闻杂志《快报》(L'Express，法国最早的新闻周刊之一，具有较大的影响力——译者注)刊载了一篇关于福克纳重见天日的剧本的五页专题报道之后，伽利玛出版社对该项目的关注度大幅提升[7]。该文章的作者弗朗索瓦·弗雷斯特(François Forestier)曾赴美国，不仅采访了布罗德斯基与我，还对巴兹·贝赞里特斯以及福克纳在20世纪40年代在好莱坞结交的其他朋友进行了访问。

伽利玛出版社与《快报》对福克纳关于这位前法国将领及总统的剧本产生了浓厚兴趣，这显然更多地源于政治与历史动机，而非文学因素，因为此书的出版与这篇文章的发表恰好适逢法国全国准备在1990年庆祝戴高乐一百周年诞辰，以及戴高乐在伦敦发起的抵抗运动五十周年。为响应这场全国性庆典，法国电视一台宣布计划依据福克纳的剧本制作一部投资高达二千万法郎的电视电影[8]。著名文学专栏作家伯特兰·波洛·德尔佩赫(Bertrand Poirot-Delpech)受邀将福克纳的剧本改编成电影；知名法国演员亨利·塞尔(Henri Serre)被选为戴高乐角色的扮演者。这部电影于1990年11月上映，片名定为《我，戴高乐将军》。众多影评人士认为该电影表现平平；另外，其与福克纳的原始剧本出入较大。然而，福克纳关于戴高乐与"自由法国"的故事虽然历经转变，终究还是登上了银幕。由此，这个始于近五十年前好莱坞的奇特故事在法国画上了句号。

注　释

[1] 有关上述各版本的原文以及整个项目的详尽历史，参见 Louis Daniel Brodsky and Robert W. Hamblin, eds., *Faulkner: A Comprehensive Guide to the Brodsky Collection, Volume III: The De Gaulle Story* (Jackson: University Press of Mississippi, 1984)(本文中内部英文引述为 DGS)。

[2] 此部剧本的版本是布罗德斯基收藏系列的一部分，收藏于东南密苏里州立大学"福克纳研究中心"。

[3] 关于这部电影最详细的历史，参见 Bruce Kawin, "Introduction: No Man Alone," *To*

Have and Have Not，ed. Kawin（Madison：University of Wisconsin Press，1980），9–53。

［4］关于戴高乐和基督之间相似之处更全面的列表，参见 Brodsky and Hamblin，*Faulkner: A Comprehensive Guide to the Brodsky Collection, Volume Ⅲ: The De Gaulle Story*，xxxi–xxxii。

［5］凯瑟琳·加文于 1989 年 8 月 25 日致罗伯特·韩布林的信件，东南密苏里州立大学"福克纳研究中心"。

［6］William Faulkner，*De Gaulle: Scénario*，ed. Louis Daniel Brodsky and Robert W. Hamblin，trans. Didier Coupaye，Michel Gresset，and Philippe Mikriammos（Paris: Gallimard，1989）.

［7］François Forestier，"Quand Faulkner inventait De Gaulle，" *L' Express*，October 11, 1985，57–61.

［8］参见 Michel Gresset，"The De Gaulle Story Comes Full Circle，" *Faulkner Newsletter and Yoknapatawpha Review* 12, no. 2（1992）：1f。

福克纳，体育参与者还是体育报道者

张玉凤，房琳琳 译

威廉·福克纳的作品很少出现在运动文学选集中[1]，但是，作为福克纳小说和故事的读者很清楚，他的作品对各种体育和竞技运动表现出强烈而持久的兴趣。事实上，福克纳对体育与娱乐的引用非常普遍，以至于他的几乎所有作品，无论悲剧或是喜剧，都包含一些关于竞技体育或游戏技巧的内容。这些体育意象的大量出现表明，对福克纳来说，人类状况的精髓在于冲突、斗争和竞争。福克纳似乎暗示说，可以将人类定义为竞技者，即运动员或竞争者[2]。

当然，福克纳作品所展现的运动盛宴的代表性选段，首当其冲的理应是他本人所热衷的活动：狩猎、赛马和飞行。《熊》被公认为是最杰出的英语狩猎故事之一。《掠夺者》除了其他内容外，更是对赛马运动挑战与刺激的热烈赞颂。《标塔》则为我们呈现了20世纪30年代勇敢的飞行者们艰苦竞争的内幕。

狩猎、赛马和飞行代表了福克纳所热衷的体育活动，可以被视为他的"首要运动项目"，他对各种其他运动和游戏的描绘在他的小说与故事中也随处可见。如果列出福克纳的"次要体育项目"，那么就应该包括足球、篮球、棒球、高尔夫球、拳击、摔跤、划船、赌博、国际象棋，以及诸如交换马匹、讲荒诞故事和恶作剧等民间娱乐活动。然而，无论具体的运动项目是什么，无论是"主要"的还是"次要"的，福克纳都把体育精神视为人类经验的一个重要方面。同时，体育也是最具有启发性的：正如福克纳在《让马》中让加文·史蒂文斯所说的那样（他谈论的是国际象棋，但他的评论适用于所有的游戏）："任何能够反映出人类所有的激情、希望和愚蠢并加以证明的东西从来都不是一种游戏。"（《让马》192页）

我不想为任何衍生影响争辩，但我想指出福克纳对体育精神的看法与约翰·赫伊津哈（Johan Huizinga）非常相似。在经典的《游戏的人：文化中的游戏元素研究》（*Homo Ludens: A Study of the Play Element in Culture*）中，赫伊津哈探讨了游戏和竞争的概念在历史上的各种联系，以及文化、宗教和艺术的概念[3]。他指出，"运动员"一词来源于希腊语的"奖品"（aethlon），并说，"在这里，竞赛、斗争、锻炼、努力、忍耐和痛苦的观念是统一的"（《游戏的人：文化中的游戏元素研究》51页）。同时，赫伊津哈补充说，英语单词"play"是从一个印欧语系的术语演变而来的，意思是"冒险，为了某人或某事而冒险"(《游戏的人：文化中的游戏元素研究》39 页)。因此，在赫伊津哈看来，游戏和体育是密切相关的，两者都是非常严肃的追求。事实上，赫伊津哈认为，在早期文化中，游戏和体育是与神圣相关的仪式行为，尽管在中世纪这种联系已经基本丧失了："中世纪的生活充满了游戏色彩：翔实且无忧无虑的普通民众的游戏，充满了失去神圣意义并被转化为滑稽戏以及嘲讽的异教元素，或者是高贵且盛大的骑士精神的游戏。"(《游戏的人：文化中的游戏元素研究》179 页)虽然在现代社会中，其世俗元素已经取代了神圣，但根据赫伊津哈的说法，体育和游戏在现代文化与艺术中仍然占据着至关重要的地位，因此值得认真关注。

福克纳同样理解我们所进行的体育和游戏活动——实际上也就是理解人类的所有创造性活动——视为一种复杂的、多面性的神话，把生存视作一场斗争、一场宇宙间的竞技比赛、一场角逐——在福克纳看来，这场角逐发生在想象力与现实、梦想与现实、个性化与匿名化、生存与毁灭、胜利与失败、神圣与亵渎之间。无论是体育竞技场上的运动员，还是艺术领域中的艺术家，他们都象征着这场人性挣扎的主题，共同体验和反映了存在于人类状况中的挣扎与矛盾。

鉴于对运动和游戏的热爱，他于 1955 年两次为《体育画报》(Sports Illustrated)担任体育撰稿人也就不足为奇了[4]。第一次是在 1955 年 1 月，他同意为该杂志提供他对纽约游骑兵队(New York Rangers)和蒙特利尔加拿大人队(Montreal Canadiens)之间的冰球比赛的印象(这是他第一次，也许也是唯一一次观看冰球比赛)。第二次是在 5 月，他以《体育画报》通讯员身份前往路易斯维尔报道 1955 年"肯塔基德尔比"(Kentucky Derby，"德尔比"原指英国的大马赛。"肯塔基大赛"创始于一八七五年，每年五月第一个星期六在肯塔基州路易斯维尔市丘吉尔丘陵草地举行。限用三龄马，赛程现为一点二五英里——原译注，《福克纳随笔》45 页)。这两篇文章的题目分别为《一个傻瓜在林克沙德》(An Innocent at Rinkside)和《肯塔基：五月，星期六》(Kentucky：May：Saturday)，分别发表在 1955 年 1 月 24 日和 5 月 16 日的期刊上[5]。

即使粗略地读一下这些文章也会发现，"体育作家"一词只能在最宽泛的意义上才适用于福克纳。例如，如果要评论一场冰球赛，结果既没有提及对抗的球队，也没有记录最终的比分；或者要报道一场赛马，但从未确认过获胜者，那么人们会怎么想呢？然而正是这种事实材料的缺乏才使得福克纳的体育评论文章如此具有启发性。"我不太喜欢事实，对它们也不太感兴趣。"福克纳曾经写信给马尔科姆·考利；他进一步明确表示，他所关心的是"真实"(《福克纳-考利档案》89 页)。这正是我们在福克纳为《体育画报》所写的文章中看到的：福克纳追求的不是体育赛事的实况细节，而是他所理解的体育体验的真实性和本质。

例如，福克纳对冰球比赛的处理(《福克纳随笔》42-45 页)。出于一种只有回顾时才会变得清晰的原因，他首先描写"空荡荡的冰""显得很疲惫"。与第一次观看冰球比赛的天真、兴奋的观众不同，比赛场地似乎"显得不在期待什么，却是很听天由命"。福克纳随后构建的人生隐喻中将这个滑冰场视为历史的舞台，一个空旷、冷漠的舞台，在这个舞台上，人类生存的古老戏剧——福克纳在另一个地方称之为"人心与它自身相冲突的问题"（《福克纳随笔》101 页）——将在此上演。福克纳迅速将剧情推向高峰：

> 接下来这里便为动作与速度所充塞了。对于从未观赏过这种比赛的那个傻瓜来说，它显得不和谐与不连贯，它怪异而又自相矛盾，那劲头有如一些没有重量的甲虫在几潭死水上疯狂乱窜。接着它又打散了，通过一种儿童玩具万花筒的旋转格式，化成一个几乎算得上是美丽的花样，一个图案，仿佛有个极有天分的舞蹈设计师在训练一组很听话、很有耐心、工作很努力的舞者——编织出一个花样，一个图案，打算告诉他什么，对他说些一秒钟前曾是非常迫切、重要与真实的话语，但随着动作与速度的加快它已在膨胀鼓起，并且开始分化瓦解。（《福克纳随笔》42 页）

熟悉福克纳各种文本的读者不可能不注意到这里充斥着福克纳对生活和艺术的看法中居核心地位的短语与思想。生活就是运动、速度；历史进程就是无调的和自相矛盾的；人类在混乱甚至荒谬中寻找模式和意义的强烈需求；交流的困难，这些都是福克纳小说作品中反复出现的主题。艺术改变和超越的力量这一概念也是如此，尽管在福克纳的其他作品中，这种力量总是短暂的和局部的。有时，福克纳注意到，冰球运动员就像"有个极有天分的舞蹈设计师"训练出来的"一组……舞者"，从混乱中带来秩序和美丽。这样的成就只是短暂的，创造出的设计很快就"膨胀鼓起，并且开始分化瓦解"，这完全符合一个因人类经验的短暂性而深感悲伤的作家——某种程度上，正是因为这个原因，他最喜欢的诗是济慈的《希腊古瓮颂》。

福克纳通过他的前两段文字展现出，将一场冰球比赛作为一个有待深度解读的文本，以及该文本的终极含义，如同所有福克纳的作品一样，都可以在其神秘的维度中找到。这并非是这场特定的比赛，当然也不是比赛的比分，而是所有体育比赛普遍存在的深远意义，正是这种意义吸引了福克纳的关注。

当福克纳首先确立了动态与秩序，或者说生命与艺术这两大主题之间的初始局面时，他着手更加深入地检视眼前的这场较量。他立即被冰球和橄榄球之间的差异所吸引。前者可以让"一个个球员"取得胜利，后者则是由"个个满头是汗、光着手的庞然大物的形态出现"的球员所参与的运动（《福克纳随笔》42 页）。这里再次体现了福克纳熟悉的主题：对个体的尊重超过了对缺乏个性的大众的尊重。大约四年前，福克纳曾在对密大附属高中毕业班（他的女儿吉尔是其中的一员）所做的演讲中说："我们的危险是，今天世界上的一些势力，它们企图……剥夺他的个性、他的灵魂，试图……把人降低为不会思考的一团东西。"他接着断言："能够而且将拯救人类的不是群众中的人。而是每一个人……男人和女人。能拯救人的是人类自身……男人与女人。"(《福克纳随笔》103 页)而在他接受《体育画报》的任务前五个月出版的《寓言》中，福克纳赞美了一群勇敢的、试图从"那熙熙攘攘、庸庸碌碌、死气沉沉的芸芸众生"中超越出来的人的生活(《寓言》24-25 页)。

当游骑兵队和加拿大人队比赛时，福克纳重点关注的人物是莫里斯·理查德 (Maurice Richard)、伯纳德·"砰砰"·杰弗里昂(Bernard "Boom Boom" Geoffrion)和埃德加·拉普雷德(Edgar Laprade)。理查德拥有"蛇一般致命、诡异的激情与粼光闪闪的风姿"；杰弗里昂打球"很像是个灵活、凶狠、早熟的孩子"；而"老将拉普雷德"，五十七岁的福克纳无疑会对他有着深切的认同，他缺乏年轻球员的力量和活力，但仍然以"一副深沉老到、挥洒自如的模样"表现出色(《福克纳随笔》42-43 页)。

在描述拉普雷德的时候，福克纳引入了时间的负面主题。他这样描述这位老球员："不过他现在也还是有时间的，或者不如说是时间已经掌握了他，但余下的时间可不能那样轻率、随意、满不在乎地胡花了；剩下的已经不多，无法以之去换取新的激情和新的大获全胜了。"福克纳在他生命的这个阶段对自己的创作力也发出了类似的呼声。在这一年之内，他会写信给他的好朋友和编辑萨克斯·康明斯，内容是关于他的下一本书《小镇》："还没有以旧的方式点燃它，所以它进展缓慢。"然后，不久之后："我仍然有这种感觉，我已经写完了……剩下的只有工艺，没有热情，没有力量。"[6]难怪福克纳会对一位年迈的冰球运动员印象深刻，他在比赛中巧妙而优雅地延缓了时间的流逝。

在福克纳看来，时间并不是唯一约束和击败个体(不论是运动员还是艺术家)的敌人，空间是另一个。安德鲁·马韦尔(Andrew Marvell)的著名诗篇《致他的娇羞的女友》(*To His Coy Mistress*)的开头是："若我们有充足的时间和空间。"这句诗完全可以作为福克纳那篇冰球文章的题词。正如冰球比赛是在时间的评判下进行一样，它也在空间上受到限制。因此，福克纳指责冰球像许多其他户外运动一样，如今也被转移至室内进行。这个结果用令人窒息的幽闭恐怖症的形象得以呈现：

> 他观看着比赛——冰上划出的一个个闪光的数字，那些做同心圆状往高处延伸的一排排座椅，它们被球迷俱乐部手写招牌划成不同的区域，座椅则一直消失在为屋顶罩住的那重浓浓的烟雾之中——屋顶挡住并罩住了所有的专注、紧张的观战，让它们聚集到下面瞬息万变的闪光冰面上去；直到速度、行动的副产品——它们的暴力行为——没有机会在上面空间处自我消耗殆尽，而仅仅在冰面上留下飞快变化着的闪光图样。(《福克纳随笔》43 页)

福克纳经常使用这个困境图像来表现人类局限和有限的图像[7]，这使得福克纳将他认为的美国体育中的一种不幸趋势概括出来。"也许美国体育界正在发生着什么事情，"他观察到，"而那件事就是我们正往它和它们的上空置放的屋顶。溜冰、篮球、网球、径赛甚至是越野赛跑都已经移到室内进行了：足球和棒球则是在弧光灯下进行，很快也会变成不怕风雨与严寒的了。"只有钓鱼和打猎，福克纳注意到，逃脱了这种类似陵墓的命运。"可是时间也不会太长"，他感叹道，"要不了多久""这些也会在室内进行的，灯光打亮，在观众吐出散发不出去的烟雾的笼罩下，同心圆的一个个区域标明着狮子和鱼的名字，同样也标明持望远镜瞄准具猎枪或是四盎司钓竿的理查德、杰弗里昂的名字"。

这时读者已经意识到了标题中的"傻瓜"这个词所包含的部分讽刺意味。叙述者可能对冰球运动的技术性质缺乏了解，但他拥有对这一象征生命过程的比赛的丰富经验和相当的智慧。他从年龄的高度视角认识到，青春的活力和兴奋最终必须屈从于时间的无形摧残以及死亡的最终窒息。回头看，读者认识到这一悲剧结局的预知从一开始就在那里：在首段中"空荡荡的冰"被比喻为"圣诞节橱窗里那些用小镜片装成的冰块，还不是在微型枞树、驯鹿和舒适的亮着灯光的小房舍给安上去之前，而是在它们全都拆下来搬走之后"（《福克纳随笔》42页）。读者已经认识到，甚至在比赛开始之前福克纳已经开始思考结局。

但福克纳的文学天才，正如任何真正杰出的作家一样，不仅仅是悲情的描绘，也包含了喜剧的元素。如果体育要真实、准确地反映生活，必须兼顾这种双重描绘。因此，在象征性地提到时间和死亡之后，福克纳转而强调一种更积极的叙事角度。值得注意的是，他不是在宣布一个队获胜的最终比分中来寻找这种维度的，而是在观众中寻找，其中有"一些小男孩"，他们"火冒三丈，恼恨时光过得太慢，简直折磨人，渴望那一天快快来到，好让他们来当理查德、杰弗里昂或是拉普雷德"。这些梦想中的年轻人（叙述中的真正的天真无邪的人，因为他们希望时间过得快一点儿）被视为"那一天快快来到，好让他们来当理查德、杰弗里昂或是拉普雷德——跟在乔·路易相片前模仿做拳击状的小黑孩一模一样，那傻瓜在自己密西西比家乡小镇上是亲眼见到过这么一个小孩的——还有那些挪威小男孩，他见到过他们，于七月里的一天在奥斯陆北面小山包没有积雪的山坡上模仿地做了霍尔曼科伦式的一跃"（《福克纳随笔》44页）。因此，与叙述者对时间和死亡的意识相对立的是他所理解的所谓永恒重现的神话；正如福克纳同时提到的纽约、密西西比和挪威的孩子所表明的那样，这个神话是普遍存在的。就像他在《押沙龙，押沙龙！》《去吧，摩西》和《寓言》等小说中使用《圣经》中的原型一样，福克纳关于冰球的论述将历史描写为周期性的、一场代代相传的抗争，是生与死、自然的毁灭力量与人类英雄力量之间的抗争，人类旨在"忍耐与获胜"[8]。

在福克纳对1955年"肯塔基德尔比"的描述（《福克纳随笔》45—54页）中也可以发现

类似的题材。在这里，体育赛事被视为人类努力的一个隐喻。就像他对冰球比赛的处理一样，福克纳对"德尔比"的描述，以及赛马所象征的人类渴望与失望，都被置于一个揭示时间和空间限制因素的历史背景之中。"这片土地见到过布恩。"（Daniel Boone，1734—1820，美国边民，传奇式英雄——原译注，《福克纳随笔》45 页）福克纳这样写道。然后他继续将每年一度"德尔比"的重新上演与在这片肯塔基土地上漫长演进的人类历史联系起来：

> 这片蓝色的草地、处女地，从阿勒格尼山口——当时都还未命名呢——浪紧似一浪地向西面延伸，众多的麋鹿与野牛徜徉在盐碱地和石灰石矿泉水附近，这种水日后将用来酿造上好的波旁威士忌；这里还有野人——有红皮肤的也有白皮肤的，白人也必须带点儿野性，这样才能挺住与生存下来，他们艰苦存活的痕迹遂得以留在荒野上——布恩斯堡啦、欧文斯镇啦、哈洛兵站和哈伯兵站啦；肯塔基：这可是块阴郁、血腥的地方呢。（《福克纳随笔》45 页）

福克纳再次将背景设定为一个充满矛盾的地方，既是悲剧的发生地，也是喜剧的源泉：肯塔基州不仅是考验人类生存能力的"阴郁、血腥的地方"，它也唤起了人们对亚伯拉罕·林肯的美好回忆，人们想象他"向他诞生地的景物诉说着什么，用的是明澈、无可比拟的散文"，并回忆起斯蒂芬·福斯特（Stephen Foster，1826—1864，美国著名作曲家，《我的肯塔基老家》系其流传甚广的作品之一——原译注，《福克纳随笔》46 页），因他歌曲中的"砖砌大宅"而被人铭记。

福克纳在序言中将"德尔比"与肯塔基历史上的重大事件联系起来，揭示了他文章的主题：人类所有的努力，如同马匹与骑手在赛道上的周旋，是与时间的一场激烈角逐。福克纳的文章结构和运动模式都强调了这一观点。使用副标题强调所有经历的短暂性（"三天之前""两天之前""前一天""那一天"和"下午四时二十九分"），以及故事叙述的不断加速的节奏——从序幕中缓慢进化的历史进程，到竞赛前夕的急切期望，再到"德尔比"事件本身以令人头晕目眩的速度达到高峰——两者都有力地将时间的专制主题呈现在读者面前。

在这个微观世界中，历史随着秒表的滴答声运转，时间被精确计算到五分之一秒，人类以英雄般的勇气和荒诞的执着追求理想。在这篇文章中，理想被象征化为矗立在丘吉尔·唐斯（Churchill Downs）赛马场上的"战神"（Man o'War）雕像：

> 金色骏马的金色塑像……以古时军功显赫的国王那种恬淡的傲气俯视着这片土地，在这里，它的子孙像小娃娃一样地嬉戏着，直到星期六下午那一

刻，它们将在镁光灯的闪烁下披上红玫瑰编就的毯子；这个铜像不单单是"大红"自己的造型，而且也是一个谱系的象征，从最早的"阿里斯蒂德"，经过"旋风"、"弗里兹伯爵"，一直到"英勇的狐狸"和"荣光"：简直就是对马的神化与圣化呀。(《福克纳随笔》49页)

正如在冰球文章中(实际上，在他很多作品中都是如此)，福克纳在这里所传达的理想视野也是英雄主义的个人主义，它将自己与无个性的群众区分开来。因此，福克纳将赛马比赛描绘成每匹马都试图从群体中脱颖而出的努力：

马匹的踩踏声此时还区分不出来，……沿着栏杆向我们卷来，一点点来近，直到我们开始能分清不同的个体，……从我们面前射过，在透视消失后重又聚集成一团，然后在朝非终点直道转过去时再次成为一匹匹单独的马，挤成一团，最后一次朝终点直道拥去，然后又成为单独一匹匹的马，单独的一匹，单独的一匹，啊，就是那一匹了……(《福克纳随笔》52页)

福克纳把人对生存、英雄主义和胜利的最深切的渴望，无意识地注入到了理想纯种马的形象中——"单独的一匹，啊，就是那一匹了"——每个拥有者、训练者、骑马师以及马迷们的梦想之中。

那可是一次升华，一次移情：人们怀着对速度、力量，对远远胜过自己所能的身体能力的崇拜心理，把自己对超常体力和胜利的渴念投放到某个代理者那里——棒球队、足球队或是拳击手那里。但是更多的情况下是投放到马赛里去，因为这里面并不存在拳击比赛的残酷性，也没有足球与棒球比赛的稀释特点——它们需要较长时间才能使胜利的兴奋高峰出现，而在赛马这里，这仅仅是几分钟的事，从来不超过两三分钟，而且在一个下午能重复六次、八次或者是十次呢。(《福克纳随笔》51页)

福克纳在文中所提到的高峰表明，他把竞技胜利与性联系起来，从而将生命力战胜死亡这一主题包含在内。

1955年，人们所期待的理想化身被命名为纳舒厄(Nashua)，这是艾迪·阿卡罗(Eddie Arcaro)所骑的热门马。(福克纳的这篇文章提到了阿卡罗，但没有提到他的马的名字。)福克纳生动地描述了体育记者和观众在赛马前两天兴奋与期待不断升温的情景。"你们这会儿全都给我闪开，"马童在为纳舒厄的晨练清理赛道时说，"大马这就要出来了。"然后福克纳和其他旁观者都钦佩地看着纳舒厄"大步快跑"绕过赛道，冲向终点，"看上去像是一只身子稍稍前伛而变得肚子扁平的巨人的褐色鹰隼，贴着围栏的上端飞掠而过"（《福克纳随笔》48 页）。

在福克纳的世界中，如同柏拉图的哲学，理想与现实从未真正交汇——或者说，即使有，也只是偶然短暂的一瞬。在这一天，纳舒厄是最被看好的热门赛马，然而在一个午后下过阵雨的泥泞赛道上，它却被威利·舒美科（Willie Shoemaker）驾驭的"换马"专家巧妙地拉下了马。于是，像福克纳笔下的很多理想一样，这匹马只是成了人们对过去的怀恋（正如人马大战的雕像一样），或者成为对未来的梦想。因此，福克纳得出结论："因此这毕竟不是那一天。仅仅是第八十一届的'肯塔基德尔比'而已。"福克纳对这种失望已经习以为常了。他声称自己所有的书都是失败的；没有一本书能达到他的"完美之梦"（《园中之狮》81 页）。"我认为，"福克纳进一步说到，"任何作家之所以继续写作，是因为他刚刚完成的书、故事、诗歌或书籍没有说出他想要表达的梦想。所以他又创作另一本书、一首诗或一个故事。"（《园中之狮》205 页）于是，福克纳可能又预定了一场"肯塔基德尔比"——另一场，再一场，又一场。

注　释

[1] 一个值得注意的例外是 *The Sporting Spirit: Athletes in Literature and Life*, ed. Robert J. Higgs and Neil D. Isaacs (New York: Harcourt Brace Jovanovich, 1977)，其中包括福克纳的论文《一个傻瓜在林克沙德》。

[2] 到目前为止，唯一对福克纳使用体育题材进行详细研究的著作是 Christian K. Messenger's *Sport and the Spirit of Play in American Fiction: Hawthorne to Faulkner* (New York: Columbia University Press, 1981)。其他有益的简短讨论包括 Robert J. Higgs, *Laurel & Thorn: The Athlete in American Literature* (Lexington: University Press of Kentucky, 1981)，和 Michael V. Oriard, *Dreaming of Heroes: American Sports Fiction, 1868–1980* (Chicago: Nelson-Hall, 1982)。

[3] Johan Huizinga, *Homo Ludens: A Study of the Play Element in Culture* (Boston: Beacon Press, 1955)。

[4] 与福克纳一起报道"肯塔基德尔比"的《体育画报》的特约记者惠特尼·陶尔（Whitney Tower）记录下了自己关于此事件的回忆。陶尔指出，福克纳是第一位被邀请报道"肯塔基德尔比"的著名作家。约翰·P. 马昆德（John P. Marquand）、凯瑟琳·德林克·鲍恩（Catherine Drinker Bowen）和纳尔逊·阿尔格伦（Nelson Algre）也分别在接下来的几年里接到了邀请。见《体育画报》1986 年 4 月 28 日第 38 页发表的《玫瑰散文》（Prose for the Roses）。

[5] 有趣的是，《体育画报》的编辑们选择省略福克纳的冰球文章的最后一段（可能是因

为版面限制，或其坚信倒数第二段已经足以带来强烈的结语效果），完整版本已在《福克纳随笔》发表，第 42-45 页。

[6] Louis Daniel Brodsky and Robert W. Hamblin, eds. , *Faulkner: A Comprehensive Guide to the Brodsky Collection, Volume Ⅱ: The Letters* (Jackson: University Press of Mississippi, 1984), 187, 189-190.

[7] 例如，《我弥留之际》中的场景：年轻的瓦达曼在母亲的棺材上钻洞，让她能够呼吸（《我弥留之际》67 页、73 页）。

[8] 这个句子也许是福克纳最著名的句子，出现在他接受诺贝尔文学奖时的演说词中，后来被收录在《福克纳随笔》中（《福克纳随笔》102 页）。

"关于人类的个案记录"：
福克纳对莎士比亚的运用

白晶 译

在威廉·福克纳漫长的职业生涯中，他坦承众多作家对他创作产生了深远的影响——马克·吐温、德莱塞、安德森、济慈、狄更斯（Dickens）、康拉德、巴尔扎克、伯格森以及塞万提斯（Cervantes），福克纳仅仅提及了几位作家——然而，他始终坚定地认为并将莎士比亚视为唯一一位对他产生持续且长久影响的作家。尽管福克纳在1921年作为一名初出茅庐的作家曾宣称"若有意创作剧本，（他）可创作出堪比《哈姆雷特》的杰作"（《福克纳传》330页），这或许被视为年轻时期的豪言壮语，但这番言论却揭示了自始至终莎士比亚都是福克纳衡量自身创作能力的标杆。多年以后，福克纳经常以莎士比亚作为其主要灵感和影响源泉，曾经一度感叹："我手头有一本单卷本的莎士比亚作品，被我随身携带几乎磨损殆尽。"（《福克纳在大学》67页）在福克纳的访谈与言论中频繁提及了莎士比亚的诸多杰作及角色，其中涵盖了《哈姆雷特》（*Hamlet*）、《麦克白》、《亨利四世》（*Henry Ⅳ*）、《亨利五世》（*Henry Ⅴ*）、《仲夏夜之梦》（*A Midsummer Night's Dream*）、《罗密欧与朱丽叶》（*Romeo and Juliet*）、《十四行诗》（*The Sonnets*），以及福斯塔夫（Falstaff）、哈尔（Hal）王子、麦克白夫人、波顿（Bottom）、奥菲莉娅（Ophelia）以及赛西尔（Mercutio）等。1947年，福克纳在密西西比大学的英文课堂上表达了其观点：莎士比亚的作品提供了"关于人类的个案记录"，并进一步阐述道，"若一个人拥有卓越的才华，他便可将莎士比亚视为衡量自身的标尺"[1]。1962年，在他离世前不久的一次访谈中，福克纳坦诚地表示所有作家，包括他自己，"我们都渴望成为能与莎士比亚相媲美的杰出作家"（《园中之狮》276页）。

两位作家的人生经历以及职业生涯路线有着显著的相似性。尽管他们均出身于偏远小镇，然而最终都在繁华的大都会取得了非凡的成就。莎士比亚立足于伦敦，而福克纳则在纽约和洛杉矶崭露头角。两位均对自然与乡村户外充满深情厚意。在教育上，双方均未获得过多的系统训练。两人最初均以诗人的身份起家，但不久便转战其他叙事形式。福克纳投入了小说领域，而莎士比亚则转向了戏剧创作。两位均有过婚姻之外的感情纠葛，这些情感在他们的文学作品中得到了反映。两位作家皆成功塑造了悲剧和喜剧两大类别之作品，并且他们最终创作出的作品皆以喜剧告终，如莎士比亚的《暴风雨》(*The Tempest*)及福克纳的《掠夺者》。这两位作家的作品所共同揭示的主题及重点在于：富有想象力地运用历史素材，将悲剧性与喜剧性的人生观巧妙融合，以及命运(在福克纳的作品中，被视为决定论)与自由意志之间的矛盾性张力。此外，这两位作家均展现出对实验性形式和语言的热衷，他们突破常规，创新叙事结构，同时从创新、双关语及其他文字游戏中获取乐趣。最后，他们深入探讨了生活与艺术之间的复杂关系。

当然，在这篇简短的论文中，我们无法全面探讨莎士比亚对福克纳的所有可能影响。因此，我将仅列举三个具有代表性的例子。这些例子可以根据以下类别进行分类。

1. 引用莎士比亚戏剧及其角色的特定典故；
2. 对历史类比的共有兴趣；
3. 强调艺术不朽主题的深远意义。

典　故

毫无疑问，福克纳作品中最著名的关于莎士比亚的引用无疑是他于1929年创作的小说《喧哗与骚动》的标题。正如福克纳坦诚所述的，这个标题短语源于《麦克白》的著名独白：

> 明天，明天，再一个明天，
> 一天接着一天地蹑步前进，
> 直到最后一秒钟的时间；
> 我们所有的昨天，
> 不过替傻子们照亮了到死亡的土壤中去的路。
> 熄灭了吧，熄灭了吧，短促的烛光！
> 人生不过是一个行走的影子，一个在舞台上指手划脚的拙劣的伶人，
> 登场片刻，就在无声无息中悄然退下；
> 它是一个愚人所讲的故事，充满着喧哗和骚动，
> 却找不到一点意义。(《麦克白》第五幕第五场 223 页)

福克纳不只是以《喧哗与骚动》为书名，实际内容中也充分体现了这种特质。不仅如此，这部小说的开篇章节是通过一个智力障碍者的意识来叙述的，因此被称为"一个愚人所讲的故事"，而第二章则将昆丁·康普生描绘成"行走的影子"，这些都与莎士比亚的这段话有着明显的联系。然而，正如艾伦·弗莱伊(Allen Frye)对《喧哗与骚动》中

的钟表意象的深入探讨中所指出的，福克纳对莎士比亚戏剧的应用远非仅限于此。弗莱伊在福克纳的作品中找到了几十个关于钟表和钟声的引用。将这些引用与麦克白夫人的钟联系起来，这个钟为麦克白策划杀害邓肯提供了信号["我去，就这么干；钟声在招引我。不要听它，邓肯，这是召唤你上天堂或者下地狱的丧钟。"(《麦克白》第二幕第一场63页)]，弗莱伊证实了《麦克白》和《喧哗与骚动》中的钟表不仅仅代表时间，更象征着选择的契机、召唤甚至是选择本身[2]。

在此方面，福克纳的运用颇具莎士比亚式的风格，这与乔伊斯在《尤利西斯》中所表现的对《荷马史诗》的借鉴颇为相似。讽刺的是，福克纳通过对比早期英雄般果敢的可能出现失误的选择，与20世纪初期普遍存在的犹豫不决和无能为力，来展示这一模式。

福克纳在《八月之光》中运用了莎士比亚的另一个重要典故。小说的主要角色盖尔·海托华，如同其名字所示，正是一位尝试逃离现实，生活在自我欺骗及幻想的"高塔"(high tower)之内的个体。身为一名被剥夺神职的牧师，海托华选择留在杰弗生镇，尽管多年前的个人丑闻已使他失去了婚姻、教堂牧师的职位，乃至最终连所赋予他的神职人员头衔也被剥夺。当我们在小说的初期阶段与其相遇时，他正过着孤寂的生活，大部分时光都在自家紧闭的门后度过，除了一名叫作拜伦·邦奇(Byron Bunch)的工人及基督教平信徒外，并无其他访客。

回顾历史的同时展望未来，我们能够挖掘出海托华悲剧性失败背后的深层次原因。与福克纳诸多笔下的现代南方白人男性相似，青年时期的海托华对理想化的南方传统产生了深深的信仰，这一传统在他心中以祖父的形象体现出来，这位祖父曾是南方邦联骑兵军官，年轻的牧师深信，祖父为了地区、贵族义务和个人荣誉而献出了自己的生命。海托华对这位祖先的敬仰以及他所代表的价值观逐渐占据了他的思想主导地位；这位祖父的传奇经历甚至成为海托华布道的核心主题："看来，他似乎把宗教、奔驰的骑兵和在奔驰的马上丧身的祖父混在一起，纠缠不清，甚至在布道坛上也不能区别开来。"(《八月之光》44页)然而，当海托华获悉那位传奇般祖父并非在战场上英勇牺牲，反而恰恰相反，是因为从事了偷鸡这样不道德的行径而被枪杀时，他丧失了对其神话般的过去的信仰；这一损失更加促使他决定从日常的生活和行为中撤离出来，以度过他的余生，"仿佛那天晚上他祖父传下的生命种子也在马背上，因而已同归于尽；对这颗生命种子来说，时间便在当时当地停止了，此后的岁月里，什么事也没有发生；甚至就他而言，生命也同样终止了"(《八月之光》46页)。

然而，受到拜伦·邦奇所展现的良好示范及其振奋人心的言辞的鼓舞，海托华终于决定放弃他那高塔般的隐居和象征性的死亡，重归生活的现实领域。在邦奇的引领下，海托华首先帮助了莉娜·格罗夫(Lena Grove)，一位年轻且在婚前怀孕的女士，随后援助了乔·克里斯默斯，一名黑人男性，最后被白人民众以私刑处决。在克里斯默斯的事件中，海托华曾试图通过编造克里斯默斯的不在场证据来挽救此人的生命。"乡亲们！"他向暴民高声喊道，"听我说。那天晚上他在我这儿。发生谋杀案的那天晚上他同我呆在一起。我向上帝起誓——"（《八月之光》331页）尽管海托华的情境道德未能成功地将克里斯默斯从种族主义暴徒的手中解救出来，但他对克里斯默斯案件的干预彰显了其在自我觉醒、个人责任感以及重新融入社会方面所取得的显著进步。

就我研究的目标而言，这些信息所涉及的福克纳为海托华布置的阅读材料属于值得关注并具有相关性的关键领域。根据书中的描绘，海托华在长期的逃避与孤立过程中，"博览群书"，"四壁书架上摆满了"大量书籍（《八月之光》52页）。其中，他尤为欣赏丁尼生勋爵的作品。

> 他从窗边转过身。书房的一壁摆满书籍。他在书前寻找，找到一本他想读的书。这是一本丁尼生的诗集，已经翻旧了。自从在神学院念书以来，他一直保存着这本书。他坐在灯下翻阅着。不用多久，那优美的铿锵有声的语言开始跳动，凋敝的树林重又生机盎然，沮丧无望的心境变得舒展、敏捷而又安宁。这比祈祷更妙，不必费心去思索讲出声音，像在一座大教堂里聆听一位阉童高音歌手在歌吟，而吟唱的字句他懂不懂完全无关紧要。（《八月之光》228页）

显然，海托华在丁尼生的婉约诗歌中找寻到了比祷告更为有效的止痛药，用以缓解其内心的伤痛与不安。然而，在他从担任莉娜产子时的接生员的小木屋归来的那一日，他并未理会那"已经翻旧了的"丁尼生诗集，而是转向了莎士比亚。

> 他走向书房，那劲头像是一个具明确目标的人在行动，而二十五年来他却一直是从早到晚无所事事地在打发日子。这一次他选择的书不再是丁尼生的诗集，而是一个男子汉的精神食粮：《亨利四世》。然后他来到后院，往桑树下那张陷塌的躺椅上一坐，身子沉甸甸地陷进椅里。（《八月之光》289页）

如"沉甸甸地"所蕴含的寓意，海托华已摒弃了丁尼生笔下"凋敝的树林""沮丧无望的心境"所勾勒出的梦幻世界，进而投身到物质基础与现实生活之中。若我对福克纳的典故解读无误，那么海托华的抉择与莎士比亚在《哈姆雷特》中所塑造的角色哈尔王子从年轻时的轻率对待责任，到担当起王权重任的过程有着相似之处。

历史资料的应用

莎士比亚对福克纳作品的第二项潜在影响主要体现在两位作家对历史资料的深度运用。众所周知，莎士比亚极少原创全新的情节，而是更倾向于从古老的戏剧剧本或历史编年史中挑选熟悉的人物与事件——如拉斐尔·霍林斯赫德（Raphael Holinshed）的《英格兰、苏格兰和爱尔兰编年史》（*Chronicles of England, Scotland, and Ireland*）以及普鲁塔克（Plutarch）的《希腊罗马名人传》（*Lives of the Noble Grecians and Romans*）——然后根据自己的戏剧需求进行改编。同样，福克纳在创作约克纳帕塔法县的虚构故事时，亦大量参考了历史资料，将南方的定居、美国内战及重建、"吉姆·克劳"种族歧视、种族隔离政策，以及农业生活方式被机械化与工业化所取代等历史事件融入小说之中。

然而，若只是将莎士比亚或者福克纳对历史的关切解读为对纯历史的探讨，无疑是片面的。这两位作家皆采用了我个人非常欣赏的一种笔触进行创作——准确而不拘泥于语法，我称为"过去-现在时态"，即运用过去作为对当前状况的类比乃至评述。在此，我们有必要对当代文学理论进行一番简明扼要的探讨。近期文学批评和语言学的发展使我们能够更为深入地理解作家与其周围环境，以及任何文学文本之间的复杂关系。我们如今认识到，文学作品与作者、客观性与主观性，或者过去的生活与现在的视角之间，永远无法存在明确的界线。借用米哈伊尔·巴赫金（Mikhail Bakhtin）所倡导的术语，这些对偶之间的相互关系被称为"对话性"[3]。这一观点的杰出范例之一为阿瑟·米勒（Arthur Miller）的不朽剧作《萨勒姆的女巫》（*The Crucible*）。从字面上解读，此剧是 1692 年对萨勒姆女巫审判中呈现的广泛性歇斯底里的描绘，然而，通过语境的类比，它揭示了米勒在 1953 年发表该剧时美国盛行的麦卡锡主义。毫无疑问，《萨勒姆的女巫》是一部"历史"戏剧；然而，将这部剧视为仅仅或主要是历史的观点无疑是错误的：唯有将历史元素与激发米勒创作这部剧的当代事件——麦卡锡听证会——并列考虑，方能真正领悟这部剧的终极意义。在米勒的案例中，我们了解到，他运用过去-现在时态是有意识且精心策划的。然而，现代理论家可能会争论称，即便这是无意识的巧合，米勒选择历史主题及其处理方式仍会受到他当时境况的影响，即他被传唤作为反美活动委员会的证人。

尽管莎士比亚在其对历史事件的复述中，他的主要意图毫无疑问地在于呈现生动有趣的故事，或者更确切地说，是将传统的故事诗意化，然而我们必须承认，他极其敏锐地洞察到了他所选择展示的历史叙述与其所处的伊丽莎白时代的世界之间的关联性。仅举两例：我们可以思考莎士比亚在其杰出的喜剧中所描绘的田园生活方式，随着伦敦大都市文化的发展和影响力的扩大，这种生活方式正在逐渐消亡；或者更为深入的是，我们可以探讨莎士比亚对王权历史的热衷，甚至包括国王的神圣权力，在当时，现任的王冠佩戴者——伊丽莎白女王（Queen Elizabeth）和詹姆斯国王（King James），不断遭受挑战，甚至面临着叛乱的威胁。

莎士比亚以历史为基准探讨现代事件的杰出典范可能是《理查二世》（Richard Ⅱ）。在这部杰作中，莎士比亚深度剖析了英格兰历史上关键性的一个阶段，即英王理查二世被亨利六世（后更名为亨利四世）所取代的事件。此历史事件发生于 1399 年，距离莎士比亚创作这部戏剧时已近两百年。借助其独特的艺术视角，莎士比亚洞察到理查二世被推翻的最终后果是长期且悲惨的玫瑰战争，这是约克家族与兰开斯特家族间长达三十年的内战。在创作《理查二世》这部剧作之前，莎士比亚已创作了四部关于玫瑰战争的戏剧——《亨利六世》（Henry Ⅵ）的三个部分以及《理查三世》（Richard Ⅲ）。如今，在已经戏剧化地描绘了这场国家灾难之后，他开始深入探讨这场冲突的根源，即亨利·博林布鲁克（Henry Bolingbroke）对理查二世王位的篡夺。诚然，莎士比亚在他的戏剧中承认，理查二世是一位软弱的君主，是一个梦想家和审美家，与他的臣民疏离；而亨利则是一个实干家、一个行动者，也是民众的宠儿——然而，仍然存在一个重大的问题，对于莎士比亚和文艺复兴时期的其他人士而言，是否任何程度的无能或甚至邪恶都足以证明推翻上帝所任命的统治者及随之而来的政治混乱是正当的。正如理查二世所陈述的情况：

> 汹涌的怒海中所有的水，
>
> 都洗不掉涂在一个受命于天的君王顶上的圣油；
>
> 世人的呼吸绝不能吹倒上帝所拣选的代表。（《理查二世》第三幕第二场，
>
> 《莎士比亚全集Ⅱ》373 页）

在《理查二世》的审讯场景中，莎士比亚让理查二世将自己与受难的基督进行对比："你们这些彼拉多们已经在这儿把我送上了苦痛的十字架，/没有水可以洗去你们的罪恶。"（《理查二世》第四幕第一场，《莎士比亚全集Ⅱ》395 页）显而易见，如果理查二世是基督，那亨利便是犹大，政治领袖便是彼拉多，而英国民众则可以被描绘成要求释放巴拉巴（Barabbas，因在城里作乱杀人而被下监里——译者注）并要求钉死基督的反复无常的暴民。

关于何人应被视为公正的统治者，这一议题广泛地在英国政治学领域中受到探讨。然而，莎士比亚对于此问题的浓厚兴趣，以及他深入研究玫瑰战争历史全貌的行为，实际上是由他所处的时代的特殊事件所激发的。这种状况与阿瑟·米勒对巫术审判的关注因麦卡锡听证会而被激发，或者在我们当代，人们对安德鲁·约翰逊（Andrew Johnson）总统弹劾案的重新关注，是由克林顿（Clinton）总统和特朗普（Trump）总统的弹劾案所引发的，具有相似性。在莎士比亚创作《理查二世》的过程中，恰好见证了埃塞

克斯（Essex）伯爵与伊丽莎白女王之间的纷争再度激化。莎士比亚与此事件有着紧密的联系，即使他并未直接参与其中，但对此事的感受无疑是深刻的。因为他的资助人南安普顿（Southampton）正是埃塞克斯的主要支持者之一。现代观众和读者在欣赏或研读莎士比亚的戏剧时，可能并未充分认识到这一相似之处，然而，对于伊丽莎白时代的观众来说，这一相似性无疑是显而易见的。

众所周知，埃塞克斯和伊丽莎白女王均明了地洞察到了此平行现象。1601年，即埃塞克斯及其追随者试图颠覆伊丽莎白女王并将埃塞克斯推向王位之际，他们策划了在广受欢迎的环球剧院上演《理查二世》的剧目，时间恰好是政变前夜——犹如次日大决战之前的鼓舞士气的集会。政变失败后，阴谋者遭到逮捕；在随后的审判中，埃塞克斯被判以死刑，而南安普顿则被囚禁于伦敦塔，直至伊丽莎白女王两年后离世。在这类事件中，最为引人注目的谜团之一便是莎士比亚如何能够巧妙地规避了指责或更糟糕的境遇。由于他与南安普顿具有近亲关系，因此可以推测，他极有可能也与埃塞克斯有所接触。

我们同样领悟到，伊丽莎白女王对其自身与理查二世之间的相似性有着深刻洞察。在密谋案审判结束之后，她便引述道："我便是理查二世，难道你们还未察觉吗？"她对此问题的敏锐度无疑是莎士比亚戏剧中的证词场景——亨利实际上从理查二世手中夺取王冠的场景——被正式审查的原因，因此在《理查二世》的首版印刷中被省略了，然而，这一场景直至詹姆斯一世即位后才得以正式出版[4]。

研究探讨国王权力与公正统治的议题无疑是莎士比亚众多剧本的核心主旨，这其中不仅包括他亲自撰写的两部作品"亨利"与"理查"系列，同时还包括伟大的悲剧作品《麦克白》《哈姆雷特》《李尔王》，以及众多的喜剧作品如《第十二夜》(Twelfth Night)、《无事生非》(Much Ado about Nothing)和《暴风雨》。我坚信，这个主题对于莎士比亚来说具有深远的意义。他将其与过去和现在的情境相结合——换言之，他对过去时态和现在时态的精妙运用——为他提供了一种警示时代的途径，提醒人们记住历史的悲剧教训。

与莎士比亚相仿，福克纳乃一位深具历史洞察力的作家，他勇敢地探索过去，目标在于深入剖析和反思当下现实。在福克纳的作品中，从个体角色到整个南方社会，皆可发现这种考察历史的独特视角。最具代表性的案例便是福克纳最为复杂且被众多读者奉为代表作的小说：《押沙龙，押沙龙！》。

1936年，《押沙龙，押沙龙！》这部作品问世，对七年前《喧哗与骚动》中自杀的昆丁·康普生的故事进行了深度挖掘和拓展。故事的背景设定在昆丁生命的最后一年，即1909—1910年，《押沙龙，押沙龙！》生动地描绘了昆丁试图理解自我及他的故乡，但最终却以失败告终的绝望历程。在寻求理解和救赎的过程中，昆丁将自己内心的罪恶感和冲突投射到他一生中所听闻的一则传奇故事上，这个故事讲述了托马斯·萨德本的崛起与衰败。托马斯·萨德本曾是从贫困至富裕、19世纪30年代在约克纳帕塔法县荒野建立种植园的南方种植者。他曾试图创建一个家族王朝，然而最终，他的理想却被一场父子间的冲突所摧毁，这一冲突与福克纳从标题中所汲取的悲剧故事相互呼应，即《圣经》中关于大卫王与其叛逆之子押沙龙之间冲突的记载。

在构架这部小说的情节框架之际，福克纳安排了从昆丁所描述的1909—1910年至萨德本叙述的19世纪20—60年代的时间线索。然而，在剖析这些时间转换并尝试确定小说的主要角色究竟是昆丁·康普生抑或托马斯·萨德本时，评论家们往往忽视了小说的第三个时间维度，即福克纳——这部小说的创作者——的创作时间，也就是1935—1936年，这部小说正在创作的阶段。因此，与同年出版的更为著名的小说玛格丽特·米切尔的《飘》相仿，《押沙龙，押沙龙!》采用了过去-现在时态的叙述方式：它不仅是一部关于内战时期的历史小说，同时也是一部关于大萧条的小说，以及对大萧条的反思和警示的小说。

此讯息的传递为何意？我个人认为，要探究这个问题，我们首先需要认识到，托马斯·萨德本乃是美国历史和文学中常见的一类人物形象，然而20世纪30年代，这类形象正遭受着日益增多的审视：一位具备创业精神、自由放任资本主义理念的人士。如同现实生活中的本杰明·富兰克林（Benjamin Franklin）、约翰·D·洛克菲勒（John D. Rockefeller）、亨利·弗拉格勒（Henry Flagler），以及虚构人物"穷理查德"、霍雷肖·阿尔杰（Horatio Alger）的"衣衫褴褛的迪克"（Ragged Dick）和"杰伊·盖茨比"，萨德本出身贫寒，但凭借其雄心壮志、勤奋努力，以及极大的幸运（勇气和运气），他成功地攀登至财富和地位的巅峰。然而，随着经济大萧条的来临，此类角色模式，以及资本主义的所有商业行为，都遭到了质疑。尤其是在大萧条的失败被视为近期暴富的垄断者和金融寡头过度行为的必然结果之后，这种质疑愈发强烈。福克纳的小说揭示了，不仅是如富兰克林·D.罗斯福或亨利·华莱士（Henry Wallace）这样的新政政治家，抑或如约翰·多斯·帕索斯和约翰·斯坦贝克这样的社会主义作家，对美国经济事业提出的质疑。托马斯·萨德本的刻画，是在危机时期对美国梦的严肃批判，此时与该梦想相关的传统价值观和方法正面临挑战。

福克纳在刻画萨德本自我毁灭的诱因方面，着重突出了他对他人的无情剥削以追求积累财富与权力的决心。他利用并残酷对待那些建造其豪宅的奴隶，并将一位法国建筑师置于实质性的监禁之中，直至房屋竣工。萨德本结了两次婚，然而每一次都非出于爱情，而是为了获取财务和社会地位的提升。作为一个种族主义者以及物质主义者，当他得知自己的第一任妻子具有黑人血统时，便拒绝了她，并将他们的儿子排斥在外，最终为他的白人儿子提供了谋杀他混血同父异母兄弟的动机。身为一位忧郁而落魄的老者，身处鳏寡之境，园圃荒芜，家人离散，他试图通过追求一位贫困的白人少女，以实现其延续家族血脉的梦想。然而当孩子变成女人时，萨德本以小说中最为冷酷无情的言辞回绝了母女俩："唉，米利；太糟糕了你不也是一匹母马。要不我就可以在马棚里拨给你一间满不错的厩房了。"(《押沙龙，押沙龙!》404页)"他们想到的是冷酷无情而不是正义，是恐惧而不是尊敬，反正没有想到怜悯或爱情。"(《押沙龙，押沙龙!》55页)

倘若将托马斯·萨德本视为福克纳于20世纪30年代对资本主义的深度刻画，而忽视其所蕴含的社会意识，便会导致我们对昆丁·康普生对萨德本传奇的痴迷产生与当下评论家迥异的视角。尽管如诸多不懈努力的美国人一般，昆丁或许在潜意识中敬仰如萨德本这样的实践者和成功者的勇气与胆识，然而同时，昆丁乃是一位理想主义者，他深信贵族的责任，捍卫社区、手足之情、家庭忠诚以及浪漫爱情——实际上，他是正义的践行者(以颠覆先前适用于萨德本的负面术语)，而非冷酷无情，尊重而非恐惧，是怜悯与爱的实践者。在这种对立之间，20世纪30年代的美国试图寻找自我。福克纳通过戏剧化的手法展现了这一追求。

艺术与不朽

福克纳与莎士比亚的第三个共通之处在于他们对生活和艺术之间冲突关系的共同关注。众多艺术家皆具有极高的敏锐度，部分人则表现出过度的执着，对于生命短暂的悲剧性及其所带来的，或是可能由其引发的构建能够超越他们有限寿命的艺术作品的渴望。据称，毕加索对死亡可能终结他的创造力充满深深的恐惧，以至于他无法忍受任何关于此词的提及或是任何对其严峻现实的警示。而因肺结核而离世的济慈，创作了《希腊古瓮颂》，赞扬艺术在其创作者离世数百年后仍能存活并激发他人的能力——这同时也表达了他自己的期待，即作为诗人的他有可能如同古瓮的制造者般获得好运。因此，福克纳与莎士比亚对艺术家的必死性和艺术的潜在不朽性的共同兴趣并不令人意外。

从幼年时期开始，福克纳便深深地被死亡的阴霾所困扰。这种恐怖或许部分源于他在四岁时患上猩红热险些丧命的经历，或者是九岁那年目睹自己深爱的外祖母("大姆娣"，这是对祖母的尊称——译者注)在癌症的折磨下崩溃离世的悲痛记忆。无论其根源为何，死亡始终作为一个宏大的主题在福克纳早期的诗歌和散文作品中显现出来，并在他的创作中反复出现。事实上，在美国作家群体中，唯有埃德加·爱伦·坡(Edgar Allan Poe)与福克纳一样对死亡、腐朽、遗体以及墓地怀有如此强烈的痴迷。

然而，对于福克纳处理这个主题的方法，存在主义的观点认为，死亡的悲剧不可避免性仅仅是其中一个层面，且并非最为关键的一个层面。在福克纳的作品中，真正的终极意义在于那些英勇地抵御死亡力量的人物，自《押沙龙，押沙龙!》中的托马斯·萨德本与时间和生命抗争以来，这个主题在福克纳的创作中逐渐发展成为一种显著的主题特征。正如厄内斯特·贝克尔（Ernest Becker）在《拒绝死亡》（*The Denial of Death*）中所有力地阐述的那样，所有个体都面临着死亡焦虑，因而渴望永生，无论这是自然的还是超自然的[5]；然而福克纳却主张，这种心理矛盾对艺术家来说尤其严峻。他曾经指出："人活百岁终有一死，要永生只有留下不朽的东西——永远会活动。那就是不朽了。这是艺术家留下名声的办法，不然他总有一天会被世人遗忘，从此永远湮没无闻。"（《福克纳读本》430 页）福克纳对此观念的最深入阐述，可在他为《福克纳读本》（1954 年）所撰写的前言中找到，他在其中主张，任何作家的最终目标都是通过"对死亡说不"来"鼓舞人心"。"有一天，"福克纳总结道，"（作家）会消失，但到此时这已经无关紧要了，因为孤立在冷冰冰的印刷物 里的、本身不会受到损害的东西仍然存在，它仍然能在心脏与腺体里引起古老、不死的激动，虽说心脏与腺体的主人与所有者，跟曾经呼吸、曾在那样的空气中感到痛苦的他，已相隔了好几个世代。"（《福克纳随笔》147 页）

我们对莎士比亚的私生活及见解了解甚少，然而，相较于福克纳，有几首十四行诗清晰地展现了与我们在福克纳作品中所探讨的相同的生死观。这些十四行诗是献给一位或多位莎士比亚深爱的未知人物（无论他们是资助者、朋友抑或爱人，我们都无从确认）的，他们都将实际经历，比如"眼见残暴的时光与腐朽同谋，/要把你青春的白昼化作黑夜"（《莎士比亚全集XI》173 页），与诗人期望创作出的"永恒的诗句"形成对比："只要一天有人存在，或人有眼睛，"第十八首十四行诗总结道，"这诗将永存，并赋予你生命。"（《莎士比亚全集XI》176 页）其中最崇高的表达之一是第六十五首十四行诗：

既然铜、石、或大地、或无边的海，
没有不屈服于那阴惨的无常，
美，她的活力比一朵花还柔脆，
怎能和他那肃杀的严威抵抗？
哦，夏天温馨的呼吸怎能支持
残暴的日子刻刻猛烈的轰炸，
当岩石，无论多么险固，或钢扉，
无论多坚强，都要被时光熔化？
哦，骇人的思想！时光的珍饰，唉，
怎能够不被收进时光的宝箱？
什么劲手能挽他的捷足回来，
或者谁能禁止他把美丽夺抢？
哦，没有谁，除非这奇迹有力量：
我的爱在翰墨里永久放光芒。（《莎士比亚全集XI》223 页）

这无疑是一种颇具讽刺意味的现象，即一个我们对其姓名或身份一无所知的个体却被莎士比亚的诗篇永恒铭记。然而，这并未引发我们的忧虑，因为我们所赞颂的乃是那部超越时空、永世流传的诗歌，而非它所承载的特定历史背景。福克纳对此必定有着深刻的洞察。他曾言道："（人）不能永生。他深知这一点。然而当他离去之际，总有人会知道他曾在这里度过了短暂的一生。他可以建造一座桥梁，或者塑造一个纪念碑，也许能在一两天内受到人们的敬仰，但图像、诗歌，这些都能长久流传，比任何事物都长久。"（《园中之狮》103 页）我认为，在此处，福克纳所表达的是一个原则，这个原则至少部分是从研读莎士比亚的《十四行诗》中领悟得来的。

我期望上述列举的实例能有力地证实福克纳对莎士比亚素材的运用不仅是深思熟虑的，同时也是突出的。在分析了这些对比之后，有时福克纳会被尊为"美国的莎士比亚"，这并非完全没有道理。

注　释

［1］ James W. Webb and A. Wigfall Green, eds. , *William Faulkner of Oxford* (Baton Rouge: Louisiana State University Press, 1965), 134.

［2］ W. Allen Frye, "Mythic Imagery in *Absalom, Absalom!*, *The Sound and the Fury*, and *Light in August*: Faulkner's Structural Motifs" (MA thesis, Southeast Missouri State University, 1995), 27.

［3］ 参见 Tzvetan Todorov, *Mikhail Bakhtin: The Dialogical Principle*, trans. Wlad Godzich (Minneapolis: University of Minnesota Press, 1984)。

［4］ 参见 A. L. Rowse, *The England of Elizabeth* (New York: Macmillan, 1961), 37; and G. B. Harrison, ed. , *Shakespeare: Major Plays and the Sonnets* (Harcourt, Brace, & World, 1948), 188-192。

［5］ Ernest Becker, *The Denial of Death* (New York: Free Press, 1973).

福克纳的哈克与吉姆们

张玉凤，王抒飞 译

　　"所有现代美国文学皆源于马克·吐温的《哈克贝利·费恩历险记》(*The Adventures of Huckleberry Finn*)。"[1]欧内斯特·海明威如此坚定地表示。威廉·福克纳对海明威的许多观点或著作持有异议，但在这一点上，两位作家却达成了共识。"马克·吐温，"福克纳说，"是首位真正的美国文学巨匠，而我们自那之后的所有作家皆为其传承者，皆源自他。"(《园中之狮》137页)另一次他说："舍伍德·安德森是我这一代美国作家的鼻祖，也是后继者将继续传承的美国写作传统的缔造者……西奥多·德莱塞是他的兄长，而马克·吐温是他们两个人的共同之父。"(《园中之狮》249–250页)他补充说："人们将会长期拜读《哈克·费恩》。"(《园中之狮》56页)

　　福克纳对《哈克贝利·费恩历险记》最深入细致的解读，见于他在1958年于弗吉尼亚大学英语俱乐部发表的评论(《福克纳在大学》241–248页)。关于马克·吐温这部作品的论述展现在福克纳全面深入地剖析现代社会结构、官僚主义及其教条主义信仰上，他深感忧虑的是，在这样的环境下，公众似乎已经丧失了其个性特质与独树一帜的品质。据福克纳所述，现代社会普遍接受的"神话"是一种近似普遍的信念，即"认定个体的人类毫无价值，唯有融入集体的匿名性之中方能获得分量与实质，并且在此过程中，他必须舍弃个人灵魂，顺从于集体的号令"(《福克纳在大学》242页)。在此类情境之下，人类"宛如丧失灵魂的阉割公马、公猪或者公牛"(《福克纳在大学》245页)，个人的价值观念，如"诚实、怜悯、责任与同情"等，被"具有明确派系特征的组织团队所取代，二者同时涵盖着同样的双重抽象概念——'人民民主体制'及'少数族裔权益'、'公正公平'及'社会福利'——所有这些同义词不仅消除了不负责任的羞耻感，还通过邀请甚至强制每个人参与其中，来塑造这种情境"(《福克纳在大学》242页)。

　　福克纳坚持认为，站在现代世界这种反人道主义倾向对立面的人中，首要的行动者是艺术家们——不仅是作家，还有画家、音乐家、雕塑家和建筑师——他们深知个性价值，因为他们的作品是个人而非集体努力的结晶。福克纳同样赞扬艾森豪威尔总统的"人际计划"(福克纳担任该计划作家集会主席)——尽管这一计划最终未能实现，但它试图在一定程度上将个性和人格注入现代国家刻板、缺乏人情味的体制中。然而，在福克纳看来，无论是艺术家还是总统，只要集体主义社会强大、控制性的思维模式仍然被视为可接受和理想的规范，他们的改革努力就无法取得成功。

为深化他对现代社会个体性消失的见解，福克纳将 J. D. 塞林格（J. D. Salinger）的《麦田里的守望者》（*Catcher in the Rye*）与《哈克贝利·费恩历险记》进行了对比。从福克纳的观点来看，霍尔顿·考尔菲尔德（Holden Caulfield）的经历描绘了一个这样的角色："热爱人类并渴望成为人类社会的一员，努力融入人类群体却始终未能如愿以偿。"然而，促使考尔菲尔德挫败的原因并非源于他的性格特质，而是他所面临的环境压力。福克纳指出："他（考尔菲尔德）的悲剧之处在于，在他努力尝试融入人类社会的过程中，（却无奈地发现）人类社会并不存在。"福克纳认为，考尔菲尔德的困境乃是众多 20 世纪中期年轻作家笔下人物的典型写照。这些人物并未选择生活在"充满多元性的世界里，与所有人类心中的痛苦和期盼共舞"，反之，他们孤独地生活在一个他们无法选择、应对以及逃避的现实真空之中，如同被困于倒置杯子中的苍蝇一般无助（《福克纳在大学》244 页）。从 20 世纪上半叶的哲学和文学发展历程来审视，福克纳与约瑟夫·伍德·克鲁奇（Joseph Wood Krutch）及同一时期的人道主义学者同样持批评态度，他们反对关于人类行为的决定论学说取代了传统信仰中的自由意志观念，坚信环境和基因等因素在个人抉择与掌控中始终占据主导地位。

与霍尔顿·考尔菲尔德及其同伴们所面临的困境相对照，福克纳以哈克贝利·费恩（Huckleberry Finn）这一角色作为范例：

> 另一位年轻人，现在已然成为一名父亲，他的儿子在未来的某一天会晋升为一个真正意义上的男子汉。然而，哈克所需要解决的仅仅是在自身身材矮小这个时间能够治愈的问题；随着时间的推移，他将会与任何他必须面对的男性一样高大；所有成年人能对他造成的伤害也仅仅是轻微地刮伤他的鼻子；人性，人类种族，已经并正在接纳他；哈克所需要做的只是在这个环境中逐步成长。（《福克纳在大学》244-245 页）

福克纳认为，哈克和考尔菲尔德都是在与更大世界的关系中寻求意义的年轻个体。但在福克纳看来，哈克的成功是因为他的追求是在一个重视和珍视个体性的共同价值观与信仰的社区中进行的；而考尔菲尔德的失败是因为他的追求是在"孤独而非个体性"中进行的（《福克纳在大学》244 页）。换句话说，哈克生活并作用于社会中（即使他反叛社会），而考尔菲尔德至少在隐喻层面上，处于孤独的禁闭之中。

让我们来深入探讨一下马克·吐温的这部小说中所体现出的主旨[2]。哈克的冒险历程时常被解读为一位反叛者对自由的追寻之路，但哈克渴望的并非仅限于自由本身。哈克身为一名孤儿，为逃避虐待他的父亲而选择诈死，然后开始寻找他早已失去的父亲。尽管在小说的大部分篇幅中他对此一无所知，但他已经在逃亡的奴隶吉姆身上找到了这份亲情。若能正确理解这一点(遗憾的是，那些过分执着于政治正确的读者可能会因无法接受"黑鬼"这个词而否认这一事实)，《哈克贝利·费恩历险记》是一个爱情故事，堪称我们文学史上最为精妙绝伦的佳作之一。吉姆在得知哈克可能会离世后，对哈克热烈拥抱，哈克拒绝将吉姆交给当局，以及后来冒着生命危险使吉姆摆脱奴隶身份[当然，对于汤姆·索亚(Tom Sawyer)来说，小说的这个行为只是做做样子，因为他知道吉姆已经获得自由了]，这些都清晰地展现了这两位被一个沉溺于抽象概念与陈词滥调的社会所遗忘的逃亡者之间的深厚感情。尽管沿河的每一处都可能威胁着他们的友谊，但哈克和吉姆都在寻求自由，并非为了自由本身，而是为了那份真挚的情感、接纳、家庭和爱。

人们常常忽视吉姆在关系发展过程中所扮演的哈克导师的角色。所有的读者都注意到哈克身为"低劣的废奴主义者"(《福克纳大学》43页)对吉姆自由的维护，然而这种关系所带来的裨益是双向的。吉姆向哈克传授，除了与大河及整个自然界相伴外，比超越"文明"和社区习俗更深层次的事物。正如理查德·蔡斯(Richard Chase)所指出的，《哈克贝利·费恩历险记》是一部探讨"驱魔"主题的小说[3]。如同吉姆教导哈克如何运用头发球和其他神奇物品来对抗女巫与宇宙中其他有害力量一样，吉姆展现的朴实和真挚的人性也向哈克揭示了常规社会的虚伪、不公正以及残酷现象。吉姆对哈克学法语提出质疑："法国人是人吗?""是呀。""好了，那还说个屁! 他妈的，那他为什么不说人话呢?"(《哈克贝利·费恩历险记》89页)这表达的不仅仅是一种幼稚的语言理论。从吉姆，这个在小说开头被称为"黑鬼"和奴隶的人，到后来成为哈克的朋友和父亲，哈克从他身上学习了成为一个真正的"男人"所需具备的品质。但哈克的学习速度较慢，他只能逐步理解吉姆所授予他的教诲；尽管如此，我们仍然能够轻松地追踪到哈克道德和人性发展的关键节点。这种发展的痕迹早在小说第十一章中显露出来，当哈克向吉姆报告"他们追上来了!"时，彰显了这一点。利奥·马克思(Leo Marx)曾指出，借助这句话，我们可以看出哈克已经——本能且非自觉地——对吉姆为自由而逃亡的行为表示认同[4]。在哈克经历的逐步启蒙过程中，一个关键的瞬间在于他观察到吉姆对他的妻子和孩子的深深思念，并做出了如下的结论："我相信他惦记着家里人也是跟白种人一样的。"(《哈克贝利·费恩历险记》175页)另一个关键的瞬间围绕在哈克如何抉择是否告发吉姆的身份，这令他内心饱受煎熬。有一次，哈克正准备去岸边向当局报告吉姆的下落，然而当他回想起吉姆对他的感激之情["现在我是个自由人了，要不是有了哈克，我是得不到自由的"(《哈克贝利·费恩历险记》99页)]时，哈克对巡逻队谎称他的木排同伴的身份："他是白人。"(《哈克贝利·费恩历险记》100页)哈克的道德教育(对他来说，讽刺的是，不道德)在他毁掉写给华森(Watson)小姐的关于吉姆下落的信时达到了高峰："好吧，那么，下地狱就下地狱吧。"他对自己说，接着扯掉了信(《哈克贝利·费恩历险记》244页)。从那一刻起，哈克积极并无怨无悔地致力于将吉姆从奴隶身份中解放出来。尽管哈克目前承担着反抗者和流亡者的角色，然而在失去这个世界的过程中，他竟是在拯救自己的灵魂。而推动这次转化经验的关键驱动力正是吉姆。

毫不意外地，鉴于福克纳对马克·吐温的小说及其主要角色的高度评价，他创作了一系列角色，这些角色似乎至少在某种程度上是以哈克贝利·费恩和吉姆的关系为原型。让我们简要地探讨其中的三对：《熊》中的艾萨克·麦卡斯林和山姆·法泽斯、《坟墓的闯入者》中的契克·莫里逊和路喀斯·布香（Lucas Beauchamp），以及《掠夺者》中的卢修斯·普利斯特和耐德·麦卡斯林/帕夏姆（Ned McCaslin/ Parsham）叔叔。在每一个例子里，一个年轻白人男孩的文化和道德教育都受到一位黑人导师的影响与塑造。

在《熊》一书中，年轻的艾萨克·麦卡斯林在山姆·法泽斯的引领之下以猎手身份开始了他的实习，法泽斯这个名字彰显了他在年度传奇大熊"老班"的狩猎活动中，不仅为艾萨克，更是为所有参与者所发挥的关键作用（法泽斯英文为 Fathers，意为"父亲"——译者注）。身为印第安人和黑人的法泽斯，正如主人公吉姆一样，是一位能触及文明社会边界之外真相的原始人。"你现在不是在城里，"打猎队的厨子告诉艾萨克，"你是在树林里。"（《去吧，摩西》414 页）山姆·法泽斯教导艾萨克，必须抛却文明的象征——枪械、钟表、指南针——才能获取对"老班"这个荒野之神的洞察力。然而，艾萨克在山姆·法泽斯的引导下所学到的不仅仅是勇气、尊重和责任，他更学会了接受变化莫测与死亡的悲剧性现实——例如，荒野的最终丧失以及其英雄们——"老班"、伟大的猎犬"狮子"和山姆的离世。福克纳的森林如同马克·吐温的河流，那里的生活、价值观和人际关系与定居点的方式截然不同。而艾萨克在山姆·法泽斯的指导下在森林中所学到的教训，他后来将其应用于决定放弃继承家族种植园的决定中。弗农·L. 帕林顿（Vernon L. Parrington）对《哈克贝利·费恩历险记》的评价——"这是一部个人与乡村道德规范之间的斗争的戏剧"[5]——同样适用于《熊》。艾萨克放弃种植园的决定相当于哈克撕毁了写给华森小姐的信。山姆·法泽斯促成了艾萨克的这个决定："对。山姆·法泽斯使我得到了自由。"（《去吧，摩西》384 页）艾萨克告诉他的表外甥卡斯。

福克纳的《坟墓的闯入者》中所塑造的"哈克"和"吉姆"分别是城镇的年轻白人男孩契克·莫里逊与黑人农民路喀斯·布香。如同马克·吐温的小说一样，福克纳的"哈克"从一开始就共有了他社会群体中的种族偏见，这种观念在契克和路喀斯之间的初次相遇时便得到了充分体现。当契克在路喀斯的土地上狩猎时，他掉进了一条冰冷的小溪中，无奈之下只能设法进入路喀斯的住所，当契克被路喀斯命令脱下湿衣服，后来食用了一个黑人妇女为他准备的食物时，白人和黑人的二元对立被颠倒了。不习惯被一个"黑鬼"指使，契克试图通过支付报酬给路喀斯来恢复自己的地位。由此开始了一系列行动，契克试图引诱路喀斯回到传统的南方角色中，即顺从和不平等。但每次路喀斯都拒绝了这个策略。

　　然而，就像哈克和吉姆一样，契克逐渐认识到并接受了路喀斯的人性，就像哈克一样，积极致力于保护黑人的自由。在路喀斯的案例中，自由是免于监狱和威胁的私刑，因为路喀斯被指控犯下他没有犯下的谋杀罪。最终，契克[在他的黑人朋友艾勒克(Alex)和一个年长的单身女士哈伯瑟姆(Habersham)的帮助下]通过挖掘乡村公墓的坟墓将自己置于危险之中，成功证明了路喀斯的清白。通过这次经历，契克不仅开始欣赏黑人的自尊、尊严和独立性，而且发现自己对社区内白人公民的传统种族态度和行为产生了反感。在这两个案例中，他都在追随哈克的脚步。

　　《掠夺者》是福克纳的小说中与《哈克贝利·费恩历险记》风格最接近的一部。两部小说的核心皆为一场旅程——马克·吐温的是乘坐木排顺密西西比河而下的旅程，而福克纳的则是一次前往孟菲斯的汽车之旅。两部小说都把主人公置于一群粗野无礼和道德败坏的人物之中：哈克必须对付强盗、杀手、骗子以及家族争斗的参与者；而卢修斯则与小偷、赌徒和妓女打交道。但正如吉姆帮助哈克在混乱的世界中发现自己的人性一样，一个黑人导师[首先是耐德，然后是帕夏姆(Parsham)叔叔]也帮助卢修斯接受了自己的人性。

　　不仅福克纳的"哈克"们如哈克贝利·费恩一样，各自经历了一段如何在黑人男子促生变化和作为导师的教导下的启蒙体验，而且他们每位成员都通过实践，明白了行动胜于言语的真谛。一直以来，务实的哈克发现自己经常陷入与汤姆·索亚、道格拉斯寡妇(Widow Douglas)、帕普(Pap)、爱米丽·格里尔生(Emily Grangerford)及国王等人的浮夸和膨胀的言辞的冲突之中，这还只是列举了其中的一部分。同样，艾萨克必须通过他的表外甥卡斯·埃德蒙兹所表达的妥协逻辑的丛林中找到良知和责任感；契克·莫里逊必须拒绝他的叔叔加文所宣扬的关于种族和州权利政治的合理化；而卢修斯·普利斯特必须学会更信任自己的经验，而不是他的家人与社区的陈词滥调和虔诚的教义。像马克·吐温的典型角色一样，福克纳笔下的"哈克"角色们通过黑人导师们扮演的"吉姆"角色的影响，学会了信任自己的内心而非理性思考，并由此领悟到了这一道理。

　　然而，尽管马克·吐温的《哈克贝利·费恩历险记》和福克纳笔下的"哈克"们之间有着诸多紧密的联系与共性，但仍有一个显著的区别。在与吉姆一起乘木筏顺河而下的冒险之旅结束时，哈克决定"只好比他们俩先溜到印江人那边去，因为莎莉阿姨打算收我做干儿子，让我受教化，这个我可是受不了。我早就尝过这个滋味了"(《哈克贝利·费恩历险记》335页)。因此，哈克在小说中的最后一幕是计划继续逃跑。与之不同的是，福克纳笔下的"哈克"们选择了家庭、社区和文明，而不是自由和原始。艾萨克·麦卡斯林在杰弗生镇度过了他的余生，尽管他继续频繁地前往大森林。契克·莫里逊作为福克纳后期作品中的角色所揭示的，逐渐成为一个城里人，成年后几乎没有参与狩猎或与黑人互动。卢修斯·普利斯特最终结束了他的孟菲斯冒险，非常思乡，渴望回到家乡，即使这意味着对他的罪行的惩罚。

《哈克贝利·费恩历险记》和福克纳的《掠夺者》之间的这种差异的部分原因是，马克·吐温所处的美国边疆正处于开放时期，而福克纳的背景（即使是在《熊》中）则是关于一个边疆封闭的社会状态。正如哈罗德·P. 西蒙森（Harold P. Simonson）指出的那样，19 世纪美国边疆的开放推动了全国范围内的"政治民主、人类平等和哲学理想主义"的信仰——所有这些都体现在扩张主义政策中，被称为"昭昭天命"[6]（Manifest Destiny，通常指美国横贯北美洲，直达太平洋的领土扩张——译者注）。因此，哈克对社会排斥情绪的感知在他对西部信仰的坚持中得到了一定程度的压制。在西部，汤姆得以在"印第安人"的领地上开展冒险活动，而哈克和吉姆无疑将会继续追求他们的尊严、平等以及自由。福克纳笔下的角色，则代表着边疆严厉法规的牺牲者，他们被剥夺了逃脱困境的机会，必须在社会环境的重压下直面困扰他们的问题和挑战。地理边疆的消亡已经显著地减少了福克纳时代美国人的选择范畴。福克纳认为，在塞林格的时代，这个范畴甚至进一步被压缩。

注　释

[1] 海明威：《非洲的青山》，张建平译，上海译文出版社，2019。

[2] 马克·吐温：《哈克贝利·费恩历险记》，常建、张振先译，人民文学出版社，1959。

[3] In Richard Lettis, Robert F. McDonnell, and William A. Morris, eds., *Huck Finn and His Critics* (New York: Macmillan, 1962), 405.

[4] In Lettis et al., *Huck Finn and His Critics*, 352.

[5] Vernon Louis Parrington, *The Beginnings of Critical Realism in America: Main Currents in American Thought*, vol. Ⅲ (New York: Routledge, 2017), 94.

[6] Harold P. Simonson, *The Closed Frontier: Studies in American Literary Tragedy* (New York: Holt, Rinehart, and Winston, 1970), 5.

福克纳与斯坦贝克

张玉凤，王抒飞 译

　　首先，我需要指出我对能够被邀请参与此项活动感到十分欣喜与荣幸。同时，我也非常期待将亲眼见证关于斯坦贝克节日之友善和热情待客的传说是否真实。如果这些传闻并非属实，那么我可能会面临极大的挑战——那就是捍卫斯坦贝克，使其免受福克纳那些过低的评价的影响。为了展示这个挑战的难度，我想与您分享福克纳对斯坦贝克的三个观点。

　　1947 年，福克纳在位于他的家乡奥克斯福镇的密西西比大学的英语课堂上，将斯坦贝克排在了他的当代作家名单的第五位(紧随托马斯·沃尔夫、福克纳本人、约翰·多斯·帕索斯和海明威之后)，然后补充道："我曾经对他抱有很大的期望。现在，我不确定了。"(《园中之狮》58 页)

　　1953 年，福克纳在纽约与巴德·舒尔伯格的对话中，批评了《愤怒的葡萄》以及斯坦贝克对人性的看法，他认为斯坦贝克对人类进步的信仰使他成为"一个感性的自由主义者"(《福克纳传》1470 页)。

　　1955 年，福克纳在访问日本期间接受美国国务院采访时，表示："斯坦贝克只是一个记者，一个新闻工作者，并不是真正意义上的作家。"(《园中之狮》91 页)

　　现在，由于我并不希望挑战或破坏您的良好的待客声誉，我想在一开始就告诉你们，我不认同福克纳关于斯坦贝克的观点；而且，我感到惊讶的是，福克纳并没有对斯坦贝克的作品给予更高的评价，因为我希望能证明，这两位作家在艺术和主题方面有着许多共同之处。这些共同点包括哪些呢?

　　首先，福克纳和斯坦贝克(当然还有海明威)都属于 20 世纪早期被称为现代派的文学运动的代表。虽然福克纳通常被归类为以乔伊斯和艾略特为代表的"高级现代主义"传统作家，而斯坦贝克则通常被视为与斯科特·菲茨杰拉德和薇拉·凯瑟等"低级现代主义"作家相似，有人甚至会提到海明威，无可否认的是，福克纳和斯坦贝克均为那一代作家、画家与知识分子中的一员，他们在 19 世纪传统观念与价值观崩塌的背景下，广泛遭遇了质疑与幻灭。在海明威的圈子中，这一群体被广泛讨论为"迷惘的一代"，第一次世界大战被视为问题的主要根源。然而，实际上，战争更像是问题的症状而非原因；而"迷惘的一代"的人群远比在巴黎与海明威和格特鲁德·斯坦因交往的小群体要庞大得多。福克纳和斯坦贝克与海明威一样，都属于这个群体，他们以及其他许多人，都面临着在已经变得混乱不堪的世界中寻找新的秩序和意义的挑战。用罗伯特·彭斯沃尔（Robert Penn Warren）的比喻来说，这个世界就像一个破碎的蛋壳，似乎"国王所有的马匹和所有的人都不能再把它拼凑起来"。

"迷惘的一代"的作家们在当代混乱中寻找意义和理解的一个重要途径就是转向古老的神话与故事——无论是原始的、希腊罗马的、基督教的，还是像乔叟、莎士比亚和弥尔顿这样的"经典"作家。艾略特在他对乔伊斯的《尤利西斯》的著名评论中，为现代主义的这一重要趋势赋予了具体的名称，他写道："乔伊斯先生正在追逐一种其他研究者必然需要借鉴的方法。此方法正如星象学显示的那样具有非凡的命运。心理学、民族学和《金枝》都共同预见并证明了数年前被视为不可能实现的目标。如今，我们可以选择非叙事性的方法，而非传统的叙事手法。"鉴于艾略特对此概念的进一步定义，"神话化"方法涉及作家对"现代性与古代历史间连续性的处理"，其目的在于提供"一种方法，以控制、整理和赋予当代历史的无序与混乱以形式及意义"[1]。

正如艾略特所预测的，"神话方法"将成为整整一代作家的首选叙述方式。尤金·奥尼尔将用现代外衣重铸希腊悲剧；罗宾逊·杰弗斯（与《塔玛尔》）、阿奇博尔德·麦克利什（与 J. B.）和桑顿·怀尔德（与《九死一生》）将重新讲述《圣经》神话；海明威像他之前的艾略特一样，将利用弗雷泽的《金枝》中的素材，尤其是渔夫国王的故事。福克纳在创作过程中对《圣经》题材进行了深入的发掘和利用——例如，在其作品《喧哗与骚动》中，他用复活节的故事来描绘康普生家族的悲剧性瓦解；在《八月之光》中，他借用基督的故事隐喻乔·克里斯默斯的替罪羊角色；在《押沙龙，押沙龙!》中，他借鉴了大卫王和押沙龙的故事来塑造托马斯·萨德本形象；在《去吧，摩西》中，他以出埃及记的故事为背景，探讨了南部黑人的命运；在《熊》中，他参照了伊甸园的故事，探讨了失去的荒野主题；以及在《寓言》这部关于第一次世界大战的小说中，他采用了耶稣受难周福音故事的模式。斯坦贝克同样运用了《圣经》叙事的手法，最明显的例子便是在《愤怒的葡萄》和《人鼠之间》（Of Mice and Men）中借鉴了出埃及记和基督的故事；在《未知的神》（God Unknown）中借用原始神话和寻找圣杯的传说（Grail quest）；在《天堂之田》（Pastures of Heaven）和《伊甸之东》中运用了伊甸园的故事；在《平底船》（Tortilla Flat）中使用亚瑟王和圆桌骑士的传说；以及在《战斗之光》（Dubious Battle）中使用弥尔顿的《失乐园》作为框架。

在艾略特对"神话方法"的解释中，如同几乎所有20世纪早期作家对这种技术的应用一样，重要的是要意识到该方法的核心在于讽刺。古老的神话被重述，但它们通常被颠倒。现代美国文学中的伊甸园基本上是失落的伊甸园；"应许之地"只是梦想，从未实现；基督形象是苦难的受害者，而不是救赎的救世主；渔王、尤利西斯和亚瑟王都是渺小而可悲的，而不是英勇的。福克纳和斯坦贝克的情况肯定也是如此。在《喧哗与骚动》中，迪尔西，一个字面上受苦的仆人，是康普生家族中唯一的真正的基督形象，但她无法将康普生家族从耻辱和毁灭中拯救出来；而在《寓言》中试图阻止战争的基督形象，他的努力以失败告终，甚至因此付出了生命的代价。同样，加利福尼亚对乔德(Joad)一家来说，并不是应许之地；乔治、莱尼(Lennie)和其他牧场工人的天堂梦想，最终被揭示为只是一个梦，一个幻觉；丹尼(Danny)最终被证明是一个无能的亚瑟王，完全没有王室的风范。对于福克纳和斯坦贝克来说，就像他们的许多同时代人一样，古老的神话成为衡量现代世界中所有缺失或至少减少的事物的标准：秩序、稳定性、意义、重要性、荣誉、英雄主义、纯真。在一个一切都被颠倒的世界里，古老的神话也会被颠倒。正如罗伯特·弗罗斯特(Robert Frost)在他的著名诗篇《灶鸟》(*The Oven Bird*)中所说的那样："问题是如何看待一个衰减的事物。"[2]

如果斯坦贝克和福克纳对神话的用途与应用感兴趣，那么他们也有一些共同的主题。我将列出其中三个。

首先，这两位作家在自己最好的作品中表现出一种引人注目的地方感——福克纳称之为"家乡的那块邮票般小小的地方"(《福克纳读本》431页)。这两位作家所描述的地理环境都是具体而明确的。约克纳帕塔法县被划分为东北部人烟稀少的、贫瘠的松林，东南部的外县居住区法国人湾及西部迅速减少的大森林——所有这些都以北部的塔拉哈奇河(Tallahatchie River)和南部的约克纳帕塔法河为界，并通过狭窄的车辙路与位于中心的县政府所在地相连——大致对应了福克纳成长时期的拉斐特县。而杰弗生镇，拥有排列在中央广场的小商店和办公室、法院大楼和草坪、联邦雕像、监狱、铁路和车站、孤独的酒店、墓地与通往孟菲斯和其他地方的道路，几乎与20世纪初的奥克斯福镇完全相同。

斯坦贝克的主要虚构背景同样反映了他的家乡地区。他的"杰弗生镇"是萨利纳斯(Salinas)，也是县政府所在地；他的县是蒙特利(Monterey)；他的地理基准是由地下萨利纳斯河(Salinas River)滋养的萨利纳斯山谷(Salinas Valley)，东部边界是温和起伏的加比兰山脉(Gabilan Mountains)，西部边界是崎岖的圣卢西亚山脉(Santa Lucia Mountains)。斯坦贝克在《伊甸之东》中记录道：

> 我依稀记得，山谷东西两侧的加比兰山脉，那是光鲜瑰丽的山脉，充满阳光和美丽，有种诱人的力量，让你忍不住想要投入其温暖的山麓之中，仿佛你渴望投进母亲的怀抱。它们仿佛有一种怀抱着棕色青草爱意的召唤之力。西南面的圣路易斯山脉拦在天空之下，封锁了山谷与广袤大海的连接，它们是阴沉且沉默的——冷漠且危险[3]。

再往东，越过加比兰山脉，便是伟大的中央山谷，而西南面的圣路易斯山脉则坐拥着太平洋沿岸。其中一个海岸城市蒙特雷，在斯坦贝克的小说中扮演着重要角色。

许多读者已经察觉到福克纳的约克纳帕塔法县与斯坦贝克的家乡之间的相似之处。事实上，有人已指出——我认为这是正确的——这两位作家在保持与其本土文化的联系时最为成功，而当他们离开自己的根基时，则不太成功。福克纳在法国创作的《寓言》这篇小说花费了十多年的时间，他经常将它称为自己的"大书"（《福克纳书信选》350-351 页）；然而，大多数评论家都认为这是他较逊色的作品之一，部分原因在于它完全缺乏让约克纳帕塔法世界如此让人印象深刻的具体特征。同样，斯坦贝克设定地点在萨利纳斯/蒙特利地区以外的作品，如《我们不满的冬天》(*The Winter of Our Discontent*)，与加利福尼亚小说和故事相比相形见绌。套用一个曾经被沃德·明纳（Ward Miner）用来描述福克纳的比喻[4]，我们可以说这两位作家就像神话中与赫拉克勒斯作战的安泰（Antaios）。当安泰这个大地之子保持与母亲接触时，他拥有无穷的力量；但当他被举起并保持在空中时，他很快就筋疲力尽了。同样，当福克纳和斯坦贝克与家乡的场景、人物及事件保持联系时，他们是强大的作家；当他们脱离其艺术根源时，他们失去了颇多力量。对于两位作家而言，对环境的热爱与敬仰构成了这种地方感的一部分。福克纳对密西西比州北部乡村的热爱贯穿于他的作品，在他的早年诗作《密西西比山》中尤为明显：

> 远方的蓝色山丘，我徜徉于此的天堂，
> 在山茱萸树荫之下，以银色的步履漫步其中。
> 春天紧随其后，蓝鸟深情地歌唱"情人"！
> 当我踏上无尽之路，视线的终点隐现。
>
> 让这张轻柔的嘴唇，为雨露而塑，
> 只是金黄色的忧愁，为了怀念的无奈，
> 而这些绿色的森林在此沉睡，等待唤醒。
> 当我再次归来时，它们将在我心中苏醒。
>
> 我必将归来！何处有死亡之气息？
> 当这些蓝色山丘在头顶昏昏欲睡，
> 我犹如树根般牢固深扎原地？即使我已逝去，
> 这片紧握我的土壤仍会找到我的呼吸[5]。

斯坦贝克同样深爱着他的家乡，这从《伊甸之东》的开篇几页中清晰可见。"我记得儿时给各种小草和隐蔽的小花取的名字，"他写道，"我记得蛤蟆喜欢在什么地方栖身，鸟雀夏天早晨什么时候醒来——我还记得树木和不同季节特有的气息——记得人们的容貌、走路的姿态、甚至身上的气味。关于气味的记忆实在太多啦。"(《伊甸之东》3页)如同油漆工们，斯坦贝克在他的环境中寻找到了一种独具特色的美感，即便是在最为残酷、邋遢的细节之中："罐头厂街位于加利福尼亚州的蒙特利半岛。它是一首诗，一股恶臭，一阵刺耳的噪声，一片深浅不变的光，一个音调，一种习惯，一阵思乡之情，一个梦。"(《罐头厂街》1页)福克纳和斯坦贝克对地方意识的另一个方面是对地区与家族历史的高度关注。在他的十七部小说和数十篇短篇故事中，福克纳呈现了约克纳帕塔法县的历史，从19世纪初的第一批白人定居者到20世纪40年代民权运动的开端。这个编年史中的重大事件包括原住民的流离失所；基于奴隶制度的种植园系统的发展；内战、解放和重建；南方贵族的衰落以及随后中产阶级的崛起；从农业社会向日益工业化社会的转变；第一次世界大战和第二次世界大战，大迁徙和大萧条；以及永远存在而且在福克纳看来很大程度上无法解决的种族冲突(白人与红人、红人与黑人、黑人与白人)。这部通史几乎每一个方面都交织着福克纳自己家族的人物和事件——尤其是他曾祖父 W. C. 福克纳(小说中的约翰)的生活与事业历程，他是一个种植园主和奴隶主(也极可能是一位混血儿)，在内战中担任联盟上校，是激进重建时期南方荣誉和传统的捍卫者，最后却成为前商业伙伴的谋杀受害者。

斯坦贝克也把他的地方的历史作为一般和个人来呈现。首先，他说，有印第安人，然后是"冷酷无情的西班牙人"(《罐头厂街》4页)，他们为许多地方命名，然后是美国人。这些后来者是因为他们的"西行"精神，驱使他们去寻求东方的财富、自由或冒险。斯坦贝克笔下的乡村和约克纳帕塔法一样，有着与阶级、种族和性别问题紧密交织的历史。这里有大型公司、乡村商店和杂货店、大大小小的牧场主、工人和流浪汉；有上、中、下社会经济阶层的代表；有善良和邪恶的白人；像克鲁克斯(Crooks)这样的黑人、像丹尼和佩佩(Pepe)这样的墨西哥裔美国人、像李冲(Lee Chong)和其他李姓这样的华裔美国人，以及山姆·汉密尔顿(Sam Hamilton)的朋友；像丽莎·汉密尔顿(Liza Hamilton)这样的正派女性、像埃莉萨·艾伦(Elisa Allen)这样的沮丧女性，以及像多拉·弗洛德(Dora Flood)和凯茜·艾姆斯(Cathy Ames)这样的妓女与老鸨。如同福克纳一样，斯坦贝克也借鉴了他自身的家族历史：《伊甸之东》以斯坦贝克母亲一脉的三代汉密尔顿家族为原型。

其次，两位作家都对个性高度尊重。福克纳无论在个人生活还是文学创作上，始终是一位坚定的个人主义者。他对个人隐私的强烈渴望，他对小城镇奥克斯福的钟爱胜过了美国的文学中心，他常展现出独特的穿着和行为方式，他的写作风格更是独树一帜，福克纳以此来赞美不墨守成规。"只有个人主义者才能成为一流的作家"，福克纳曾经说过，"他不能属于任何团体或流派，而成为一流的作家。"(《福克纳在大学》33页)

福克纳对个性的最广泛和最具哲学性的辩护是他1954年的小说《寓言》，但也许他最有说服力的论述是在他的文章《论隐私权》（On Privacy，1955 年）中。在一名记者侵犯福克纳的隐私权，并违反其本人意愿发布了一篇专题报道之后，福克纳创作了此文。本文甚称是福克纳对现代美国最为犀利的批判之一。文章开篇将个性与美国梦联系起来："这曾经是美国的梦想：地球上存在着庇护个人的一处避难所，存在着这么一种状况，进入了这种状况他不仅可以逃避……那种专制势力经营已久、组织严密的等级制度而且，还可以摆脱那件重物，教会与国家的专制力量在那团重物里压制他、束缚他。"（《福克纳随笔》54 页）"问题是在于，"福克纳继续阐释道，"在今天的美国，任何一个组织或是团体，只须打出一个旗号，叫出版自由或是国家安全或是反颠覆联盟什么的，便可以自以为有权全然歪曲任何人的个人自由——个人的隐私权，可是没有了隐私权他也就不成其为个人了呀，没有了这种个人特点他就什么都不是……这样的个人并非那些组织与团体的成员，那些组织数目多、财力足，完全可以使那些势力退避三舍。"（《福克纳随笔》61 页）

到了 1957 年，当福克纳在弗吉尼亚大学给学生们开展课堂讨论会时，这些想法已经凝聚成政治信条。福克纳坚持认为"个人比他所属的任何团体或群体都更重要。个人总是比他所属的任何国家都更重要。国家绝不能成为个人的主人，而是个人的仆人"（《福克纳在大学》100 页）。福克纳对这一立场的辩护并不总是以这种庄重的笔触表达，如 1962 年，他勇敢地抵制了国家权力和影响力，拒绝了肯尼迪（Kennedy）总统对他参加白宫晚宴的邀请。当被问及为何做出许多人视为惊人甚至冒犯的回应时，福克纳只是简单地表示："我在这个年纪已经太老了，无法长途跋涉去与陌生人共进晚餐。"（《福克纳传》1821 页）

尽管斯坦贝克对大众运动和群体心理有着更深层次的参与与理解，但我认为他也同样坚定地捍卫了个人独立性。正如他在小说《伊甸之东》中所写的："我深信不疑的是：个人的自由、探索的头脑是世上最宝贵的东西。我要为之奋斗的是：头脑要有随心选择其发展方向，不受支配的自由。我必须反对的是：限制或毁掉个人的任何思想、宗教或者政府。"（《伊甸之东》145 页）在同一部作品中，他在描述福克纳对现代社会的态度时，也引用了同样的话：

> 世界上正在发生大得可怕的变化，各种力量正在形成一个面目不清的未来……当我们吃、穿、住的东西都来自复杂的成批生产时，成批生产的方式肯定要进入我们的思想，排斥所有别的念头。在我们的时代，成批或者集体生产进入了经济、政治，甚至宗教领域，以至某些国家已经用集体这个概念代替了上帝的概念。在我们的时代，这就是危险所在。（《伊甸之东》144—145 页）

一些读者会认为，《伊甸之东》中的论述，就像福克纳在同一时期的许多评论一样，是对冷战的本能反应，但该主题在斯坦贝克的作品中始终被浓墨重彩地强调。正如沃伦·弗兰奇（Warren French）所指出的，吉姆·诺兰（Jim Nolan）是"既非剥削他的竞争对手，也非冷淡拒绝他人的受害者，而是整个社会的受害者，这个社会因坚持盲目顺从而陷入了人性沦丧的荒原"[7]。同样，《愤怒的葡萄》中的乔德一家和其他工人的斗争，其目的不仅仅是为了物质利益和安全，更是对个人完整性和自决权不可剥夺的权利的追求。

最后，斯坦贝克和福克纳的作品都对社会底层与受压迫者深切同情。对于福克纳而言，身为南方人且对其地域悲剧性的种族历史有着深刻理解，他主要关注的受压迫群体是非洲裔美国人。在其精彩短篇小说《那黄昏时分的太阳》（That Evening Sun）中，他以有力的笔触描绘了杰弗生镇的白人公民对黑人妓女南希的虐待和剥削，这只是福克纳众多关于种族主义、贫困和不公如何联合起来压迫南方广大民众的作品之一。然而，福克纳对于其他少数族裔、印第安人、贫困白人和妇女的困境均保持着极高的敏感度。在短篇小说《瞧!》中，被剥夺权利的印第安人入侵白宫以抗议不公；在《明天》（Tomorrow）中，一个贫穷的山区农民，被描述为"地球上卑微而不可战胜的人"（《让马》104 页），成为官僚法律制度的受害者；在《八月之光》中，莉娜·格罗夫被描绘成一个勇敢、自立的孕妇，被一个不负责任的男性所抛弃。

斯坦贝克同样对社会底层和受压迫者怀有深深的同情。正如安德斯·奥斯特林（Anders Osterling）在诺贝尔奖颁奖典礼上介绍斯坦贝克时所说的："他的同情心始终倾向于那些受压迫者、边缘化者和困境中的人们。"[8]斯坦贝克塑造的角色在《罐头厂街》中为这些人提供了更为形象的名单："'妓女、皮条客、赌徒和杂种'的混合体，换言之，也就是普通人。"（《罐头厂街》1 页）

旅途中的约德一家，田野中的采摘者，牧场的员工，墨西哥农民，华裔移民——所有这些都由斯坦贝克以诚实且富有同情心的方式刻画。他们构成了斯坦贝克艺术设计的必要部分，使斯坦贝克笔下的乡村不亚于约克纳帕塔法，成为人类宇宙的缩影。

关于斯坦贝克和福克纳在性别议题上的观点，我想再补充一些细节。如同海明威，这两位作家常常被视为对女性权益及关切不够敏感的大男子主义者。然而，在《喧嚣与愤怒》中，福克纳称凯蒂·康普生为自己的"心爱之人"（《福克纳在大学》6 页），这个角色独立坚强、充满爱心，她拒绝接受哥哥昆丁和其他角色试图强加给她的传统性别的定义。即使在女性作家的作品中，也难以找到比《菊花》（The Chrysanthemums）的故事更能反映男性所主导的社会下女性所处困境的作品。尽管福克纳和斯坦贝克被公认为"已故白人男性"，然而我并未发现他们与该术语所常指的概念有多么的契合。

在探讨福克纳小说创作的早期阶段，我注意到他对斯坦贝克的批评似乎有失公允，并且并未充分认识到两者在艺术作品中的相似之处。然而，值得赞扬的是，斯坦贝克并没有犯同样的错误。实际上，在接受诺贝尔文学奖时的演说词中，斯坦贝克将福克纳尊称为他的"杰出前辈"，并进一步赞扬了福克纳的作品，引用了福克纳在十二年前接受诺贝尔文学奖时的演说词中的言论。斯坦贝克表示："福克纳，比大多数人更能洞察人性的力量和弱点。他深知理解和解决恐惧是作家存在的重要原因之一。"[9]尽管福克纳可能对斯坦贝克的作品和成就评价过低，但我认为他会同意斯坦贝克在接受诺贝尔文学奖时的演说词中的结论，并且我相信他会认为斯坦贝克在表达"人类自身已经成为我们最大的风险和唯一的希望"时，准确地代表了包括福克纳在内的整个一代作家的观点。

注　　释

［1］T. S. Eliot, "Ulysses, Order and Myth, " *Dial* 75 (November 1923): 483.

［2］罗伯特·弗罗斯特：《弗罗斯特诗选》，顾子欣译，江苏凤凰文艺出版社，2018。

［3］斯坦贝克：《伊甸之东》，王永年译，上海译文出版社，2004。

［4］Ward Miner, *The World of William Faulkner* (New York: Grove Press, 1959), 113.

［5］Faulkner, "Mississippi Hills, " in *Faulkner: A Comprehensive Guide to the Brodsky Collection, Volume V: Manuscripts and Documents*, ed. Louis Daniel Brodsky and Robert W. Hamblin (Jackson: University Press of Mississippi, 1988), 80.

［6］约翰·斯坦贝克：《罐头厂街》，李天奇译，人民文学出版社，2018。

［7］Warren French, *John Steinbeck's Fiction Revisited* (New York: Twayne, 1994), 72.

［8］Anders Osterling, Presentation Speech for John Steinbeck, https://www. nobelprize. org/prizes/literature/1962/ceremony-speech/.

［9］Steinbeck's Nobel Prize Acceptance Speech, https://genius. com/John-steinbeck-nobel - prize-acceptance-speech-annotated.

"世界就像一张巨大的蜘蛛网"：
托马斯·萨德本与凯斯·马斯敦的遗产对比

白晶，房琳琳 译

　　威廉·福克纳与罗伯特·佩恩·沃伦的生活经历以及创作成果在诸多颇具生动性和重要性的领域存在交集。尽管沃伦相较福克纳年长近十岁，然而两人皆为南方地区出生的作家，只不过福克纳源于南方的核心地带，而沃伦则居于南方的北部。两位作家均涉猎诗歌、短篇小说、长篇小说、评论以及社会评论等各种文学形式；同时他们也都沉迷于对自身所处区域的历史研究之中，特别是关于奴隶制度、内战、重建及"吉姆·克劳"种族歧视、种族隔离等历史问题。尽管两位作家对于生命中发生的诸多变化抱持着犹豫矛盾的态度，然而其关于种族议题的观点在漫长的岁月里却经历了深度变化。沃伦亲眼目睹了民权运动触发的重大变化，而福克纳则未能亲身经历这一切。

　　在众多领域中，这两位作家均拥有相似的经历，且曾撰写过类似的主题，如种族、自然、社会经济议题、政治与宗教等。然而，他们对于彼此的作品却持有截然不同的观点。沃伦乃是福克纳的热烈拥护者，他曾撰写多篇具有深远影响力的有关福克纳的评析及学术论文，甚至还编纂了一部福克纳评论集[1]。在密西西比大学种族融合危机的混乱时期，沃伦应邀在该校发表演说，他以福克纳作为核心议题，深刻剖析了种族、冲突与和解之间的关系[2]。反之，福克纳在正式场合对沃伦的关注程度极为有限。当他们共同的友人阿尔伯特·厄斯金（Albert Erskine）于 1952 年邀请两位作家共进晚宴并展开对话时，福克纳表示对沃伦的小说《在天堂门口》（*At Heaven's Gate*）和至少一个短篇故事有所了解（《福克纳传》1426 页）。然而，或许更引人注目的事实是，1957—1958年，在福克纳于弗吉尼亚大学的访谈、讲座及课堂会议记录中，尽管福克纳提及了诸多作家，但却未涉及沃伦及其作品的任何只言片语[3]。

　　福克纳唯一针对沃伦的长篇评论存于一封书信中，这封信是他寄给哈考特-布雷斯-世界出版公司的编辑兰伯特·戴维斯（Lambert Davis）的。戴维斯曾经将沃伦的《国王的人马》（*All the King's Men*）的样书快递给福克纳，期望他能给予宣传褒奖。然而，戴维斯收到的回信是对沃伦的小说既有赞誉也有批评，总的基调是持否定观点。"凯斯·马斯敦（Cass Mastern）的故事无疑优美且感人至深，"福克纳表示，"那是他小说中的精华所在。其余部分我都不会去看。"福克纳接着写道："斯塔克(Starke)的部分写得扎实可靠，但以我之见，斯塔克和其他角色都是二流的……我并不在意对他的喜爱或者厌恶，但我坚决反对作品无法引发共情……他既非至伟亦非至恶。然而，也许正是由于凯斯的故事的存在，使得其他作品似乎显得比实际更为单薄。"(《福克纳书信选》239页)

我推测福克纳欣赏《国王的人马》中的凯斯·马斯敦次要情节之一，在于他察觉到沃伦笔下的凯斯·马斯敦的故事与福克纳对托马斯·萨德本的塑造之间存在共通之处。萨德本的悲惨命运在《押沙龙，押沙龙!》中占据了核心位置。通过从互文性的角度研读这两位人物的经历，我们能够发现福克纳与沃伦某些共同关注的话题，然而，相应的也存在诸多显著的差异。

托马斯·萨德本和凯斯·马斯敦皆在密西西比州拥有种植园，他们的生活轨迹和人际交往深受自身对于不同种族所持有的态度及行为的影响，而这些行为更与奴隶制度及南北战争息息相关。他们的行为不光对同代人构成了严重的破坏，对下一个世纪的两位青年人同样产生了深远影响，萨德本对昆丁·康普生、马斯敦对杰克·伯登(Jack Burden)产生了深远影响。然而，无论这两个故事的最精彩部分抑或结局部分，其最终影响在根本上都呈现出截然对立的态势。

托马斯·萨德本的经历属于美国历史与文学中的典型从贫民到富豪的经典叙事，即从本杰明·富兰克林的"穷理查德"，至霍雷肖·阿尔杰的"衣衫褴褛的迪克"，再到威廉·迪恩·豪威尔斯的"塞拉斯·拉帕姆"(Silas Lapham)，以及斯科特·菲茨杰拉德的"杰伊·盖茨比"。萨德本出生于弗吉尼亚州西部的贫困山区，幼年随家庭迁居至弗吉尼亚州泰特沃德(也称为海岸平原，位于美国弗吉尼亚州东部，由切萨皮克湾西岸的低洼冲积平原组成。此地曾因拥有众多富裕的种植园主而闻名——译者注)，在此处他首次目睹了依靠奴隶劳动力运作的庞大种植园。后来，他长大成人后去了海地，进一步研究了种植园经济与人际交往领域；最终来到了密西西比州的杰弗生镇，在那儿他创立了自己的种植园，命名为"萨德本百里地"，并成为战前约克纳帕塔法县众多主要土地所有者之一。几位讲述萨德本故事的人——那位社区叙述者、罗沙·科德菲尔德、康普生将军、康普生先生、昆丁、施里夫——从来没有怀疑过他的勇气、雄心、自信、勤奋或毅力。在这些方面，他展现出了掌控荒野、兴建大宅、构建王朝所需的实际性格特点。然而，萨德本所欠缺的却是道德或伦理观念的核心。正如叙述者所述："他们也没有把爱情与萨德本联在一起考虑过。他们想到的是冷酷无情而不是正义，是恐惧而不是尊敬，反正没有想到怜悯或爱情。"(《押沙龙，押沙龙!》55页)简而言之，萨德本是一个粗鲁的唯物主义者，一个痴迷的、操纵欲强的自大狂，拥有"有勇气有力量却没有怜悯心和荣誉感"(《押沙龙，押沙龙!》23页)。

在整部小说中，多处情节生动地展现了萨德本极端自私与冷酷无情的人格特质。

最突出的例子包括：抛弃了拥有黑人血统的海地籍妻子，以及他残酷且无人道地对待自己的奴隶与法国建筑师；他与埃伦·科德菲尔德（Ellen Coldfield）的婚姻是精心安排的，以此来推动他所谓的"规划"；他残忍地要求罗沙·科德菲尔德为他生一个男性继承人，作为与她结婚的先决条件；他残忍地抛弃了年仅十多岁的米利·琼斯（Milly Jones），原因仅仅是因为她为他生育的是女儿；至关重要的一点在于，由于其子查尔斯·邦拥有半数黑人血统，他选择抛弃他，并与其他人共同策划对他的陷害。

在以往的论述中，我已经明确指出，萨德本的"黑人恐惧症"，这是其个性特质的核心成分，可以回溯到他的童年时期。正是在那个阶段，他首次接触了黑人群体，结果在心理上受到了创伤，进而导致丧失男性气概、易怒甚至有报复心理[4]。当他的家人从山区移居到泰特沃德的时候，他见到的第一个黑人欺凌并嘲笑这个男孩（指萨德本——译者注）的父亲："一个巨硕公牛般的黑鬼……他把老头儿像袋杂合面似的搭在肩膀上走出小店，他的——那黑鬼的——嘴笑得格格响露出满口墓碑似的牙齿。"（《押沙龙，押沙龙！》317-318 页）后来，在泰特沃德，他和妹妹差点儿被一个戴着"高顶绸礼帽"的黑人驾的马车撞倒；还有一次，他听到父亲激动而自豪地讲述一群夜间出现的骑马歹人殴打一个黑人的事情。然后，当萨德本大约十三或十四岁的时候，他被一个"猿猴穿戴的黑鬼管家"命令走后门（《押沙龙，押沙龙！》326 页）。我坚信，那些与黑人群体相关且令人感到恐惧和丧失人性的经历为萨德本的种族歧视奠定了基调，而种族暴乱的恐怖仅仅是对他的种族主义的进一步深化和加剧。似乎可以预见，甚至是不可避免的是，这些童年和青少年时期的经历将对成年后抵达密西西比州的萨德本产生持久的影响。事实的确如此。鉴于他过去与黑人接触的恐怖经历，萨德本必须采取一切可能的手段和措施来阻止朱迪思与黑白混血儿邦的婚姻。正如我在之前讨论此事时所指出的："种族主义者的逻辑在他人看来可能混乱且不合理，但对种族主义者来说，它具有数学方程式般的精确性和必然性。"[5]

我强调萨德本的命运具备本质上的决定性特征，主要是为了凸显他的故事所饱含的阴郁和悲观。这种忧郁情绪借助于故事中这一角色及其梦想的破灭得到了加强与突出：他死于沃许·琼斯之手，他的大宅终将毁于一旦，讽刺的是，他的血脉却在"白痴（奴隶）"（《押沙龙，押沙龙！》529 页）吉姆·邦德（Jim Bond）身上得以延续——然而，读者早已预知，萨德本的主要继承人昆丁·康普生不久后将溺水自杀身故。在描绘萨德本的悲剧的决定论性质方面，以杰克·伯登曾经用描述凯斯·马斯敦的黑暗心灵之夜的表述为最佳：

> 他懂得世界就像一个巨大的蜘蛛网，不管你碰到哪里，不管你如何小心翼翼地轻轻地碰一下，蜘蛛网的震动都会传播到最遥远的边沿，而昏昏欲睡的蜘蛛不再打瞌睡了，它会马上跳起来，抛出游丝缠绕碰过蜘蛛网的你，然

后把黑色的令人麻木的毒素注入你的皮下。无论你是否有意碰蜘蛛网，结果总是一样。你愉快的脚步或欢乐的翅膀也许只是轻轻地碰了一下蜘蛛网，可是后果总是一样，蜘蛛总在那里，黑色的触角，大大的复眼，眼面像镜子也像上帝的眼睛似的在阳光下熠熠闪光，毒汁一滴一滴地流着[6]。

此段堪称是美国文学对于决定论理论最为精准的描述之一，决定论乃是文学自然主义的核心理念，人们可以轻易地联想到这是由斯蒂芬·克莱恩（Stephen Crane）、弗兰克·诺里斯或西奥多·德莱塞所著。然而，正如我将在后续论述中所阐明的，凯斯·马斯敦与杰克·伯登最终成功摆脱了蜘蛛网及其决定论的束缚，然而《押沙龙，押沙龙!》中的角色却未能如此。

凯斯·马斯敦的故事的开始与托马斯·萨德本的故事很相似。他在日记中提到："我在佐治亚州北部的一个小木屋里出生，家庭一贫如洗。"（《国王的人马》197 页）像萨德本一样，他最终成为密西西比州的种植园主。而且，像萨德本在海地一样，他经历了一段使他的生活发生不可逆转改变的"黑暗与烦恼"（《国王的人马》197 页）。凯斯对邪恶和个人罪恶感的觉醒发生在肯塔基州莱辛顿，他在那里就读于特兰西瓦尼亚学院；就像萨德本在海地的启蒙经历一样，凯斯的经历也涉及女人和种族问题。在莱辛顿时，凯斯与他的好朋友的妻子阿娜蓓尔·特莱斯（Annabelle Trice）有染；当朋友邓肯·特莱斯（Duncan Trice）发现这段恋情时，他自杀了。阿娜蓓尔意识到她的贴身侍女菲比（Phebe）知道这段恋情，并担心她可能会让其他人知道，于是把菲比卖给了一个奴隶贩子，他会把她"顺河而下"带到新奥尔良，从而把她与她的丈夫分开，并可能使她过上被性奴役的生活。当凯斯质疑阿娜蓓尔对菲比的虐待时，阿娜蓓尔把愤怒转向了他："喔，我懂了。你在关心一个黑人车夫的荣誉名声……为什么你不对你的朋友的荣誉名声稍稍表示关心?"（《国王的人马》216 页）凯斯在其日记中对这一系列行为产生的积累影响进行了如下描述：

> 所有这一切——朋友的死亡，菲比被卖，我热恋的女人的痛苦、愤怒与变化——这一切都是由于我的罪恶、我的背信弃义而引起的，就像树枝生在树身，而树叶又长在树枝上。从另外一个角度来看，这就好像我的行为对世界整个结构引起的波动不断扩散，震动的力量越来越大，没有人知道波纹的终端在何方。（《国王的人马》217 页）

凯斯的道德良知引发了深深的哀痛，同时也对自己行为所导致的严重且出乎意料的社会影响有深刻的认知及悔悟，这与托马斯·萨德本的态度和行为形成了鲜明的对比。值得注意的是，凯斯的日记运用了《圣经》中的语言：诱惑、罪、诅咒、羞耻、悔改、赎罪，以及恩典和赦免的盼望。凯斯说："我以一个罪人所能有的诚实，把这一切记录下来。如果我血肉躯体内尚有骄傲之心，我可以读这几页日记，并怀着羞愧之心知道我身上有过邪恶。"（《国王的人马》198 页）在一篇日记中，他写道："我不可能蒙受上帝的恩泽，我还是十分希望上帝对我能有所恩典。"（《国王的人马》222 页）而在另一篇日记中，他向"上帝我的救主"祷告（《国王的人马》204 页）。叙述者指出，凯斯·马斯敦所接受的学校教育包括"一大堆长老会神学"（《国王的人马》200 页），他的日记读起来就像一本加尔文主义案例书。

在加尔文教派中，以及所有基督教信仰体系中，悔改、赎罪与救赎的信仰占据了核心地位。因通奸、背叛朋友和对黑人奴隶的残酷虐待，凯斯感到有罪，他努力寻求赎罪的方式。他结束了与阿娜蓓尔的关系，开始寻找菲比，打算买下她并让她重获自由。回到密西西比州的家中，他重新开始种植园的工作，花时间祷告、研读《圣经》，给黑奴自由，这令他的兄弟吉尔伯特（Gilbert）感到惊讶。内战爆发时，凯斯觉得有义务加入南部联盟，但他没听吉尔伯特的建议，没有获得少校或上尉的军衔，只是一名士兵。他对自己许下了一个秘密的承诺，即永远不会夺走他人的生命。"我已经夺去朋友的生命；我怎么能再去夺取敌人的生命。我已经用掉了我杀人的权利。"（《国王的人马》227 页）在参加了包括示洛和芝卡奴迦战役在内的多次战斗后，他在亚特兰大外围的一次战斗中受了致命伤，与其他士兵一起死在一家军队医院中。他最后的感觉是，他明白了"人类共同的罪恶"，相信"上帝的公正，深信别人曾为我的罪孽而受苦；也许上帝正是通过无辜者受苦受难来证明世人皆兄弟，以他的神圣的名义而成为兄弟的"（《国王的人马》228 页）。凯斯日记的最后一句话是"感谢上帝"（《国王的人马》228 页）。

托马斯·萨德本运用的言辞与塑造他形象的言辞存在巨大差异。凯斯·马斯敦在个人历练之后领悟了谦卑与柔和，从善恶斗争的普适性层面审视自身经历，而萨德本却倾向于诉诸暴力与残酷，在他眼中缺乏道德规范的世界中实现个人私欲。尽管罗沙·科德菲尔德将萨德本称为"吃人妖魔"（《押沙龙，押沙龙!》14 页）、"恶魔"（《押沙龙，押沙龙!》15 页）、"穷凶极恶的无赖和魔鬼"（《押沙龙，押沙龙!》17 页），似乎把萨德本归为不道德的人，但文本中更常见的是将萨德本与"野蛮"世界的非道德联系在一起（《押沙龙，押沙龙!》369 页）。由于童年时在"大宅子"的经历，他开始将自己和自己的家人视为"牛群，是粗野没有礼仪的生物，被野蛮地运进一个世界，没有自己的希望或目的，而这些生物反过来也会野蛮与恶意地大量孳生"（《押沙龙，押沙龙!》332 页）。就在他被"猿猴黑鬼"赶出前门后，他逃到树林里，像动物一样，"他倒退着爬进洞穴坐下背靠着拱起的根瘤"（《押沙龙，押沙龙!》329 页）。不久之后，他因饥饿而返回家中，看到"他姐姐在院子里对着只洗衣盆一下下很有节奏地揉搓……姐姐臀部宽宽的像只母牛，她在干的那个活儿很原始，付出的力气与效果愚蠢得不成比例：劳作、辛劳最根本的要素退化到只剩下粗糙的本质，这是只有一头牲畜才能够和愿意忍受的"(《押沙龙，押沙龙！》333—334 页)。在海地，萨德本被投入一个被我们称为"弱肉强食的林莽与我们说它是文明这二者的交叉点"，以及"暴力、不义、流血和所有人类贪婪、残忍的恶魔欲望的演出场所"的世界(《押沙龙，押沙龙！》353 页)。他赶着一辆马车，车上载满了有"狼窟的气味"(《押沙龙，押沙龙！》45 页)的奴隶，这群人里只有那法国建筑师"还像是个人"(《押沙龙，押沙龙！》48 页)。很快，大家便知道，萨德本经常与他的奴隶赤手搏斗，"两个都光着上身，都想把对方的眼珠抠出来，仿佛他们的皮肤不仅应该是同样颜色的而且那上面还应该长满了兽毛"(《押沙龙，押沙龙！》36 页)。"公的还是母的?"萨德本这样问接生员，他与米利·琼斯的孩子正是后者接生的。听到令人失望的消息后，他对米利说："太糟糕了你不也是一匹母马。要不我就可以在马棚里拨给你一间满不错的厩房了。"(《押沙龙，押沙龙！》404 页)

所有这些动物象征皆表明，萨德本的故事与凯斯·马斯敦的故事情节迥异，它并不属于加尔文教派(或奥古斯丁)所信仰的基督教，而是属于文学自然主义以及社会达尔文主义，这两种理论在福克纳的创作初期，在美国文学界尤为盛行。自然主义与达尔文主义的解析方法，主要的倡导者之一是西奥多·德莱塞，他是福克纳极受尊崇的一位作家[7]。在《嘉莉妹妹》(Sister Carrie)中，作者写道："老虎身上不承担任何责任"；该书中的弗兰克·考珀伍德(Frank Cowperwood)被视为托马斯·萨德本的主要文学灵感来源之一。考珀伍德是一位铁路业巨头，在他年幼时期，当目睹一只龙虾吞噬一只乌贼的情景时[8]，他就相信自己发现了生命和生意的组织原则。与考珀伍德及其他真实或虚构的商业巨头如出一辙，萨德本坚决地决定，不容许任何因素干扰其对物质财富的追求和规划。

此处所探讨的托马斯·萨德本与凯斯·马斯敦之间的差异——即各自所属世界的设定——同样在接下来的一个世纪里讲述这些老故事的叙述者昆丁·康普生与杰克·伯登的生活历程中发挥了重要作用[9]。从《喧哗与骚动》一书中我们了解到，昆丁·康普生是一位年轻的理想主义者，对一个被实用主义和物质价值观所主导的世界深感失望。在《押沙龙，押沙龙！》中，昆丁表达了对查尔斯·邦的同情，查尔斯·邦正是被其父亲所排斥的儿子。昆丁在某种程度上与邦产生了共鸣，因为，在某种程度上，昆丁也曾被自己的父亲所排斥。确实，正如查尔斯·邦追求与同父异母妹妹朱迪斯·萨德本不正常的兄妹关系一样，昆丁对妹妹凯蒂也存在不适当的情欲需求。但在这两种情境中均可做出如下论证，即主要推动每则故事走向其悲剧高峰的主要因素是父子关系。

"父亲说"在《喧哗与骚动》昆丁篇章中是一以贯之的主题，从开篇到尾声。并且，康普生先生向昆丁所阐述的所有内容均基于父亲的酗酒及虚无主义状况。"因为时间反正是征服不了的，他说。甚至根本没有人跟时间较量过。这个战场不过向人显示了他自己的愚蠢与失望，而胜利，也仅仅是哲人与傻子的一种幻想而已。"(《喧哗与骚动》

107 页)因此，根据康普生先生的说法，什么都不重要——无论是荣誉["人们是做不出这样可怕的事来的他们根本做不出什么极端可怕的事来的"(《喧哗与骚动》112 页)]，还是道德["纯洁是一种否定状态因而是违反自然的"(《喧哗与骚动》163-164 页)]，还是童贞["女人认为童贞不童贞关系倒不大"(《喧哗与骚动》110 页)]，还是时间["父亲所说的人类经验的 reducto absurdum"(《喧哗与骚动》121 页)]，甚至生命本身["一边是欲火如炽，一边是万念俱灰，双方僵持不下"(《喧哗与骚动》174 页)]。"光是相信它也是没什么意思的。"(《喧哗与骚动》110-111 页)昆丁反对道，然后他的父亲回答说："所有的事情，连改变它们一下都是不值得的。"(《喧哗与骚动》111 页)

犹如查尔斯·邦渴望获得父亲的认同，以及在一定程度上(甚至仅仅只是)为了报复父亲对他的排斥(正如萨德本的一生乃是对他被拒于外的报复)而追求与朱迪思的婚姻一样，昆丁的自我了断也与康普生先生的冷漠有关，康普生先生冷淡地对待凯蒂的怀孕与无爱的婚姻。两位父亲在个人危机时刻都将儿子排斥在外，因此都与儿子的离世难脱干系。在此方面，昆丁的故事与萨德本的故事的悲剧模式相类似且重叠。昆丁在生命的最后一天，回想起"我觉得好像是躺着既没有睡着也并不醒着我俯瞰着一条半明半暗的灰蒙蒙的长廊在廊上一切稳固的东西都变得影子似的影影绰绰难以辨清我干过的一切也都成了影子我感到的一切为之而受苦的一切也都具备了形象滑稽而又邪恶莫名其妙地嘲弄我它们继承着它们本应予以肯定的对意义的否定"(《喧哗与骚动》233 页)。这是昆丁对他所处的世界所经历的宛若"蛋头先生"经历的独特解读，在他的这种情况下，确实是这样，"国王所有的人马，都没办法把'蛋头先生'拼回去"(前两句是蛋头先生墙上坐，蛋头先生跌下墙。Humpty Dumpty 是"矮胖子"的意思，在本首童谣中是个谜语，谜底为"蛋"，所以翻译成蛋头先生——译者注)。"一切稳固的东西都变得影子似的影影绰绰难以辨清"，这句话与《押沙龙，押沙龙!》中所描绘的萨德本的故事中的段落相交织，构成了一个模糊且难以解读的谜题。昆丁作为一名侦探，致力于解开这个谜团并深入理解，然而最终徒劳无功，可以视作其在处理和掌控自身生活过程中无能为力的写照。从昆丁的角度来看，这两个故事的结局都表明了"平静永不再来。平静永不再来。永不再来。永不再来。永不再来"(《押沙龙，押沙龙!》525-526 页)。

杰克·伯登同样在他叙述的关于凯斯·马斯登的故事中，以一种间接的方式参与其中。就像凯斯一样，杰克也有不负责任、不忠、背叛和犯罪的个人历史。身为历史系学生与新闻工作者，伯登成为州长威利·斯塔克(Willie Stark)"肮脏手段"的执行者，运用其专业知识为这位腐败且道德沦丧的州长提供情报，助其恐吓或勒索政敌。然而，在关键时刻，他意外地发现了关于"对正直法官的调查案"的秘密，这个秘密曝光之后，给他本人、他的家族以及他最亲密的朋友带来了一连串的悲剧。在杰克年幼之时，欧文法官是伯登家族的挚友。杰克受命调查伊文法官的丑闻，他发现，作为杰克最亲密的朋友安妮和亚当的父亲、州长斯塔克的司法部长，他接受了公共事业公司的贿赂，而州长斯塔克也协助他掩盖了罪行。欧文法官在遭受行为曝光威胁之际，选择了自尽。除此之外，安妮·斯坦顿（Anne Stanton）对于其父亲对伊文犯罪事实的刻意隐瞒而感到幻想破灭，使她更加容易成为斯塔克的情妇；当安妮的哥哥亚当发现斯塔克与自己妹妹的不当交往后，他便采取行动，刺杀了斯塔克。在这些不幸事件中，伯顿遭受了一次深重的打击，他的母亲告知他，隔壁的邻居欧文法官竟是他的亲生父亲。如同凯斯·马斯敦那样，伯登意识到他的某个行为引发了深远且出乎意料、惨痛的后果。他触及了蛛网的边缘，整张网为之震颤。像凯斯·马斯敦和昆丁·康普生一样，伯登"感到我以外的世界正在改变，事物的实质正在发生改变，这个过程才刚刚开始，而我处于这个过程的中心"（《国王的人马》177 页）。

曾有一段时间，伯登竭力否认自身在这一系列事件中所扮演的任何个人角色，他从他自称为"大抽搐"的哲学观点中寻求慰藉与规避。这种观点源于他对一位无法自主控制面部肌肉抽搐的老者的观察所得。

> 但是，奇怪的是，他左边的面颊会突然抽搐，向着浅蓝色眼睛的方向抽动。你以为他要眨眨眼睛，但并非如此。抽搐完全是个独立的现象，跟面庞或面庞后面的一切毫不相干，跟我们身陷其间的世界的现象结构的一切内容都毫无关系。（《国王的人马》385 页）

毫无疑问，眨眼乃是自发且自主的行为；而抽搐则属无意识的，是人类无法抵制的自然因素所引发的效应。因此，抽搐被视为决定论的一个典型象征，伯登曾有一段时期深信该哲学极为慰藉人心，因为倘若没有自由意志，便不会存在责任，从而也就无须为自身的行为感到有罪。"可是后来，"伯登观察到，"很久以后，一天早上他醒过来，发现自己不再相信大抽搐了。"他说："因为他看到太多的人的生与死。"他见证了威利·斯塔克在人生尽头的陈述："本来一切可能大不一样，杰克。你得相信这一点。"（《国王的人马》536 页）

在否认"大抽搐"以及接受个人责任的过程中，伯登已经从一种阐述人类行为的决定论哲学，转而倾向于一种强调人类自由的生存论哲学。休·米勒（Hugh Miller）对伯登表示："但人不是盲目的。"（《国王的人马》537 页）换言之，即便在一个充满困惑、难以预料甚至荒诞不经的世界中，即便人类行为的后果永远无法得到保证甚至无法预测，人们仍需做出抉择并为这些抉择承担责任。这便是凯斯·马斯敦的故事所传达的教训，也是杰克·伯登的故事所揭示的道理。如同托马斯·萨德本的故事与昆丁·康普生的悲剧经历相类似一样，凯斯·马斯敦的故事亦与杰克·伯登的救赎历程有着相似之处。

我致力于论证《押沙龙，押沙龙！》与《国王的人马》之间诸多互文性关联，然而，我希望以揭示两部小说间最显著的差异作为我论述的收尾。此一差异的核心在于沃伦在其故事开篇所附的题词，该题词源自但丁《神曲》中"炼狱"篇章的第三章："只要希望还有一丝儿绿意"（Mentre che la speranza ha fior del verde）[10]。题词的全文是："只要希望还有一丝儿绿意，一个人就不会陷入无法获得永恒之爱拯救的困境。"此概念在小说的最后两页中有深入探讨，显现于学者律师正在撰述的短文中——杰克·伯登亦坦承，他或许也以自身方式确信上述话语：

> 上帝创造，真正创造人的唯一办法是使人脱离上帝自成一体，而脱离上帝就是邪恶。因此，邪恶的创造是上帝的天国荣誉与神力的标志。只有这样，善的创造才可能是人的荣誉与力量的标志。但善的创造要依靠上帝的帮助。依靠他的帮助和智慧。（《国王的人马》537-538页）

《国王的人马》这部小说讲述的是事件的错谬、人为的失误、犯罪行为，以及其衍生的影响。然而，与此同时，它也是一部探讨赎罪的小说，传达出"蒙福的罪过"（felix culpa）的理念。这部小说是悲剧，但以希望作结。就像但丁的"炼狱"、弥尔顿的《失乐园》（小说最后一段或许提及了这部作品）或莎士比亚的《暴风雨》一样，沃伦为我们展示了未来有可能比充满失误的过去更为美好的可能性。当然，这取决于个体是否能比过去做出更为明智的抉择。

《押沙龙，押沙龙！》完全归属为另一种类型的书籍。它无疑是有史以来最伟大的悲剧之一，与《俄狄浦斯王》（Oedipus Rex）、《李尔王》和《白鲸》（Moby-Dick）这些经典作品属于一类。然而，即便是这些黑暗的悲剧也比福克纳最伟大的小说《押沙龙，押沙龙！》蕴含更大程度的希望。简而言之，就像其所参照的《圣经》中的大卫王和押沙龙的故事一样，《押沙龙，押沙龙！》并非一部对未来抱有盼望的作品。其主要人物萨德本不仅无法摆脱过去的阴影，而且注定要重复过去；而主要叙述者昆丁·康普生是一个同样没有未来的年轻人，事实上，当他叙述故事时，他已经死亡[11]。萨德本的故事以大屠杀和毁灭告终：

> 此时一切都结束了，再没剩下什么，此刻那里已一无所有，除了那个小白痴潜伏在那堆灰烬和四根空荡荡的烟囱周围并且还嚎叫，一直到有人来把他赶走。他们抓不住他，也没有人似乎能把他轰开多远，他仅仅是停止嚎叫片刻。可过了一会儿，他们又开始重新听到他的声音了。（《押沙龙，押沙龙！》530页）

"那个小白痴"便是吉姆·邦德，"那个后裔，他的血族的最后子遗"（《押沙龙，押沙龙!》528 页），也是最后一位萨德本。他的嚎叫是萨德本故事中唯一能延续至未来的元素，并被展望为"将征服西半球"（《押沙龙，押沙龙!》532 页）。与《国王的人马》不同，《押沙龙，押沙龙!》里没有炼狱，当然对天堂也一无所知。福克纳的《押沙龙，押沙龙!》中的所有人物都生活在地狱之中。而且那个地狱包括整个宇宙："干涸土地的痛苦那单独的一声深沉叹息朝不可估量的高高星空升去。"（《押沙龙，押沙龙!》510 页）

注　释

[1] 沃伦对马尔科姆·考利的《福克纳袖珍文集》的评论引发了学术界对福克纳作品的兴趣。参见 Robert Penn Warren, ed., *Faulkner: A Collection of Critical Essays* (Englewood Cliffs, NJ: Prentice-Hall, 1966)，其中包括沃伦的论文《福克纳、黑人、南方与时间》("Faulkner, the Negro, the South, and Time")。对于沃伦与福克纳文本间持续对话的详尽且富有洞见性的研究，可参考如下文献：Joseph Millichap, "Warren's Faulkner," *Mississippi Quarterly* 60, no. 2 (2007): 351-67.

[2] 参见 Robert W. Hamblin, "The 1965 Southern Literary Festival: A Microcosm of the Civil Rights Movement," *Journal of Mississippi History* 53 (May 1991): 83-114。

[3] 《福克纳传》，第 1426 页。Millichap (353) 推测，福克纳可能阅读过沃伦的文章 "Prime Leaf"，这是因为该作品与福克纳的故事《飞向群星》均发表于 1931 年的同一期杂志《美国大篷车》(*The American Caravan*)。

[4] 见罗伯特·W. 韩布林，《"比任何事物都长久"：福克纳在〈押沙龙，押沙龙!〉中的"宏伟规划"》，已收入本书。

[5] 布鲁克斯认为，萨德本对其另一个混血孩子克莱蒂的接纳和对待方式证明他并不是特别关心种族问题[*William Faulkner: The Yoknapatawpha Country* (New Haven: Yale University Press, 1963), 298-299]。但是，正如布鲁克斯所承认的，克莱蒂对萨德本的规划没有威胁，而查尔斯·邦则有。在我看来，萨德本的规划，就像它所反映的战前支持奴隶制的南方一样，在本质上都是种族主义的。萨德本之所以容忍克莱蒂，是因为她接受了自己作为家庭佣人的角色，从来没有提出过任何要求，即得到平等待遇或成为萨德本家族的一员。

[6] Robert Penn Warren, *All the King's Men* (New York: Bantam Books: 1973), 188-189.

[7] 可见《园中之狮》，第 167, 250 页。

[8] *Sister Carrie* (New York: Dell, 1960), 90; *The Financier* (New York: Dell, 1961), 21-23.

[9] 有关昆丁·康普生与杰克·伯登各自关于往昔的妙趣横生的探索，参见 Mary Ann Wilson, "Search for an Eternal Present: *Absalom, Absalom!* and *All the King's Men*," *Connecticut Review* 8, no. 1 (1974): 95-100.

〔10〕 Alighieri Dante, *The Divine Comedy*, trans. Charles Eliot Norton (Chicago: Encyclopedia Britannica, 1952), 57.

〔11〕 我所要阐述的是，福克纳在其著作《押沙龙，押沙龙!》中已然预示了昆丁在《喧哗与骚动》中的悲剧结局——自杀。值得深思的是，在福克纳附于《押沙龙，押沙龙!》的"年表"中（在小说"修订版"中有所调整），昆丁与罗沙·科德菲尔德在1910年9月造访萨德本百里地庄园，然而在早期的小说版本中，昆丁已在1910年6月2日自杀身亡。因此，依据福克纳最初的时间线，昆丁在讲述萨德本的故事时实际上已经离世。

国际福克纳

白晶 译

  在威廉·福克纳的创作历程中，他被广泛地赞誉为主要或几乎是一位完全的"南方"作家，擅长刻画美国南方家乡密西西比州的独特人物、矛盾冲突以及历史背景。首位福克纳文学倡导者和推广者皮尔·斯通(Phil Stone)，通过为福克纳的首部著作《大理石牧神》(1924年)所撰写的序言，奠定了该叙述的基调。斯通在文章中写道："唯有深陷于故土之中的人才有可能将此展现得淋漓尽致，一个散发着南方每一种特质的人，或者说，一个密西西比州的人……北密西西比的阳光、嘲鸟和蓝色山丘，已经深深地融入了这位年轻人的生命。"(《大理石牧神》7页)然而，斯通的声明中却蕴含着极大的讽刺，因为他所作序的书中的诗歌与奥尔格农·斯温伯恩(Algernon Swinburne)、A. E. 豪斯曼及艾略特的作品相较之下，与其说是与欧文·拉塞尔(Irwin Russell)或是西德尼·兰尼尔(Sidney Lanier)的南方地方主义有相似之处，不如说是与他们更加接近。

  首次尝试将福克纳从其南方地域性构架中解放出来的评论家海亚特·H. 瓦格纳(Hyatt H. Waggoner)表示，鉴于当时美国文学的地域性导向，福克纳被初步定位为地方性作家是完全可以理解的：

>   在20世纪20年代中期，地区主义似乎预示着美国文学将绽放更为丰硕繁荣的花朵，然而实际上进展甚微。不仅有舍伍德·安德森的《小城畸人》(*Winesburg, Ohio*)，还有埃德加·李·马斯特斯的《匙河集》(*Spoon River Anthology*)，以及瓦切尔·林赛(Vachel Lindsay)以中西部口音创作的关于中部地区人物的诗歌、薇拉·凯瑟描绘内布拉斯加边境的小说、罗伯特·弗罗斯特的新英格兰诗歌，都似乎遵循了地区主义的道路[1]。

  福克纳初期的小说主题及其背景环境进一步深化了他对美国南部的情感认知，其中涵盖了一则关于一位在第一次世界大战中归来的士兵在乔治亚州小城镇的经历(《士兵的报酬》)、对新奥尔良艺术爱好者群体的生动描绘(《蚊群》)，以及他在虚构的密西西比州约克纳帕塔法县杰弗生镇的生活叙事长河中，对萨托里斯家族、斯诺普斯家族及康普生家族生活的精彩开篇章节。一旦福克纳决定将约克纳帕塔法县作为其故事的主要背景，他便很少再涉足其他地方——仅在《塔楼》中再次回到新奥尔良，在《野棕榈》中探索路易斯安那州、芝加哥和犹他州，在《遍地黄金》中描绘好莱坞，以及在《寓言》中前往法国。正如爱德华·格里桑特（Edouard Glissant）的著作《福克纳，密西西比》（*Faulkner, Mississippi*）的书名所示，对于大多数读者而言，福克纳这个名字始终与密西西比紧密相连[2]。

在福克纳作品的建构中，除了将背景反复定位于密西西比州的同一县、同一镇之外，另一个使其深植于南方土壤的要素便是将种族问题作为其小说和故事的核心主题。以下元素在地理位置、人物塑造和表现手法方面都体现出鲜明的南方特色：《坟墓里的旗帜》（《沙多里斯》）中，通过非洲裔美国人丰富多彩且富有创新性的生活来反衬白人贵族的衰败；《喧哗与骚动》中的迪尔西及其家族的持久品质；对《八月之光》中的乔·克里斯默斯和《干旱的九月》中的威尔·梅耶斯（Will Mayes）不幸遭受私刑加以描绘；《押沙龙，押沙龙!》和《去吧，摩西》中所展现的混血现象；以及《坟墓的闯入者》中路喀斯·布香所面临的私刑威胁。

福克纳身处的时代深化了他与种族议题之间的关联。尤其是在 20 世纪 40 年代、50年代及 60 年代，美国的民权运动开始逐步繁荣，福克纳及其作品在全美范围内被广泛应用于争取黑人人权及正义的斗争中。他的《坟墓的闯入者》（1948 年）及以此为蓝本的广受赞誉的电影（1949 年）皆成为唤起人们对于影响非洲裔美国人民态度和立法的修正的倡导之源。这一时期的大学文学选集中通常收录福克纳探讨种族议题的短篇小说，如《那黄昏时分的太阳》《干旱的九月》及《熊》。《时代》杂志于 1964 年 7 月 17 日出版的以种族议题为主导的特刊封面上展示了福克纳的形象，并对他的作品进行了深度剖析，将其视为南方种族关系的重要风向标。

当然，这种普遍观点也存在例外情况，即使在早期也是如此。鉴于福克纳采用了诸如意识流、转换视角、颠倒时间线和对比事件与人物等创新叙事技巧，大量的批评家开始剖析他的叙事方法，并将其与他的写作内容和主题对比分析。理查德·P. 亚当斯（P. Richard Adams）的《福克纳：神话与运动》（*Faulkner: Myth and Motion*）以及瓦尔特·J. 斯洛塔夫的《对失败的追寻：威廉·福克纳研究》（*Quest for Failure: A Study of William Faulkner*）等著作，沃伦·贝克（Warren Beck）的《威廉·福克纳的风格》（*William Faulkner's Style*）、康拉德·艾肯（Conrad Aiken）的《威廉·福克纳：作为形式的小说》（*William Faulkner: The Novel as Form*），以及卡尔·E. 辛克（Karl E. Zink）的《威廉·福克纳：作为经验的形式》（*William Faulkner: Form as Experience*）等文章，开创了一种独立于地域的福克纳批评流派[3]。尤其是法国评论家，如让-保罗·萨特、安德烈·布莱卡斯滕（André Bleikasten）、米歇尔·格雷塞（André Bleikasten）和弗朗索瓦·皮塔维（François Pitavy），他们研究福克纳的文学技巧的兴趣远超过对他的历史或社会背景的兴趣。同样属于福克纳批评流派的还有以下评论家，如海亚特·H. 瓦格纳、迈克尔·米尔盖特、唐纳德·卡蒂加纳（Donald Kartiganer）、卡尔·正德尔（Karl Zender）、丹尼尔·辛格尔、菲利普·温斯坦（Philip Weinstein）和最近的约翰·马修斯、帕特里克·奥唐纳（Patrick O'Donnell）和约瑟夫·优格，他们将福克纳视为"现代主义者"甚至"后现代主义者"，而非仅仅是一位"南方"作家[4]。

然而，自从福克纳于1950年荣获诺贝尔文学奖以来[5]，每年均有超过一百多篇权威学术论文及专著对其创作进行深度剖析，该类研究在福克纳批评领域中占据了重要比例。这些作品被视为福克纳与美国南方紧密关联的集中体现；且这一观点，被解构主义批评家延续了下来，他们主要从种族、性别和社会经济阶层等问题的角度来审视文学作品。

然而，近些年，从全球而非地域的角度探讨福克纳作品的热忱日渐升温。我对此议题有直接的体验。因为频繁有国际学者造访东南密苏里州立大学的"福克纳研究中心"，使我对福克纳在全球范围内的影响力和关联性有了更为深入的理解。在某些方面，福克纳无疑将永远被誉为典型的南方小说家，但这种标签在解析福克纳的作品时的参考价值却日益降低。首先，福克纳笔下的美国南方已经基本消亡。棉花在南部各州的主导地位已告终结；大规模的人口向北方地区"大迁徙"的趋势正在逐渐演变为逆向迁徙的现象，国内其他地区居民大量涌入南方，他们讲着各种各样的美式英语，带来了崭新的历史观念和理念；城市生活和价值观取代了乡村与小城镇的传统观念；沃尔玛、麦当劳以及其他全国商业连锁店的入侵，使南方小镇失去了其原有的地方特色；长期存在的关于种族、性别和阶级的狭隘地域偏见被极大地削弱。如今，若强行将福克纳定位为"南方"作家，无异于将其作品的大部分视为历史遗迹，因为他小说中所描绘的南方，实际上已经"随风飘逝"，与当今的太阳地带的关联性日益淡化[太阳地带（Sun Belt）指美国南部北纬37度以南的地区，这些地区的日照时间较长——译者注]。

首先，对于福克纳而言，"南方"的描述自初始阶段起便未能完全精确地概括它。尽管福克纳承认他自己"家乡的那块邮票般小小的地方"（《福克纳读本》431页）对他的艺术创作具有举足轻重的地位，但他仅将其视为"起点"（《福克纳随笔》7页），是通向更宏伟目标的工具。在致马尔科姆·考利的信中，他写道："我倾向于认为我的素材，即南方，对我而言并非至关重要。我只是偶然了解它，而在一生中并无足够的时间去沉浸另一个领域并同时对此进行创作。"（《园中之狮》14-15页）1955年，福克纳在马尼拉明确指出：

　　我深信一部小说的背景设定并非决定性因素，但作者却实实在在地在探讨真相。此处所指的真相，是人类共有的真理，如爱情、友谊、勇气、恐惧和贪婪等。我之所以专注于描绘美国密西西比州的风土人情，仅仅因为这是我最熟悉的领域。同样，菲律宾作家会以自己的祖国为主题；而中国作家则会着重描绘自己民族的一切。不同人种使用西班牙语、日语或英语，这只是表面现象，他们所讨论的核心问题，是所有人都能理解的基本真理。(《园中之狮》202-203 页)

在另一次演讲中，福克纳明确指出，作家的使命在于"竭力向读者揭示人类内心深处自我冲突的故事，这个永恒不变的主题自人类掌握记录心灵之声的技巧以来，并未发生过大变动"(《福克纳在西点》59 页)。值得注意的是，在他接受诺贝尔文学奖时的演说词中，福克纳并未提及他的"南方性"，而是更倾向于谈论"远古以来就存在关于心灵的普遍真实与真理，缺少了这一点任何故事都是转瞬即逝、注定要灭亡的"(《福克纳随笔》101 页)。

展现福克纳作品全球影响力的一种方法是关注其小说及故事已被翻译成的语言种类。在詹姆斯·梅里韦瑟(James Meriwether)于 1972 年所著的研究论文《威廉·福克纳的文学生涯》(*The Literary Career of William Faulkner*)中，他列举出曾出版一部或多部福克纳作品译本的二十九个国家[6]；自那时起，该数字已颇具规模地增长。1982 年时举行的"福克纳与约克纳帕塔法会议"，以"福克纳：国际视角"为主题，邀请了众多演讲者，共同探讨福克纳在英国、法国、德国、拉丁美洲、西班牙、俄罗斯、日本以及中国等国家逐渐增强的影响力。

另一种揭示"国际福克纳"观点确实性的方式在于探究他对其他国家文学家的影响。这一影响力在拉丁美洲尤为显著。秘鲁小说家马里奥·巴尔加斯·略萨(Mario Vargas Llosa)、墨西哥小说家胡安·鲁尔弗略萨(Juan Rulfo)和卡洛斯·富恩特斯(Carlos Fuentes)、阿根廷小说家豪尔赫·路易斯·博尔赫斯(Jorge Luis Borges)以及哥伦比亚小说家加布里埃尔·加西亚·马尔克斯(Gabriel García Márquez)皆曾对福克纳对其小说技艺和主题的影响发表过评论。然而，全球其他地区的文学家亦深受福克纳的深远影响。两位诺贝尔文学奖得主——日本的大江健三郎和中国的莫言——反复公开表达他们对福克纳的感激。另一位当代日本作家村上春树，他常被视为诺贝尔文学奖的有力竞争者，同样明显地受到福克纳的影响。他的《世界尽头与冷酷仙境》以类似于福克纳的《野棕榈》中的双线叙事方式交织了两个独立的故事。迪迪·伊内尔·森乌瑟(Didi-Ionel Cenuser)已经创作了关于罗马尼亚作家马林·普雷达(Marin Preda)的小说与福克纳作品之间的相似性和紧密性的学术论文[7]。

诸多明确承认受福克纳影响的国际知名作家，他们更倾向于探究其叙事技巧，而非主题内涵。此举我们颇能理解，因全球范围内的作家与福克纳所共识的并非他对美国南方的特有洞见，而是对现代主义与后现代主义的深刻领悟。正如艾略特所言，被誉为现代主义的文学运动源于 19 世纪价值观与传统表象遭到破坏之后，人们对于重建秩序感与确定性的迫切之情。福克纳这一代的作家对 20 世纪初期的危机、不确定性以及呈现出混乱景象的现实有着深入洞察，正如后现代主义者所展示的那样，此类现象如今正日益普及。福克纳的文学技艺恰到好处地映照了这个现实。相较于 19 世纪那种细腻制作的小说（形式上鲜明地展现出那个时代所蕴含的自信和绝对主义），福克纳的作品突破了常规时间顺序，进行了丰富的情节交错，运用了多种叙事角度，以及众多的模糊性和尚未解决的矛盾。如同毕加索的立体派绘画，福克纳的小说刻画了一个已然破碎的世界。这些特质并非福克纳的南方，或者美国，或者现代主义的发源地欧洲所独有，而是在 20 世纪乃至 21 世纪的全球范围内反复出现。因此，世界各地的作家在福克纳的叙事手法中找到了描绘他们自身文化危机、动荡和转型的相似途径，这并不令人感到意外。

　　在此，我将深度探讨福克纳文学作品中所反映出来的一些主题及特征，这些元素被标上了"国际性"或"普遍性"的标签，而非仅仅限于"南方性"或"美国性"。显而易见，正是这些普遍性的元素，使得每一位杰出的作家都能够跨越地域与时间的界限，攀登至经典的殿堂。例如，索福克勒斯（Sophocles）和柏拉图在某些最根本层面上讲并非仅仅是希腊作家，莎士比亚终究不只是伊丽莎白时代的象征，狄更斯并非仅限于维多利亚时代的代表，托尔斯泰并非仅仅是俄罗斯的代表，莫言也并非仅仅是中国的代表。尽管我们必须承认，普遍真理只能通过特殊真理来表达，然而，正是这些普遍的品质，而非地方性的特质，使得作家能够超越时间和空间的限制，达到经典的高度。我将列举福克纳的四个普遍主题。为了展示它们的国际相关性，我将把它们与四位杰出的中国作家的作品进行深入的对比。在此次比较中，我选择了中国作家，以此将福克纳的兴趣与影响尽可能地扩展至更广阔的领域——亚洲地区，这是历史上与美国有着紧密联系的西方世界之外的存在。

命运与自由

　　在文学乃至于宗教、哲学、政治以至生活各领域中，最具普遍性的议题之一便是命运与自由的冲突。人类是否应通过自我抉择来为自身命运承担责任，抑或他们的命运始终受制于无法掌控的力量和情境？福克纳以"人心与它自身相冲突的问题"（《福克纳随笔》101 页）来表达这一主题。正如他对西点军校学员所述的，作家的首要任务是"用他能找到的最好的方法告诉你一个真实、动人且熟知的古老故事——关乎人的内心与其自身的冲突这一主题，这份冲突源自于爱、盼望、恐惧、怜悯、贪婪以及原始本能的欲望等这些恒久而普遍的真理"（《福克纳在西点》59 页）。

　　在特定的历史阶段中，福克纳逐步发展成为一位卓越非凡的作家，这个时期的显著特点是思想界对于人类行为决定论的理论动摇了人们对于自由意志的传统信仰。查尔斯·达尔文(Charles Darwin)、卡尔·马克思(Karl Marx)以及西格蒙德·弗洛伊德(Sigmund Freud)的影响力日益显著，使19世纪末至20世纪初成为自然主义文学运动的兴起阶段。在这场运动中，自然选择、偶然性、遗传、经济及其他环境因素，以及无意识思维被视为比人类的自由选择更为关键，从而主导着人类的命运。诸如斯蒂芬·克莱恩、弗兰克·诺里斯、杰克·伦敦(Jack London)与西奥多·德莱塞等作家，都以笔触描绘了那些在无法控制的环境、境遇或冲动中遭受挫败的人物形象[8]。同样，福克纳在职业生涯初期的创作中也呈现了这类特征。不论是乔·克里斯默斯陷入南方"吉姆·克劳"种族歧视、种族隔离政策的种族主义观点和行为的困境，抑或凯蒂·康普生由于社会性别歧视的行为态度而深感耻辱与疏离，包括明克·斯诺普斯(Mink Snopes)因贫困白人的困境而受到伤害，以及托马斯·萨德本受制于旧南方的黑人恐惧症——福克纳的众多角色皆被外部力量所压制——他们是受害者，而非英雄，他们是(借用莎士比亚《李尔王》第三幕第二场六十行的台词)："并没有犯多大的罪、却受了很大的冤屈的人。"(《莎士比亚全集Ⅶ》185页)

然而，福克纳，如同南方文艺复兴时期的其他作家，其创作根源在于美国南方区域中的"《圣经》地带"(Bible Belt)，因此，我主张，他对《圣经》叙事与主题的深入探索和触及，使他未能完全接受自然主义或者决定论的人类行为观。《圣经》主张了人的自由权，赋予国家和个体自由的权利，同时也要求他们为自身的行为负责。即便在那些被评论家视为具有最强决定论色彩的福克纳作品中，也存在着一些人物，他们摆脱了他们的环境束缚，并且掌控了自己的命运——如迪尔西·吉卜生、莉娜·格罗夫、拜伦·邦奇、盖尔·海托华和朱迪思·萨德本等。福克纳在其职业生涯后期创作的斯诺普斯三部曲，可以解读为，作为传统道德和人的自由的捍卫者V. K. 拉特利夫和加文·史蒂文斯对抗斯诺普斯家族日益侵入涉及决定论(以及返祖)的行为。正如福克纳在接受诺贝尔文学奖时的演说词中所表达的，这是一个将"心灵"置于"腺体"之上的问题(《福克纳随笔》101页)。福克纳并不否认命运在人的经验中的作用，但他也坚称，人有相当大的选择自由。尽管福克纳的角色不如莎士比亚或弥尔顿的角色自由，但他们比斯蒂芬·克莱恩或西奥多·德莱塞的角色要自由得多。

在苏童的小说《河岸》中，对于同一主题的探讨颇为引人入胜[9]。这本讽刺小说获得了英仕曼亚洲文学奖(Man Asian Literary Prize)，并获得了英仕曼布克国际文学奖(Man Booker International Prize)的提名。这部寓意深远的小说描绘了在文化大革命时期，主人公库东亮的成长历程，他以绰号"空屁"(或"空屁股")著称。东亮的父亲曾位高权重，如今已卸任离职，被贬谪至金雀河畔，与运营运输驳船的船民同甘共苦。因此，东亮在江岸边长大，那里的生活让他领略到岸上之人所无法理解的自由。自始至终，"空屁"都是一个脱离常规、反叛传统的角色，象征了人类对于个体独特性和自由的永恒追求。这是他与威廉·福克纳所共有的一种人生哲学。

个体与群体

福克纳持有的最强烈的信念之一，即是对个体和自立精神的真诚尊重。他深感生活在他那个时代的令人恐惧之处之一，便是出现了剥夺人类独特性的极权主义、官僚主义以及标识意识形态的政府机构。他告诫他的同代人，存在着一种普遍的观念，即"作为个人的人，是再也生存不下去了""人类自身倘想继续生存，只有放弃与排斥自己的个性，参加到他的那个专制小宗派里去"（《福克纳随笔》134 页）。福克纳坚决反对这种观点，因为"能拯救人的是人类自身，⋯⋯并且能够拯救自己，因为人类是值得拯救的；——人，个人，男人与女人"（《福克纳随笔》103 页）。这些观点与福克纳的政治信条相一致，他曾将其定义为"个人比他所属的任何群体或集体更为重要。个人总是比他所属的任何国家更为重要"（《福克纳在大学》100 页）。

尽管福克纳深情赞美个体主义，但他从未赞同那些无视社会意识及其责任、混乱或放纵的个体主义者。福克纳频繁地提及"人类大家庭"（《园中之狮》200 页或 202 页，《福克纳在大学》80 页），并强调，人们必须为"极其严肃的责任"负责（《园中之狮》70页）。福克纳警告，自由不能与冷酷、放纵混淆不清。一个人，"必须在永远坚守责任的模式中寻找自由"（《园中之狮》206 页）。正如约翰·皮尔金顿所观察到的，福克纳文学创作的核心是对"人类在人类兄弟情谊的背景下正确生活的潜能"[10]的真诚关注。

福克纳显然认识到并非所有人都具备道德意识。如其塑造的弗莱姆·斯诺普斯、杰生·康普生和金鱼眼维泰利等角色，皆属于那种蔑视道德的虚无主义者。然而，其他角色，如迪尔西·吉卜生、萨蒂·斯诺普斯、V. K. 拉特利夫、艾萨克·麦卡斯林和契克·莫里逊，则是那些能够识别并展现他们对他人责任的勇敢个体。福克纳笔下这类被低估的英雄之一便是《八月之光》中的拜伦·邦奇。

作为一名普通且性格特质并不显著的公民，邦奇展现出了勤奋好学、道德高尚以及宗教信仰坚定等优良品质。他每星期在杰弗生镇的一家木材加工厂工作六天，并在每个周日，他会骑车前往乡村主持一所小型农村教堂的唱诗班活动。起初，他与飘荡无依的莉娜·格罗夫建立了深厚的友谊，随后他对她产生了深厚的感情。更为重要的是，他是被社会边缘化的，是已失去神职的盖尔·海托华牧师唯一的社会联系。正是通过与邦奇的接触，莉娜找到了对自身和未出生孩子的接纳与庇护，而海托华也因此鼓起勇气离开他的隐居地，重新投身于帮助莉娜和为乔·克里斯默斯辩护的事业中。小说的结尾描绘了莉娜、她的孩子及邦奇一同前往田纳西州的场景，这与克里斯默斯被悲剧性地冷落形成了鲜明的对比，这强调了家庭和社区的重要性，而非孤立和疏远。邦奇是福克纳笔下的一位无名英雄，他对他人的真诚关怀使他成为英雄。

沈从文的经典小说《边城》[11]，阐述了社区价值观念的重要性。这部小说首次出版于 1934 年，栩栩如生地勾勒出湘西一个偏远山城的生活画面。这里远离繁华的城市环境与动荡的斗争，人们常将其视为安宁时代田园生活的典范。然而，《边城》并非仅局限于以优美的诗意手法描绘生活，它更为深入地揭示了茶峒小镇居民如何通过日常的风俗、商业活动及人际关系来维护和深化社区氛围的故事。例如，有一位年迈的船夫，对于自己的工作倍感自豪，并且坚拒乘客任何形式的报酬；他的年轻的孙女，被两位兄弟热烈追求，这使整个城镇都为之瞩目；那两位兄弟，尽管他们为了同一个女子的爱情而展开竞争，却从未显露出愤怒或对抗的情绪；还有那两位追求者的父亲，一位富有码头主管，以其对需要援助之人的慷慨而声名远扬——这些主要角色都是茶峒小镇勤劳、和平且善良的居民的典型代表。

当洪水泛滥之时，社区的居民们齐心协力，对困境中的人们施以援手。正如叙述者所言：

> 涨水时在城上还可望着骤然展宽的河面，流水浩浩荡荡，随同山水从上游浮沉而来的有房子、牛、羊、大树。于是在水势较缓处，税关趸船前面，便常常有人驾了小燃板，一见河心浮沉而来的是一匹牲畜，一段小木，或一只空船，船上有一个妇人或一个小孩哭喊的声音，便急急的把船桨去，在下游一些迎着了那个目的物，把它用长绳系定，再向岸边桨去。这些勇敢的人，也爱利，也仗义，同一般当地人相似。（《边城》7 页）

叙述者对这座小城进一步阐述道："水陆商务既不至于受战争停顿，也不至于为土匪影响，一切莫不极有秩序，人民也莫不安分乐生。"（《边城》12 页）

小城的统一与和谐以年度盛大庆典呈现，其中最具影响力的便是端午节。在这一天，划船队沿着河流奋力划向位于小城中心的海关大楼前方的终点。居民们站在岸上，向他们心爱的英雄们发出热烈的喝彩声。比赛结束之后，市民们将共同欣赏焰火表演，紧接着，一群公鸭被放到河中，市民们则受邀参加大河捕捞，以期捕获一只作为晚宴的佳肴。正如小说标题所揭示的，在整部作品中，个体故事都被纳入了这座城镇及其传统宏大叙事中。如同福克纳一样，沈从文强调了个人在追求个人主义与社会责任之间寻求平衡的重要性。

可用的过去

在福克纳的作品《修女安魂曲》中，加文·史蒂文斯提出了一句著名且常被引用的话："过去的不会消逝，它实际上并未过去。"（《修女安魂曲》80 页）这句话蕴涵着积极与消极的双重特性。在接受诺贝尔文学奖时的演说词中，福克纳明确阐述了作家的一项重要使命："让（读者）记住，勇气、尊严、希望、自豪、同情、怜悯和牺牲，这些是人类历史上的光荣。"（《福克纳随笔》101－102页）然而，福克纳亦洞察到，以往的某些层面，无论是个体或文化层次，一旦被引入现在，可能会转变为危害甚大且自我毁灭的因素。部分传统当受尊重与传承，而另一些，如奴隶制度和"吉姆·克劳"种族歧视、种族隔离政策及其令人深恶痛绝的遗留问题，必须被视为过时且甚至具有破坏性。挑战在于如何在如此矛盾重重且困扰不已的历史中寻得一个可资利用的过去。

无疑，每一种文化及其组成的每一份子都必须历经一个相似的评估与参与的过程。此类具有代表性的作家以生动的手法描绘了这个过程。因此，荣获诺贝尔文学奖的中国作家莫言在《红高粱家族》（1987年）中栩栩如生地勾勒出一幅中国当代社会的全貌图，这是一个历经抗日战争、解放战争及文化大革命洗礼，奋力从历史的沉疴旧疾中破茧而出的中国人物和事件[12]。作为这个文化演变的象征，高粱地展现出其独特的魅力。叙述者，一位生活在中国城市中的传奇自由斗士的孙子，对自己平淡、机械、匿名的生活深感不满，他感叹道，如今的杂交高粱地里"丑陋的杂种""好像永远都不会成熟""占据了红高粱的地盘"（《红高粱家族》361页），这片地区已然取代了他在中国山东高密乡孩提时目睹过的繁盛的红色高粱。"我被杂种高粱包围着，它们蛇一样的叶片缠绕着我的身体，它们遍体流通的暗绿色毒素毒害着我的思想，我在难以摆脱的羁绊中气喘吁吁，我为摆脱不了这种痛苦而沉浸到悲哀的绝底。"（《红高粱家族》362页）然而，他的家族英勇的历史印记为他揭示了摆脱绝望困境的路径。

> 这时，一个苍凉的声音从莽莽的大地深处传来，这声音既熟悉又陌生，像我爷爷的声音……我的整个家族的亡灵，对我发出了指示迷津的启示：
> 可怜的、孱弱的、猜忌的、偏执的、被毒酒迷幻了灵魂的孩子，你到墨水河里去浸泡三天三夜……洗净了你的肉体和灵魂，你就回到你的世界里去。在白马山之阳，墨水河之阴，还有一株纯种的红高粱，你要不惜一切努力找到它。你高举着它去闯荡你的荆棘丛生、虎狼横行的世界，它是你的护身符，也是我们家族的光荣的图腾和我们高密东北乡传统精神的象征！（《红高粱家族》362页）

如同巴耶德·沙多里斯、艾萨克·麦卡斯林以及福克纳创作的其他角色一样，《红高粱家族》的叙述者从其个人及文化背景中汲取宝贵经验，应对当前所面临的困境与不确定性。他的抉择并非二元对立的决策；他必须对两个时代的优缺点进行筛选、整理并权衡，以实现适当且可接受的综合。

忍 耐

福克纳在其著作《喧哗与骚动》的"附录"中，探讨了迪尔西及其非洲裔美国兄弟姐妹所面临的艰难境遇。困境，"他们在苦熬"（They endured）（《福克纳袖珍文集》721页）。在接受诺贝尔文学奖时的演说词中，福克纳表达了对人类未来的坚定信念，他明确指出："这样的说法我是绝对不能接受的。我相信人不仅仅会存活，他还能越活越好。"（《福克纳随笔》101页）尽管福克纳经常将生存及忍耐的毅力与非洲裔美国人在奴隶制和"吉姆·克劳"种族歧视、种族隔离政策压迫下的生存抗争相类比，但他同时也在诸多白人角色中刻画了这些特质。一个显著的例子便是《我弥留之际》中的本德仑家族。这个贫困的白人农民家庭，本德仑一家带着安斯的妻子、孩子们的母亲艾迪的遗体，历经了漫长且艰难的旅程，以实现对她在杰弗生镇与家人一起安葬的承诺。为了达成这个目标，本德仑家族必须克服洪水和火灾等长期存在的困境，以及家庭内部的纷争和冲突。尽管这部作品采用了一种充满黑色幽默的半英雄主义风格来描绘，但本德仑家族的历程在《我弥留之际》中以艾迪成功的安葬、本德仑家族依然完整，以及丈夫安斯不仅获得了一副新的假牙，还迎娶了一位新妻子而告终。本德仑家族，如同《喧哗与骚动》中的迪尔西及其家人，已经挺过来了（have endured）。

忍受能力亦为余华杰出小说《活着》（1993年）的主题[13]。主角余福贵，作为富有的地主后代，沉溺于赌博及荒唐的生活中，耗尽了家族的财产。随后，他积极参军，成为战争的见证者。两年后归来，他却发现慈母已离世，女儿则因高热不退而失聪。福贵如今已沦为农民，饱受生活的艰难困苦，如同约伯般，眼睁睁地看着亲人一个个离世：首先是结发妻子，然后是儿子，接着是女儿，再是女婿，最后，他唯一幸存的家庭成员，他深爱的孙子也离他而去。最后，他仅剩一个同伴，一头他从屠宰场拯救并用于耕作的老牛。恰如其分的是，他给这头负重的牲口取名为福贵，因为他们在整个生命历程中都只经历过苦难和匮乏。然而，尽管经历了一系列的个人损失、战争的摧残、土地改革以及文化大革命，福贵仍坚守生命，在生存本身中找到了生命的唯一存在意义。余华曾对福贵有如下评价：

> 经过诸多痛苦和艰难困苦的洗礼，福贵对于困厄的经历有着深度而紧密的联系。因此，在福贵的思索中，"反抗"这类观念并未获得立足之地——他生存只是为了生存本身。在这个世界上，我未曾遇见如同福贵这般的尊重生命之人。他虽比众多人均更有理由放弃生命，但却仍然坚持活了下来。（《活着》244页）

有趣的是，余华表示，他在一首流传已久的民谣《老黑奴》(*Old Black Joe*)中所描绘的美国奴隶的故事，以及威廉·福克纳和其他美国文学家的叙述技巧中，汲取了他创作福贵故事的宝贵灵感来源。

结论：讲述故事的必要性

我愿在此作结，即指出福克纳与来自各个国家和文化的其他作家所共有的一个首要重点：坚信讲故事是人类经验的本质元素。"最重要之事，"福克纳曾说，"便是人类持续创造，如同女性持续生育。只要他活着，他就会在纸上、废纸上、石头上一直书写。"（《园中之狮》73 页）在马尼拉，福克纳有如下观察："作家的责任在于展示人类拥有不朽之灵魂。作家、艺术家、音乐家是唯一能通过让他们回忆起过去所取得的成就，从而向他们展示未来希望和抱负的形状的因素。"（《园中之狮》202 页）福克纳对艺术信仰的最动人且明确的表述见于他在 1954 年出版的《福克纳读本》的前言中。他在那里解释了作为年轻读者，自己如何在波兰作家亨利克·显克维奇的一本书中发现文学的目的是"振奋人心"（《福克纳随笔》147 页）。这是所有作家的目标，福克纳继续说道："对于想在艺术上有所创新的，想写纯粹消愁解闷作品的，想写惊悚作品的，以及仅仅为了自己能从个人痛苦中逃避出来的，全都适合。"尽管这种目的具有社会维度，但福克纳承认，作家的主要动机是"全然自私，全然个人的"。他继续说："作家可以为自己的利益而去振奋人心，因为这样做他可以对死亡说不。他是在为了自己而对死亡说不，通过他指望去振奋的人心，甚至是通过他加以扰乱的卑下的腺体，扰乱到读者们能出于自己意志去对死亡说不。"（《福克纳随笔》147 页）对福克纳而言，作家的作品成为他的不朽。

> 就这样，从这样的冷冰冰、不具个人色彩的印刷物的寂寞状态之中，作家能够激励出热情，而自己亦分享到了由他缔造出来的不朽。有一天，他会消失，但到此时这已经无关紧要了，因为孤立在冷冰冰的印刷物里的、本身不会受到损害的东西仍然存在，它仍然能在心脏与腺体里引起古老、不死的激动，虽说心脏与腺体的主人与所有者，跟曾经呼吸、曾在那样的空气中感到痛苦的他，已相隔了好几个世代；如果这样的事情曾经成功过一次，他知道，在他本人只剩下一个已经死去、变得越来越暗淡的名字很久之后，这样的事情仍然是可以出现并且有效地引起激动的。（《福克纳随笔》147 页）

因此，福克纳表达了所有作家的普遍期望和理想，无论其国籍、族裔、种族、阶级或性别——以及在任何时间和地点。我们在锡比乌举行的这场会议中，远离"曾经呼吸、曾在那样的空气中感到痛苦的(福克纳)"，我们纪念和庆祝的正是这种普遍性。

注　释

[1] Hyatt H. Waggoner, *William Faulkner: From Jefferson to the World* (Lexington: University of Kentucky Press, 1959), 56.

[2] Edouard Glissant, *Faulkner, Mississippi*, trans. Barbara B. Lewis and Thomas C. Spear (Chicago: University of Chicago Press, 1999).

[3] Richard P. Adams, *Faulkner: Myth and Motion* (Princeton, NJ: Princeton University Press, 1968); Walter J. Slatoff, *Quest for Failure: A Study of William Faulkner* (Ithaca: Cornell University Press, 1960); Warren Beck, "Faulkner's Point of View," *College English* 2 (May 1941): 736–49, and "William Faulkner's Style," *American Prefaces* 6 (Spring 1941): 195–211; Conrad Aiken, "William Faulkner: The Novel as Form," *Atlantic Monthly* 164 (November 1939): 650–54; Karl E. Zink, "William Faulkner: Form as Experience," *South Atlantic Quarterly* 53 (July 1954): 384–403.

[4] 我在此排除了盖瑞特·兰克福德(Gerald Lankford)、诺埃尔·波尔克和朱迪丝·森西巴(Judith Sensibar)等评论家所进行的文本研究。

[5] 截至 2013 年 5 月 24 日，MLA 国际参考书目的网络版共收录了福克纳相关文献 7 247 条。

[6] James B. Meriwether, *The Literary Career of William Faulkner: A Bibliographical Study* (Princeton: Princeton University Press, 1961).

[7] 迪迪·伊内尔·森乌瑟的文学会议论文和写给我的电子邮件。

[8] 参见 Rod W. Horton and Herbert W. Edwards, "Literary Naturalism," in *Backgrounds of American Literary Thought* (New York: Appleton-Century-Crofts, 1952), 246–261。

[9] John Pilkington, *The Heart of Yoknapatawpha* (Jackson: University Press of Mississippi, 1981), xiii.

[10] 沈从文：《边城》，湖南文艺出版社，2018。

[11] 莫言：《红高粱家族》，上海文艺出版社，2012。

[12] 余华：《活着》，作家出版社，2012。

"就像巨大的褪色软轮"：
福克纳的艺术胜利

白晶，房琳琳 译

  1950 年，威廉·福克纳在斯德哥尔摩接受诺贝尔文学奖之际，发表了一篇演说词，这篇演说词现在普遍被认为是诺贝尔获奖者所做的最精彩(当然也是最著名)的演说词。在这篇措辞令人难忘的演说词中，福克纳赞美了艺术品的完成，以及创造这些艺术品的艺术家，并指出，通过"痛苦和劳累""在人类精神的痛苦与汗水"中(《福克纳随笔》100-101 页)产生的艺术成就会给人留下更加深刻、更加崇高的印象。福克纳 1950 年的听众中很少有人知道，他自己的个人历史在"痛苦"和"极度痛苦"这样的话语中得到了多大程度的体现。当然，由于我们读过福克纳的传记，如今我们能够更好地理解与欣赏他艺术的伟大，以及他作为一位伟大艺术家的身份。他的文学天赋和他对创作的执着追求结合在一起，使他能够将个人的不幸、失望、悲剧和悲伤——用他的话说，"痛苦"和"极度痛苦"——转化为小说和故事，这些小说继续展示出即使在与福克纳所生活的世界大为不同的今天，它们将会"经过考验存活下来"(《福克纳随笔》130 页)。

  尽管福克纳曾经声称他的目标是"作为一个独立的个人，从历史中消失，不留下任何痕迹，除了印刷的书籍外，不留下任何垃圾"(《福克纳-考利档案》126 页)。但是，当我们聚集在福克纳的出生地纪念他诞辰一百周年时，我们有责任回顾和赞美他的作品与他的为人，不仅赞美他的不朽作品给读者带来的愉悦和教育，而且赞美这位为创造这一作品而奋斗、牺牲和忍受痛苦的敬业艺术家。为了实现这一双重目的，我将把讨论重点放在福克纳在 1942 年写的题为《永垂不朽》(*Shall Not Perish*)的短篇小说的文本和背景上。我想，虽然没有人会争论说这是福克纳最伟大的作品之一，而且福克纳自己也把这篇小说贴上了"话题性，不是很好"的标签(《福克纳书信选》274 页)，但《永垂不朽》很好地反映了我的目标，因为它包括福克纳对艺术和艺术家的一些最严肃的思考。

  在《永垂不朽》中，福克纳生动地描述了一个来自密西西比州乡村的小男孩第一次参观镇上的博物馆(类似奥克斯福镇的玛丽·比尤博物馆)时的反应。在那里，这个孩子看到了许多画，其中一幅是威廉·邓拉普(William Dunlap)创作的，作为百年庆典的一部分。正如福克纳所描述的那样：

> 从美国各地收来的画。画画的人很热爱他们见到的景物，出生的老家和居住过的地方；他们作画就是为了让别人也能看到他们所热爱的一切。他们画男人、女人和孩子，他们画房屋、街道、城市，还有树林、田野和溪流，因为他们曾经在那里工作过、生活过、快乐过。他们把这一切画成画，别的人——例如从法国人湾来的人，或者从我们县更小的地方来的人，甚至从外州来的人——只要愿意就可以不花钱走进这个凉爽而安静的地方，自由自在地欣赏这些绘画。画面上的男男女女和孩子其实是跟我们一样的人，尽管他们的房子和谷仓同我们的不一样，他们种地的方法同我们的不一样，长的庄稼同我们的不一样。（《短篇小说集》96页）

后来，小男孩离开博物馆，坐上了回家的公共汽车。那些画一直让他难以忘怀。这些画使他感到自己与艺术作品中所描绘的地点和人物有着密切的关联。福克纳写道：

> 可是这样一耽搁，虽然车子开得飞快，但等到开上笔直的长长的山谷路时，太阳已经下山，霞光四射，像一个柔和的渐渐隐没的大轮子。落日的余晖照亮天际，从太平洋一直照射到整个美国，照遍了博物馆里那些不知姓名的男男女女十分热爱并为之作画的每一个角落。（《短篇小说集》97页）

福克纳通过在故事结尾再次使用这个车轮的比喻来强调它的重要性，因为小男孩再次回忆起博物馆里的画作时，让他认识到自己狭小的乡土世界和更广阔的世界之间的同一性。

> 就像有辐条的轮子，像眼前的夕阳一样从地图上找不到的小地方向四外发扬。这个世界知道法国人湾这个地名的人不到二百个，还有些地方也许根本没有名字。然而这种精神却以这样的小地方为中心照耀四面八方，遍及天涯海角。天下无处因其大而不予辉映；天下无处因其小而忽略疏漏。这精神普照天下男女热爱过的一切地方，包括无法入画的每个角落。它沐浴每一个宁静的，可以生活、热爱的小地方。即使在人们刚发现这些小地方给它们命名的时候，在他们英勇奋斗改造自然使这些地方成为宁静的可以生活、热爱的家园过程中，甚至这些男女英雄的名字都体现了这种精神。（《短篇小说集》99页）

　　我在前面所引用的段落是福克纳对艺术家和他们所创作的艺术最有力的赞扬。在这里，福克纳赞扬了艺术记录和超越它所捕捉的生活的能力，艺术能够激发参与者对人类状况有更高的认识和理解。在《永垂不朽》中，被赞扬的艺术家是画家，但这个细节几乎不能掩饰福克纳的评论也包括他自己专长的文学艺术。事实上，正如我希望展示的那样，福克纳的文本中包含了一些深刻的个人元素。

　　首先，我们应该注意到格里尔(Grier)家的小男孩参观博物馆的背景。《永垂不朽》发生在第二次世界大战的头几个月。读者得知，这个小男孩的哥哥彼得是约克纳帕塔法县第一个在这场战争中阵亡的人。现在刚刚得到消息，杰弗生镇的德·斯班少校的儿子也被杀害了。格里尔太太在剩下的只有九岁的儿子的陪同下，前往杰弗生镇，向痛苦绝望的德·斯班少校表示同情和慰问。在拜访了德·斯班少校之后，格里尔太太带着她的小儿子去了镇上的博物馆，在那里小男孩看到了那些画，就像他母亲对德·斯班少校的同情一样，这些画也庆祝人类的同情和团结。福克纳的文本将博物馆描述为"一座外表像教堂的房子"(《福克纳随笔》110页)，这是一个完全恰当的描述，因为在博物馆里，这个小男孩经历了一些非常像宗教顿悟的东西，他突然明白了自己与其他地方和时代的人的亲密关系。因此，我们注意到，福克纳在一篇讲述战争、死亡和悲伤的个人与公共悲剧的文本中，向艺术和艺术的人性化效应致敬。

　　其次，艺术与死亡的结合绝非偶然。在许多采访和公开声明中，福克纳表达了他的信念，即所有的艺术努力都是"对死亡说不"(《福克纳读本》385页)，"这是艺术家留下名声的办法，不然他总有一天会被世人遗忘，从此永远湮没无闻"(《福克纳读本》430页)，或者，正如他在《押沙龙，押沙龙!》中所说的那样，都是为了留下"那在'湮没'的空白表面上不消褪的记号"(《押沙龙，押沙龙!》180页)。但是，艺术不仅是艺术家个人对时间和死亡的抗议，正如福克纳在接受诺贝尔文学奖时的演说词中所说的那样，它也是"帮助人类忍耐与获胜的那些支柱与栋梁中的一个"(《福克纳随笔》102页)。就像《永垂不朽》中的绘画一样，艺术通过"鼓舞人心……让他记住，勇气、尊严、希望、自豪、同情、怜悯和牺牲，这些是人类历史上的光荣"(《福克纳随笔》101-102页)。

　　在此需要着重指出的是，福克纳的《永垂不朽》所诞生的时代不仅正值民族灾难时期，还处于艺术、经济以及他个人深陷困境的多重压力之下。他在当时向他的经纪人哈罗德·奥伯(Harold Ober)及其他人士所发出的信件恰恰反映了他极具困扰的生存状态。比如，他在向奥伯请求协助将故事《让马》出售给某本杂志时，所附上的一份信函这样描述到："和以往一样，我已经破产了。如果这个能卖出去的话，请尽快把支票给我。"不久之后，在同意根据奥伯的要求重写另一个故事《雪》(Snow)时，福克纳写道："感谢你两周前的预支。如果你还有任何我的其他作品，如果有编辑暗示简化一点就可能会买的话，也寄回去吧。和以往一样，我的财务状况已达快到山穷水尽的境地

了。"(《福克纳书信选》148—149 页)

福克纳的精神曾极度低落，他写给著名编辑惠特·伯内特（Whit Burnett）的信件可以证明这一点。伯内特曾请福克纳推荐他的一部短篇小说，用于其正在编辑的选集。福克纳在信中写道：

> 你爱拿我什么就拿什么，那很方便。为了拼命谋生，免得杂货店老板们为了过去一年的赊账逼我破产，我变得这么疯狂，这一年里，不管是我还是别人写的任何东西，在我看来都一钱不值。很遗憾，我没能帮你。祝选集一切顺利。我想我过去就给你写过这封信，但最近我一直非常烦恼，因为我一边想写些应景之作，一边又去邮局的后门苦等那迟迟不来的支票—支票没来的话，债主就会在大街上堵我。所以我现在什么都不记得了。(《福克纳书信选》152 页)

福克纳在职业生涯的这个阶段，无法靠写作谋生，于是他申请加入了海军预备队，希望能在华盛顿航空局找到一份年薪三千二百美元的文职工作。尽管福克纳具有强烈的爱国情怀和崇尚武德精神的本性，被战时为国效力的可能性所吸引，但预计能获得的薪酬远不足以满足其债务偿付的需求。因此，福克纳开始在好莱坞寻求编剧的工作。1942 年 6 月下旬，福克纳在给兰登书屋的出版商之一贝内特·瑟尔夫（Bennett Cerf）的信中描述了自己迅速恶化的经济状况。

> 我口袋里只有 60 美分，真的就这么多。昨天我写完了一篇短篇小说并把它寄出去了，但并没有真正希望它会卖出去。当地的债主们不停地打扰我，但目前为止还没有任何人因为我从去年开始就给他们立了借债字据而采取任何行动。但是这些字据很快就会到期，如果我被起诉的话，我在这里的整个家：农场、财产、所有的一切，就全都毁了。(《福克纳书信选》154—155 页)

写这封信的一个月后，福克纳与华纳兄弟影业公司签了一份冗长的电影合同，从而暂时缓解了严峻的经济状况。他从 1942 年 7 月 27 日开始为这家电影公司工作，每周薪水为三百美元，这个薪水大大少于与福克纳同等地位的作家在好莱坞的工资，但比他在给哈罗德·奥伯的信中所表示的为了获得固定收入愿意接受"高于一百美元"的每周薪水要高一点儿（《福克纳书信选》155 页）。接下来的三年里，福克纳大部分时间都在好莱坞为十多个电影项目工作。他虽然因为从事电影工作而没有时间写小说而感到不满，但也感激这笔钱（到 1945 年他每周可以赚五百美元）让他能够偿还大部分的债务。但是事实上，他从所谓的好莱坞的"盐矿"（《福克纳书信选》182 页）而不是通过出售他的小说和故事赚到的这笔钱，使他对自己作为一个严肃作家的地位和未来更加质疑。例如，1944 年初，他写信给马尔科姆·考利："在我的邮箱里，邮件不外乎两大类：一种是那些从不落笔的人，他们向我伸手讨要着各种所需，尤其是金钱，这对于以艺术家之名奋力前行的我来说，自然是囊中羞涩；另一种则是那些真正在写作的人，但他们却告诉我，我无法实现梦想。"此信稍后部分，福克纳还哀叹道，他似乎注定"在这充满无意义的编年史中无法留下更佳的印迹，犹如我似乎即将离去"（《福克纳–考利档案》6–7 页）。

在半个多世纪后的今天回望福克纳 20 世纪 40 年代初的悲惨处境，我们已经知道他最终战胜了评论界的漠视和财务上的困境，获得了诺贝尔文学奖，拥有了不断增长的国际声望和荣誉，以及我们所熟知的他的肖像被印在了纪念邮票上；本月全世界都在庆祝他的百年诞辰。对于这位毫无疑问是 20 世纪美国最伟大的小说家、被称作"美国的莎士比亚"的作家，我们感到惊讶和难以置信，他竟然在四十五岁时，已经完成了自己最伟大的作品，却基本上没有人读过他的书，他的作品没有得到欣赏，没有在市场上畅销，也没有得到过回报。

当我们考虑到福克纳在四十五岁时已经取得的艺术成就的性质时，我们的惊讶和不可思议就变得更为强烈了。从 1929 年的《喧哗与骚动》开始，到 1942 年的《去吧，摩西》，在短短的十多年里，福克纳以每年一部作品的创作速度，接连创作出一系列真正杰出的作品，几乎每一部都被某位评论家或另一位评论家推崇为他的杰作。为了与我们在福克纳百年诞辰纪念活动期间向福克纳致敬的愿望相一致，让我们简单地回顾一下他在那些创造力非凡的岁月里的创作历程。

1929 年，福克纳在经历了一段不起眼的学徒期之后，包括写了一部平庸的诗集和三部虽然有前途但并不出色的长篇小说，突然以一颗巨星之姿登上文坛，创作了《喧哗与骚动》，这部小说也永远成为福克纳个人最钟爱的一部作品，因为，他说，它代表了他的"最宏大的失败"（《福克纳在大学》61 页）。《喧哗与骚动》讲述了贵族康普生家族没落的悲剧故事，这个令人心酸的故事采用了四种不同视角的叙述情节，这一实验策略很引人注目。前三种视角是詹姆斯·乔伊斯和托马斯·斯特恩斯·艾略特所使用的那种才华横溢的内心独白。第二年，即 1930 年，福克纳在《我弥留之际》中把这种叙述策略发挥到了极致，他让十五个不同的角色叙述来自农村的本德仑家族为了把既是妻子又是母亲的艾迪的遗体运送到杰弗生镇的墓地而进行的模拟史诗般的旅程。1931 年福克纳出版了《圣殿》，这部小说叙述了一名密西西比大学女大学生在道德上的堕落，她被一个无道德感的孟菲斯匪帮绑架和控制。《圣殿》是美国文学史中一部伟大的恐怖小说，有趣的是，这部小说一直受到法国评论家们的推崇，被认为是福克纳最优秀的作品之一。

1932 年，他出版了《八月之光》，其中乔·克里斯默斯被处以私刑的悲剧和莉娜·

格罗夫为她刚出生的孩子寻找父亲的快乐结局形成了鲜明的对比。《八月之光》不仅有力地控诉了种族仇恨和宗教狂热，而且通过莉娜成功地不懈追寻，证明了人类有能力"忍受"和"战胜"。1936 年《押沙龙，押沙龙!》出版，这个关于种族混杂和内战的故事中出现了托马斯·萨德本这个人物，许多评论家（包括本书的作者），认为这是福克纳最伟大的小说。说到萨德本就意味着说到《圣经》中的大卫、哈姆雷特、李尔王，《失乐园》中的亚当、浮士德（Faust）、亚哈、拉斯科尔尼科夫（Roskolnikov）或库尔茨——这些似乎拥有几乎无限潜能但由于性格上的重大缺陷而悲剧性地自我毁灭的人。这可真是美国文学史上的一大反讽事件：《押沙龙，押沙龙!》这部作品在《纽约客》(*New Yorker*)杂志中遭到了著名评论家克利夫顿·费迪曼的嘲笑[1]，并且在读者群体中并未引起广泛关注。但是，同年却出版了一本远不如《押沙龙，押沙龙!》的内战小说，即玛格丽特·米切尔的《飘》，这部作品后来却成为国际畅销书，被拍成全球知名的电影。

1940 年，福克纳出版了《村子》，这是一部模仿马克·吐温和西南部幽默作家的传统、描绘狡猾而贪婪的弗莱姆·斯诺普斯发迹过程的喜剧杰作。斯诺普斯无疑是现代文学中最卑鄙的人物之一。正如辛克莱·刘易斯通过《巴比特》、约瑟夫·海勒（Joseph Heller）通过《第 22 条军规》(*Catch 22*)为英语词汇库增添了一个新词一样，福克纳通过"斯诺普斯"也为英语词汇库增添了一个新词。1942 年，福克纳以《去吧，摩西》结束了其创作鼎盛时期。这部作品是献给他钟爱的黑人大妈卡罗琳·巴尔的，小说热切地表达了他对种族公正和平等的最强烈的呼吁。这部小说最精彩的部分是《熊》，常被单独印刷成一个故事，被公认是最杰出的英语短篇小说之一。

除了上面列出的七部主要作品之外，福克纳在 1929—1942 年还出版了另外四部小说、两部短篇小说集［其中包括《红叶》(*Red Leaves*)、《献给爱米丽的一朵玫瑰花》、《那黄昏时分的太阳》、《干旱的九月》和《沃许》(*Wash*)等世界知名作品］，以及第二部诗集。总而言之，梅尔文·巴克曼称为"主要年份"、约翰·皮尔金顿称为"约克纳帕塔法之心"的这一时期[2]，代表了福克纳职业生涯中一段具有神奇创造力的时期。总体而言，在美国乃至世界文学史上，无人能出其右。仅仅罗列福克纳在这一时期所创造的几个主要人物的名字，就能看出他取得的巨大成就：康普生、萨德本、沙多里斯、麦卡斯林、布香、斯诺普斯、海托华、瓦尔纳、迪尔西、谭波儿·德雷克、金鱼眼、拉特利夫、史蒂文斯、山姆·法泽斯、老班。在小说家中，也许只有查尔斯·狄更斯和列夫·托尔斯泰能为我们提供同样值得记住的一长串人物名单。

如今，在回顾了福克纳在其非凡岁月中所创下的杰出艺术成就，以及评论界的无视与他所面临的经济困境之后，我想回到《永垂不朽》这部小说，看看它揭示了福克纳对于自己的艺术创作有什么想法。首先，很显然的是，福克纳无论是有意还是无意，都把小男孩格里尔在杰弗生镇博物馆里看到的绘画和他自己的小说联系在一起。前面提到的车轮的比喻是福克纳经常用来形容自己的艺术创作的，最明显的就是在《修女安魂曲》《小镇》和他画的约克纳帕塔法县地图中——所谓的"轮毂"就是法院和杰弗生镇广场，"辐条"就是通向外部的道路和河流，正如他所说的："从杰弗生到全世界。"(《小镇》315 页)此外，所有的绘画都是以它们各自的特殊性为特点的，即它们与具体的地点相关联，也就是各个艺术家的工作室，"他们的房子、街道、城市、森林、田野和溪流，他们工作、生活和娱乐的地方"。当然，对于福克纳的约克纳帕塔法小说和故事也可以做出同样的观察。实际上，就像托马斯·哈代的威塞克斯、詹姆斯·乔伊斯的都柏林、纳撒尼尔·霍桑的新英格兰一样，福克纳的约克纳帕塔法县与它的创造者的家乡地区有着密不可分的历史和地理联系。

　　福克纳自己承认，他的最好的作品与他"家乡的那块邮票般小小的地方"联系在一起，他将真正的成功归结为认识到他的家乡"值得一写，只怕我一辈子也写它不完"(《福克纳读本》431 页)。在一定程度上，他在遵循舍伍德·安德森的建议，安德森在 1925 年告诉他："你是一个乡下小伙子；你所知道的一切也就是你开始自己事业的密西西比州的那一小块地方。"(《福克纳随笔》7-8 页)福克纳也许从他的同龄人薇拉·凯瑟那里学到了很多东西。凯瑟的《我的安东妮亚》和其他一些以内布拉斯加州边境为背景的小说为使用本土素材提供了典范。当然，福克纳和他的同代作家们面前高耸着一座山峰，那就是马克·吐温的《哈克贝利·费恩历险记》，这部作品将地方色彩现实主义从小流派提升为真正的文学。"在我看来，"福克纳曾经说过，"马克·吐温是第一位真正的美国作家，我们所有人都是他的继承人。"(《园中之狮》137 页)

　　无论是从安德森、凯瑟、吐温还是其他作家身上，福克纳都学到了一个道理，那就是更广泛乃至普遍的关注点可以运用某一特定地方的语言、地理和习俗来表达。随便翻开一部约克纳帕塔法的长篇或短篇小说，你会很快发现其中对地方、人物和事件的描述很容易辨认出来，因为它们都是福克纳的家乡所特有的。《坟墓里的旗帜》中那著名的对一头骡子拉动高粱磨粉机的描述：

　　　　骡子转着圈，迈着细长的、像鹿一样的脚步，轻盈地踏在地面上那层发出唑唑声响的甘蔗渣上。它的脖子弯曲着，就像马路上的一段橡胶软管，在项圈里晃来晃去。轭磨擦得两侧的骡肉红肿，两只耳朵有气无力地一扇一扇，半闭的眼睛在苍白的眼睑下带着昏昏欲睡、毒狠的神色。看来，它一边机械地转着圈，一边正做着有节奏的梦。应该让一位南方的荷马去歌唱骡子以及它在南方所占据的位置……它既没有父亲和母亲，也不会有儿子和女儿；它是既乖戾又有耐心的(众所周知，它会心甘情愿、耐心地为你劳动十年，只为了能有一次踢你的权利)。(《坟墓里的旗帜》289-290 页)

或者来看一下以下对《大宅》中一处景观的描述：

　　这条路在一段时间之前就已经不再是石子路了，而且，用不了多久，它就会连车轮都难以在上面滚动了；此时此刻，在车头灯固定不动的强光照射下，这条路看上去就像一条又一条被侵蚀了的峡谷，沿着满目疮痍的山坡盘旋而上，山坡上覆盖着破败的、长满松针的粗糙的松树和毫无用处的黑杰克灌木丛。太阳此时已经越过了赤道，落入了天秤座；在运动停止和引擎空转的宁静之中，人们感觉到星期天的绵绵细雨和星期一几乎持续不断的虚假的清凉之后的一种秋意；参差不齐的松树和山茱萸筑成了一道脆弱的防线，阻挡着冬季、雨水和寒冷，在这道防线之下，那些因过度耕作而破旧不堪、如今已被漆树、檫树和柿子树所覆盖的田野已经变成了一片绯红，那些沉甸甸地挂满了果实的柿子正在等待着霜冻的到来，同时也等待着贪婪的负鼠和嗅迹觅踪的猎狗的狂吠。(《大宅》417 页)

再举一个例子，比如像《我弥留之际》中的安斯·本德仑这样的人物所使用的地道的南方习语：

　　这条路真是糟透了……路躺在那儿，一直通到我的门口，大大小小的厄运但凡经过都不会找不到门的。我跟艾迪说过，住在路边紧挨在路跟前是一点好运也交不着的，她就说了，这全是妇道人家的看法："那你站起身来搬家好了。"我只好再告诉她这跟运气没有关系，因为上帝造路就是让人走动的：不然干吗他让路平躺在地上呢。当他造一直在动的东西的时候，他就把它们造成平躺的，就像路啦、马啦、大车啦，都是这样，可是当他造待着不动的东西时，他就让它们成为竖直的，如树啦、人啦，就是这样的。(《我弥留之际》40 页)

　　福克纳的作品与他家乡地区的人、地、景、声联系得有多么紧密，当然，每年从世界各地来到奥克斯福、新奥尔巴尼(New Albany)、里普，以及在福克纳书中被描述的其他地方参观的游客们都会做出证明。

　　在考察福克纳小说与他出生地和居住地的紧密联系时，即使是在庆祝和胜利的今天，我们也不能忽视福克纳有时对南方持有的负面描写。当然，作为一个现实主义作家，福克纳清楚地知道，不仅仅是对 20 世纪的南方，对任何地方、任何时代的真实准确的描写都必须包括丑陋的和卑劣的，以及美丽的和令人钦佩的。然而，福克纳的同时代人中颇有一些人，并不愿意以这种超然的哲学视角审视他的创作。他们对其作品中所展现的暴力、谋杀、种族歧视、乱伦、同性恋以及疯狂等问题持有与《押沙龙，押沙龙!》结尾处施里夫向昆丁提出的同样疑问："你为什么恨南方?"(《押沙龙，押沙龙!》533 页）今天，我认为，读者们，即使是忠诚的南方人，也更愿意按照福克纳的本意——作为对南方风俗和传统的批判性再评估，即包括好的和坏的方面——去审视他的作品。在这一方面，回溯诸如哈丁·卡特和罗伯特·佩恩·沃伦等南方同人如何在畸形与残忍的指责中维护福克纳的声誉是十分有帮助的。实际上，他们洞察到的是福克纳长篇小说与短篇小说中伦理道德在邪恶势力的攻击下所进行的有力抵抗。在此方面，我们应回顾福克纳本人于 1954 年在《假日》（*Holiday*）杂志发表的对密西西比州深沉热爱的颂歌的结尾所述的："你不是因为什么而爱的；你是无法不爱；不是因为那里有美好的东西，而是因为尽管有不美好的东西你也无法不爱。"（《福克纳随笔》38 页）正如这句话明确指出的那样，福克纳不属于"要么爱它要么离开它"的思想流派；相反，他实践了阿德莱·史蒂文森（Adlai Stevenson）曾经称为"艰苦的爱国主义"[3]，即对祖国的热爱是如此真诚和强烈，以至于迫使一个人去识别、揭露并希望根除威胁其继续存在的罪恶。诚然，福克纳对他家乡的这种爱是艰难的，但它是一种真实而真诚的爱。

虽然福克纳在诸多方面被视为我们南方作家中最具代表性的一位，但同样矛盾又真实的是，假设他仅仅是一个南方作家，其作品或许会被贬为次等的地方主义作家作品的水平，如像詹姆斯·布朗奇·卡贝尔、唐纳德·戴维森和厄斯金·考德威尔，我们并非在此颂扬他的生活和职业成就。然而，福克纳的地域性元素，如同吐温与霍桑一样，其应用于作品中的能力和地位与他们相媲美，始终服务于更大的关注焦点。福克纳百年纪念活动在莫斯科、东京、北京、威尼斯和巴黎以及美国（南方和北方）都举行了，证明了福克纳的吸引力是普遍的。

福克纳自己深知并承认，他的成就最终不是取决于他的艺术所反映的地区性，而是取决于他的艺术所揭示的普遍性。正如他在 1944 年写给马尔科姆·考利的信中所说的："我倾向于认为我的素材，即南方，对我来说并不是非常重要的。我碰巧了解它，一生中没有时间再去了解另一种素材并同时写作。"（《福克纳-考利档案》14－15 页）十年后他在访问菲律宾时仍然表达了这种观点："我写美国密西西比州，只是因为这是我所了解的最熟悉的东西。菲律宾人会写他的国家，因为那是他所了解的最熟悉的东西。中国人会写他的国家，因为那是他所了解的最熟悉的东西。"（《园中之狮》202－203 页）然而，福克纳坚持认为，任何作家若要真正获得杰出的成就，都必须将地域特色、地区特性乃至族群特点纳入普遍真理的更宏大的服务范围之中。正如福克纳在去世前几周对西点军校的学员们所说的那样：

> 作家只是想用他能找到的最好的方法告诉你一个真实、动人且熟知的古老故事——关乎人的内心与其自身的冲突这一主题，这份冲突源自于爱、盼望、恐惧、怜悯、贪婪以及原始本能的欲望等这些恒久而普遍的真理。（《福克纳在西点》59 页）

　　福克纳坚持认为，只有相对较少的基本故事情节在过去的几个世纪里一再重复，这让他与同时代的其他作家，尤其是乔伊斯、艾略特、凯瑟、海明威、奥尼尔、麦克利什、斯坦贝克和沃伦联系在一起，他们将自己的诗歌和当代生活故事与从古老的民间传说、希腊或罗马神话或《圣经》中幸存下来的古老故事交织在一起。艾略特给这种明显的现代写作方式起了一个名字，称为"神话体"[4]，福克纳成为这一创作方法最伟大的实践者之一。

　　比如，在探究原始人类宗教习俗的鸿篇巨制、对现代文学具有深远影响力的书籍之一，即詹姆斯·乔治·弗雷泽的鸿篇巨著《金枝》中，威廉·福克纳阅读了关于屠杀圣熊的描述，数年后他在创作《熊》这部作品时，便运用了这个素材。在《八月之光》中，福克纳把古希腊关于大地女神的观念融入了莉娜·格罗夫的性格中。当然，福克纳在许多场合都重述了《圣经》故事，比如在《押沙龙，押沙龙！》中使用了大卫王和他的叛逆之子的故事、在《去吧，摩西》中使用了出埃及记的故事、在《喧哗与骚动》和其他作品中使用了伊甸园与基督的故事。在所有这些例子中，福克纳似乎都明确地想要提醒读者，几个世纪以来人类的本性并没有发生很大的改变，人类最深层次的需求和渴望，他所谓的"远古以来就存在关于心灵的普遍真实与真理"（《福克纳随笔》101页），在现代世界与开端之时都是一样的。而且，福克纳很清楚，只有处理这些普遍关切的文学才能够"忍耐与获胜"。在《永垂不朽》的画作中，人们生活在不同种类的房屋中，建造不同种类的谷仓，种植不同种类的庄稼，但他们仍然是"同样的人"，因为他们都具有一种共同的人性，即使面临战争、非正义、苦难、悲伤和死亡的破坏，也渴望并寻求身份、和平、爱和共同体。而且，福克纳认为，只有能表达这些普遍的冲突和价值观念的艺术才能拥有真正感动观众与读者的力量。我认为，福克纳选择通过一个九岁男孩的反应来强调这一点，只是表明了他认为这一点是多么根本、多么基本。

　　福克纳的作品还有一个方面，让读者相信他的作品具有普遍性，那就是他融合了悲喜剧。我们所有真正伟大的作家——莎士比亚无疑是最佳范例——都兼具悲剧意识和喜剧意识，这使他们能够真实地展现生活中的矛盾与对立。正如莎士比亚的天才从《李尔王》的绝望和悲观到《仲夏夜之梦》的疯狂喜剧，再到《暴风雨》的乌托邦愿景一样，福克纳的缪斯也以各种不同的语调和情绪表达出来——悲剧的、喜剧的、怪诞的、幻想的、讽刺的、悲悼的。而且这种情绪，就像福克纳作品中的性格类型和情节一样，是普遍的，不受地理或时代的限制。

　　在结束此讨论之际，我将根据福克纳的标题《永垂不朽》提出几点看法。福克纳从林肯的《葛底斯堡演说》（Gettysburg Address）中引用了这句话，读者们不应该忘记，为我们的国家带来如此巨大的希望和承诺的这句话——"民有、民治、民享的政府机构决不能从地球上灭亡"——最初是在一个军人的公墓中发表的，这个公墓标志着美国经历了一场比第二次世界大战更为危险的战争[5]。就像林肯的演说一样，福克纳的故事描述了军人的死亡，但同时也把这些个人的悲剧放在了共同历史的背景之下，这个共同历史或许会有一个快乐的结局。这里的神话模式是古代经常被重复的 felix culpa——"幸运的堕落"，它强调了更大的善有时可以从负面的情境中产生积极的结果。福克纳不仅认识到这是人类欲望和历史的核心神话，而且他自己的个人生活和事业也经历了这个反复出现的故事。正如前面提到的，福克纳经常对他在文学史上最终的地位感到严重的怀疑；但与此同时，他继续寻找内心的力量和勇气来保持自己作为一个艺术家的信念，并创作了像《永垂不朽》这样的小说，这些小说至少带来了在明显的失败中最终获胜的希望。1950 年 12 月 10 日，在斯德哥尔摩，瑞典国王古斯塔夫·阿道夫（Gustaf Adolf）将这一切实际的证据放在了福克纳的手中，证明了他对自己和工作的信念没有错。

本周以来，在这里及全球范围内类似的场所，我们与众多志同道合的读者共同获悉，我们从福克纳那里继承了双重遗产——由卓越的文学巨匠所著的作品，这些作品的价值足以位列世界顶尖之作，以及这位富有感召力的作家对创新与创作的毕生追求是值得付出"痛苦和劳累""痛苦与汗水"的。我们可以非常肯定地说，这两种遗产必将"永垂不朽"，因为，用这个故事结尾的话来说："向东、向南、向西、向北……（其姓名及其贡献所代表的词汇）都变成一个比雷鸣还要响亮的字眼：（福克纳），它遍及整个……（地）球。"（《短篇小说集》100 页）

注　释

[1] 参见 Clifton Fadiman, "Faulkner, Extra-Special, Double-Distilled," *New Yorker* 12 (October 31, 1936): 62–64。

[2] Melvin Backman, *Faulkner: The Major Years* (Bloomington: Indiana University Press, 1966); John Pilkington, *The Heart of Yoknapatawpha* (Jackson: University Press of Mississippi, 1981).

[3] Adlai Stevenson, "The Hard Kind of Patriotism," *Harper's Magazine*, July 1963.

[4] T. S. Eliot, "Ulysses, Order and Myth," *Dial* 75 (November 1923): 483.

[5] 《永垂不朽》并非福克纳以林肯生平和英雄事迹为灵感创作的唯一作品。他于 1943 年编写的电影剧本《战斗呐喊》借鉴了《亚伯·林肯回到家乡》（*Abe Lincoln Comes Home*）这首由厄尔·罗宾逊（Earl Robinson）和米拉德·兰贝尔（Millard Lampell）合作创作的音乐赞美诗［后来以《合唱：孤独的列车》（*A Cantata: The Lonesome Train* (New York: Sun Music, 1945)的名字发表）。

作 者 简 介

　　罗伯特·W. 韩布林出生于美国密西西比州东北部，先后于三角洲州立大学和密西西比大学取得本科与硕士、博士学位，为东南密苏里州立大学英文名誉教授，同时也是该校"福克纳研究中心"的主任兼创始人。他曾多次主持由美国人文学科基金会及密苏里人文委员会主办的福克纳学术研讨会，并在美国本土及海外多地发表过以福克纳为主题的演讲。其著作涵盖诗歌、小说、个人随笔、评论以及传记研究等多个领域。

译 者 后 记

经过近四年的不懈努力，这部译著终于得以面世，它的出版见证了我在学术领域和人生旅程中的成长。如今回顾过去，我满心感激。

威廉·福克纳，20世纪美国最伟大的小说家，根据美国近年来的学术研究成果，已经不再需要附加"之一"作为限定词[1]。罗伯特·W. 韩布林教授（1938—　），本译著的原作者，福克纳研究领域的杰出引领者之一，独立撰写和参编四十八部著作，其中二十一部与福克纳研究相关。韩布林教授与全球范围内的众多福克纳研究专家保持着紧密联系，他为我国多所高校的美国文学研究者提供了宝贵的指导，赢得了众多中国学者的敬仰。本书收录了韩布林教授于1980—2020年完成的十八篇学术研究论文，深入剖析了福克纳卓越的写作技巧、艺术起源及独特的文学风格，对于拓宽福克纳研究领域的专家学者们的视野和思维方式大有裨益。

谨此向罗伯特·W. 韩布林教授及夫人凯·史密斯·韩布林表示最诚挚的敬意。韩布林教授是我于2014—2015年在东南密苏里州立大学"福克纳研究中心"担任访问学者期间的指导老师。他们夫妇在密苏里州的开普吉拉多市热情款待并协助我和我的家人，至今仍令我深受感动。自相识以来的十年中，韩布林教授始终给予我鼓励与支持。尤其是每当我在福克纳研究过程中遇到挫折时，他总是耐心地给予我安慰和鼓舞；而当我取得进展时，韩布林教授甚至比我更为欣喜，多次表达对我的引以为傲之情。毫不夸张地说，韩布林教授是我人生道路上的重要导师之一。

感谢韩布林教授的引荐，我有幸在2014年10月参加了由其和"福克纳研究中心"时任主任克里斯托弗·瑞格（Christopher Rieger）教授共同组织的美国"福克纳 & 赫斯顿国际会议"，并在会上宣读了论文，介绍了我国福克纳研究的情况。此外，我人生中的第一部译著——韩布林教授和瑞格教授共同主编的《从福克纳到莫里森》（中央编译出版社2020年出版），是在我刚回国后，韩布林教授和瑞格教授应我的请求，将中文出版版权进行转让，并积极协调美方出版社处理相关事宜。在哈尔滨工程大学福克纳研究同人五年的共同努力下，这部译著得以顺利出版。尽管韩布林教授最初指定我担任译著负责人，但当时的我尚需更多的自信和勇气，因此将这个机会让给了他人。然而，如今的我已经能够勇敢地面对挑战。感谢韩布林教授将其学术生涯中最为精粹的二十年研究成果交付在我和我的团队手中，在过去的四年翻译中，我们一直如履薄冰，为不辜负韩布林教授对我们的厚爱与信任，我们必须全力以赴地完成这项使命。

文学翻译，这一独特领域的翻译工作，因其对译者在职业操守、语言资质、文学素养，以及艺术感知力和广博知识面等方面的严苛要求，使其相较于其他各类别的翻译而言，呈现出较高的挑战性。尤其是以深奥、复杂著称的福克纳文学作品，其研究论文的翻译工作，更是面临着巨大的困境。团队中的大多数成员在初次接触浩如烟海的人名、地名，复杂的情节、背景及分析论证等内容的翻译时，都感到困惑不已。为了解决这个问题，我们反复查阅国内权威的福克纳著作的翻译版本，并与英文原版进行深入细致的对比研究。所有的译者都秉持着严谨的学术态度，精心推敲每一个词汇、每一句话的翻译。我要特别感谢我的同事，曾在英国剑桥大学担任访问学者的张玉凤副教授，她以其专业严谨的工作态度、如春风化雨般的鼓励，给予我莫大的支持。同时，我也要感谢我的同学哈尔滨商业大学外语学院的王抒飞教授及其两位同事房琳琳副教授和张静雯副教授，她们以高效卓越的工作效率，顺利地完成了翻译任务。我们五人翻译了本译著的十八篇论文，其他部分由我翻译。此外，我还要感谢我的学生郭芷伊，她以认真负责的态度帮助我处理了初稿。

在本书面世之际，谨向哈尔滨工程大学出版社董事长王春晖、密西西比大学出版社总编辑凯蒂·E.基恩（Katie E. Keene），以及版权与合同管理专员辛西娅·福斯特（Cynthia Foster）表达由衷的敬意和谢意，感谢他们的辛勤付出与不懈努力，使我们能够克服重重困难，成功取得翻译版权并顺利完成各个环节的工作。同时，也向哈尔滨工程大学外国语学院，以及科研团队数字人文与文学研究中心表示特别感谢，感谢它们对福克纳项目的慷慨资助，为译著的出版所提供的强大支持。

在探求福克纳研究领域的道路上，我心怀深深的感恩之情。我更要将感恩之心献给我的硕士研究生导师，曾多年担任哈尔滨工程大学外语系主任的二级教授欧阳铨及其夫人崔颖华。欧阳教授在美国访学期间，全身心投入美国文学的学习、研究中，回国后将所学付诸实践，精心推动福克纳教学和科研工作，尤其注重对众多研究生的有关福克纳毕业论文的指导，为学校培养了一批优秀的福克纳研究学者。正是老师对我和王抒飞等学生多年来严格且深入的学术训练，使我们逐步迈入福克纳研究的殿堂。老师深厚的学术造诣和高尚的人格魅力深深地影响了我，老师始终是我学术道路上的引路人与支持者。每当想起有欧阳老师和崔阿姨在身旁，能随时寻求帮助时，我的内心便充满了坚定与勇气。衷心感谢欧阳教授对本译著提出的宝贵修改建议。

此外，向哈尔滨工程大学出版社的章蕾编辑表示最诚挚的感谢。她深厚的中文功底弥补了我的盲点，感谢她以严谨、敬业的态度回答我的每一个疑问，对每篇译文都给予了专注细致的处理，并积极主动地与我协调修改事项，提供了专业准确的建议。同时，也对刘凯元编辑为本书的顺利出版所付出的辛勤努力表示由衷的感谢。本书在翻译过程中借鉴并引用了诸多译介学界的前辈和同人的翻译实践成果，在此向他们表达衷心的感谢！

本书的译者们多为初次涉猎文学翻译领域，出现疏漏之处在所难免，敬请各位同行及广大读者给予指正和建议。

白　晶

2024 年冬于哈尔滨

注　释

［1］ Philip Weinstein, *Becoming Faulkner: The Art and Life of William Faulkner* (New York: Oxford University Press, 2010).